卵の予感

石田隆一

卵の予感　目次

卵の予感

【主な登場人物】

樋口利一　本編の主人公。節度なく人を愛する季節の真っただ中にいる。Q教団の教祖に見初められ、次期後継者として手ほどきを受ける。教祖から贈られたペンダントには白い粉末が封入されていて、とっさに青酸カリだと直感する。「何か差し迫ったときに絶命するために飲むのだ。」水に漂う寄る辺ない生活を送っている樋口にはただ一つ激しい渇望があった。——「仏になりたい！」

新珠佐知子　Q教団の教祖。闇の支配する養護施設で樋口を見出し、七日間の修行に導く。「悟りの境地に達した人は古今東西数名しかいない。弟子たちは釈迦と間近に接し、悟りの実相をありありと観じている。疑いのない真実に直面しながら、今一歩のところで遮断された弟子たちによって、宗教は世界に広まっていく。彼らの激しい渇仰と揺るがない信念によって。」ちなみに、教祖は五十歳、樋口利一は二十歳、その年齢差は、釈迦と阿南の年齢差である。「阿頼耶識を体現するとは、まったく異次元の、別人格になると言うことで、言うなれば仏になるとは宇宙人になるということなのよ。」

新珠沙也加　教祖の長女。十六歳で成長が止まった、小柄で市松人形のような、快楽に恐ろしく素直な女性。後継者と目されながらその能力の欠如を自覚し、祖母は盲目で、母も極端な弱視だったことから、自ら健康な目の機能を奪ってしまう決断をする。手術の直前に見た最後の男性が樋口だった。医師はマスクをしていたから。夫に失踪されて極貧にあえぐ親子を救ったのは、未熟児の沙也加の機転だった。

新珠美香　教祖の次女。醜女だが、すらりと背の高い、マネキン人形のような肢体で、ごわごわした茶色の頭髪もそれを思わせる。不感症。その見事な肉体は、樋口が写真のような外界から疎外されているように、快楽から決定的に背かれた欠陥品だった。ハスキーな男のような声が彼女を寡黙にしている。唇のそばに火傷のケロイド様の傷跡があるのは、父親の家庭内暴力に端を発している。母親が殴打され、長女が囲炉裏に投げ飛ばされたとき、熾火のかけらが眠っている赤ん坊の顔に付着したが、先天性の無痛無汗症だったために気づかなかった。

屋敷清太郎　教祖がもう一人の後継者候補として選んだ

東大法学部学生。恋人を樋口に奪われ、敵意を抱く。女装趣味がある。教団を一斉検挙に踏み切った警察の横暴を、その卓越した頭脳で回避させて、信者の絶賛を浴びる。教祖が公言するように、教団は教祖とその娘、それに五十名の尼僧で構成されているが、そこに彼が後継者として加わり、たった一分間の、それも一回限りの接触（至福と死の合体）が彼の運命だった。女性だけの教団にあっては、彼は「機会」でしかなかった。

坂本憲治　教団に潜入し内偵している刑事の一人だが、教祖の娘にうつつを抜かして本来の使命を忘れてしまった。小説家希望でもある。「こと恋愛に関しては、人間はその不徹底さと狡猾さとで、昆虫や鳥獣にも劣る。人間が秀でているのは想像力をおいて他にない。もっとも、孤を描いて垂れている草の葉にとまった蜻蛉の夢想をはるかに凌駕すると断言できる確信もないがね。」

第一章　我々はどこから来たのか

1

追手はなかった。むしろそのことがかえってそぞろな不安を両足に絡ませていた。

早生まれなので同級生より遅く十八歳になったばかりの樋口利一は、たった今、闇が支配する独特な治療法で評判の児童養護施設を抜け出したばかりだった。彼にはおよそ不似合いな脱走という手段で。七日間にわたる入所体験の、まさに終了寸前のことだった。

衝動的な逃亡のきっかけは手痛い失恋だった。踏みにじられた十八歳の純情は、割れて今にもとろんと飛び出しそうになる卵黄をひび割れた白い殻で囲うように、そっと胸の隅にしまい込まれた。手に負えない哀傷を手懐けるにはまだ幼すぎたが、暴発させて自棄にならないほどの分別はあったということだろうか。いや、不意を喰らってまだ当惑していると言うのが実情に近いだろう。

乾いた埃を舞い上げて旧式のバスがやって来た。

バスの額にある行先表示を見て、利一は失望した。逃げて来たばかりの児童養護施設行だったからだ。手と首を振って乗車の意図がないことを示してバスをやり過ごし、道路を横切って、対岸で道路に向かって立った。途中で見えないドアを潜ったように、同じ光景がすっかり変わって見えた。子供が股間から覗く風景ほどの鮮烈さはないが、明らかに鏡に映して眺めるほどの差異があった。

『この差異は、眺める方向の違いと同時に、ふくらはぎが歩いた距離を回顧するような哀傷をなぞった心の営みのせいでもあるのだろう』と利一は思い、自分の体形がにわかに一回り大きくなったように感じた。

こちら側のバスはなかなかやって来ないのに、向かい側のバスは何台も行き過ぎた。不審に思って錆びた鉄製の時刻表を見やると、告示されているのは朝一〇時の便一本きりしかない。バスの便数が需要に応じたものならば、この極端な相違はどうだろう。まるで利一の暗澹たる前途を予感させるようだった。

「仕方がない。明朝まで待つしかないな」

もともと利一は、困難や障害に遭ったとき、それがどうしても余儀ない回り道であると考えることにしていた。そういう意味では、神経質な反面、ある限度を過ぎるとたちまち投げやりになる、どちらかというと楽観的な性格だった。

利一は腹を括って、埃だらけの粗末な木造の停留所に入った。三人掛けほどの木製の長椅子は脚の長さが不揃いなせいで傾いていた。手で埃をはたいて座り、施設で身に着いた知識のせいでほとんど無意識に、シロアリに駆逐されていないかどうか、背後の板壁をとんとんと叩いて確認してから、不安定な姿勢をあずけた。

たちまち寝入って、鮮やかな原色の夢を見た。

極彩色に彩られた花々が揺れる森に妖しく惹きつけられながらの、絶望的な窮地と奇跡的な回避を繰り返す、うんざりするほど長い逃走の物語だった。だしぬけに右足が、しなやかで、したたかな、それでいてはぐらかせる弾力を踏んだ。利一は仰天して飛び上がった。とっさに蛇だと察知し、怯えながら前方を見ると、行き過ぎる車のヘッドライトに照らし出されて無数の蛇が道路をすばやく横切っているのが見えた。一、二歩はかろうじて避けられたが、それ以降は、下ろす足がことごとく蛇を踏みしめ、そのたびに利一は躍り上がって猛然と駆け抜けた。そのうち一匹がふくらはぎに咬みついたらしく、身体の一部に熱い痺れを感じながら、不意に目覚めた。

夢は、最初に結末があり、目覚める寸前に急展開し、不合理を難なく吸収しながら巧妙に結末に導くという説がある。また、どんなに複雑に入り組んだ長い物語も、目覚める間際の瞬間に、途切れて空回りするフイルムのように慌てて編集されるとも言われる。

はたして瞬間的にそんなことが可能なのか。もちろんだ。コンピューターソフトでさえ膨大な棋譜をたちどころに辿れるのだから、はるかに秀でた夢の能力に不可能なはずはない。将棋ソフトがあらかじめ設定した枠を超えられないのに反して、夢は融通無碍(ゆうずうむげ)に、どんな奇想天外な展開もあっさり受容しながら、あらかじめ定められている決着へと到達するのだ。

いずれにしても、泥のような深い睡眠に思えたが、ごく短時間に過ぎなかっただろう。

空腹は昨夜ほど堪えなかった。何事も度が過ぎるとかえって無感覚になるものらしい。

翌朝、目覚めると、遠くに旧式のバスがのろのろとやって来るのが見えた。

停留所に立つ利一の前にバスはもったいぶって停車したが、いっこうにドアが開かない。運転手が窓から覗き、手を振って何か合図していた。どうやら自分でドアを開けろと言うことらしかった。

勇んで乗り込むと、乗客が二人掛けの座席に示し合わせたかのように一人ずつ座っていた。ちょうど座席の数だけ乗客が居て、どの座席も隣に余白を残していたのだ。つまり、利一が座ろうとするなら、必然的に誰かを選択してしまうという成り行きになる。

バスがゆっくり動き出した。利一は片腕で掴んだ吊革に支えられ、解決の付かない困難を抱えたように突っ立っていた。

だが、いつまでもそうしているわけにはいかない。なぜならそうして立っているだけで乗客全員を拒否している不遜な態度に見られる恐れがあったからだ。どんなに無作為に選択したところで他の乗客への影響は避けられないのだから、この選択は早急に、また蜻蛉（かげろう）が葉先に留まるようにさりげない態度で決定しなくてはならなかった。

この切羽詰った状況は、修学旅行のバスの車中で直面した困難を思い出させた。

そのとき担任教師は、沈みがちな雰囲気を盛り上げようと意図したのか、座席を自由に選択していいと提案した。にわかな興奮が湧き上がった。そんな中で利一はひたすら恐れていた。カップルが次々に生まれつつあり、生徒の数は奇数だから必然的に誰か一人が弾かれる運命にあった。そして、それは自分ではないかという予感でいっぱいになった。予期した通り、生徒全員の自由な選択から利一は締め出された。担任教師が利一の隣に座って、車内を見渡し、自分の機転に得意満面だったが、そのそばで利一はその仕打ちを烈しく憎悪していた。

バスが大きなカーブを曲がると、吊革がいっせいに同じ方向になびき、利一はぶざまによろけ、たまたま近くの座席に倒れこんだ。

しかし、そこだけは避けるべきだった。なぜならそこに居たのは、白い鍔広の帽子を被った二十歳くらいの女性で、乗客の中で最も若く、利一と年齢が近かったからだ。

彼女は臆病そうな警戒した目ですばやく振り返り、振り返ったことにいわれのない嫌疑を被りかねないというように、慌てて視線を窓外の風景に移した。ほんのりと含羞を染めたきめ細やかな横顔が美しく緊張していた。

やおら彼女は帽子を脱いで、膝の上に置いた。その仕種が優雅で、蝶がさりげなく花に止まるようだと利一は思った。

停留所を通過するごとに乗客は減ってゆき、戸外が少し冷え込んできたのか、車内に暖房が効いてきた。すでに空席がいくつも見えたが、利一は余計な気遣いから席を代えるタイミングを逸し、隣の女性に身体が触れないように身を縮めていた。ものうい振動に揺られ、ゆくあてどなく運ばれているようで、ひどく心許なかった。窓はしっとりと濡れ、そこに映った女性の顔を青白く貧相に彩っていた。

彼女の横顔を避けて見やった方向に旧式の赤いポストが見えた。それを目に留めたとき、利一はだしぬけにびくっと震えた。触れていないのに彼女の体温がまざまざと感じられたからだ。ぬくもりだけではなく、なだらかな肩から伸びた腕の量感が、のみならず形態さえもが、見なくともありありと感受されるようだった。

動揺して視線を戻す途中で、それまでずっと気になっていたのだが、彼女の豊かな腿の上にある、夏旅の距離と時間の名残りをとどめた白い鍔広の帽子が、まるで意図したように利一の目に飛びこんできた。

「おや、その帽子は？」

と利一は、初めて気づいたかのように少し驚いた声で訊いた。

「あ、これ？　妹のよ。譲ってもらって今は私の所有だけど」

彼女はなぜか不平げに言って、丸い頬をふくらませ、それっきり黙りこくった。

帽子の丸いふくらみは、彼女のふっくらした手によって虐げられ、愚かしげにへこんだり、また元に戻ったりしていた。

しばらく沈黙が続いた。

「あらッ」

彼女は膝の上の帽子を、ひょいとひっくり返して、お碗のような底を覗きながらだしぬけに小さな叫びをあげた。

「何か動いたわ」

そう一人ごちて、さも興味深げに見守っている。

「フナだわ」

「鮒だって？」

利一は驚いて首を回し、首が異様に長く伸びたように感じつつ、膝の上の帽子を覗きこんだ。

なるほどひ弱な幼魚が、丸いくぼみの底で苦しげに喘いでいて、ぷくぷくとゼラチンのような泡を吐き出していた。

吐きだされてはぷつんぷつんと弾ける泡がみるみるまに増殖し、やがて半透明の水になり、その中でいつのまにかもうすっかり大きくなった鮒が勢いよく泳ぎまわった。そのうねりに煽られた水面が悪戯っぽくわないて、彼女の頬や首すじに冷たい飛沫を付着させた。そのたびに彼女は大仰にはしゃぎたて、くすぐったそうに身をよじるのだった。

ふと利一が顔を上げると、バックミラーには場違いな二人の騒ぎを咎める運転手の険しい両目が映っていた。思わず自制して身を縮めたとき、バスが終点に着いた。

バスが停止してドアが開くやいなや、数人の女性たちが一斉に車内になだれ込んできた。

女性たちはみな一様に同じ扮装をしていた。黒い染衣をまとい、胸まですっぽり覆う白い頭巾をかぶっている。尼僧のような恰好で、頭巾はぴったりと頭部をくるんでいるので剃髪(ていはつ)しているのがわかった。

利一が立ち上がると、隣の女性がすっと顔を上げた。そのまま利一の上半身を辿って利一の目に届いた彼女の目は、追いすがるような哀切さをにじませ、顔を上げたせいで唇が愚かしげに少し開いていた。真摯(しんし)なまなざしを受けて利一は思わず何か言いかけたが、言葉を紡ぐことはできなかった。

尼僧たちは立ち上がった利一を邪険に押しのけ、隣にいた女性を擁護するように取り囲んでしきりに降車を促した。その態度が謙っていないながらぶっきらぼうにさえ見えるのが気になった。忠実な警護を任務としながら、関心は他にあるようで、むしろ冷淡でさえあった。

みな一様にすらりとした体形で、背が高かったので、取り囲まれている彼女の姿はたちまち見えなくなった。利一は少し背伸びをしてみたが、とうとう視界に捕まえられなかった。

出口が混雑していたので利一はいったん席に腰を下ろし、彼女の座っていた位置のやわらかく凹えたくぼみを眺め、それから窓ガラスに指でなぞった跡を見つめた。時間の経過を示すようにだらしなく垂れてあいまいになっているが、文字が羅列されているように見える。

……五〇三。

そう読める。所在なさから何気なく綴ったにしては明確な意図が示されているのが不思議だった。「これはいったい何だろう?」と利一はつぶやいた。監視つきの令嬢がこっそり残した密かな書置きに見えた。

気づくと、車内には利一だけが取り残されていた。運転手の振り返らない制帽と肩が怒りに震えていたので慌てて降車すると、すぐにバスは走り去った。

すでに尼僧たちの一団も見えなくなった埃っぽい乾いた舗道に立って、利一はしばらく途方に暮れていた。遠くに周囲とは明らかに異質な空間を思わせる空っぽの公衆電話ボックスが見えた。

ちょうど銀行の角の横断歩道の信号がちかちか点滅し始めていた。それで、行くあてどない利一の目指す方向は決定された。身体を九〇度回転させてもう一方の横断歩道を選んだ。

信号が赤から緑に変るのを確かめて歩き出すと、とたんに腰に実体のない衝撃を受け、にわかに身体が浮いた。

——と思った刹那、乗用車のフロントガラスがびっくりするほど間近に迫った。横転し、乾いた砂を噛んだざらざらした感触を最後に気を喪った。

途中、うっすらと記憶が戻り、身体のあちこちにしなやかな手の弾力が触れ、圧迫されながら運ばれているのが分かった。それがとても心地よかったので、窮地に陥っているという自覚は芽生えなかった。

目覚めたのは病院のベッドの上だった。

「目覚めましたか。三日ぶりですね」

カーテンを引いて陽光を手招きながら何気なく向けた看護婦の言葉に、利一は仰天した。

「三日ぶりですって?」

「ええ、そうよ。幸い軽傷でしたが、なにしろ昏々と眠り続けるので、ご両親はとても心配していましたよ」

「え。二人が来ていたのですか?」

と利一は、声を発してすぐに驚きを誇張していると自覚したが、そう訊いた。

「あら、憶えていないのですか。妹さんもご一緒でした」

　交通事故の報に家族はそろって駆けつけたそうだが、利一の記憶には面会の場面がすっかり欠落していた。

「手の施しようもないほど不機嫌で、安否を気遣う両親を冷淡にあしらって返事もしない態度に怒りさえ覚えましたよ。どうしてあんな態度を取るのですか。自分の子供だったら引っぱたいてしまうところよ。挙句の果てにごく些細なきっかけでとうとう癇癪（かんしゃく）を起して追い返してしまったのにはほとほと呆れたわ。いったい自分を何様だと思っているかしら」

　最近、両親に対してむやみに横暴になっていると利一自身も自覚していた。不意に、わけもない苛立ちが爆ぜて、罵倒を繰り返していたからだ。もっとも瞬間的な衝動で、そのたびにひとしきり後悔していたのだが。

　両親が帰った後、利一は卒倒し、それっきり丸二日間昏睡状態が続いていたとのことだ。利一は両親の顔を思い出したが、二人の相貌が重なり合って見えたので、どちらの印象もはっきり見定められなかった。

「それでは先生の診察を受けましょうね。眠っている間に全身のCTスキャンをはじめ大まかな検査は終えています」

　看護婦に促されて診察室に入った。利一が背もたれのない丸椅子に腰かけても、医師はカルテに見入っていて、すぐには顔を向けようとはしなかった。

「樋口利一くんだね」

「はい」

　医師がちらりと利一を見据え、おもむろに両手を利一の顔面に寄せたので、思わず利一は身構えた。

　つややかな光が溢れ、光の中に巨大な眼球が出現した。医師はペンライトをかざし、指をあてがって広げた利一の眼球に光を集めて不可解なほど永い間注意深く検診していた。肌にペンライトの熱が次第に高まってくる実感があり、一瞬、顔面が溶けて骸骨が浮かんだ映像が迫った。

「どこか痛みはありますか」

「いいえ、どこも」

　利一は正直に答えた。もっとも肘と膝頭にかすり傷があるにはあったが、痛みはなく、外傷といえばそれだけだった。

「大丈夫だとは思いますが、念のために少し様子をみましょう」

まだ若い医師はすらすらとカルテにペンを走らせていて、利一がふと覗き込もうとすると、それを妨げるように腕で庇う子供じみた挙措を見せた。

夕方に、事故の加害者の代理人と称する男が面会にやって来た。

ポマードでぴしっと決めた整髪の、眼鏡を掛けた、鼻の下に消しゴムほどの大きさの髭を蓄えた小男だった。

「示談に応じていただけるようで、感謝にたえません」

そうした遣り取りがあった記憶はないが、

「どうも軽症のようですよ」と利一は相手を安心させた。

言ってすぐに利一は反省した。自分の表情にも態度にも、いかにも謙るようなあからさまな追従が顕われていたように感じたからだ。利一は他人に対して、好意を示すときはもちろん、無関心を装うときも、いつも過剰すぎるか不足すぎて、適度な応対ができないように感じるのだった。媚態になったり、傲岸になったりするが、そのいずれも意にそぐわないのが常だった。

「そうした安易な油断がいけないのです。特に交通事故には念入りな検査が必要です。後遺症が発覚して後々こじれるのを私どもはもっとも恐れております。素人の勝手な判断で退院などなさらないようにお願いします。お約束いただけますね？」

「ええ」

「保障の方は万全を尽くしますからご安心のほどを。さて、これはあくまで当方における必要な手続きに則ってお訊きするのですが、事故の詳細をお教え願いますね」

「信号が青に変わったので横断歩道を渡ろうと歩きだしたとたん、いきなり乗用車が猛スピードで衝突したのです」

「その乗用車の車体の色は憶えていますか？」

「とっさのことで憶えていません」

「そのとき横断歩道の信号は赤でしたか、青でしたか？」

「もちろん青でした。そうでなければ歩き出していませんから」

「あなたが確認した信号は、実は横断歩道のものではなく、車道の方だった可能性はありませんか？」

「日常生活の行動というものは自覚のない場合がほとんどです。コーヒーカップを持ち上げたり、煙草を喫ったり、歩いたりするときなど、ほとんど無意識に行動しています。でも、たいてい過ちは起こさないものです。コーヒーはこぼれませんし、吸殻は灰皿にちゃんと消されていますし、余程のことがないと躓きません」

「でも、あなたはそのとき疲労困憊の状態でしたね」

「ええ。でも、信号を見誤るほどではありませんでした」

「なるほど」

「……そうだ、思い出しましたよ。道路は片側二車線で、横断歩道を渡りかけたとき、手前の乗用車が白線で停止したのです。それを確認して歩行を進めたとき、停止した乗用車の陰からもう一台の乗用車が猛全と飛び出してきたのでした。だから車道の信号が赤だったのは明白です」

「手前の乗用車は信号が赤だったから停まったのではなく、前方にあなたの姿を見つけて余儀なく停止したとも考えられます」

おや、これは注意しなくてはならないぞ、と利一は少し横を向き、警戒した。

「いずれにしろ、運転手の方もあなたの言う無自覚の自動化された日常行動のせいで、信号が青だったか、赤だったかの明確な確信すらないのです。この点は痛み分けとしても、走る凶器である車の方に一方的な落度があるのは当然です。非は全面的に当方にあると潔く認めなくてはなりません。ただし、公にする事故処理の方は、それとはまったく逆に、信号が赤だったにもかかわらず、まるで自殺でもするように車の前に突然飛び出してきて、不可抗力な状況だったと偽っていただきたいのです」

利一は迷った。

「繰り返すようですが、補償については遺漏のないように万全を尽くします。まず、入院代はもちろんのこと、その間の給与補償……」

好意的な提案にほだされたこともあって、利一は急いで制した。

「勤めていませんから、その必要はありません」

「だったら慰謝料名目で少しおつけしましょう。さて、その後のことですが、大学にはいかれますね」

「ええ、そのつもりですが、まだ確定していません」

「ぜひ入学なさるべきです。授業料はもちろん生活費も当方で十分な金額をご用意させていただきます」

過分な申し出に利一は面食らっていた。そして、これには何か裏があるのではないかと疑わざるを得なかった。

そうだ、両親が見舞いに来ていたのだから、すでに示談交渉は進んでいたとも考えられる。きっとこの提案は、引きこもりに手を焼き、進学について明確な方針も下さない息子に困惑していた両親が、交通事故に便乗して窮余の一策として頼み込んだ作戦なのかも知れない。

利一が大学受験を渋っていたのは、家庭の経済状況を慮ってのものだった。父親が横領の嫌疑を被って失業し、一家は教師である母親の収入だけに頼らざるを得なかった。ちょうどその頃、利一もいわれのないカンニングの容疑を受け、不登校になった。父子はそろって家に引きこもっていたのだ。高校受験を控えていた妹はすでに専門学校を選択していた。

利一はもう一度注意深く考えた上で、進学をさかんに勧めていた母親の意を汲んであげようという気持ちであっさり承諾し、差し出す書類にサインした。

2

入院生活はおそろしく退屈だった。利一は日がな一日、巨大な糞の団子を転がしている聖たまこがねのように時間と格闘していた。真昼のパントマイムのようだ。

毎日一回脳波検査が実施される。診断の結果はいつまで経っても思わしくなかった。自覚症状は一切ないが、何度も検査が繰り返され、なかなか退院許可が下りなかった。

ベッドで仰向けになって、光の反映がゆらめく天井を見上げていると、まるで筏で海洋に漂っているような気分になった。ガラス窓に陽光がきらめき、季節外れの蠅が一匹、うるさく飛び交っていた。光に喜々と戯れているようにも、透明の障害にもがいているようにも見えた。まるで自分の境遇のように感じたが、利一には部屋に拘束される不自由さはなかった。それで、ふらりと散歩にでた。

ちょうど休憩時間にあたるのか、病院の裏庭には医師や看護婦の制服が散在していた。空気はまばゆいばかりで、思わず肩をすくめたほどまだ冷たかった。何思うこともなくゆっくり歩いてゆく途中で、利一はとつぜん歩道にしゃがみこんでしまった。

自分でもなぜそうしたのか分からなかったし、周囲が怪訝そうに見守っているのを自覚してもいたのだが、なぜかそのままの姿勢を保っていた。目の前にさまよう蟻が一匹目につき、その動きを眺めていると、自分をはるか上空から俯瞰（ふかん）する見えない意志を感じるようだった。

丸くなった背中に陽だまりが湯あみしていた。ふと股間に地中から筍がのびるような妙な昂りを感じ、にわかな膨張の予感があった。だが、利一はいかがわしい妄想に耽っていたわけでもないし、触感の刺激を受けたわけでもなかった。なぜか、不意に、理由もなく発情したのだ。

冬の冴えた陽射しの中で利一は訳が分からず当惑していた。

そのとき鼻孔にかぐわしい匂いが触れた。くちなしの花の濃密さと酸っぱい果実のはかなさとが入り混じったような匂いだった。そうか、これに触発されたのだ。不可解な根拠をようやく嗅ぎつけたと思ったとき、背後に誰かの気配が迫るのが分かった。利一は注意深く身構え、あからさまな膨張が鎮まるのを待ってから、すばやく顔を上げた。

車椅子に身を委ねた、鍔広の帽子をかぶった少女が、間近でじっとこちらを見ていた。

しゃがんだ姿勢から見上げる彼女はとても美しかった。

その美しさは、目鼻立ちの整った秀麗な美のどこかに、それを妨げる歪みがあり、それが波及して全体の調和を乱そうとするのを、その寸前でこともなげに諫（いさ）める優美さによって守られているというふうに認識された。豊かな黒髪に覆われた白い顔は、妹が幼い頃に遊んでいた着せ替えの市松人形に似ている。

「バスで見かけたひとだね」

「ええ」

と彼女は答えて、慈しむようなまなざしをまっすぐ利一に向けながら訊ねた。

「気分でも悪いのですか？」

しゃがんで舗道の肌を見ていた利一の様子が彼女にはそう見えたのだろう。

「いや、大丈夫です。蟻を見ていたんですよ」と言って、ようやくきっかけを見つけたというように利一は立ち上がった。

その時、彼女の美しい顔に酸っぱいものでも飲み込んだ時のようなあからさまな嫌悪感が走った。利一はふと、養護施設で教えられた、シロアリの天敵が蟻だという知識を思い出したが、一瞬のうちに甦った美しさに魅了された。そのとき垣間見えた醜悪な歪みは、元に戻った美しさを背後から慎ましく、惑うように擁護していた。

「蟻たちは幸福なんだろうか」

　蟻の目的意識のある律儀な精勤ぶりを思い出して、なぜともなく利一は疑問を持ったのだ。

「この世に不幸なものなど存在しませんわ。存在するものはすべて幸福です」

　彼女は幼い顔のつくりでせいぜい二十歳くらいだと利一は推測していたから、気負いもなく、ごく自然な物言いに、年齢にそぐわない印象を受けた。

「それに、あなたの見ていたものは言うなれば心の黒点です。この季節に蟻は滅多に姿を見せませんわ」

　利一は足元を見たが、なるほど蟻の姿はどこにも見当たらなかった。バツの悪い気分を揺らしながら、利一はそれとなく彼女に接近して、鼻孔に注意を集中して、くんくんと匂いを探った。というのも、ついさっきとつぜん利一を刺激したあの匂いが、立ち上がった身振りに煽られたのか、まだ確認できなかったからだ。風の流れを肌で測り、周囲をそれとなく見回したとき、一陣の突風が吹き上がった。

「あっ」

　小さな叫びを上げて、慌てて制したしなやかな手をすり抜け、鍔広の帽子が風に舞った。歩道に落ちてころころと転がってゆく。

　利一は急いで駆けつけ、手を伸ばして拾おうとした。掴んだと思った刹那、さらに突風が帽子をさらい、慌てふためいた利一は平衡感覚を失ってぶざまに転んだ。

　光が嘲笑した。そばに居た看護婦がスカートの中を覗かれたように警戒して後ずさりするのが分かった。

　やがて職務を思い出した看護婦が帽子を拾って届けてくれたが、利一は自分のぶざまな失態が持ち主の脳裏から消える時間を稼ぐために、できるだけ丹念に膝の埃を払ってから、ゆっくり戻って行った。手にした女性物の帽子のせいで、触れている指から、徐々に全身に、まるで女装していくような羞恥にまみれるのを感じながら。

「はい、これ」と手渡すと、

「ありがとう」と彼女は抑揚のない声で礼を言った。

　利一はもっと大仰な感謝を想像していたので、少し当惑した。まるで余計な世話をして疎まれた感じだ。帽子は車椅子の上に揃えられた両足の上に置かれた。

「脚が悪いの？」

利一は両腕を添えた車椅子を眺めながら不審げに訊いた。たしかバスを降りるとき、車椅子を必要とするような支障は見受けられなかったからだ。そばに寄り添った人にも介添えする気づかいはなかった。

「ええ、筋萎縮性側索硬化症なの。母も祖母もそうだった。体質なの」

その声には宿命と受け止めているような静かな諦念が染みていた。

「それは大変だね」

「でも、入院したのは脚のせいじゃないの。目を手術するの」

彼女の眼は大きく、とても美しかった。見つめていると、森の中の暗い泉の底に吸い込まれそうな気分になる。利一がその眼に見つめられて溺れたいと思った美しさは、機能を犠牲にしていたのだ。

「目が悪いの？」

「ううん、そうじゃないの」

と言って、彼女は少し目を細めるようにして遠くを見た。

「これから盲目になる手術を受けるの」

利一は二の句も継げなかった。立っている姿勢が傾いたか、二人のいる敷地全体が傾いたように感じた。

「だって、私はできそこないの欠陥人間なんだもの。本来は遺伝するはずの特殊な能力を受け継げなかったの。そのもっとも根拠がありそうな理由は、私の健康な眼にあるというのが周囲のもっぱらの意見なの。祖母は盲目で、母も極端な弱視だったから」

「だからと言って、健全な目を手術するなんて、とんでもない暴挙だ」

利一は声を荒げて反駁し、彼女は軽くうなずいて同調しながらまた遠くを見た。長い睫毛を重たげに感じているその横顔は憂愁に染まっていた。

はるか遠くに教会の鐘の音が聞こえた。

「鐘が鳴っているね」

「ええ」

「あの妙なる調べは、今、ぼくときみにだけ聞こえている」

「ええ」

そのとき上空を翔ぶ鳥の影が顔面を掠めたような気配がして、利一は驚いて顔を上げた。

「どうしたの？」

「たった今、……繁華街の一角にある褐色のビルの二階の窓から、猛然と黒煙の噴き出している光景が見えたような気がしたのだ」

彼女はじっと利一を見つめた。

その目は鋭く、次第に粘り気をまして暗く輝くようだった。

利一が恥じらってあらぬ方向を遠く眺め、それから元の位置に視線を戻したとき、四人の尼僧が彼女を取り囲み、すでに一人は車椅子の把手を握り、他の三人が前と両脇を固めていた。

利一がさらに驚いたのは、その四人の振る舞いだった。蟻が人間の影に気づかないように、利一を全く無視したぶしつけな態度だったからだ。ゆっくり離れて行く集団を利一は黙って見送るしかなかった。

病室に戻った利一は、食事にも手を付けず、悶々としていた。

病室は男性の患者四人の相部屋だった。一日中咳き込んでいる老人と、スキーで右足を骨折した学生と、痩せ衰えた身体に足だけが象のそれのように異様に大きく際立った、末期癌の中年のサラリーマンが一緒だった。

三人から促されて利一が悩みを打ち明けると、全員が自分のことのように親身に案じてくれた。

「その子のことは知っている。車椅子を使用している長い髪の子だな。まだほんの子供じゃないか」

激しく咳を連発しながら老人が言った。

「それできみは出会ってたちまち魅了されてしまったというわけか。一目惚れだな」

「一目惚れでない恋なんてあるんですか。感情なんて、一瞬がすぎれば、たちまち虚偽にまみれてしまいますからね」

と学生が口をはさんだ。

かたわらで利一は苦笑していた。確かに、恋の予感が胸いっぱいに準備されていた状態のときに実にタイミング良く機会が舞い込んできたような成り行きだった。しかし、利一は顔をあげて彼女を認める前に興奮していたのだ。言うなれば、自覚する前に器官が勝手にうごめいて、それから全身まるごと恋に落ちたようなものだった。さすがにそうした経緯については打ち明けるわけにはいかなかった。

「とにかくそんな無茶な手術は絶対阻止しなくてはなりませんな」

と老人はあくまで義務感から感情を交えずに主張し、残りの二人も腕を組んで大きくうなずいた。

「ええ」

利一は拳を握りしめて、そこからむくむくと意志が漲るのを感じながら同調した。

「でも、彼女自身が手術を望んでいるのだから、まず彼女を説得するのが先決ですね」

学生は冷静に判断した。

「説得しようにも、彼女は常に幾人かの尼僧に守られ、おいそれとは近づけないのです」

と頭を抱えて懊悩する利一に、それまで黙って聞いていた癌患者が巧妙な計画を授けた。

「医師に変装すれば彼女の病室に潜り込むのは簡単だ。多少不似合いであっても、人は制服しか見ないものだ」

「それは妙案だ」

三人がさかんにけしかけるので、余り気乗りがしないまま、利一はその作戦を実行に移すしかなくなった。

深夜、三人に背中を押されて利一は病室を抜け出した。消灯された廊下を非常口誘導灯の明かりを頼りに、利一は逡巡する気持ちを持て余しながらのろい足取りで進んだ。

光にてらてらと舐められたリノリウムの床が歪んで見えた。そろそろと階段を下りて、更衣室のドアのノブを握った。恐ろしく緊張して、両脚ががくがく震えた。震えは握ったノブを通してドアに伝わり、病院全体に波及するように思えた。

利一は耳を研ぎ澄まして内部の様子を窺ってから、すばやくドアを開いて忍び込んだ。その刹那、身体が真っ二つに切断されたように感じた。

明かりをつけると、金属のロッカーが整然と並んでいるだけで、サイズ別にたっぷり用意されていて、自由に選択できると思い込んでいた制服は、どこにも見当たらなかった。

利一はすっかり困惑した。さすがに個別のロッカーを開ける勇気はなかった。

隅の方に椅子と机が設置され、机の上には聴診器と体温計と用紙を挟んだバインダーが無造作に投げ出されてあった。机の隣に布製の脱衣籠があり、覗くと、脱ぎ捨てられた制服がひっそりとうずくまっていた。なんと、そこにあったのは、明らかに看護婦のものだった。

学生は男子更衣室の位置を間違えたか、あるいは故意に逆に教えたのだ。間の悪いことに、入口のドアの向こうでしめやかな足音がして、いったん行き過ぎたが、また戻ってきてドアの前に立った。もう逃れられなかった。

利一は慌てて病衣を脱ぎ捨てると、拾い上げた看護婦の制服をまとった。ついでナースキャップを頭に載せ、留め金を探したが、見つからなかったので、手で押さえたままうろうろしていると、背後でドアを開ける音が無慈悲に響いた。

利一は制服のボタンを掛ける暇もないまま、きょろきょろとあたりを見回し、慌てて机の上の聴診器とバインダーを浚うように掴むと、はだけそうになる胸に抱えてドアの方に向かった。

肥った体形の弾力に軽くこづかれながら、入れ違いに更衣室を出た。

部屋を出る刹那に、やはり入室時と同じように身体を裁断されたように感じたが、今度は身体の半分が男で半分が女のような混乱も伴った。

こうして利一は女装した不安な足取りで病院内をさまよう羽目になったが、なんとしても彼女を説得したいと言う思いは、犯罪的行為をためらう気持ちも、女装に乱れる羞恥心をも取っ払った。

女装での歩行は危うく、妖しさが脚に絡むので、暗い廊下が不安定に波打っていた。スカートの覆いから両足が片方ずつはぐれてゆきそうだった。パチンコの玉の敷き詰められた床を歩くような危うさも伴った。ナースキャップがずり落ちそうになるので、しきりに手で頭を押さえながら、利一は足早に階段を登った。

学生に教えられた通り、三〇三号室のドアをノックして、すばやく入室した。

ところが、大きなベッドに横たわっていたのは、毛むくじゃらな胸板をはだけた赤い鼻の大男だった。股間に大きなおむつをあてがって、両足を大きく拡げて吊っていた。

「すみません、間違えました！」

利一はびっくりして叫んだが、とっさのことで女性の声色を装う暇もなく地声だった。

慌ててドアを閉めて、部屋の番号を確認した。教えられた三〇三号室だ、間違えていたわけではなかった。これも学生がうっかり間違えたか、故意にでたらめを教えたのだ。嫉妬の仕業だと思った。

利一は一室ごと名前を確認しながら廊下の端から端まで小走りで探し回った。どこにも該当する名前がなく、すっかり途方に暮れた。すぐにも自分の病室に駆け戻りたい気分だったが、女装が思いとどまらせた。首尾を果たせないままこんな格好で舞い戻ったら笑い者になる。廊下にへたりこんで、深いため息をつきつつ外れている上衣のボタンを嵌めながら、今更ながら自分の滑稽な扮装を自嘲した。

それからふと顔をあげ、暗い中にくっきりと明るい誘導灯を見つめた。実用的でそっけない矩形に閉じ込められた、走行の一瞬を切り取った図柄が、果てしない逃走を強要するように見えた。

利一は諦めず、打開策を練っていた。そうこうするうちに、彼女がバスの窓に描いた拙い数字の羅列がぱっと脳裏に浮かんだ。そうだ、五〇三号室だ。

利一は有頂天になって階段を駆け上がり、五〇三号室を探し当てて名札を確認した。

新珠沙也加。今度は間違いない。勇んでドアのノブを握りしめたとたん、全身に冷水を浴びるような疑念が襲った。

——いったいこんな偶然があっていいものだろうか？『これじゃまるでぼくの入院を見透かしていて、事前に指示したようではないか？』

バスに同乗したとき彼女はすでに入院していて、病室が確定していたとしても、どうしてその後の利一の入院をあらかじめ知っていたのか。その疑問は当然新たな疑惑を招き寄せた。

『すると、あの交通事故は仕組まれたものだったのか？』

足元からぞっとするような恐怖が舞い上がってきたが、思いとどまるほどの効果を持たなかった。利一はドアをノックして、返事を待たずにすかさず入室した。

病室には明るく、ベッドを囲むようにして四人の尼僧が控えていた。ちらっと顔を上げただけで、すぐに視線を元に戻して、二人は読書に、他の二人は手編みを続けた。

彼女はベッドで薄青い病衣を着て横たわっていた。女装した不埒な侵入者を見て上半身を起こしかけるのを、利一は手で軽く制すると、すかさず尼僧たちの前を通り過ぎてまっすぐベッドに向かった。

彼女はすぐに利一だと察知したようだが、やや視線を落として黙って見守っていた。

「お加減はどうですか」

利一は女性の声色を真似て声を掛けた。顔を上げて何か言いかけそうになった彼女の小さな口に、無造作に体温計を挿して、発声を止めた。

彼女は体温計をくわえた愚かしい顔で真っすぐ利一を見据えて、じっと控えていた。黒々とした大きな目が濡れていっそう大きく見瞠かれ、眉間に不安げな皺が寄っていた。

検査めいた振舞を演じないと四人の尼僧に気取られる恐れがあったので、利一は彼女の病衣に手を掛けた。病衣の腰のあたりにある紐の結び目を解くと、さらりと上半身があらわになった。彼女は下着をつけていなかった。たちまち幼い顔立ちには似合わない豊満な乳房がはみだした。利一は少したじろいだが、そのまま聴診器をあてがった。

彼女の鼓動が利一の全身に太鼓を叩くように大きく、間歇的にとどろいた。

それから二人は見つめ合ったまま無言で語り合った。

利一は必死に目に力を込め、挑むように、手術を思いとどまるよう説得した。彼女はその意を受け止めて、ふっと目を閉じると、そのまま黙っていた。

「この人は危険をも顧みず、女装までして、私を説得してくれているのだわ」

という彼女のつぶやきが聴診器から聞こえたように利一は感じた。それでいっそう心を込めて豊満な胸に片手でつまんだ聴診器を沈めた。

「やめようかしら」という彼女の心の声が聞こえた。

「そうだ、それがいい」

利一は悦びで胸がいっぱいになって、目に力をこめて彼女を見つめ、ますます意気込んで聴診器で胸をえぐった。

「でも、いまさら無理だわ」

断念の言葉に、利一はふくらんだ全身が一挙に萎んだように感じた。

　周囲の尼僧は二人の無言のやりとりに全く無関心だった。一人はうつむいて本のページをめくり、もう一人は飽いたのか、今は手鏡を覗き込んでいた。他の一人は手編みに熱中し、別の一人はしきりに両手をこすり合わせたり袖を摘まんだりしていた。

『しかし、油断ならない』

　利一は不自然に映らないように看護婦を演じ続けなければならなかった。

「脚の方はどうですか」

　彼女の脚が不自由なことを思い出して、利一は両脚に手を伸ばした。彼女の病衣はワンピース型だったので、すでに紐の制御を解かれていたから、軽く触れただけで自らの重みでずり落ちて、ほとんど全身がむきだしになった。

　裸体は電球のように優美な曲線を描いて美しく白熱していた。筋萎縮性側索硬化症を患っていると言っていた両足は、しなやかに伸びて、少しも痩せ衰えてはいなかった。とても歩行が不自由には見えない。両足は健康的に輝やき、贅肉の少ないすっきりしたのびやかさを伸ばしていた。

　くるぶしの警戒心。縮まった足指の緊張。ふくらはぎの可憐な当惑。利一はふうーと息を吹きかけるように両手で優しく撫でてあげた。変装をバレないようにするためには、優しく撫でるだけでは足りず、揉みほぐすような演技も必要だった。

　その間も、利一は必死になって、全身から霊気を浴びせるように彼女を説得し続けていた。

「健全な身体を自ら虐待する愚行はやめなさい。思い直すんだ。自然に反する、欠陥に苦悩する人々を愚弄する行為だ。決して許されない！」

「宿命なの」

　と、彼女はやはり無言のまま、そのつややかな肌の張りが発散する噴霧になぞらって答えながら、内部の融けたフィラメントの芯でさらにつぶやいた。

「……やっぱり手術は取りやめようかしら」

「そうしてくれ！　お願いだ！」

　両足をさする利一の手には説得の意気込みが加わって、自然と力が入り、柔らかな肌にしっとりとうねった。その手が踝からふくらはぎを伝わり、膝をくるみ、大腿部をゆっくりとせり上がってくるのを、彼女は押し寄せる波のように感じていた。波の波頭がなよやかなしっとりした恥毛に触れようとする寸前に、「あっ」という小さな叫びが、ぴんと張った絹糸の鋭さで病室の空気を裁断した。

その拍子に彼女の唇が少し開き、体温計が愚かしげに傾くと、とうとう落下した。慌てふためいた利一がすばやく手を伸ばすと、かえって勢いよく弾いてしまって、金属と衝突して割れる音が響いた。

四人の尼僧がいっせいに顔を上げた。

「それじゃあ、ゆっくりおやすみなさい」

と言い捨て、利一は急いで病衣で裸体を覆うと、さっさと退散した。

ドアを閉めると、止まっていた鼓動が胸板を激しく叩き、両脚ががたがた震えて、すぐには歩行できなかった。

明くる日から新珠沙也加の姿がふっつり見えなくなった。

病室の扉の名札も消えている。利一は空っぽになった部屋を何度も訪れた。

窓が開け放たれており、肌寒い風が吹き込んだ。マットレスだけのベッドに腰かけ、深いため息をつき、喪失感でいっぱいになった体を沈めた。

ベッドの高さから顔を向けると、リノリウムの床に何かが光った。起き上がって、不審そうに近づき、しゃがみ込んで蟻を観察するように注視すると、小指の先ほどのつややかな銀色の球形のかたまりがそこにあった。それは光って、宙に浮いているように見えた。指でつまもうとすると、あえかに潰れた。固形ではなく、流動体だったのだ。

蓮の葉に濡らすことなくもつれる水滴のように、指に濡れた痕跡を残さずこぼれた光る粒が、きらめきながら床に緩やかにバウンドし、いったんは粉々に散乱したが、たちまち手を取り合って融合し、先ほど見た優美な球体に戻った。

ふと、沙也加の唇にくわえられていて滑り落ちた体温計が思い出された。これは割れて飛び出した体温計の水銀だったのだ。だが、それにしては量が多すぎる。少なく見積もっても数倍はある。きっと沙也加の無念の涙が混入して水増ししたとでも考えなければ容認できない量だった。

3

一週間後、ようやく医師の許可が下りて利一は退院した。家族の元には帰らず、その足で上京し、事故の加害者が斡旋してくれたアパートに移った。

快適な住居だとは言い難かった。木製モルタル造りの二階建てで、一階に四室、二階に四室あるだけの、学生目当ての質素なアパートだった。各部屋は六畳一間に、手狭な玄関とキッチンがついているだけだ。浴室もなく、トイレは共同だった。

とはいえ、すでに家賃は一年分支払い済で、無償で提供される。毎月生活費も振り込まれる。そういう意味では申し分のない待遇と言えた。

それに、どっしりとした体形を洗練されたすっきりした線で仕上げたローベッドが設置されてあり、部屋のほぼ三分の一を占有していた。調べてみるとイタリア製で、ずいぶん高価な代物だ。カーテンも洗面用具さえ揃っていない部屋で、場違いな豪勢さを誇るベッドは異様な雰囲気でのさばっていた。まるで生活必需品はベッドだけだと言わんばかりだ。

通りに面した民家と看板業の倉庫との間に隘路が抜けており、まっすぐアパートの玄関まで続いている。アパートの手前に屋根に覆い被さる銀杏の大木があって、その下はいつもじめじめしてぬかるんでいた。歩幅に合わせて飛び石が敷いてあるのはそのせいだった。

食事はもちろん外食だった。近所の飲食店を巡り、味比べをするのが利一の日課になった。

三軒の飲食店がとりわけ気に入って頻繁に通った。中国人夫婦の営む餃子専門店、肉野菜炒め定食が絶品の中華料理店、それに安い豚汁定食が売りの学生目当ての店だ。どの店も繁盛していたので、注文してから食べ終わるまで時間がかかったが、少しも退屈しなかった。その間、利一は満杯になった客を眺め、厨房の活気ある音に耳を傾け、動き回るウエイトレスの動きに目を奪われていた。

こんなにも身近に他人の生活を目にするのは利一には初めての体験だった。客同士の会話はどれも新奇な話題に満ち溢れ、悲喜こもごもの声についつい耳を傾けずにはいられなかった。また忙しく立ち回る夫婦の感情をむきだしにした険悪なやりとりには、まるで自分に浴びせられた叱責に感じ、思わず腰を浮かしかけてしまったものだった。周囲には生活の息吹があふれていた。

銭湯もまた楽しみだった。広い浴場に散在する裸体の群れは同じ種族のようだった。言葉を交わすこともなかったが、同じ湯舟に浸っていると、相互に理解し合った親しい間柄のように思えてくる。石鹸を落とすと、隣で体を洗っていた人が拾ってくれ、たったそれだけの遣り取りが好ましい共感を呼び寄せる。風呂上がりのコーヒー牛乳は癖になった。

利一が鏡の前で体を洗い終えて浴槽に向かおうとするとき、子供たちがさかんに囃し立てて痩せた老人を追いかけまわしているのが目に入った。老人は表情を硬くして、手ぬぐいを垂らして黙って浴槽に向かった。大人が子供たちに注意すると、一人が反論した。「だって尻に糞が垂れているんだもの。汚いや」それを聞きつけて利一は思わず身をすくめ、老人がゆっくり身体を沈めた浴槽に入るのをためらった。大人は、「それが何だって言うんだ。お前たちもゆくゆくそうなるんだよ」と叱咤した。その声は利一から急に糞便の汚らわしさを払拭した。利一は浴槽に入り、肩まで身を沈めた老人がしているように目を閉じて、熱い湯が身体の隅々まで染み渡るのを心地よく感受した。

繁華街の雑踏をさまようのも日課になった。行き交う人々の体温が身近に触れて、すげなく去ってゆく。群衆の中の孤立が利一には好ましかったのだ。

新しい環境で利一は受験勉強に精を出し、やがて第二希望の私立大に合格した。

入学式を明日に控えた日の午後、とつぜん見知らぬ女性の訪問を受けた。

「どなたでしょうか？」

「新珠美香と申します。沙也加の姉です」と自己紹介した。

「沙也加……」

利一はむせぶような感動を覚え、慌てて玄関のドアを大きく広げた。ドアの動きが彼女の背後に青い水平線の孤を描いた。

「よかったら、どうぞ。コーヒーくらい淹れますから」

台所でコーヒーを準備しながら、利一は姉の用件を推し量っていた。

二人の顔を並べてみても、姉妹と言うにはどこにも共通点はなかった。沙也加は卵形をした目鼻立ちの小さくまとまった端正な顔だが、姉の方は三角形を逆立ちにした、頬骨の目立つそっけない顔つきだ。背丈が全然違うし、年齢差も一、二歳とは思われない。

男のような大きな手でもたげられたコーヒーカップが、薄い唇のそばまで移動しながら、触れる寸前に滞ったので、まるで唇に諭されて制止したように見えた。その唇が開いて訊いた。

「原色の夢をみたことがありますか?」

低い、ハスキーな、男のような声だった。

「ありますよ、ほとんどいつもそうじゃないかな」

利一は養護施設から脱出したときに見た、あの鮮烈な色彩を発光する森をさまよう夢を思い出した。蛇を踏んだ時に発した悲鳴さえも原色だった。

「たいていの人は疑いもなく現実のあるがままの色彩で夢をみているように思っていますが、実際はそうでもないようなのです。統計上では八割がカラーで観ているそうです。でも、ほんとにそうかしら。安易にそう思い込んでいるだけのようにも思えます」

鳥やトンボはどんな色で外界を見ているのだろう、と利一はふと思った。同じ物質を眺める蟻と人間の捉える色が異なっているなら、そもそも物質の固有の色とは何だろう。

「そう言われれば、そんな気がするな。それで、あなたはどうなんです?」

「夢はすぐに忘れてしまうから判然としませんが、たいていモノクロです。でも、妹はいつも原色の夢にまみれていました」

利一は煙草を取って、承諾を求めるように目で訴えて、口にくわえた。沙也加の消息をいち早く訊きたいと思ったが、相手の出方を待ってからでも遅くないと慎重になった。

利一は手にしたとき体重と同等だったライターの重みが次第に分離し、相応の重さに変わるのを注意深く受け止めながら努めてゆっくり煙草に火をつけた。

「妹は盲目になりました」と姉は言った。

「……やはりそうですか。残念です」

利一は部屋をすっぽり飲み込むような大きなため息をついた。

「目を塞ぐと消えると思ったのに、かえってあなたの面影が浮かんでくると言って泣き暮らしているの」
「ぼくもずっと恋焦がれていました」
「盲目になる直前に見たあなたが忘れられないそうよ。医師手術前に見た最後の男性の顔があなただったって。医師はマスクをしていましたからね」

利一は静かに目を閉じた。沙也加の顔を思い描こうとしたが、ぼんやりしてうまく描けなかった。もともと利一は軽度の相貌失認障害を患っていた。
「それで、いつ会えるのですか?」
「仕方がないわね。二人とも堪え性がなくて」

姉は両膝に手をあてて立ち上がると、その背の高い肢体を戸口に向けた。

後ろ姿というものは無防備なものだが、肢体が立派なのでむしろ手ごわい障壁に見えた。ただ、どこかにスカートのホックが外れているようなうかつな落度が窺えた。
「一緒に来て」

振り向かないまま姉は言った。
「ええ、」

と答えながら、利一はすぐには立ち上がろうとはせず、そのままぶしつけな視線を姉の背中から臀部にかけての部位に注いでいた。利一の立ち上がる気配がないのを察したのか、姉もまたそのまま背面をさらしていた。

丸一日経ったような心の時間の推移の後で、ようやく利一は立ち上がった。

通りにはタクシーが待っていた。
「どうぞ」

促されて利一が乗り込むと、すかさず隣に姉が滑りこんできた。その動作がいささか性急すぎて、それまでの冷静沈着な態度とはうって変わった乱れが見られた。運転手に向かって小声で囁いて行き先を告げたが、利一にはよく聞き取れなかった。姉は腰のあたりに悶えるような動きをみせて身じまいを済ませると、背筋をすっと伸ばして、そのまま口を閉ざした。

タクシーが走りだし、利一は窓外に向けていた注意深い視線を戻してそれとなく姉の横顔を窺った。化粧っけのまったくない、生まれたままのなめらかな肌に、うっすらと一度も剃ったことのない産毛が目立った。口紅の塗られていない唇の端に、よく見ると、肌よりやや白い火傷のようなケロイド状の傷跡があった。
『なんだろう、火傷かな』

いずれにせよ、それが唇の開くのを戒め、寡黙な性質を育んだのではないかと思わせた。ときどき飛び出す本来は美声が、ケロイドの歪みに躓いて、あのような掠れた低い声に変わるのではないか。

あの掠れた声が妙に耳にこびりついて離れない。利一はもういちどあの途絶えがちな声を聴きたいと切実に思ったが、姉はそれっきり口を閉ざして一言も発しなかった。

タクシーを降りて連れていかれたのは映画館だった。すでにチケットを購入していたらしく、そのまま重い扉を開いて中に入った。

すでに映画は上映されており、スクリーンにうごめく明かりのせいで、客席はすぐには見えなかったが、ほぼ満員の盛況だった。前屈みになって通路を進むと、通路脇に空席が二席あった。

促されて利一がまず座り、その隣に姉がすべるような身のこなしで腰かけた。

利一は昂奮を抑えてすぐには顔を上げなかった。そこに沙也加が居ると分かったが、待ちあぐねた愛おしさを慈しむように故意に猶予を長引かせた。

それにしても恋人同士が落ち合うにはこれほどそぐわない場所はなかった。なにしろ周囲を憚って会話もできないからだ。その上、そっと目だけで窺った相手は、両目に白い包帯を巻いていて、映画を鑑賞するのにこれほど不似合いな扮装はなかった。

「沙也加……」

利一が口の中だけで呼んで、首をよじって顔を向けると、それを空気の流れで察したように、すかさず白い手が利一の顔面のすぐ手前に浮かんだ。十本のなよやかな白い指がたわみ、水晶に翳す占い師のようなしぐさで接近した。なぞる指に目を塞がれ、利一は顔面をつたう指の触感だけを感知していた。指の動きがなくなった。少し押さえるような圧迫を感じた直後、唐突に指の感触が消えた。

利一は目を開けて沙也加を見つめた。懐かしい顔が闇の中にほのかに浮かんだ。利一は身体をスクリーンに向けたまま、そっと左手をもたげ、反り返った手首からはぐれた小指で沙也加の唇に触れた。

息詰まる緊張感の中で、痺れのようなぴりぴりした微細な痛みが放電していた。

そのとき、ふと利一は自分の身体のもっとも遠く離れた位置にある右膝の上に、何かが触れた重みを感じた。

その方向を窺うと、膝から大腿部にかけて男のように大きな手が添えられていた。感触はあるが、重さは感じさせない慎重な配慮がうかがえる。それでいて指の先端から手首まで隈なく、間隙を残さずぴったりと付着しているのだった。

――これはいったい何だ。どういう意味があるのか？

姉の真意が推しはかれなかった。何かとんでもない誤解につつまれているのではないかと、利一は冷静に考えを巡らせた。

だが、どうしても合点がゆかない。さんざん考えて、沙也加に不届きな真似をしないかと危ぶみ、諫めているのではないかという考えに落ち着いた。

だが、いつまでも引こうともしないし、それどころか、ますます圧迫を強めてくる。そのまま微動だにすることなく、込めた力だけで圧迫してくる。腿の上で手の形が発火し、利一が思わず悲鳴を上げそうになるほど熱くたぎった。

そんな状況だったので、せっかく沙也加に会ったというのに、利一は気もそぞろで、囁くことも、手を握って慈しむ手段も思いつかなかった。

やがて、映画が終了する間際に、姉から席を立つように促された。沙也加をそこに残して、二人は映画館を出て、待たせてあったタクシーに乗り込んだ。今度は姉から先に乗り込んだので、その左手の手首に巻かれた十センチほどの長さのサポーターが目について、ひどく気になった。右手にはなかった。色合いも地味で、ファッションでもなさそうだった。姉はずっと無言だった。窓外に向けた表情はずっと不機嫌そうだった。

アパートの前の通りでタクシーが去るのを見送って、利一が歩きだしたとき、右足の腿の一部が熱く悶え、今でもくっきりと姉の大きな手形が残っているように思えた。

翌日、姉妹はそろって利一の部屋にやって来た。

「いいわね。一時間だけよ。時間は正確に守ってもらわなくちゃ駄目よ」

と、表情は柔らかく、口調は厳しく告げて、姉は立ち去った。

沙也加の目を覆っていた包帯は取れていた。

「沙也加……」

と思わず利一は呼びかけた。呼びかけた声が口から飛び出して行くと、取り残された身体が空っぽになったような気がした。

沙也加は首筋をすっと伸ばして、まっすぐ前方を見据えているような姿勢を保ち、やおらひどく覚束ない足取りで、松葉杖を頼りに歩を進めようとした。利一は慌てて駆け寄って、手を携えてゆっくり歩行を手助けした。

利一はもたれる重さを愛おしく把握しながら、沙也加の横顔を間近でしみじみ眺めていた。

最初出会ったときのあの顔だが、髪型がすっかり変わっていることもあって、すっかり変貌してしまったようだった。背中の真ん中あたりまで垂れていた髪はまとめられて後ろに束ねられ、耳も額も剥き出しになっていた。肌が透き通るように薄くて滑らかだった。薄い唇には自分では見ることのできないリップスティックのつややかな赤が塗られていた。沙也加の目には全く変化はなかった。大きく見開いた黒い瞳孔は遠くを見ているように宙に固定されていた。

利一は余りの変貌ぶりにやや戸惑っていた。というのも沙也加は少しも美しく見えなかったのだ。左頬が余分にふっくらしていて、きれいな左右対称ではなかった。以前は黒髪がすっぽり覆っていてそれが目立たなかった。目鼻立ちは端正なので、頬骨のアンバランスな余白がどうも落ち着かない不安げな印象を残す。ただ、馴染むと、次第にその不均衡がかえって魅力的になってゆくようだった。

利一は沙也加の眼前に手をかざすと、軽く振ってみた。瞳孔は動かない。

「やはり見えないのだね」

利一は悄然と肩を落とした。

「でも、私は利一さんの顔をはっきり憶えているわ」

利一はその眼を指でまさぐり、睫毛にそっとキスした。

「会いたかった」

「私も」

抱き合うと、互いのぬくもりが撞着し、相手の身体で自分の身体を確認しているような気分だった。

「お姉さんに感謝しなくちゃ」

すると、沙也加はくすっと笑った。

「姉って、あの子、自分でそう言ったの？　呆れた。妹よ、四つ違いの。私は幼い顔立ちをしているから良く間違われるの」

「妹には見えなかったな。ところで沙也加はいくつなの？」

「二十四歳」

「てっきり十代だと思ってた」

「私は十六歳でふっつり成長が止まったの」

「どうして？」

「母の影響で六歳からピアノを習っていたの。母の生家に預けられていた三年間は中断したけれど、中学に入ってから、コンクールの審査員をしていた教授がこの子は見所があると言い出して、本格的なレッスンを受けることになった。めきめき上達したわ。それまでとは別次元の進歩なの。ところが、ある日、母が呼ばれて、あの子の指が小さすぎて、上達に支障があると指摘された。打開策は、指の股を切開して、指を長くするしかないと言うの。母はもちろん積極的に切開手術を強行しようとした。私の指はそのときから成長しなくなった。ほら、こんなに小さいでしょう？　他の部位も、とりわけ精神がそれに倣って成長を停めてしまったの」

　掌を利一の方にかざして見せる。なるほど指は幼女のように細く短い。利一はその可憐な指をくわえたいと言う衝動を感じたが、さすがにためらった。

「昨夜はなぜか眠れなかった。修学旅行の前の晩のように興奮し、全身から予感の泡がふつふつ湧いていた。あれはきみと出逢う予感だったんだな」

「眠れない夜は辛いわ。何をしていたの？」

「カフカを読んでいた。カフカは好き？」

「うーん、どうかな。『変身』くらいしか読んでいない」

「時間がたっぷりあったから、もっとも長大な、これまで何度も読みかけては中断していた『城』に挑戦してみようと思ったのだ。十数ページ読み進んで分かった。これは果てしなく繰り返されるゆるやかな絶望のリフレインだって。どこにも辿り着けない。光は見えない。さらに読み進めるうちに、秘密の一端が分かったような気がした。全編にかけて絶望が編まれているのに、読んでいるぼくの心は軽やかな時間に躓きながら悠久に漂っているのだ。それは絶望というよりむしろ幸福感に似ていた」

「不思議な魅力ね」

「沙也加が読んだという『変身』だって、とかく批評家があげつらう不条理といったものではなく、むしろ甲冑に囲われた安逸をむさぼる胎内回帰願望を表現していると言った方が妥当ではないだろうか。社会に出るのを厭っていつまでもベッドに寝そべっていたかったに違いない。いずれにしろ、入念に練られた卓抜な夢の文体の効果によって、読者は直面する絶望とはうらはらな安楽な気分に浸ることができる。夢は快楽原則に則っているからね。さあ、ぼくらも快楽原則に身を委ねようか」

伸ばした利一の手を、沙也加は蝶が花に止るようにそっと制して、バッグから煙草を一本抜き出して、小さな指にはさんでかざしてみせた。

「この一本が焦げ終わるまで待ってね」

二人は一本を交互に喫った。

喫い終わると、黄色いぷるぷる揺れるプリンにスプーンが滑り込むように、沙也加は利一をなめらかに受け入れた。幼い顔に不釣り合いな豊満さを持て余した乳房に利一が唇を近づけたとき、乳頭がからかうように背いて鼻に奇妙な弾力を搏った。

そのとき、にわかに時間の断層がずれた。

「おや、」

と利一は、その変化に気づいた。

それは青一色に塗りつぶされた絵画が、見た目には何一つ変わらないが、決定的な相違を予感させるような変化だった。たとえば矩形の画材の下に直方体に切り取られた海洋が果てしなく延びているといったような。それも千メートルの長さで。……

沙也加は驚くほど快楽に素直だった。どんな刺激もたちまち快楽の増幅に直結させた。行為の最中で利一が何度も口を塞ごうとしたほど、アパート中に響き渡るような喜悦の声を上げた。

もっとも、アパートの住人は、階下に耳の遠い老女が一人、二階には利一の他に学生が一人住むだけで、残りは空室だった。昼間のこの時間、学生はたいてい外出していたから誰にも憚る必要はなかった。

弛緩した裸体を横たえると、まるで宇宙に投げ出された気分だった。利一は顔を向けて、間近の、目を閉じている、まだ紅潮した沙也加を見た。

沙也加はやがて眼を開けて、うふっと笑みを洩らすと、顔を利一の胸に埋めた。吐息が触れた。

「出会いというものは広い草原を風に舞うたんぽぽの種子がたまたま巡り合うように奇跡的なことだね」

「ええ、世界中で奇跡があふれているわ」

「お互いに全く知らない場所で生活し、今ここでこうしていることが、ただの偶然が二人を結びつけたのに、まるで必然のように思える。沙也加はこれまでどこでどんなふうに生きてきたの？」

「私は過去のことはどんどん忘れることにしているの。どうせ取返しが付かないのだし」

利一はアルツハイマーに罹った伯母さんを思い出した。久しぶりに会った伯母さんは利一を覚えていなかった。翌日、もう一度会ったが、やはり利一のことを思い出さなかったし、会話も成り立たなかった。伯母さんは昨年会ったときと少しも変わらなかったので、利一は自分がそこに居ないように感じた。

「沙也加にとってぼくは白紙の日記にすぎないのか」

「同時に次から次へと湧き上がる予感でもあるわ」

「ぼくのすべては器官とともにそっくり沙也加に吸収されてしまった」

「だから私はチーズのように濃密に充足している」

「一方、ぼくは空っぽだ。それでいてこの充足感は何だろう」

「男の人って、きっと空のようにしか満たされないのね。鳥が飛ぶと空に郷愁を感じるでしょう。私はいつも大地に郷愁を感じるわ」

「せめて色か形が欲しいな」

「私はこのままで満たされている。……利一さんに初めて会ったとき、ああ私を救い出してくれるのはこの人だわって直観したわ」

「救い出すって？　何から？」

利一は少し驚きながら訊き返した。

その瞬間、ドアをノックする音が聞こえて、返事を返す前にドアが開かれて美香が顔を覗かせた。

「とっくに時間が過ぎているわ。急いで」

そのタイミングはまさに沙也加の口封じを図ったようで、美香がずっと戸口で聞き耳をたてていたのではないかと疑わせた。

4

翌朝、アパートを出てほどなく、利一は何かに触発されたように、ふと背後を振り返った。駅に急ぐ通勤サラリーマンの姿が群がって迫ってくる。足を止めると、人の流れが一斉に追い越して行った。前方を離れて行く群れの一人の肩が気になった。どうも見覚えがあるような気がしたのだ。

翌々日、満員電車で揺られているとき、ガタンとつんのめるような衝撃があって、ひしめいた乗客の群れに混乱があった。そのとき垣間見た、一人だけ平然としてドアにもたれ、バッグを脇に挟んで新聞を片手にした男の顔にも、なんとなく見覚えがあるような気がした。

大学の門を潜ると、都会の真ん中にあるにもかかわらず、そこが世間から遊離した開放地帯に感じられた。マンモス講堂での授業は退屈だった。後方で誰かが一人席を立ったので、利一も立ち上がった。重いドアを開けると、顔見知りが待っていた。

「やあ」

学生はバツの悪そうな笑みを浮かべた。建物の陰にひそんでいて発見された「第三の男」が見せた笑顔のようだった。

「何だ、あなたでしたか」

利一は驚いて頓狂な声を上げるところだった。病院で同室だった学生だったからだ。たしか坂本と言った。

「留年続きなので、三つも年上なのにとうとうきみに追いつかれたというわけだ」

「あなたも無事退院したのですか」

「あんな場所に居たら治る病気も治らないさ。病院は決して快癒させせない。捕らえた病人は決して逃さないのが彼らの遣り口だ。どうだい、少し付き合わないか」

「ええ」利一は気軽に応じた。

たしか坂本は小説家希望だと言っていた。病室でも盛んに文学談義に付き合わされたものだが、この日は特に饒舌だった。夕方から居酒屋で仲間が集まるので付き合えと強引に誘われ、終わることのないお喋りがその場所まで持ち込まれた。

「書くのは恋愛小説ですか?」と利一は訊いた。

「なんだ、きみは恋愛至上主義者かい?」

坂本は嘲るように笑った。

「笑止だね。こと恋愛に関しては、人間はその不徹底さと狡猾さとで、昆虫や鳥獣にも劣る」

「だったら人間が彼らより秀でているものは何です？」

「想像力をおいて他にはない」

と坂本は即座に断言した。

「もっとも、孤を描いて垂れた草の葉に止まった蜻蛉の夢想をはるかに凌駕する、と断言できる確信もないがね」

「何があなたに創作を促すのですか」

「ある作家が、世の中には書く必然性のない作家が余りにも多く徘徊していると批判している。おれはこれまで人生においてこれといった苦難に遭遇したことがない、実に幸運な経歴の持ち主だ。だから何かを訴えたいとか、これを書かなくてはならないと言う切実な必然性を全く感じたことがないのだ」

「それじゃ、どうして書くんです？」

「舞い降りてくるからさ。これがおれの創作の唯一の理由さ」

舞い降りる。……利一にはこれほど羨望する必然性はなかった。

「あなたの作品を一度読んでみたいですね」

「ないよ。まだ一作もない。舞い降りるが、あふれる着想に筆がてんで追い付かないのだ。スピードもそうだが、技量も不足している。そういうわけで今は無数の断片があるだけだ」

「いつの日か」

「そうだ、いつの日か、ひょっこりと、霊感に打たれた見事な一篇が仕上がるといいうわけだ」

「ええ。とても楽しみですね」

「あらかじめ最後の文章まできっちり構成してから書き上げる作家と、白紙から目当てもなく書き出して筆の勢いで仕上げるタイプがいる。前者の方が圧倒的に多いが、おれは後者だ。これには明白な理由がある。おれは自分の能力に信頼を置いていない。自分の知識や認識など取るに足りないと思っているから、自分の隠された部分を引き出すしかないのだ。ソクラテスが何かで言っている、――私はいわゆる人間の理知で話しているのではない。何か心霊のような、自分ではない、ある超越した何かが私を突き動かしているのだ、と。おれにもときおり何かが降りてくる。これまでついぞ考えてもいなかった文章が憤然と湧き出す。それが快感なのだ。」

利一は少し退屈して欠伸を噛み殺しながら、さも興味ありげにまた訊ねた。

「小説家では誰の作品がもっとも優れていると考えていますか？」

「もちろんドストエフスキーが最高峰さ。死後百年以上経つが、未だに彼を凌駕するものが居ない。それには理由がある。彼にはまだ神がしぶとく生き残っていた。否定しても否定しきれない残影があった。それが彼の文学を消えた蝋燭の赤い芯のようにいつまでも輝かせるのだ。その後、神は死んだ。混沌と頽廃が必然の流れだった。そもそも神が死んだのなら、文学そのものが成り立つのか？」

利一は返答につまった。

「もちろん成り立つさ。神が死んだのなら、新しい神をあらたに創造すれば良いのだ」

そう主張しながら、ぶしつけに二人の会話に割り込んできた男がいる。背後を振り返って、店員にビールを二杯注文してから、利一に人懐っこい笑顔を向ける。

「あ、あなたは……」

利一は唖然とした顔で見守った。

「おい、おい、今更自己紹介はないぜ。ほら、馴染みの奴がもう一人やって来たよ」

末期癌を患っていた中年男は、大きく体を捩って、新たに参入してきた例の喘息病みの老人を大仰な身振りで招き入れた。こうして病室で同室だった四人が勢揃いした。

「新しい神はすでに奉られているじゃないか」

最後に遅れてやって来た老人がそう主張して、膝を折って、やや間をおいてからどさりと座った。衝撃で倒れそうになるビール瓶を利一は慌てて支えた。

「生物工学に携わっている輩だ。すでに人間は、ＤＮＡの二重螺旋の鎖を切断するヌクレアーゼを応用した遺伝子改変の技術を取得している。これはもう神の領域ではないか。ただ、倫理観というあやふやなものでかろうじて規制されて表沙汰にされないだけだ。もっとも、彼らは技術を駆使するだけだから、神の召使と呼ぶべきかな。誰が召使に命じるか。国家か企業家か個人か。今や誰でも神になれるのだ。いや、もうすでに誰かが、人差し指を宙にかざして命じているかも知れない」

老人はビールをぐいっと飲み干し、お替りを注文した。

「焼き鳥、もう十本」

中年男も負けずに泡だらけの口で注文を告げた。

陽気なざわめきの中で利一は一抹の不安を拭い切れずにいた。利一が退院すると、この三人もほぼ同時に病院を出たのだ。そして、二か月も経たないうちにこうして再会を喜び合っている。まるでずっと監視されていたかのようだ。

「皆さん、とてもお元気そうですね」

全快を祝うつもりで言った利一のこの一言が座に水を差した。

老人はとたんに咳き込み、癌患者は煽ろうとしていたビールを沈痛な面もちで重たげに下ろした。坂本は骨折した足を思い出し、慌てて自分のかたわらを見回したが、もちろん松葉杖など持参していなかった。彼らはまるで本来の仕事に戻ったかのような神妙な顔つきでお互いを見かわし、それから利一に向かって無意味な愛想笑いを浮かべた。

「それじゃ、再会を祝して乾杯！」

坂本の甲高い声は今では場違いな陽気にさえ聞こえた。

『こいつらがぼくを監視していたのはもはや疑う余地はない』と利一はひそかに考えた。『だが、彼らに目的があるとは考えられない。もちろん誰かに指示されてそうしているのだ』

グラスを口につけながら、中年男は浮かぬ顔付きで沈んでいる利一を気がかりそうに見ていた。

「精さん、ずいぶんモテモテだったんですってね」

学生が中年男に向かってからかった。中年男は山下精一と言った。

「いやあ、参ったよ。ドアを開けたら三人の美女が立っていた」

「新興宗教の勧誘だな。あいつらは美人を選んで勧誘にあてているんだ」

喘息持ちの勝田六蔵が諭した。

「ところが勧誘のしつこさも強引さもみられない。慎ましく、寡黙で、むしろこっちが積極性を促したくなるほどなのだ」

「そこが手さ。女遍歴の豊富なさる資産家も、ころりと参ってしまったと言う話だ」

「最近、またブームでしょうか、雨後の筍みたいにやたらと新興宗教が生まれていますね」

「新興宗教の盛衰と景気と世相の因果関係を調べてみると面白いかもしれないな」

「最近でてきたものにはずいぶんいかがわしいのもあるようですが、結構信者数を増やしているそうですよ」

「きっと、何かからくりがあるんだよ」と老人。

「おれもそう思うね。入信の際に大麻とか何か薬剤を使用しているに違いない」

「鈴木大拙も言っている。大麻は邪道ではあるが、悟りの契機となるとね。大麻が現出させる世界は悟りの一歩手前の境地に似ているというのだ。かれらは、ひょんな瞬間に、悟りの境地に片足を突っ込むような得難い体験を味わう。だからあっけなく信じてしまう」

「何事にも懐疑的な人間は、自分がありありと体験した事実を疑うことができないからな」

「某教団の急激な伸張の理由はその巧妙な仕組みにあります。まず、勧誘しない。それどころか、入会にあたっては試験制度を設け、厳しく制限しているのです。信者は六百名に限定すると当初謳っていました。これがかえって優越感や虚栄心を煽り、競争意識をせっつき、受験競争さながら、各支部には入会希望者が引きも切らないありさまです」

「受験勉強に明け暮れしていた若い連中には馴染みのシステムというわけか」

「六百名の制限はどうなったんだ」

「いつのまにか取っ払われています。信者数はすでに二十万人を超えているようです」

「だが、そろそろ官憲の監視下に置かれるだろう。伸びが急伸すぎるし、選挙に影響を及ぼしかねない数字になっているからね」

「Q教団はどうです?」

「わしが思うに、あれは宗教というより、サン＝シモン主義を思わせる空想的社会主義だな」

「教義にはやや未熟なものがありますが、禁欲的で、清廉潔白な、性善説に則った深い人間愛には魅了されます。社会から逃れ、愛情に満ちた家族的な組織を構成しているようですね」と学生は同調する。

「なぜか父親不在の家族だ」

「なぜなんでしょう。平等を主張し、博愛的な慈善活動も行っているのに、なぜ父親だけが避けられるのでしょう」

「それは分からないが、きっと教祖の個人的な経験が影響しているのだろう」

「他の新興宗教と違って、いたって健全で誠実な運営を行っているようです。寄付の押し付けもなければ、まがい物を売りつける商法とも無縁です。政治家のパーティと違って年一回の大会も入場無料なんですよ」

皮肉屋の学生にしてはいささか過剰な賞賛だ。

「しかし、それでよく運営が成り立ちますね。どうも何か裏がありそうですね」と利一。

「教祖の占いが大きな収入の源泉だという噂がある」

勝田老人の言葉を信じれば、どういうわけか信者には高学歴の者が多く、名だたる企業のトップの多くが信奉しているとのことだ。

「現在の日本の経済は教祖が握っていると言っても過言ではない。政治家や一流企業の役員がこぞって駆けつけ、のるかそるかの重要案件の裁断を賜っているらしい。重要な経営判断はすべて教祖のアドバイスによって左右されているのだ。かく言うわしも高学歴だから、どうしても惹かれてしまう」

「あの恐怖政治を断行したロベスピエールでさえもナポレオン妃に仕えた占い師のマダムルノルマンに占って貰っていたそうですよ。人間誰しも何か拠り所が必要なのですね」と学生。

「占いは当たるのですか？」

と利一は、やや期待外れな成り行きに失望しながら訊いた。

「当たるようだね。何でも、風水や方位学を応用した奇門遁甲をよりどころとしているらしい。と言っても、裁定はたいていは二者択一なのだから、でたらめでも半分は当たるということだ。自らの教団の運命についても予言している。百年の繁栄はやがて夢と消えるとね。なんとも潔い」

利一は、正直なところすっかり失望していた。ということは、とりもなおさず、そうまで持て囃されるQ教団の教祖の特殊な能力に多少は期待していたということだった。

「ところで沙也加嬢はどうしてる？　うまくいってるのかな？」

焼き鳥を頬張りながら中年男が訊いた。とたんに他の二人も顔を寄せて真剣な表情で見守った。利一はたちまち酔いが冷めた。

利一は三人が沙也加の愚挙を食い止めようと加勢してくれたことには感謝していた。だが、その後、二人が再会し、親密に交わっていることなど、どうして彼らが知っているのか。やはりずっと監視されていたのだ、と利一は確信した。だが、仮病を装ってまで動向を探ろうとする意図が利一にはさっぱり分からなかった。

いずれにしろ、三人はともに今話に出たＱ教団の信者なのだろう。これまでの雑談は、いくつもの教団を揶揄したり批判したりして、最後に他と隔絶した健全な宗教としてＱ教団を持ち上げた。すると、巧妙に勧誘されているということなのか。利一は注意深く身構えた。

十一時を回ったところで、ようやく解散した。坂本とは同じ方向だったのでしばらく一緒だった。道すがら、利一は単刀直入に坂本に疑念をぶつけた。

「何かとんでもない陰謀に巻き込まれているような気がするのです」

「それはまたどうして。何か根拠があるのかな」

「発端は交通事故でした。運ばれた病院に、その直前にバスで会った沙也加が入院しており、彼女の病室の５０３号室は車中で窓に伝言されたのです。こんな偶然はありえませんよね。まるでぼくが事故に遭うのをあらかじめ知っていたようではありませんか」

「彼女が書いた数字ははっきり明示されていたのか」

「結露が垂れてあいまいでしたが、……」

「そうだろう」

「でも、深夜、ぼくが病院で彼女を探したとき、あなたの教えてくれた病室には彼女はいなかった。窓に書いた伝言を思い出してようやく辿り着いたのです」

「おれがでたらめを教えたと言うのか。とんでもない言いがかりだな」

坂本は痛ましいものを見るように利一を眺めた。しらばっくれるつもりらしい。利一は争わなかった。

「しかし、交通事故の対応だって、余りにも厚遇で、これもどうも合点が行かないのです」

「おそらく先方は、事故がわざと飛び出して故意に仕組んだ企みと考え、厄介な面倒を避けるために法外な報酬で報いたのではないか」

「………」

「しかし、相手は、単なる過失事故を必要以上にひた隠しにしたい理由のある人物だったと言えるかも知れない。いずれにしたって、何らかの理由から事故を企んだとは考えられない。それほどの人物かい、きみが？」

「それはそうですが……」

利一もその点には異論がなかった。社会的にはどんな立場も有していなかった。

「でも、あなた方三人はみなＱ教団に関連しているのでしょう？」

坂本の表情に鳥がはばたくような衝撃があったが、努めて動揺を抑え、注意深い沈黙を続けた。やがて、

「もちろん三人ともＱ教団の信者だ。だが、きみを勧誘しようという意図はないよ」

と、坂本はあっさり認めた後で、驚くべき事実を告げた。

「沙也加嬢が教祖の娘であることは察しがついているだろう。だが、早とちりしないでくれ。おれたちは沙也加嬢を守ろうとしてきみを監視してきたわけではない。おれたちにとって重要なのは、沙也加嬢でなく、きみの方なのだ」

「ぼくが？」

「それというのも、教祖はきみの潜在能力にぞっこんなのだ。どこかで偶然きみを見初めたらしい。夢のお告げもあったようだよ」

利一は苦笑した。

「ぼくにそんな能力はありません」

「いや、きみをずっと監視していて、おれもきみのパワーを垣間見たよ」

監視されていた事実に不快感を抱きながらも、利一はくすぐったい気分を味わっていた。

「あの交通事故がまずその一端を証明した」

「ほんのかすり傷だったのです」

利一はまた苦笑した。

「そうじゃない。運んできた救命士によると、事故現場に到着したとき、きみは目を覆いたくなるような瀕死の重体だったそうだ。無残に裂けた大腿部からおびただしい血が溢れ、白い骨が突き出ていたらしい。ところが救急車で搬送する間に、なぜか血が止まった。救命士はそのときのきみの肉体の微妙なうごめきをこう表現している。――まるで肉体が救急車のサイレンの音に呼応する

ようだったと。サイレンの音を聞きつけた無残な裂け目が、不意に妖しい色合いで発光し始め、やがて微細なにょろりとした無数の菌糸状のゆらめきが這い出してきた。交互に触れ合いながら、ざわざわとうごめいて、やがてやわらかな球形をかたどった。それがどんどん膨張してすっぽり大腿部を覆ってしまった。そこで、脱脂綿で拭うと、むごたらしい傷口が跡形もなく消えてしまったと言うのだ。どうだい？　すでに、きみは自分の体で奇跡を実現してみせたのだ。教団も奇跡のような治癒力に注目している」

「呆れた。デマですよ、そんな事実などいっさいありません」

「だが、どうしてそう言い切れるのだ？　だって、そのとききみは失神していたのだろう？　奇跡はきみの眠っている間に起きたのだ」

彼はいきなり利一の前に跪くと、大腿部のあたりをじっと注視し、手を伸ばしてそっと触れた。すると、いきなり鋭い痛みが走った。利一は動揺し、思わず後ずさりした。

「後でゆっくり自分の目で確認してみることだね」

坂本は利一の眉を顰めた痛苦の反応に、我が意を得たりとばかりに、にやりと笑った。

「とにかく、めざましい快癒の報告に、教祖はますます確信を深めた。きみを後継者と見込み、ゆくゆく私の娘の一人と結婚しますと宣言してしまった」

「とんでもない話ですね。予言ではなく、当人たちの意向を無視した単なる強制だ」

「教団内に派閥があってね。長女と次女、それぞれを推す両派が反目し、教団は分裂状態だったのだ。両派の関心はきみがどちらを伴侶に選ぶかに集まった」

「長女にはその能力が備わっているのですか？」

「決定的に欠如している」

「じゃ、次女には？」

「それもどうも怪しいね。教祖の本命はまさにきみなのだ。ずっと以前からきみの存在に注目し、こうして我々に監視を命じてきたのだから」

「あなたたちは全く誤解していますよ。ぼくにはそんな能力は微塵もありません」

「それは教祖も認めている。開眼するのは一年後だと」

「一年後。ぼくらの世代では気の遠くなるような時間を隔てた、予測のつかない未来ですね」

「開眼は一瞬の契機で訪れる。徐々に成長し、その結果として満開を迎えるわけではないのだ」

「寸前まで本人さえ気づかないということですね」

坂本はそれには答えず、考え深い顔つきになったが、それっきり黙った。

二人は地下鉄の駅で別れた。利一は電車に乗り込むと、自分の腿に手を当てて、さきほど坂本が触れたときの痛みを点検してみた。指で押しても痛みはいっこうに再現されなかった。不思議だった。坂本が触れるとき、なにか針の束でも隠し持っていて、それをこっそり圧しつけたのだとでも考えなければ納得しかねた。鋭い錐で刺すような痛みは確かにあったのだ。

5

沙也加は妹の美香に伴われて週に二日は利一の部屋を訪れた。この頻度は日課というには足らず、そのたびに新鮮で、煙草のように自覚できない中毒の性質で利一をゆるく緊縛していた。いつも美香に伴われ、沙也加を届けると、美香はさっさと立ち去り、きっかり一時間後に迎えにきた。

その日も、顔面を紅潮させて媚態をうねらせる裸体を前にして、利一は複雑に連結された歯車の、間近にありながら直径が大きく違う二つを見比べているように当惑していた。日ごとに沙也加の快楽は重層的に募ってゆき、とどまるところがなかった。

窓を密閉したエアコンのない部屋は暑熱でいつも蒸しあがりそうだった。密着した腹の上に汗がたまり、身体がもつれるとときどき滑稽な音を立てた。利一はむき出しの背中が伸びて、部屋いっぱいに拡がり、部屋ごと丸呑みにした得体の知れないうごめきを感じていた。

狂ったような嬌態を悶えさせた後で、沙也加は弛緩した裸体をのびやかに横たえ、利一が目をやると、いつも恥らって利一に胸に顔を伏せた。

「沙也加はそのたびごとに初体験みたいだね」

利一は笑った。昇華した直後のこの時間のあわいが利一は好きだった。

「もっと早く会えれば良かったのにね」

「どうして?」

「だって、……やっぱり……初めての人が利一さんだったら良かった」

「初体験は幾つのときだったの?」

「十三歳」

「ぷっ。ぼくはまだ小学生の半ばだ」

利一は沙也加の過去にこだわりを持たなかったが、蛇のような弾力でうねった嫉妬めいた感情が刺激として利用された。キスして、もう一度臨もうとしたとき、利一はとつぜん蟹になったように感じた。沙也加を抱きしめる両手がにわかに不釣り合いに大きくなり、凶暴な力を蓄えた。爪がひどく汚く感じられた。

不意にドアの向こうで物音がした。驚いた拍子に射精し、そのまま二人はじっと抱き合ったまま耳を澄ませた。

「誰か来た?」

「さあ、……昼間は誰もいないはずだが」

それっきり物音は途絶えたままだった。そろそろと体をはなしたとき、どろりと熱い精液がこぼれ、二人の身体を同時に濡らし、たちまち冷めた。

慌てて起き上がって甲斐甲斐しい身振りでティッシュで拭う沙也加を見やりながら、利一は初めて妊娠の可能性について考えた。精子が卵子に辿り着くまでの距離はその体長を基準にすれば気の遠くなるほど隔たっている。そのように降ってわいた懸念は、セックスに夢中になっていた利一には無関係な方角からの無茶な言いがかりに似ていた。初心者の狙撃者は目標を定めて発射するが、足元に転がった薬莢(やっきょう)には頓着しない。靴が踏みしめて初めて気づくのだ。

「うっかりしてたね。ぼくらは避妊していない。これまでずっと」

「ええ……」

「どうして注意してくれなかったんだ」

「だって、男の人って、あれするのあんまり好きじゃないでしょう?」

別の男の存在が利一の脳裏にむっくり起き上がった。

「誰かにそう言われたことがあるんだ」

「……うん」沙也加は口ごもった。

沙也加はとても素直な性質で、嘘がつけない。

「これからは互いに気をつけよう」

「ええ」

沙也加はにっこり笑った。

そうして時折洩らす笑みは、いつもの憂い顔からうって変わった意外性を伴って、弾けてぱっと輝くようだった。利一はうっとりと魅了された。

沙也加はどちらかというと無口で、穏やかな表情を向けているばかりで、自分の方から滅多に口を開かない。セックスのときだけ、そのたびごとに初心者のような含羞にそまりながら、そのくせ恐ろしく大胆になり、全身で喜びを弾けさせた。生来天真爛漫な子供のような性質に思えた。

沙也加は過去のことはどんどん忘れるようにしていると言っていたし、実際あまり打ち明けようとしなかった。だが、母の離婚直後、母の生家に預けられていた時期があって、その頃のことはよく話した。母に棄てられたように離れて暮らしていた時期が、沙也加にとって幸福だったのかそうでなかったのか、一概には利一に判断がつかなかった。

沙也加が身を寄せていたのは信越の奥深い寒村だった。

豊かな田園風景が沙也加をのびやかに育んだ。小学校までは徒歩で三〇分要した。山沿いの曲がりくねった道を辿り、橋を渡ると自分の家が見えなくなり、そのたびに沙也加はほっと安堵した。下校し、同じ道を辿って橋に差し掛かると、いつもきまってそこで仲良しの友達と別れを惜しむように長話をするのが日課だった。実は沙也加は帰宅するのが億劫だったのだ。

呪われた家だった。

祖母のセツは手の付けられない狂信者で、土蔵に押し込められており、ときどき鳥のような甲高い奇声を発した。食事を与える役割は沙也加に任された。

セツは、子供のころから真夜中に奇声を上げたり、ときには獣のような唸り声をあげて周囲を威嚇することがあったが、普段はおとなしく、寡黙で、引きこもりがちだった。

セツはよく夢遊病者のように歩き回っていた。村人が声を掛けても、聴こえないのか、無視しているのか、振り向きもしなかった。遠くからその姿を眺めると、風景の一部のようで、歩いているのではなく立ったまま移動しているように見えた、と隣家もおじいさんは追想する。

「セツが白昼夢から目覚める瞬間は、今でもはっきり覚えているが、目を大きく見開き、驚愕しているように見えた。二度見たが、二度ともそうだった。それは今現在の自分に驚いているのではなく、ありありとした記憶に未だに直面しているような驚きだった。セツは確かに異なる世界にさ迷い、そのときの記憶によって今もまだ驚愕しているのだった。セツは目覚めても、今居る現実が目に入らないようだった。もう俺たちとは別の世界に行ってしまったと思った」

その頃はまだ村には脱穀機以外の農業機械はなく、田畑の耕作には牛馬を使用していた。だからどの家も馬か牛を飼っていた。一頭、手に負えない暴れ牛がいた。ある日、その牛がセツに奇妙な恭順な態度をみせたのだ。セツの前にへたり込んで涎を垂らした顔を向け、媚態とも取れる首の動きを示した。仲間たちはそれからふっつりセツをからかったり苛めたりする悪戯を断った。

十六歳の時に森で行方不明になった。村民総出の山狩りでやっと発見されたとき、素っ裸だった。それ以来、「神隠しにあった」とか、「狐に騙されたのだ」とか、いわれもない中傷にさらされ、セツ個人だけではなく、家そのものが忌避されてきた。

森での悲惨な体験は彼女に決定的な変化をもたらした。石のように黙り込み、呼んでも、滅多に応えなくなった。ときどき激しい頭痛を訴え、転げまわった。そんなときには全身からバケツの水を浴びたように汗が吹き出した。エビのように身体をのけぞらせ、烈しく身を震わせ、奇妙に歪んだ唇を突き出した。周囲は必死になってその痩せた身体を抑えつけようとしたが、全身が木のように硬く、強靭で、大人でも太刀打ちできなかった。手足の痙攣を伴った発作には、何かに取りつかれた、何者かに操られているとしか思えない、得体の知れない外界からの力が加わっているように見えた。

深夜、祈祷が始まる。数百本の線香がたかれ、白煙がもうもうと立ち込める中、両手を背中に回して縛り付けられ、さるぐつわを嵌められたセツは、長い髪を鷲掴みにされて引きずりまわされ、足蹴にされて、ぐえーぐえーと喚いた。三時間にも及ぶ祈祷が終わる頃には、セツはぐったりと全身を脱力して横たわった。しかし、なぜか右手だけは固着し、動かなかった。

二十歳になる頃にいったん小康状態に落ち着き、一人娘だったので、近所の本家筋から婿養子を迎えた。娘を産んで十日目に発狂し、とうとう夫が土蔵に監禁し、一切の外出を禁じた。

沙也加がその家に落ち着いてほどなく、隣家から出火し、孟宗竹に囲まれた家屋が全焼した。

竹が燃え、パン、パンと甲高い音が間歇的に響いた。祖父は、自宅の前でなすすべもなく、突風にあおられて逆巻く闇夜に輝く恐ろしい炎のうねりを眺めていた。沙也加は二階から逆巻く猛火を眺めていた。ゆうに50メートルも離れているのに、顔面が熱く火照るのを思わず手で遮りながら、延焼が危ぶまれる土蔵を振り返り、そのまま大きな鉄製の鍵をきつく握りしめて立ち尽くしていた。

火事の原因は、籾殻を燃やして、消えたと即断して作業場に堆積したところ、じわじわと熱を持ち、真夜中に発火したとのことだった。

消火が終わると、自宅で大きな釜で炊き出しをして、近隣の村民にふるまった。塩の握り飯に沢庵だけだった。隣家の主婦が土蔵に閉じ込められたセツの分を届けた。

その頃、母屋では家人がこっそり顔を揃えて深刻に相談し合っていた。昨夜、夕刻に下げたセツの膳のお椀の中に大火の警告を記した紙きれが残っていたというのだ。文字は自らの手を釘でひっかいて流した血を棒きれでなぞったものだった。誰もが真偽の判断をためらった。祖父は口外するなと厳しく家人に口止めし、二日後、セツを土蔵から解放した。

暗闇からようやく抜け出したセツは、持病の眼病が昂じて、すでに視力をほとんど失っていた。それから二年、いつのまにかセツを慕って訪問する人が増えた。もちろんまだ宗教的な雰囲気もなく、どこから聞きつけたのか、ただセツの人柄を慕って人々が訪ねてくるのだ。訪問者の悩みを聞き、苦しみを癒すのがセツの日課になった。といっても、もっぱら藪にらみの目で不愛想に睥睨（へいげい）するだけだった。だが、不思議なことにセツに対面した人はみな体調が回復するのだった。

五十年間近隣に絶えてなかった不幸な大火は、セツを監禁から解放したが、沙也加の小さな胸にしまいきれない絶望を連れてきた。沙也加がそこに棲みついて僅か十五日で大火が起こったからだ。しかも、隣家だった。

まるで沙也加が火を連れてきたかのようだった。

裏山の崖に大きな岩が埋まっており、セツは刷毛で赤いペンキを頂点から垂直にまっすぐな線を塗りたくった。二カ月後、大地震が北陸を襲い、岩はセツがなぞった線に添って一刀両断に割裂して、そこから水が溢れるようになった。セツは好んでその水を飲んだ。中風で寝たきりだった老人が毎日その水を飲んで健康を回復したという噂が広まった。霊水と重宝され、県外からも汲みに来る人々が絶えなかった。村の厚志で県からの支援金を利用した駐車場が完備され、今も大量のポリ容器を用意して汲みに来る人が絶えない。一年経っても水が腐らないと評判なのだそうだ。

沙也加は毎日セツの食事を離れに運んでいたが、一度も面と向かって会話をしたことがなかった。

一方的に何か言われる。こちらからの話しかけには応じない。これは祖母を慕って押し寄せる人々たちに対しても同様だった。

沙也加は一度だけ、祖母の心に触れたと思った瞬間があった。日陰に入るとまだ膚寒く、陽射しのぬくもりがかえって強調される、あるうららかな初夏の日のことだった。祖母は縁側で首を奇妙に曲げた不機嫌そうな表情で座っていた。沙也加はまだ十歳の少女だった。庭でうずくまっていて、すっくと立ちあがると、祖母のそばに、律儀に少し間を空けて、ちょこねんと座った。素足に光が戯れていた。子供ながらにも接近しすぎてはいけないという分別から少し間を置いて、垂れた両脚をぶらぶらさせていた。くるっと顔を上げると、祖母の浅黒い顔が触れそうな間近にあった。やはり固い表情のまま、確かに沙也加を認めたまなざしをそっと投げかけた。沙也加は頬が熱くなり、胸が膨らむように感じた。すると、それと察したかのように、祖母がぽつりとつぶやいたのだった。――たった今、霊が鳩のように舞い降りた、と。

沙也加はうっとりして祖母を見つめた。それが唯一の交感の思い出だった。

雪深い土地柄だった。

冬場は雪原が凍るので、男子生徒たちは曲がりくねった道を避け、田園を覆いつくした広い雪原の上をまっすぐ校舎に向かって直進する習わしだった。それは立小便同様男子の特権だった。

ある日、沙也加は体調がすぐれず、休もうか休むまいか迷っているうちに家をでるのが大幅に遅れた。それで男子生徒を習った。広大な雪原はきらきら光っていた。

それは実に痛快な歩行だった。体重が実感できず、地面から身体が浮遊しているようだった。

途中で不意に尿意を催した。沙也加は急ぎ足になった。というのも普段と違って意図して押しとどめられるような気がしなかったからだ。じわじわと滲み出る気配にとうとう駆けだした。すると、それまで浮遊していた身体が数歩ごとに片足を膝まで突っ込む罠にはまった。沙也加は焦った。もう限界だった。

慌てて周囲を見渡したが、どこにも視界を遮る障壁はなかった。陰部がむず痒く湿り気を帯びてきた。注意を巧みにすり抜ける身のこなしで遺漏する気配がする。沙也加は周囲を見渡して人影のないことを確認すると、慌ててその場にスラックスと下着を下ろしてしゃがみ込んだ。だが、尿が迸ることはなく、おびただしい溢水の予感をまみれさせるだけだった。沙也加は掌いっぱいに雪を掴むと陰部にこすりつけた。雪が真っ赤に染まって散乱した。

沙也加は仰天した。肉体が破滅の危機に瀕していると思った。何か不気味な、不吉な予兆だった。

重い足取りで校舎に辿り着くと、校舎の中央にある正面玄関の前に黒塗りのハイヤーが停まっているのが見えた。滅多に見られない車種だったので、沙也加の目には霊柩車に見えた。

教師たちが群がり、その中心に母親の姿があった。

「あなた、いったいどこに行ってたの！　家を出たばかりだと言うので後を追いかけたがどこにもいなかった。心配してたのよ！」

三年ぶりの再会は叱責から始まった。

「さあ、一緒に帰るのよ」

車中でも、新幹線でも、沙也加は身をこごめ、再会の喜びに浸れなかった。下半身が破裂したことをなかなか打ち明けられなかった。それに、これからは一緒に暮らせると言う吉報も、これまでの不在を恨めしく思う感情を募らせるだけだった。幼い妹はずっと母親と一緒だった。私だけが除け者にされて棄てられたのだ。あなたはお姉さんだからと言い含められてきた。だけど、妹の背丈はとっくに沙也加を追い越している。

三〇階の高層マンションの一フロアーを借り切ったような、とにかく広い、豪華な家具調度品をしつらえた一室で、妹が十数人の侍女を侍らせてにこやかな笑顔で迎えた。沙也加を見つけると、飛びついてきた。抱き合うと、沙也加の唇は妹の長い首の下にあった。

母親の元に連れ戻された沙也加は地上はるか上空に浮かぶガラスとコンクリートの邸宅に幽閉された。……


いつのまにか沙也加は眠り込んでしまっていた。

夢をみているのだろうか。沙也加はいつも原色の夢にまみれていると美香が言っていたのを利一は思いだした。おだやかな表情に見えたが、注意深く見ると、ぽってりした厚い唇に不満げな歪みが渇いてひりついたようになっている。子供のような他愛ない寝顔に、利一はつい起こしそびれて、美香に事情を説明するために部屋を出た。もう約束の時間が迫っていたからだ。

飛び石を渡ってゆくと、通りにタクシーが駐車しており、そのそばで美香はしきりに腕時計を見ながら焦燥していた。

「美香さん」と利一は声を掛けた。

美香は振り向いた。髪がそよいだ。

「今、眠っています。あと一〇分待てませんか?」

美香は厳しい視線を向け、それからすばやく腕時計を見て、すげなく言った。

「いいわ。一〇分だけよ」

二人は黙りこくったまま、ときどき見かわすだけで、距離も変えずに対峙していた。往来する車の騒音がいきなり体に闖入し、次第に遠ざかってゆく。一分。二分。時間は確実に経過した。二人は街角に立つ、それぞれに相手を待つ無関係な男女のように立ち尽くしていた。なぜかそのとき、利一はできることならしゃがみ込んで美香の肢体を眺めたいと切望する自分の心のざわめきに気づいた。

出会った当初から、利一は美香に対して好印象は受けなかった。むしろその容貌に嫌悪感に似たものさえ感じた。彼女は自分でも自覚しているように美人ではなかった。まず左右対称ではない不均衡が、次いで片頬骨だけがいびつに突き出ている点が際立って、むしろ醜いとさえ感じた。だが、よく見ると、その目鼻立ちの個々は整っている。目は大きく切れ長で、鼻梁はすっきりして高い。口唇は少し厚くて輪郭がくっきりしすぎているが、形そのものは悪くない。ただ全体のバランスが拙いだけなのだ。

茶髪のごわごわした髪もまた利一にはいつまでも馴染めなかった。

全身のプロポーションは過不足なくすっきり伸びてとても素晴らしかった。なぜ今まで気づかなかったのだろう。いや、利一はとっくに知っていて、故意に目を反らしていたのだ。とても手の届かないと観念し、圧倒する魅力に尻込みしていたのだ。

ちょうど九分経ったところで、利一は美香を見つめ、うなずいてからアパートに戻った。

呼んでも、肩を揺さぶっても、沙也加は容易に目覚めなかった。とろんとした目をして、にっこり笑って、また寝入ってしまう。それで利一は眠り込んだ沙也加を背負って運び出さなくてはならなかった。小柄な体はぐったりとうなだれて重かった。しかも階段はかなり急な傾斜だった。おそるおそる一歩ずつ慎重に辿っていくが、途中で音をあげそうになった。美香は機嫌を損じ、迎えにも来なかった。

あえぎながら、飛び石と泥濘を交互に踏みつつ戻って来る利一の姿を、美香は遠くから蔑むように眺めていた。背中で沙也加はどんどん重くなり、今にもずり落ちそうだった。近づいても、美香は手を貸そうともしなかった。後部座席に沙也加を横たえると、タクシーは猛スピードで走り去った。

それから数日経った、湿った暑熱が夕方になっても収まる気配のない鬱陶しい日のことだった。

地下鉄を降りて改札口に向かったとき、利一は見慣れた後ろ姿を見つけた。美香だった。

そういえばいつも美香の後ろ姿ばかり見ていた、と利一はあらためて述懐しながら、声を掛けようと迫った。だが、なぜか利一はつい声を掛けそびれた。その理由は自分ではよく分かっていた。それというのも美香の後ろ姿に対して自分の心からむせぶような情愛が発散されるのを感じたからだ。利一はふと足を止め、その場に立ち尽くして、離れてゆく美香の肢体を食い入るように眺めた。そのとき利一は、蚤の夫婦の釣り合いのように、自分よりも背の高い女性に憧れるやみ難い自分の嗜好にはじめて気づいたのだった。

地上に出る長い階段に差し掛かったとき、美香の姿はまだ階段の踊り場にあったので、利一は歩調をゆるめた。

階段を登って地上に出ると、すぐに煙草に火をつけながら前方を見やった。すると、まだそこに美香の姿を発見して、気取られないように尾行を続けていた自分に気づいた。のみならず、このままでは心まで蚤のようになりかねないぞ、とひそかに自戒した。

話しかけようとはせず、今度ははっきり意識して尾行を続けた。美香がデパートに入った後、さすがに婦人売り場には立ち入れないので、いったん階下に降りて小用を済ませてもう一度そこに戻ったとき、もう美香の姿はなかった。利一は焦慮にまみれながらあちこち駆けずり回った。諦めかけたとき、トイレから出てくる美香にうっかり衝突しそうになって、利一は慌てて反転して回避した。

かろうじて気取られなかったようだ。それからなおも小一時間うろつきまわって、再び地下鉄に降りてゆくまで、利一は美香の後を追っていた。愚かなふるまいと知りながら、どうしても止められなかった。これといった明確な意図は自覚していなかったのだが、その行動はまさに美香の裸体に棲みついた蚤の生態だった。

「この立場が、離れてゆく後ろ姿を眺めながら追いかけてゆくとこの状況こそ、きっとぼくにはこの上もなく好ましいのだ」と利一は思った。

幼い頃のある記憶がよみがえった。

その頃、利一は去勢されたばかりの猫のようだった。新規開店したデパート。母に手を引かれた六歳の子供は、婦人服売り場で開店記念バーゲンに夢中になっている母からいつのまにかはぐれていた。

華麗な衣装が乱舞する森の中をあてもなくさまよい、あらぬ方向を見つめた冷たい女性の横顔に惹かれ、しきりにそのそばを徘徊していた。とうとう意を決して、恐る恐るマネキンに近づいた。息詰まる緊張の中でそっと手を伸ばした。

固く、そっけない下腹。そこには期待していたものが何もなかった。幼い子供じみた思い込みは、人体をそっくり模倣したマネキンは、まとった衣装のなかで何もかもそっくり備えているものと信じていたのだった。

この記憶は、美香の金髪のごわごわとした髪をたちどころに想起させた。マネキンの野卑をてらった茶髪。剛毛。幼児の利一をはるかに上回る背丈。無関心を貼り付けたすげない横顔。すっきりした均整のとれたプロポーション。……

6

やがて梅雨が過ぎ、夏に差し掛かっても、相変わらず沙也加との白昼の情事は定期的に繰り返されていた。

日を追うごとに沙也加は親愛を増し、その仕草に情愛がこもり、そのぬくもりに愛着が深まった。その成り行きはすでにある信頼の上に重なるので、惑うように肉感的だった。二人はぬくもりそのものの関り方で熟れあっていた。二人は無邪気だった。子供のように陽気に弾け、朗らかに笑った。心と言う微妙な手応えには絶好な好機を捉えるしなやかな弾力が必要だが、それをこともなげに手に入れ、歓びは魚のように跳ね、鳳仙花のように爆ぜた。

沙也加の裸体は気の許せない重さをゆらめかせ、奔放で、あでやかだった。愉楽に身悶えし、妖艶にあえいだ。

だが、行為を途中で止め、上体を起こして眺めるとき、とりわけ明かりを恥らって顔を隠そうと両手を心もとなげに翳すとき、その子供じみた体形があらわになる。それで利一はいつも欺かれたような気分になるのだった。その下半身はそれなりに豊かだが、豊満すぎる乳房を除けば上半身は未熟で、貧弱だった。

したがって利一の脳裏にある豊満な印象は、絡み合った時の見えない全身と、二人の動きと、利一が全身で実感し、そのたびにはぐらかされているぬくもりの放埒さによっていた。そのせいで、ときどき抱擁の最中に、この妖艶な気配が、二人とは無関係に、背後にうごめく得体の知れない生き物に思えて不安になった。天井には誰かの目が潜み、壁には聞き耳を立てている気の置けない気配がある。体の動きが、わずかにずれた部屋の動きと重なって、ちぐはぐに揺れる。

虚脱した体を横たえて煙草を喫う利一を、沙也加はいつも欲しい唇を妨げられているように、物欲しげに、不安げに見ている。

食後のテーブルに忘れられた父親の煙草をこっそり失敬して以来、煙草は利一のひそかな嗜好品になっている。一人で喫っているとき、全身でうごめいている肥った蛹がつと顔をあげて虚空を見上げるように、注意深く放心している。ゆらめく煙のように明確な形をなさない思惟が全身を素通りするのを許容するゆとりが好ましいのだ。

　煙草をくわえた乾いた唇の間隔は記憶にない母親の乳首を啄んでいるようでもある。また、他人と接するときの煙草は緩衝材になっている。もともと他人との対面が不得手な利一には、指と指に挟んだ煙草がもう一つの視線であり、人格となって、利一を保護しているのだ。

「そうだ、前から訊こうと思っていたことがある。バスの車中で初めて会ったとき、沙也加は窓に指で数字を三桁書いたろう？　あれを覚えている？」

「数字？　何のこと？」

「五〇三さ。あの夜、それを思い出して沙也加の病室を探り当てることができたのだ」

「憶えていないわ」

　沙也加はきっぱりしりぞけた。なおも言い寄る利一を不機嫌そうに振り払った。

「つまらないことに思えるだろうが、ぼくにはとても重要なんだ。思い出してくれ」

「何かが何かに対して重要だというのはおこがましいわ。すべては等価ではないかしら。いずれにしろ、私はあなたの言う数字には何の憶えもないの。私が窓に何か書いて、利一さんに伝言したとでも言うの？　申し訳ないけれど、出会ったばかりの人にそんなことするはずがないじゃない」

　もっともだ。

「だが、沙也加が立ち去った後、ぼくははっきり見たんだ」

「あなたが自分で書いたんじゃない？」

　沙也加ではないとしたら、利一自身か、二人の間に割り込んで介添えした尼僧がとっさに書いたとしか考えられなかった。利一は黙り込んだ。部屋が萎縮してあるがままの広さに変わった。

「利一さんは、まだ自分の特別な能力に気づいていないのよ。あの夜、きっと利一さんは誰にも教わらないのに私の病室を直感したのだわ。でも、それは日常ではありえない現象なので、窓ガラスに私が手がかりを残したと言う物語を作り上げたんだわ。あなたにはあらゆることを見透せる透徹した明察が備わっているのよ。ただ、今はまだ自覚できないだけなの」

利一はくすぐったい気分に揺られていたが、その実感は露ほどもなかった。

「何を考えている？」と利一。

「なんにも」と沙也加。

愉楽の甘美な余韻が、指の中に、頬の中に、腰のあたりに、火照りのようにほのめき、ぬくもりのように揺らめいている。利一はうつ伏せになってまた煙草に火をつけながら、窓外の光にまやかされて見えない炎が口元を照らし怠惰な歪みを映し出したように思った。

「沙也加はどうしてぼくを勧誘しないのかな？」

「やはり知ってたのね。私が新興宗教の教祖の娘だって」

「知りたくないのに、お節介にもいろいろ告げ口する人がいるからね」

病院で一緒だった面々は、極秘裏に内偵しているのだから当然のことだが、沙也加が所属する教団の内情に詳しかった。内紛にも触れている。教祖は後継者に娘二人のいずれを選ぼうか迷っており、姉妹それぞれに後援者が群がり、教団は今真っ二つに分裂しそうだといった状況らしい。

「意外ね。利一さんは宗教に興味あるの？」と沙也加は訊いた。

それまで利一が宗教なんかにてんで興味がないと信じ切っていたらしい。

「宗教が、その宗旨が来世と現世のいずれに重きを置いているかで大別されるなら、後者には少し興味があるね」

「あなたは来世を信じているの？」

「いや、否定しきれないだけだよ。また期待もしていない。永劫なんてたまらないな。限りあるからこそ耐えられる。現世だけで十分だ。その現世さえも持て余している状況なんだから」

「私には難しいことは何一つわからないの」

沙也加は思惟を顔の中心に集めた表情をした。

「フィクションか、パワーかだ。ぼくは来世を否定しきれないが、来世での救済は信じない。それはフィクションで、決して確認できない契約だ。だが、現世での救済はあると信じている。全能を、悟りを、みずから体現することによってね。ぼくは仏になりたいのだ」

「それは可能なの？」

「ドストエフスキーはある小説の中で、世界で二、三人だけがその可能性があると仄めかしている。ぼくもそれを否定しきれない。なぜならぼくらの誰もが生れながらにしてその能力を秘めているのに発芽できないだけなのだから。いかにめざましい変革といえども、ただ単にたまたま潜在能力が発現されるだけなのだ。たった数人がたまたまその境地に達したとしても不思議はない。だから、宇宙のどこかに人間と同じような生命体が必ず存在すると確信するほどには信じている」

「私はすべてを信じているようでいて、その実何も信じていないんだわ」

「ぼくらの本質のほとんどは闇に葬られている。顕在化された意識は潜在意識に比べれば砂粒のようなものだ。西洋では無意識とか集合的無意識とか言われているものが、東洋では末那識（まなしき）と呼ばれるが、どうやらその上位に阿頼耶識（あらやしき）と呼ばれる意識があるらしい。人が誰しも内在しているその意識を体現するとき、おそらく人は仏になる。今はまだ、それ以上のことは何も分からない。ひとかけらの知識を齧っただけだ。きみのお母さんにいつか訊ねてみたいな」

沙也加のあどけない顔にすっと翳がさした。

「私は能力がこれっぽっちもないのに教祖に祀り上げられようとしているの」

「気が向かないのなら拒否すればいい」

「そうもいかないわ」

「なぜ？」

「血よ」

「じゃあ、お母さんにはその能力があるの？」

「信者はみなそう思っているわ」

「ふうん、どんな人なんだろう。一度会ってみたいな」

「あら、利一さんのよく知っている人だわ」

「何だって？」

「利一さんはつい先日まで児童養護施設に体験入所していたでしょう？」

「ああ」

「そのとき班長と自己紹介した人が母よ」

「え。あの人が？」

利一はサファイア色の眼鏡を掛けた、貧相な、意地悪そうな顔を思い出した。だが、それ以上の印象は何一つ残っていなかった。

「あの施設の実質的なオーナーは母なの。私たちが出会った日、私は大事な用件で母を訪ねて養護施設に行ったの」

　そのとき沙也加は「大事な用件で」と言ったのだが、利一は取り立てて留意しなかった。もしそのとき訊いていれば、嘘のつけない沙也加のことだからあっさり白状しただろう。二人の関係にとって機微に触れる大きな理由だったが、この時点ではなおざりにされた。

「だからたまたま同じバスに乗り合わせたのか。でも、なぜお母さんは班長だと自称していたのだろう」

「隠れ蓑よ。母の謙虚さの表れだと褒めそやす人もいるけれど、きっと後ろめたい負い目がそうさせたのだと思う。そもそもあの施設を建てたのも贖罪のつもりなんだわ。莫大な資産を築き上げるのにずいぶん悪辣な手段を講じたのだろうから」

「どんな?」

「私は母の事業については何も知らないの」

　それについては疑念の余地はない。Q教団の実体についても何も知らないのだろう。

「祖母が死んで、母が跡を継いだの。と言うか、祖母は多くの人達の信望を集めていただけで、実際的に組織だった教団を創設したのは母だわ」

「それで、次はきみが継ぐのか」

「………」

　沙也加は仰向けになって、じっと目を見開いていた。口元が不機嫌そうで、まるで見知らぬ女のようだった。不貞腐れて反り返っているようなその乾いた唇に煙草をあてがうと、沙也加は軽く一息吸ってから、にわかに眉をひそめ、何かつぶやいた。

「私ったら……」

　静かな、光の中で紙片が燃えるような笑みが、最初は不敵に、それからすぐに自嘲気味に歪み、浮かんで消えた。

「何かあったの?」と利一は訊いた。

「ううん、」と首を振って、沙也加はすばやく顔を向けた。

　咎めるような、とげとげしい、険しい表情だった。

　それはまるでたった今つぶやいた言葉を忘れてしまったような表情だった。利一は確かに沙也加のつぶやきを聞いたが、今ではそれも心許なかった。利一は利一の知らない沙也加を見たような気がした。

　煙草を消して、その手を伸ばして沙也加を抱き寄せた。大人しくなすがままになっている沙也加の吐息が胸のあたりにすうーすうーと触れているのを感じながら、背中に触れた指に力を込めて注意深くまさぐりつつ、『このやわらかな裸体は、ぼくだけの特権ではない』と利一は思った。

この疑念は軽い驚きを伴って脳裏をかすめたが、これまでもいくたびか手繰り寄せた、出会った当初から心の底にあったものだ。これといった明確な根拠があったわけではない。出会いの唐突さにも（そもそも唐突でない出会いというものがあるだろうか?）、滑らかすぎた融合にも、虚偽めいた印象はなかった。制限付きの密会も沙也加の立場を考慮するなら不自然でもなかった。だが、やわらかな肉体に触れて自らの重みで沈んでゆく指先が、豊熟な肉感があらかじめ漂わせる腐敗の兆しのように、ふとした違和感を嗅ぎつける。空間がずれて、時間がつまずく。

『きっと誰かとの共有なのだ……』

と言う予感が、不意に、予兆もなくふっと利一の脳裏に芽生えた。

それは風に吹かれた無数のたんぽぽの種子がたまたま顔面にふれたというほどの疑念だったが、ずっと以前から利一の心に付着して育まれていたような気がした。

いつか沙也加がこう嘆いたことがあった。それを思い出した。

「幼い頃、うっかり人形の首を引っこ抜いたことがあった。数日後、隣のマンションの女の子が海水浴場で水死した。もっと大きくなると、私が死を願った人はどんどん死んでゆくと言う事実に気づいた。私の思念は呪詛（じゅそ）そのものなの。だから私は一瞬でも人を恨んではいけないの」

目を閉じて狎れ合う沙也加の肉感は、触れた範囲を起点としてどんどん無辺際に拡がり、手を離すとたちまち消え去る触感の性質にゆだねられていた。沙也加は此処にいて、同時にここに居ない。

いきなりドアがノックされた。

沙也加は急いで立ち上がって、さっさと着替えを始めた。脱衣するときよりも着衣するときの方が、含羞に身をすぼめ、ぎこちない身振りになった。揺れる肢体から含羞がぽろぽろ零れ落ちる。やがて戸口に立った美香の介添えに身を任せて出て行った。そのとき沙也加の背中に回した美香の手首のサポーターがいやに気がかりに利一の目に留まった。

利一は急に冷めた部屋で裸体のまま仰向けになって窓外を見やった。

空虚に充足していた。悦びはあった。これといった明白な懸念はなかったし、不安と名指しできる根拠もなかった。だが、妙に乾いた充足だった。悦びの空間に淡く漠然とした違和感があった。誰も居ない電話ボックスの周囲とは異質な空間。街は歩いている。だが、電話ボックスの中の時間は停止している。途絶えた通話。

利一は思わず上体を起こし、ドアの方に顔を向けた。

「――沙也加、きみはどこに居るんだ？」

眼前に居る沙也加に向かってそう叫んでいるような噴霧を、けだるい身体の奥底に感じたが、立ち上がる気力もなく、その場を動かなかった。

それ以後も、白昼の時間に制限された情事が重ねられた。こうしてまた瞬く間に一カ月が経過した。

情交の後、利一も沙也加も心地よく寝入ってしまうことがよくあった。そのたびに美香にドアをノックされて起こされ、制限時間は厳守された。

その日も、狂ったような饗宴の後、二人揃ってあっけなく寝入ってしまったらしかった。目覚めたとき、約束の時間はとっくに過ぎていた。その日に限って美香の催促がなかった。或いは、ドアがノックされたことに、気づかなかったのか。

利一は目を閉じて安らかに横たわった肢体を追想していた。目を開けると、沙也加はその体もその心も可憐な愛玩物のようだった。

ゆくりなく眺めているうちに利一はだんだん落ち着かない気分になった。沙也加のこぢんまりとした整ったまろやかな裸体に、どこか不調和な部分があるからだ。屈曲してわずかにずれて重なった両足の長さが違うような。肩から腰に掛けての部位のどこかに不自然に長い、あるいは不自然にふくよかな部分がのさばっている印象がある。それは八頭身のマネキン人形には決して見られない不均衡で、不安とも言えず、倦怠とも言えない、惑うような蠱惑（こわく）となって利一の目に映るのだった。どうかすると、外形的には大きな隔たりがあるが、奇形が突き付ける波紋にさえ似ている。

閉じていた目が人形の仕掛けのようにぱっちり開い

た。

「あら、大変。どうして起こしてくれなかったの！」

沙也加は仰天して飛び起きて叫んだ。もう裸体にコートをまとって、ドアを開けて廊下に出ようとしている。利一は着替えに手間取り、廊下に出たときはもう沙也加の姿は階段を下りて玄関を出ようとしているところだった。利一はそのまま共同トイレに向かい、小窓から外を覗いて、沙也加の姿を探した。

す軽い身のこなしで敷き石を飛び越える沙也加の姿が見えた。隘路を伝って通りに出ると、右手を上げた。タクシーがさほど往来する地域ではないのに、まるで待ち構えていたように黄色い車体が横づけし、沙也加を取り込むとすかさず走り去った。

「やはり目が見えないというのは真っ赤な嘘だった」

と利一は呻いた。

最近は松葉杖こそ持参しなくなっていたとはいえ、依然として足取りを覚束なく装っていたが、利一はすでに両脚は健康そのものだと考えていた。一方、視力についてはまだ半信半疑だったのだ。セックスするときはもっぱら目を閉じていたからだ。とにかくそのいずれも真っ赤な嘘っぱちだった。

利一は何度か疑い、そのたびに払拭されてきた偽装をとうとう見極めたと思った。だが、なぜ沙也加が偽装する必要があったのかは依然として謎だった。また、これといった失望も怒りも涌かなかった。利一は眼前に起こったことをあるがままにすべてを許容し、静かに当惑していた。

トイレを出て部屋に戻ろうとしたとき、廊下でカタッという音がした。利一の気配に驚いたとも、利一の出現を待ち構えていてせっかちに反応したとも取れた。利一はいったん立ち止まって様子を窺った。

利一の部屋の斜め向かいの東大生の部屋から光が洩れていた。利一は彼が白昼のこんな時間に在室していた事実を知って驚いた。中途で留まっていたドアがゆっくり開いた。

青白い顔に髭の剃り跡が濃く残る、ひょろりと背の高い痩せた体が躓いたように出てきた。まっすぐ顔を上げ、薄暗いとはいえ、明らかに利一の存在に気づいているのだが、あらぬ方向に視線をそらし、奇妙に腰をひねった歩き方でこちらに向かってきた。ひょろりと伸びた痩せた肢体に、体毛の濃さが際立つ、薄青いブリーフ一枚の恰好だった。

「こんにちは」

初めて利一に気づいたかのように、だがその衝撃を少しも感じさせず、悪びれもせず、彼はにっこり笑って利一をやり過ごした。

「ああ、こんにちわ」

利一はすっかり動揺して、慌てて挨拶を返した。部屋に入っても、くねくねと腰をひねって歩く姿が脳裏にちらちら舞って容易に離れなかった。

「驚いたな。あいつ、部屋に居たのか」

と、利一はあらためて驚き、呆れ果てた。これまで昼間のこの時間帯には、物音ひとつしなかったし、その気配もなかったからだ。

「こっちの情事は筒抜けだったというわけだ」

翌週、指定された時刻に現れたのは、美香だけだった。

「ごめんなさい。今日は都合が悪くなったの」

美香はすまなそうな目で訴え、何か言いかけて顔を逸らしたが、なぜか利一はすでに予感していたような気分でいた。先週の沙也加のあたふたと駆けて行った光景を想い返した。

「仕方がないですね」

利一は自分を納得させるようにうんうんと二度うなずき、

「良かったら少し話したいのですが」と誘った。

不首尾の負い目からか、美香はすんなり従った。

利一は薬缶に水を入れ、ガス台にかけて火をつけながら、窓際に座って窓を少し開いて外を眺めている美香をこっそり見た。美香のそばには沙也加との情事を繰り返した、今朝も真新しいシーツを取り代えて準備したベッドがある。

「沙也加には口笛を吹かれたら駆けつけなくてはならない男がいるんですね？」

利一はだしぬけを計算して単刀直入に指摘した。美香の表情には何の変化もなかった。利一が疑いを抱いていることに少しも驚いていない様子だった。思わしげにカバーが半分めくれたベッドの方を眺めていて、やおら顔を戻して訊いた。

「あの子からは何も聞いていないの？」

「ええ」

「どんなにうまく装ってもあなたに隠しおおせるとは思っていなかったわ」

「セックスを重ねているとなんとなく分かるもののようです。密着した二人の裸体の間に誰かがいると。……沙也加を虜にしているのはどんな男ですか？」

「あら、あの子を虜にしているのはあなたよ。ぞっこんなんだから」

「でも、他に男が居る」

「それは否定しないわ。でも、その男の存在は、本当はずっと以前に見透かしていたんでしょう？　何もかも。最初っから」

「いや、疑念を持ったのはごく最近のことだ。沙也加が眠り込んで慌てふためいて飛び出していったときにそれが確信に変わった。すべては嘘っぱちだった……」

「とんでもない。どうしてそんなふうに考えるの？」

「だって、盲目でもなければ、脚だって不自由ではなかった。ずっと騙していたんだ」

そのときの美香の表情は信じかねる驚きに満ちていた。

「呆れた！　あなたは自分の能力をこれっぽっちも使っていないのね。母はあなたを非常に買い被っているけれど、沙也加の心情を見破るほどの洞察力もないなんて、ずいぶん怪しいものだわ」

「……」

「それとも恋は盲目ってことかしら。とにかく、沙也加はあなたを騙していたんじゃない。擬装はもう一人の男の目をくらますためだったのよ。外出にはいろいろ口実が必要だもの」

「ひょっとして沙也加は結婚しているの？」

と利一は確認した。さもなければ相手は婚約者という立場だろうと思った。

「まさか、既婚者は相手の男の方よ。子供も一人いるわ」

利一は愕然とした。

そんな不利な立場にありながらいったいその男は沙也加にどんな影響力を保持しているのか。監視されているわけでもない。暴力で拘束されているわけでもない。すると、外出の口実は自ら進んで捧げる健気な心遣いだったというわけか。そんな相手との競り合いでの優位性は何だろう、と利一は暗い気分になった。

「子供みたいに駄々をこねてすべてを失いたいの？」

「そうじゃない。ぼくはすべてが欲しいのだ」

「当初はうまく行ってたじゃない。弁えて自分の心に折り合いをつけていたのでしょう？」

「事情を知らなかっただけだ」

「呆れた！　あなたの能力を持ってすれば何もかも見透かせたはずよ」

「ぼくにそんな特殊な能力はない」

美香は大きく目を見開いてまじまじと利一を見据えた。

「とにかくちゃぶ台をひっくり返して沙也加を困らせる真似だけはよしてね。あなたは遅れてやって来た一周遅れのランナーなのだから」

「だから、こそこそとエサを掠め取る泥棒猫の立場で我慢していろと？」

「沙也加はそれこそ身を切られるような思いであなたに会いに来ているのよ。よく考えてちょうだい。あなたと会っている一分一分が、愛人への手ひどい裏切り行為なのだから」

それはそのままぼくへの裏切りではないのか、と内心反論しながら、利一は言った。

「解決の糸口はないと？」

「時間しかないわ」

と美香は言い捨てて立ち上がった。送ろうと言うのを冷淡に遮って部屋を出る間際に、つと振り返って、

「母が私の悪戯を咎めるとき、叱咤せず、無言のまま右手をぐっと突き出して、動かない目でじっと見据えたものだわ。すると、巨大な岩石が物凄いスピードで急迫し、身体の三センチ手前でかろうじて停止したような衝迫を受けた。ねえ、私に向かって右手を突き出して精神を集中してみてちょうだい」

利一はそうした。

「何も感じないわ。本当に、母の言うようにあなたに特別な能力が備わっているのかしら」

怪訝そうな顔つきをして美香は宙に浮いている利一の手を取ると、手繰り寄せて左胸に押し当てた。目を閉じてそのままじっとしていた。やがて今度は右胸に移動させて同じようにそっとくるませるようにあてがった。指を軽くたわめてすっぽり収まるほどの乳房のふくらみは、わずかに大きさが異なっていた。その差異が戸惑っ

た利一の脳裏に揺れていた。

「やはり何も感じないわ」

美香は失望したようにつぶやき、そっけなく身を翻して、利一を制してドアが閉められた。

利一は掌に残った柔らかな弾力に気を囚われ、運動場に忘れられた砂まみれのへこんだサッカーボールのように取り残されていた。

しばらくぼんやりテレビに見入っていたが、ひどく落ち着かないので、何をするともなく立ち上がった。すると、部屋が大きく傾き、にわかに巨人になったような気がした。

利一は柱に吊られた猫の長い尻尾に囲われた鏡を凝視しながら、右手を思い切り突き出した。指を開いた掌全体にぐっと気を漲らせた。

とつぜん部屋がぐらぐらと揺れた。錯覚だろうと危ぶみ、天井の蛍光灯を見上げると、確かに小刻みに揺れている。全身に筋肉が逞しく漲るように感じたとき、テレビの音声が地震の緊急警戒警報を伝えた。

利一はやわらかく苦笑し、狂乱にうち興じる予定だったベッドを眺め、全身を脱力させて倒れ込んだ。警報が繰り返されていた。「震度三。マグニチュード4.2。津波の心配はありません。……」

7

その夜、利一は夢をみたが、それはまさに世に言う正夢だった。というのも、その後利一が辿った体験を忠実に先取りにしたような夢だったからだ。

こんな夢だった。

……うっとおしい長雨が続き、珍しく好天に恵まれた日のことだった。夕暮れになると、急に冷え込み、風は身を切るように冷たかった。

街全体に不穏な騒擾（そうじょう）が満ち、誰もが帰宅を急いでいた。はっきりした情報は掴めず、そのために人々の不安は募る一方だった。どうやら古本屋を中心に怪文書が出回っているらしい。

そんな矢先だったので、商店街をうろついているところを隘路の暗がりに潜んでいた警官に呼び止められたのはごく自然ななりゆきだった。横柄とは言えないが、執拗な訊問に、利一はすっかり腹を立てて、わざと無視していたが、なにしろ相手は屈強な大男だし、逆らっても無駄だと観念し、住所と名前を告げた。

警官は手帳を開き、「やはり、あなただ！」と狂喜した。不審に思って問い質すと、利一の不在の間にアパートに泥棒が入って、書物を洗いざらい盗んで行ったのだと言う。

「なんてことだ。大事な本もあったのに！」

書物の大半は万引きで手に入れたものだったので、それには触れず、

「それで犯人は捕まったのですか」と訊いた。

「ええ。上野駅で逮捕しました。ですが、肝心の被害者が見つからないので捜査本部はやきもきしていたところなのです」

「それで、本は戻ったのですか？」

「それが……残念ながらすでに処分済でした」

警官は不首尾に恐縮し、しきりに利一に同情した。

「それは困った。なにしろ本には手紙とスナップ写真が挟んであったのです。交通事故で見舞いに来た両親が残していったものです。家族がまだ仲睦まじく幸福だった時期のもので、家族の再構成になくてはならない代物なのです」

利一は、何とか犯人を説得して、せめて相手には価値のない写真だけでもぜひ取り返して欲しいと懇願した。警官は面目なさそうに大きな図体を持て余していたが、利一がそうまでアルバムや手紙に拘泥する理由が腑に落ちないらしく、次第に疑惑を募らせてゆく。利一は、万引きのこともあるので、これは厄介なことになると思い、あっさり諦めて、そう表明し、立ち去ろうとした。

すると、その豹変ぶりがまた警官の疑念を招いたらしく、街に出回っている怪文書と関連づけ、いつまでも尾行してくる。なにしろ怪文書はさる有名人の私生活を暴露したあらぬ誹謗中傷で、それには手紙と写真とが使用されていたからだ。

長い紐を引きずったように歩き回ってアパートに辿り着くと、倉庫の陰から人影がゆらりと動いた。その出現の仕方は今しがたの警官とそっくりだった。

驚いて振り返ると、アパートの大家だった。緑のベレー帽に黒っぽいジャンパー。開いた胸元から真っ赤なポロシャツが覗いていた。待ち構えていたように利一を手招

きし、辺りをしきりに憚りながら、耳元でこっそり囁いた。

「実はあなたの斜め向かいに住む屋敷さんのことですが……」と口ごもる。

「ええ、東大生の方ですね」

「そうです、そうです。それで、実は……その、なんですが、何か不都合なことはありませんか？」

大家は利一に全幅の信頼を置いている。それというのも家賃が一年分前払いされているからだった。

「不都合なことと言いますと？」

「それがですね、何と言ったらいいのでしょうか、その、少し……変わっている方でしょう？」

「廊下で何度か会って挨拶を交わした程度で、話を交わしたこともありませんから、もちろん断定はできませんが、まあそんな風に取られても仕方がない面がありますね」

利一は大家の主観的な印象を肯定的に受け流した。初めて対面したときなど、こそこそ逃げ隠れするような臆病な態度を示したからだ。かろうじて踏みとどまった全身に哀れな動揺があからさまに映じていた。

また、ドアが少し開いていて、深夜に外出する利一をじっと探っているような予感をいつも感じていたし、部屋に居てもじっと耳を澄ませてこちらの気配を窺っているように感じられた。それに、つい先日の青いブリーフ一枚の奇妙な歩き方だ。その情景を思い出して、利一は急に不安になり小声でつぶやいた。

「とはいえ、他人に危害を及ぼすようなタイプでもなさそうですし」

「ええ、その点は、私も心配はしていないのですが、……実は今日、というのもあの方まだ家賃が未納なのです、それで催促するために訪ねたんですが、ノックしても返事がないのです。帰宅を確認し、それ以降出かけた様子はないし、不思議に思いながら何気なくドアのノブを握ると、いきなりドアが開いて、――」

「彼が居たのですね？」

「ええ、ドアに張り付くような間近で。それが、……プライバシーの問題がありますから、私としても言いにくいのですが、なんだかネグリジェ姿だったような気がするのです。淡く透きとおる、黒の、ひらひらの無用な飾りのふんだんにある、……いや、私も動転していてはっきり見定めたわけではないのですが」

「あり得ないことでもなさそうですが、でも、よく女の人が訪ねて来ていたようですよ。そのときもそうだったのではありませんか。だとすれば、不在を装って返事をしなかったのも合点できます。それに、あなたがそんなに動揺していたのなら、二人並んで立っていて、ネグリジェの方は彼女だったということも」

「いいえ、いいえ、決して。間近に対面したのは、私よりも三〇センチも背の高い、髭の剃り跡の濃い、ハンサムな整った顔なのになぜか妙にいびつに見える、紛れもないあの男です」

「そうですか。でもそうした特殊な趣味があったとしても、取り立てて問題にするには当たりませんよ。誰にだって他人から見れば一風変わった性癖の一つや二つはあるものです。そういうぼくだって、真夜中に女が忘れていったパンティストッキングをふと穿いてみたいという衝動にかられたり、いつのまにか鏡の中でリップスティックをなぞっている場面に直面しますから。いずれにしろ、個人が部屋の中でこっそり楽しむ嗜好なぞは許されるべきでしょう」

「ええ、まあ、そうですがね」

大家は少し後ずさりして、利一の身体をしげしげと眺め、今度は新たな不安を抱え込んでしまったように、何度も振り返りながら隣の自宅に戻っていった。

利一が部屋に戻ると、いつのまにか沙也加が訪ねており、ベッドに顔を伏せていた。利一は声を掛けもせず、憂鬱な気分を抱えながらその姿勢を眺めていた。ちりちりと、頭髪の焦げるような微細な、不安をそそる音が聞こえていた。気がかりに思いながら放置していると、今度は机の抽斗に紛れ込んだ虫のガサコソあがく音に変わり、次第に大きくなってゆく。だが、起き上がって確かめる気分にもなれないし、これといった被害も想定できないので放置していた。とこうする間に、もはや容認できないけたたましい音響になった。とても我慢できないと起き上がると、枕元の電話が鳴り響いていた。

ひどく慌てて受話器に飛びついたところを見ると、利一はとっさに相手の見当がついたに違いない。あらかじめ予感し、危ぶんでいたようにも思える。

取ってつけた嘘でたやすく言い含められ、直面していること以外にはいたって無頓着な沙也加でさえ、窓際で疑り深そうな目で見ていたから、利一の態度はよほど動揺していたらしい。

「はい、そうですが」

利一は沙也加を憚って慎重に応えた。

「私よ。驚いた？」

受話器の中で美香は歌うように言い、その特徴のある擦れた声が受話器からするすると抜け出して利一の耳に絡む。

「動揺している？」

美香はからかうように訊いて、この電話が利一をいかに効果的に狼狽させたか十分心得ているといった調子だ。

「いや、別に」

利一は平気ぶって、手早く切り上げるにはどうしたらいいか、あれこれ思いめぐらせながら、そっと沙也加を窺った。沙也加は足を崩した姿勢を少しも変えず、あらぬ方向を向いていた。見えない両手は手編みでもしているように見えた。疑惑を編んでいるのだろう。

「昨夜も、私、部屋に行ったのよ」

「うん、……」

それは、早朝帰宅した際に見つけたドアの前に置いてあったケーキで分かった。

それから、なおもうんざりするような遣り取りが続いた。

……いつ果てるともない夢だった。

夢は利一の現実を先回りしているようだった。特に、まだこれといって親交の深まっていない美香との関係が、夢ではすでにのっぴきならない状況になっていたからだ。そして、まさにその状況を遅ればせながら整えるかのように現実が展開していった。これは不思議でも何でもない。夢に利一の願望が反映していたからでもあるし、また夢が触発して、優柔不断な利一をそそのかしたとも考えられるからだ。

現実が夢を追いかけて、ようやく追い付こうとしていた。

上京した当初から、利一にとって都会は、地下鉄と大学と居酒屋と数百メートルも歩けば行き当たるパチンコ店とコンビニであった。どこも混雑している。勤勉さと遊興。規範と離脱。

うるさいくらいの音響と立ち込める煙草のけむりに包まれた喧噪の中で利一はその日もパチンコに興じていた。

最近やや下火となったとはいえ、一時は市場規模が三十兆円をこす産業となっていたこの遊戯には、継続的な依存症を導く巧みな姦計が巡らされている。その不必要な音響や点滅する電飾もそうだが、弾かれる鋼球のリズムがまた絶妙なのだ。飛び出す間隔は昂奮した鼓動に似せてあると利一は考えている。さらに、偶発的にやって来る大当たりに触発されて大量の神経伝達物質が分泌され、薬物依存に似た状態に陥ることも証明されている。厄介なのは、不調なときにますます熱中し、はまってゆく競技者の精神構造である。

最後の一球が吸い込まれるのを確認して利一は立ち上がった。その時、座席のそばに大当たりした箱がうず高く積み重ねられているのが目についた。

背筋をすっと伸ばした姿勢で、きらきら光る鋼球が無数の真鍮の釘に弾かれながら乱舞する遊戯台を一心に凝視する、鬘のような剛毛の茶髪に覆われた、表情の乏しいそっけない横顔。すぐに美香とわかった。

利一は空席になっていた隣に陣取ると、そのまま黙って美香の横顔を見ていた。しなやかな白い腕が伸びて、握られた細い指がほぐれると、利一の台の懐に使用球がもたらされた。無くなると、また追加された。それが何度も繰り返されたが、美香は一言も口をきかなかった。唇のそばのケロイド状の痕がまばゆい店内の光に光っていた。それに手持無沙汰な左手の手首を覆ったサポーターも目立った。

店員を呼ぶボタンを押しながら、ようやく利一に振り向いて、「出ましょう」と美香はそっけなく言った。

駆けつけた店員が勝利品を手押し車で運び、特殊な景品と交換し、別の場所で換金される間、利一はひどく所在ない気分で隣に突っ立っていた。

「すごいね」

「あら、いつものことだわ」

美香に言わせると、一列九台のうち確実に勝てるのは一台だけで、その台が、店内にはいったとたん、まるで後光が射しているようにたちどころに分かるのだそうだ。

「それじゃあ、愉快でたまらないだろう」

「ちっとも。うちの母は沙也加には課さないが、他の人たちには金銭的な自立を義務づけているの。だから生活費を稼ぐためにやっているので、面白いわけがないわ。だから、ときどき別の遊技台に移って、負け続けるのを知っていてわざと自虐的な気分を味わってみる。これがけっこう快楽で、いい気晴らしになっているの」

「ふうん」

「それで？」

振り返らずに前方の一点を見つめながら、美香が訊いた。

「え。」

「これから私たちはどこに行くの？　軍資金がたっぷりあるから何処でもいいわ」

夕食には焼肉を選択し、利一は久しぶりの豪華な食事を満喫した。

美香は終始寡黙だった。食欲も進まない。うかない顔つきの美香を相手にしながら、それでも利一は少しも不満ではなかった。テーブルの上にある二つのグラスのように、そことここに、さりげなく対峙しているのがごく自然で、好ましかった。利一はときおり美香の容貌を見つめ、いつのまにか惹かれはじめていた。

少し開いた口元からこぼれる白い歯。首を回してどこかあらぬ方向をみた横顔。近視なのか、目を細めて見る、疎ましげな視線。おそらく写真に写った美香の顔は一様に険しく、冷淡で、顔形のあくどい凹凸を際立たせているだろう。だが、ちょっとした表情のゆらぎについつい魅了される美しさが垣間見えるのだった。

利一は何度か持ち掛けようとした誘いの言葉を、またタレのべったりついた肉と一緒に飲み込んだ。躊躇させていた理由は、魅力が高まれば高まるほどしり込みせざるを得ないという通常ありがちな臆病からである。どんなに好感を嗅ぎつけても冷淡に拒否されるのではないかという恐れは消えなかった。そのうえ、別の理由もあったのである。というのも、坂本の情報だが、彼女がとても淫奔で、信者の誰彼となく通じているという噂である。

「それじゃ、またいつか」

食事を終え、ナプキンで唇を押さえながら、美香はちらっと上目遣いに利一を見た。

「うん」

利一は少し物足りない気持ちを揺らしたが、素直に従った。

路上でいったんは別離の言葉を交わした。が、少し気になって振り返ると、美香は横断歩道を渡って行く途中で、ちょうど車道の真ん中に立って、くるっとこちらを振り向き、「寝る？」と驚くほど率直に訊いた。背後で信号がちかちか点滅していた。

そのとき利一の念頭に沙也加の顔が浮かんだ。ためらいがゆらいだ。体内にゆらめく反動がかえって利一を誘った。

「そうしようか」

一瞬間を置いてから、利一はものうくうなずいた。

相手から誘われるのはもちろん初めての経験だったが、美香に関する限り、美香の主導なしには決して進展しなかっただろう。

その場所からもっとも近くのラブホテルを選ぼうとしたが、美香は利一の部屋の方がいいとせがんだ。美香の真意ははかりかねたが、この時間帯では沙也加と鉢合わせる恐れもないので利一も承知した。

タクシーを拾おうとすると、美香が制した。

「歩きましょう。ここからだったら、ものの三〇分もかからないわ」

美香は何度も沙也加を送迎したから利一より地理に明るかった。だが、予測を誤っていたのか、かなり時間を費やした。利一の両足は鈍重な鎖に繋がれているようだった。二人は急に無口になって、とぼとぼと歩道を歩いて行った。背中にネオンの妖しい色が映っていた。

部屋に入るとすぐに美香は衣服を無造作に脱ぎ捨て、ベッドにすんなり横たわった。その均整のとれたすっきり伸びたしなやかな裸体は、利一が常々感じていたようにそつのないマネキン人形を思い出させた。

美香はあっさり利一を受け入れたが、その肉体は無反応だった。

利一はキスして、それから唇のそばにあるナイフで削いだようななめらかなケロイドにキスした。美香は謎だらけだった。このケロイドもそうだが、ベッドに裸になっても外さない左手のサポーターも気がかりだった。もしそれらが美香の精神に大きな影響を与えているとしても、美香自身は無頓着に窺える。傷は本人に対しても閉ざされていた。

不思議なことに、利一は無感動な肉体を前にしても、面目を潰されたような気まずさも、むやみな焦慮に煽られずに済んだ。美香の前ではすべてをさらしだせる気がした。遠い必然を感じた。おおらかな許容が二人を包み込んでいた。この不思議な共感は、二人の関りのすべてが虚偽でしかないと言うお互いの共通した理解のせいであったかもしれない。手元からこぼれたゴムまりが、無感動に、忠実にバウンドするようなゆるやかな動きの中で、性器が蕩けてゆくようだった。

「中断しよう」

とうとう利一は交接したまま動きを止めた。上体をよじって枕元の煙草を取った。

美香がせがむので、手渡した。

美香の喫いかたには妙な特徴があった。まず煙草をつまむ指の仕草がぎこちなく、それを口に持ってゆき唇に咥えるまでの経緯が慎ましく受容的なのだ。それは美香が世界を前にしたときの対処をありように似ていた。美香は決して周囲にうまく溶け込んでいるようには見えない。媚態も欺瞞もない。それでいて、その孤立した姿勢はなんというおおらかな楽観と許容に満ちていることだろう。

「さあ、再開しようか」

灰皿に煙草を消して、あらためてしみじみ眺めると、色白の、のびやかな、少しも狂いがない均整の取れた肢体だった。それまで石膏像のように印象づけられていた肢体には、肌の張りも、いたってさりげないが筋肉のしたたかさも見える。利一は手のひらを翳すと、そのまま肌には触れずに、わずかな隙間を維持しながらそっと移動した。ちくちくと静電気のような繊細な痛みが走る。どの部位にも同じささめきがある。間隔を保持していた手のひらで触れると、柔軟な肌は、馴染みを取り込むぬくもりではなく、性急に反発するわななきによって応じた。

「美香……」

「はい……」

小さく開いた口から掠れた声が洩れる。その声は発せられるたびに傷つけられてぼろぼろになったなよやかな蝶の羽のように利一の耳にようやく届いた。

無表情に近い冷淡な顔も、つくづく眺めると、さまざまに屈折して重なった感情が滲んでいるのがわかった。利一が唇のそばにゆがんだケロイドを指で撫でると、美香は情けない顔つきで見守っていた。固着した鬱屈がわずかに緩んだ。そこにキスすると、ケロイドの周辺の肌にほのかな赤みがさし、そこだけが白く残った。

利一はもう一度キスして、唇を耳の方に滑らせながらこっそり美香の表情を窺うと、取り残された口がすこし微笑んでいた。初めて見る笑顔だった。

全身が呼吸し始めた。

だが、性器はしとどにあふれているものの、心は置き去りにされ、少しも感応することはなかった。やはり美香の肉体からは一向に手応えが現れなかった。

また無言の長い格闘が始まった。

とうとう諦めかけて、交接したまま、利一が体をひねりながら背伸びをしてもう一度枕元の煙草に手を伸ばしたとき、「あっ」と美香が小さな声を上げた。

部屋が大きく傾き、にわかな狂奔が始まった。

利一が驚いたのはその希求の激しさだった。

美香は激しく、切実に、全身を押し付けて夢中で希求した。それは明らかに満たされないあがきだった。狂ったように足掻く渇望だった。

そして、とつぜん、それがやって来た。うって変わった狂態が演じられた。アパートが瓦解するような、発作のような、すさまじい絶叫が響き渡った。

その瞬間、全身を刺し貫くような痛烈な激痛が利一を襲った。とっさにそれが身体のどこの部位か判然としなかった。それほど衝撃が大きかった。十本の長い爪が背中を擦過していた。利一は痛烈な痛みに思わず海老のようにのけ反った。

美香はぐったりと体を投げ出していた。目を閉じて陶酔するその紅潮した顔は別人だった。茶髪の鬘が取れて、剃髪した頭部が現れていたからだ。

教祖を囲む五十一人の尼僧に加え、美香も剃髪しているならば、きっと沙也加もそうなのだろう。あの長い髪は鬘なのだ。

その時、馴染みのある匂いがつんと鼻孔をかすめた。

「ああ、あの匂いは美香だったんだね」

利一は感嘆したようにつぶやいた。

「そうか、病院の庭で沙也加に遭ったとき、きみも一緒だったんだね」

「私は姉の車椅子を押していたわ。沙也加があなたを見つけて、ひとりにさせてと私に命じたの」

「ぼくが顔を上げたとき、もうきみはそこを離れていた。だが、その寸前にぼくはきみの発する甘い匂いを嗅いで、いたずらに刺激されて、思わず勃起していたんだ」

「人前で、ずいぶん慎みのない人ね」

「そのときすでにぼくは美香を選んでいたのだ」

「でも、あなたはそれからもずっと沙也加に夢中だったわ」

「誤解したまま、尽きることのない快楽に溺れていた」

「誤解や錯覚でない恋愛なんてあるのかしら。それに、快楽だって……、沙也加はセックスする前にいつも煙草をすっていたでしょう」

「ああ」

「あなたたちを巻き込んだとろけるような快楽は大麻の仕業よ」

「何だって?」

「私たち姉妹は二人とも冷感症なの。何かが私たちを決定的に拒んでいる」

利一は苦笑まじりにやんわり否定した。

「だが、美香はたった今すごく感じていたよ」

「あれは偶然の発作なの」

美香はすげなく言った。

「何かがたまたま刺激して起きた発作にすぎない。同じようにやってもまたあの快楽がやって来るとは限らない。きまぐれな偶発にすぎないわ」

利一は欺かれている気分だった。

利一は日頃気になっていた美香の左手に巻かれたサポーターの件に触れた。

「ああ、これね」と美香は事もなげに言って、無造作に抜いた。

何を隠していたか利一は初めて知った。そこには無数の剃刀の刃が擦過したむごたらしい傷痕があった。明らかに自傷だ。

「かつて私は先天性無痛無汗症とか言う難病を疑われた一時期があるの。抓っても叩いても、いっこうに感じなくなるの。無痛は、忘れた頃にひょっこり訪れる。剃刀の傷は、痛みを、自分を、確認しようと足掻いた自傷なの。皮肉なものね。うちの教団の他の信徒全員がおぞましい虐待の体験を持っているのに、私だけはそれがないの。母と姉の愛情に守られて育ったから。その私が、こうして自らの身体を傷つけていたのよ。人間って愚かだわ」

「それじゃ、こっちの傷痕は？」

　利一は唇のそばのケロイドについて訊いた。

「ああ、これね。原因は分からない。ごく幼い時分の事らしい。母はしきりに気遣って私を整形外科に連れて行こうとしたが、そのたびに私は頑強に抗った。当時、私は近所の男の子を相手に取っ組み合いの喧嘩をするほどやんちゃな子だった。膝頭はいつも腫れあがっていたし、肘の擦り傷は絶えなかった。クラスで一番背が高く、健康で、腕相撲では男の子をやりこめていた私が、顔のちょっとした皮膚のもつれを治すために病院に行くなんて。……でも、本当は、自分の身体に、それも顔面にメスを入れるのが怖かったんだわ」

「誰だって怖いよ」

「ううん。きっと私は手術が怖かったのではなく、自分の醜さを認めるのが怖かったんだわ」

「……………」

　美というのはなんと残酷なのだろう。あらゆる差別がなくなっても、美醜だけは残りそうだ。あらゆる差別のいわれはたいてい根拠のないものだが、中でも美ほどあいまいで根拠のないものはない。

「ある日、私は長い間鏡を覗き込んでいて、自分がちっとも美しくないことに初めて気づいた。母も姉も評判の美人だった。それに比べるとずいぶん見劣りがする。でも、人は結局、どんなことにも慣れてしまうものだわ。誰にもいびつな印象を残す、バランスの悪い、不細工な顔も、次第に愛着を育んでゆく。今では私は自分の顔がとっても好きだわ。このケロイドもね。けっこう愛嬌になっているでしょう？」

　利一は、美香のどこか達観したような、あっけらかんとした性格にすっかり感心したが、それがどこまで心情に沿うているのか、正直なところよく分からなかった。

「何を考えているの？」と美香は訊いた。

「なんにも」と利一はつぶやいた。

「沙也加のことでしょう」

「……………」

「いいのよ、私のことは。遊びで良いの。沙也加には内緒でときどきこっそりつまみ食いしてちょうだい」

　利一はすぐにはなんとも返答できなかった。

「きっと、こうなる運命だったんだ」

「運命だなんて大袈裟ね。ただの気まぐれな衝動が選んだもっとも安易な選択だった。あなたには骰子を振るほどの意志さえみられなかったわ」

「おや」

利一は不意に顔を上げて、窓の方を見やった。

「どうしたの?」

「今、悲鳴が聞こえただろう」

美香はしばらくじっと耳をすませていたが、「空耳よ」とそっけなく言った。

利一は上体を寄せて窓を開いて外を見回した。アパートを鍵型にコンクリートの塀が囲っている。そこは小学校だった。アパートに面しているのは厨房施設の棟で、その手前のこぢんまりとした空き地には花壇と焼却炉がある。

窓外を覗き込んでいる利一の背中に湿った滑らかな肌が擦り寄って覆い被さってきた。肩に歯の触れる感触があった。もし悲鳴が沙也加の発したものだったとしたら、美香とこうして馴れ馴れしく狎れ合った光景を透視したに違いない、と利一は思った。

「あら、あの花壇が源よ。植物の悲鳴だったんだわ」と美香は言った。

「ほら、夜光虫のような妖しい淡い光を放っている釣り鐘のような形をした濃藍の花が見えるでしょう。きっとあれだわ。茄子科のマンドラゴラよ。児童に隠れて教師がこっそり植えているんだわ」

繁った樹木に遮られた暗がりの中に人影が見えた。のっそりと歩いてくる足音が反響した。おそらく宿直員だろう、肥った、長い顎髭を密集させた赤ら顔の老人が花壇のそばまでやってきて、そこで歩を止めると、佇んで煙草を喫った。美香は興味深げに裸の上体をさらして覗いている。蛍のように間隔を置いて煙草の先端が鮮やかに映えて老人の顔を照らし出しては、またすぼまる。やがて老人はゆっくり歩いて立ち去った。

そのあとで花壇を覗いてみると、驚いたことにあの妖しい花の群生が掻き消えていた。まるで老人と一緒に歩いて行ったようだった。

利一がふと振り返ると、美香が暗い顔つきで凝視していた。唇のそばにあるケロイドの白っぽい痕が光っていた。唇が少し開いて、呟きが洩れた。

「やっぱり沙也加のことを考えているのね……」

窓外が急に暗くなった。

美香を交差点まで送り届けると、利一はヒリヒリ痛む背中をしきりに気にしながらアパートに戻った。上半身裸になって、思い切り体をよじって、柱に吊られた鏡を覗き込んだ。血の滲んだむごたらしい傷跡が幾条も伸びていた。

8

アパートを出るとき、天候は曇っていたが、雲の合間から明るい光が差して利一の顔面にやわらかなぬくもりを撫でた。地下鉄を乗り継ぎ、地上にでると、土砂降りだった。売店で傘を求めて歩き出したが、すぐに左肩がぐっしょり濡れそぼった。

ほどなく利一は雨にけむった皇居の見える公園に佇んでいた。そこから広い道路の脇の歩道をまっすぐ進めば目的地に辿り着く。なぜその方向に向かっているか分かっていたが、どうしてそこに行けば沙也加に遭遇できると確信を抱いたのか、その経緯がさっぱり合点できなかった。

沙也加は今、目と鼻の先のホテルの二階のラウンジで男と会っている。利一はなぜそのことを知っているのか自分でも説明できなかった。昨日、いたずらな嫉妬にかられて沙也加と小さな諍いをした。そのとき沙也加が腹いせまじりに口走ったのかとも思って思い返してみたが、そんな記憶もなかった。美香からの情報だろうか。いや、それも全く可能性がない。あれっきり逢っていないからだ。

利一は煙草をくわえ、傘を不自由に支えながら、両手で庇いながら火をつけようとした。煙草はすぐ雨に濡れてひしゃげた。利一は諦めて、雨にけむった公園の佇まいを眺めた。こんもり繁った樹木の間のふとした一角が妙に明るく絹のように淡くくすぶっていた。そのかたわらに、この雨の中で、全身水浸しになりながら背中を丸めてゴミ箱を漁っている浮浪者の姿が見えた。利一はまるで自分の姿を見る思いだった。

やがて利一はホテルの敷地に入ると、正面玄関には向かわず、脇の地下駐車場の出口の見える位置に立った。無数の雨滴が路面に落下し、その一滴一滴が叩きつけられて粉砕し飛沫を上げていた。

銀色のベンツが飛び出してきた。ゆっくり旋回し、次第にスピードを上げて利一の方に向かってやってきた。そのとき利一は、もし誰かが「おまえは指をくっと立てるだけであの車を停止させることができる」と囁いたなら、きっと信じただろう。車体がにわかに大きくなって、散水車のように両側に飛沫を撒き散らしながら接近した。傾いた傘がヘッドライトに直射されて明るく溶けた。風雨かそれとも利一の動揺のせいで、傘が煽られたように舞い上がり、利一の手から把手がはぐれそうになった。慌てふためいた身体が大きくよろけた。そのとき滑らかな車体が眼前を通り過ぎようとした。利一の目に、動く車体が徐々にスピードをゆるめ、停止したように見えた。

そのとき利一は、助手席でじっとこちらを見ている、雨滴によじれたフロントガラスのせいで泣きそうな顔になった沙也加をはっきり見た。停まっているかのように見えた車体は、失っていた間隔を取り戻すかのように一挙に数メートル滑走し、排水路の蓋を蹴散らしてかまびすしい金属音を残した後、いったん軽く浮き上がってから、つんのめるように優雅にバウンドしながら走り去った。

利一は呆然としていた。雷に打たれたようだった。それというのも、車が行き過ぎる刹那、利一の脳裏に、あの交通事故に遭った瞬間の光景が甦ったのだった。フロントガラスが急迫し、衝突する寸前に見た運転手の顔がまざまざと見えた。

それはまぎれもなく、擁護施設で班長だと自己紹介した、あの茶色のメガネを掛けた冷たい表情だった。

そうか、代理人を差し向け、当人はいっこうに顔を見せなかった加害者は、教祖だったのだ。事故は、過失だったのか、故意だったのか。にわかにそんな疑念が渦巻いた。相手が教祖以外だったなら、利一は不慮の過失だったと信じて疑わなかっただろうけれども。

その夜、自室に戻った利一が、濡れた衣服を絞ってハンガーに掛け、下着だけの姿でテレビを漫然と見ていると、階段をばたばたと駆け上がる足音が聞こえた。沙也加はノックもなしにいきなり部屋に闖入した。

「いったい、どういうつもりなの？　あやうく轢かれるところだったじゃない！」

風呂から上がったばかりのように濡れた前髪が険しい

目を煩わしく遮っていた。敷石を踏み外したのだろう、ストッキングが泥まみれだった。

「私は利一さんに夢中だし、こうしてすべてを許し合っている。私にはこれ以上捧げるものが何もないわ。どうして私を信用してくれないの？」

「見知らぬ男に車で運び去られる光景を見てどうして信頼できるのだ？」

「どうしたら利一さんを納得させられるの？」

「済んだことはもういい。きっぱり手を切って欲しい」

利一は呻くように言った。

「何を心配しているの？」

「無理やり凌辱される事態を危惧しているわけではない。正直言って、沙也加が拒めるとは思えない。無理強いする力に抵抗できないのではない。湯を掛けられた砂糖菓子のように意志が脆く崩れてしまう沙也加の心によってだ」

「肉体なんて……」自嘲めいた笑みが漏れた。

光の中で薄い紙片がめらめらと燃えるようだった。利一の心のなかで炎は淡く幽かに見えるだけで、黒い焦げりがじわじわと拡がってゆく。

「沙也加はずるいよ」

沙也加の言うように、本来嫉妬というものには直結する根拠などないのだろう。それはやみくもに無方向に噴射される激情が自虐に鬱積し、加虐に増幅される刺激でしかない。沙也加の虚偽の理由もわかった。利一へのあふれる恋情はわかった。だが、一方でそれは何の実際的な効果を伴わない、守れない約束だった。沙也加が眼前に居るときは見えないが、いなくなるとたんに男の影がちらつく。そのうえ沙也加は隠していた不都合な理由を利一が突き付けるたびごとにあっさり包み隠さず告白するのだ。

沙也加はようやく興奮の冷めた身体を寄せた。利一はかたくなにすぐには抱き寄せようとはしなかった。体のどこかでちょろちょろと悪意の炎がゆらめいていた。眼前に大きな黒い大きな羽ばたきがあった。興奮のさなかに、ふと、ちゃぶ台の上にあるコーヒーカップが小刻みに振動しているのを目に留まった。

利一は汗みどろになって沙也加の肉体にまみれながら、蚤が広大な砂丘を辿る果てしのない登山を強行している気分だった。登りつめると転げ落ちるしかない、際限のない繰り返しが続き、気が付くとそこは元の位置で、空爆とした砂漠の一粒の砂粒となって取り残されているのだった。男の影が背後にゆらめき、猜疑心が募った。利一は盲目のように圧倒する外界に翻弄される、不意にやって来て、不意に去ってゆくそこはかとない感触だけに委ねられている。利一は自分のなかでどんどん悪意が増幅するのが分かった。セックスには虐待する凶暴性がその性質に適っているのだろう。

沙也加のどこかにいつにない抵抗の身振りがあった。それは避妊の懸念だった。利一はそれをはっきり認識したが、動き出した乱暴な勢いは止まらなかった。億劫さよりも、故意に意識して処置はなおざりにされた。

利一がどんどん大きくなる自分の悪意の塊に思わずひるんで腕の力を緩めたとき、沙也加は喘ぐように口走った。

「いっそ私を壊してちょうだい！」

烈しい欲情が迸った。

いつにない後味の悪さが残った。

猛然と襲い掛かり、凌辱するように交わって果てた直後、頭を締め付けていたあれほど狂ったように逆巻いていた嫉妬のハチマキがはらりと落ちていた。ぼんやり見回した部屋の様相は何一つ変わっていないが、糞だらけの鶏小屋のようだった。

利一が相手の男ときっぱり別れることを強要するたびごとに沙也加は口ごもってしばらく渋り、しまいには執拗な要求にとうとう約束するのがいつものパターンだった。おそらく今回も同様に約束はあっさり反故にされるだろう。

こうして飼いならされていくのだろうと利一は思った。

第二章　我々は何者か

1

いつもながら朝のラッシュアワーはすさまじかった。ぎゅうぎゅう鮨詰めである。地方から出てきた田舎者の利一には、連日鋼鉄の車両で祭りの賑わいにあえいでいるようなものだった。他人のぬくもりと弾力との、気の置けない、無理強いされた密着がうごめく。

利一は、偶然、数メートル離れた位置に、見慣れた顔を見つけた。

美香はもともと背が高く、ハイヒールを履くと、さらにその背丈は際立つ。背筋をすっと伸ばして、顔をまっすぐ前方を見据えている姿はやっぱりマネキン人形そっくりだった。

美香とはあれっきりまだ顔を合わせていなかった。

あの頃、利一はけだるい倦怠感に包まれていた。利一にどちらも拒否する気持ちはなかった。ドアがノックされるたびに、ドアの向こうに二人が重なって見透かされた。だが、結果的には沙也加とばかり会っていた。この差異は見かけほど大きくはない。美香の訪問の際にたまたま利一の不在が重なったからだし、沙也加は次の逢瀬の日程を知らせ、美香の場合はその機会に恵まれなかったからだ。

美香が何度か部屋を訪ねた形跡はあったが、利一には連絡を取る手段はなかったし、切羽詰まった欲求も涌かなかった。

ある夜、遅く帰宅した時、ドアのノブにケーキが吊ってあり、「誕生日、おめでとう」というメッセージが添えられていた。利一は紙片を元の位置に挟むと、そのままアパートを出て、その夜はサウナに泊った。翌日も同様だった。もし美香が確認にやってきたらそれは決定的な処置に見えたことだろう。きっと、美香はなぜ自分が避けられているのか本当の理由も知らずに心を痛めていたに違いないと思った。

しかも、誰しもあの背中をえぐる痛烈な痛みにはたじろいでしまうだろうから、同様の体験をこれまでも何度か味わっていたかも知れない。利一は億劫さの理由をただただあの行為の最中の激越な痛苦のせいにしていたが、もとよりそんな口実は美香に会えば無力で、無下に拒めないことを自身はよく知っていた。痛みはむしろ興奮を助長しかねない。

利一は今になって思うのだ、――他の男たちと違って、利一の場合は誇張された痛みを口実にしなければ到底拒否できなかった魅惑だったからこそ避けたのだと。

今、遠くから眺める美香の白い横顔には疎ましげなしわが寄っていた。だが、その姿勢は動かない。動きようがないほど混雑しているのだ。利一はその横顔に見惚れていた。明らかに抑制している張り詰めたものがその横顔に貼りついていた。抑制しているのは怒りだ。

その背後にぴったりと密着しているスーツを着た男性が目についた。周囲から押しひしがれたその頭部は美香の鼻あたりの高さにある。男は目を閉じている。一心に、その注意は額から遠く、おそらく見えない指先あたりに集中しているのだろう。不自然な動きに利一はすかさず事態を察知した。

「やられてるな」

美香の表情からは、自分の臀部に触れている忌まわしい感触に注視している様子がつぶさに見て取れた。故意か偶然か測りかねている戸惑いから、徐々に悪意を嗅ぎつけ、憤懣を爆発させようとする間際だった。緊張した横顔に次第に昂ってゆく憎悪がせめぎ合った。汗がにじんだ。

「痴漢です！」

不意に、車内にするどく糾弾する声が響いた。そのしわがれた男性のような声はまさに美香の声だった。

車内が騒然とし、乗客全員が声の発せられた方向を見やった。利一もあらためて顔を向け、こちらを見ている美香と視線が合った。

驚いたのは、肩よりも高く、床に平行に振り上げた腕からまっすぐに伸びた指先だった。

その人差し指ははっきり利一を指していた。周囲の疎ましげな顔がゆっくり振り向き、いっせいに自分を注視するように利一には感じられた。頬が紅潮する熱さをはっきり意識しながら、利一はあきれた表情で遠く離れた美香を見つめているばかりだった。とんでもない言いがかりに思えたが、確かに美香にはそのように糾弾する理由はあったのだ。

それから事態は変転し、窮地に陥ったところで、忽然と目が覚めた。

「やれやれ」とつぶやきながら利一は枕元の時計を見やった。

八時にセットされた目覚まし時計が鳴り響く二分前だった。

このところ、いつもそうだ。きっかり二分前なのだ。今朝は夢に煩わされたが、習慣は律儀にそれを厳守していた。

いつもわざと少し放置し、寸前にセットを解除するのが習慣になっていた。それから慌てて飛び起きて、歯を磨き、洗面し、着替えもそこそこに慌ただしく部屋を飛び出して行く。最寄りの駅までは徒歩で数百メートルにすぎない。地下鉄を乗り継ぎ、古書店と食堂のひしめく通りを抜けて大学の門を潜る。二教科を受講すると、学食で腹ごしらえし、午後もみっちり講義をこなす毎日だった。もっともほとんど何も身につかなかった。知識は興味も好奇心もそそることなく風のように素通りしていった。

文学研究会に所属していたので、いつも漂流物が浜辺に着くようにふらりと部室に立ち寄り、誰かが灰皿に残した喫いさしの煙草のように放心している。このサークルに誘ったのは坂本だが、そのくせ彼は一度も部室に姿を現したことはない。

天井の低い、山小屋のような一室で、煙草の吸殻が山盛りになっている大きなテーブルを囲んで、たいていは何人か屯して文学論を交わす。仲間と称する人たちが語らい合い、形と色と記号が宙に舞い、部屋を満たす。ときには頬のあたりに触れそうになる意味もあるが、たいていはシャボン玉のようにあえなく消える。夕闇が迫り、みんながこぞって飲み会に出かける頃に、利一はさりげなく群れを離れた。

この二か月こうした規則正しい生活が続いていた。

それというのも、夏の終わりから、週に二度は欠かさなかった沙也加と美香の訪問がふっつり途絶えていたからだ。

その理由は明らかだったし、半ば覚悟していた成り行きでもあったが、利一はすぐには切実に受け止めなかった。体の隅々に数カ月の官能と頽廃のゆらめきが漂い、安易に期待を保留していた。いうなれば陶酔の余韻がそれほど濃密で充実していたために、手品師がマントを翻して机の上の物体を消し去っても、消失を実感できなかったのだ。

利一に思ったほどの後悔はなかった。妙にけだるい倦怠感に包まれ、失くしたものを取り返したいと言う焦燥はまだ生まれなかった。たとえ沸き上がったとしても、対処の方法がなかった。そもそも利一は姉妹の住所さえ知らなかった。電話番号も教えて貰っていない。いつも一方的な訪問だったから、どんなにやきもきしても、連絡を取る手段はなく、ひたすらきまぐれな恩恵を待つしかなかったというのが実情だ。

二人が所属しているQ教団については、今に至っても詳細は何も明らかにされていなかった。そもそもそんな教団が存在するのかさえ実は確認できていない。ネットで調べてもどこにも出てこない。とはいえ、姉妹はもとより彼女たちを取り巻く尼僧の集団や、病院で同室だった三人を含めると、すでに利一は二十数人の信者と遭遇しているのだから、相応の規模の組織が実際に存在するのは間違いなかった。

親しくしていた坂本にそれとなく探りを入れてみたが、やはりこれといった情報は得られなかった。坂本は皮肉屋で、理知的で、抜け目がない性格だが、こと教団に関しては妙に確信なげに言葉を濁す。隠しているのではない。実際に何も知らないのだ。推理と判断を鈍らせていたのは恋心だった。

彼は教祖の娘にぞっこんだというのがもっぱらの噂だが、沙也加なのか美香なのかも判然としない。両方かも知れない。とにかく二人の姿を見かけただけで思考停止になるらしい。

彼が教団に潜入しているスパイであることはすでに明白だが、今では本人さえ当初の任務を忘れてしまっているていたらくだ。

もっとも、年に一度開催される、都内の球場を借り切った大規模なイベントについてはさすがに彼も知っていた。実際、一度参加しているそうだ。集客力はゆうに数万人に達するらしい。

教祖の講話と顔見世という演目だけで構成されるそのイベントは、不定期で、開催時期は公表されず、信者にも直前まで知らされることはなかった。

「自分でも不思議なんだが」

と坂本は、一年前のイベントを振り返って述懐する。

「二日前になって全信者が開催日時と場所をいっせいに察知した。だが、新聞で告知されたわけでもないし、メールで知らされたわけではない。それでいて、分封の際に蜜蜂が巣の意志に感応し、落ち着かなげに騒ぎ出して、やがていっせいに巣立ってゆくように、全員がほぼ同時にイベントの告示を受け、招待の可否を知ることになる。招待を受けた者は何をさしおいても駆けつけ、興奮と熱狂のるつぼに巻き込まれ、やがて帰宅する途上で、まだ興奮の冷めない紅潮している顔でいったいどんな手段で導かれて会場にやって来たのだろうかといぶかるのだ」

　利一はまださほど教団に興味さえ抱いていなかったが、この集客力と、不可解な告知方法についてだけは関心をそそられた。

　九月の長雨もようやく滞り、雲一つないさわやかな快晴の日が二日続いた。利一はいつものように目覚ましの鳴り響く寸前に目覚めて、セットを解除しようと伸びた手を宙に留めたまま、ふと訝った。

　というのも、丸い時計の図体にしかるべき重量も奥行きも感じられなかったからだ。

　周囲を見回すと、あらゆるものが同じように平面的でそらぞらしく映った。まるで壁に貼った、一部がはがれて垂れたグラビア写真を眺めるようだった。いったん目を閉じて、しばらく待ってから目を開けてみた。やはり視覚効果は同じだった。試しに傍らにあった本を取り上げると、ずっしりした重みが手に伝わった。手放すと、やはり立体の記憶をなぞらった薄っぺらな平面にしか見えない。

　あちこちの物に触れたり、壁をさすったりして、いろいろ考えあぐんだ結果、利一はこれが通常の見え方で、これまでの映像は、思い込みや想像で補っていた重量感なり厚みを漫然と鵜呑みにしていただけなのだろうと考えざるを得なかった。

　そんなことで小一時間費やしてしまったので、外出する弾みを失ってしまった。利一はけだるい、何も手につかない倦怠感に包まれて、窓際に横になっていた。

　家族を思い、しばらく会えない沙也加や美香の面影に想いを馳せた。窓が開いており、そこから清澄な青空が見通せ、染みるような郷愁を誘った。不思議だった。家族よりも、恋人よりも、ただそこに広がる空の方がはるかにしみじみとした哀感をそそるのだった。

外出すると、アパートを覆っている銀杏の木がすっかり黄葉しているのに気づいて驚いた。いつのまにか季節さえ素通りしていた。蟻のように身近な懸念にあくせくし、周囲を振り返る余裕さえなかったのだ。

暦はすでに一〇月に入っていたが、その日は終日、夏の余韻を漂わせているように暑かった。

利一は予定していた授業をすっぽかし、もうかれこれ二時間というもの、公園の隅のベンチに座り、乾いた地面を這うやわらかな木漏れ陽のゆらめきを眺めていた。

木々がざわめき、噴水が乱れ、その前をすうーと自転車が一台横切り、いっせいに鳩が飛び立った。その直後、時間を掠め取るような羽ばたきの記憶を残して、気の置けない静けさが訪れた。

利一はいったん立ち上がってベンチを離れたが、ほどなくしゃがみ込んでしまった。この姿勢は、病院の裏庭で沙也加と再会して以来、癖になっていた。たいていは放心し、必ずといっていいほど目に付く蟻の動きを意味もなく眺めているだけだ。背中に湯あみする光の重みが、触れると言うより、圧する身振りに感じられた。

立ち上がり、一歩踏み出そうとした瞬間、途方もない巨人になって街を一跨ぎしたように感じた。

所持金が少なかったのでその足で銀行に立ち寄って、現金を引き出し、利用明細を見て残金が少ないことに驚いた。

生活費はいつも月初めに振り込まれるのが決まりだった。先月の初めに確認したところ、まだ入金はなかった。それでもまだ余裕があったのであまり気に留めなかった。だが、二か月連続の不手際となると、もはや過失ではなく、意図的な処置としか考えられなかった。

利一は暗然とした。

思いがけない事態に、今まで未練を引きずっていた沙也加や美香との絶縁を思い知らされたような気がした。二つは明らかに関連しているのだ。しかも、こちらの方がもっと差し迫った難題だった。

それから利一はあちこちあてどなく歩き回った。

繁華街は賑わっていた。子供が退屈のあまり絵具のチューブをひねって、次から次に無造作に、生々しい原色をひねりだしたような夜景だった。体全体が極彩色に染められていた。夕食を終えたばかりだったが、空腹を感じて吉野家で牛丼を平らげて、かえって新たな空腹を感じた。強い匂いを発散させて若い女性が近づいて耳打ちした。利一はポケットに手を入れて、財布を指で押さえて警戒した。

やがてアパートに戻った。体中が空っぽのようだった。しかも逆さに吊られたように。身体のあちこちが汗みどろで、足がむくんでいた。ドアを開けて雑然とした部屋の様相を眺め、理由もなく入室をためらった。数カ月にわたる饗宴の名残りが濃密な精液の臭いとともに侘しく染みているように思えた。しばらくぼんやり煙草をすっていた。裸にはびこる無数の体毛が、むやみな焦慮をそばだたせ、激しい渇望にそそり立った。

利一はタオルを水に浸し、掃除と言うものに初めて真剣に取り組んだ。隅々まで綺麗に磨いた。疲れを知らない蟻のように働き、部屋を片付け終わると一服した。灰が落ちて畳を汚すと、いつもは放置しておくが、すかさずティッシュで丁寧に拭き取った。

洗面道具を携えて銭湯に出向き、体をきれいに洗い流した。帰る途中で中華料理店に立ち寄り、肉野菜炒め定食で腹ごしらえをした後で、夕食は二度目だと気づいた。

アパートの玄関に入り、階段を昇ろうとして、その傾斜がいつもより急に感じ、すぐには昇る気がしなかった。ようやく昇りきると、手前の学生の部屋で男女の話し声が聞こえた。耳を澄ませると、示し合わせてふっつり口を閉ざしたように何も聞こえなくなった。自室に入ってドアを閉めると、廊下の向こうで若いはなやいだ女性の笑い声が弾けた。

利一はまた煙草に火を点け、ステレオのスイッチを入れた。本を手に取ったが、２ページ進んだところで投げ出した。頭の中が無数の意味を満載した辞書の印刷されない余白のようだった。全身をちりちりと刺激するものがあった。落ち着かなげに立ち上がって、廊下に出て、トイレで用を済ませた。また部屋に戻り、腰を下ろしたかと思うと、すぐに立ち上がって部屋を出ようとした。

そのときドアの向こうからノックする音がした。

開いたドアから顔を見せた美香は、黙って利一を見つめ、戸口に立ったまま、内部を覗き込むような素振りを見せた。美香と顔を合わせるのは久しぶりだった。

「どうしたの。そんな驚いた顔をして」と美香は皮肉っぽく言って、今度はあからさまに長い首を伸ばして部屋の中を覗き込んだ。

「居るのでしょう?」と訊く。

沙也加のことだろうか。もちろんそうに違いない。

「あれっきりここには来ていないよ」

利一は心をやわらかく慰撫するように答えた。

「本当に、いないの?」

「とにかく入りなよ」

美香がこの部屋に足を踏み入れたのは先日の一度きりで、あれ以来一度もない。その背の高い肢体のどこかにためらいがあった。しかし、その動揺はむしろ入室への反動として利用されたようだった。沙也加の在宅を確かめたいと言う欲求はもうなく、むしろ不在がはっきりしていたので入室が促されたようだ。

「いったいどうしたと言うんだ」

「失踪したのよ」

「失踪したって?」

「ええ、昨夜から。ここに来ていないとすると、いったい何処にいったのかしら。私たちは教団を離れると生きていけないのよ。心配だわ」

美香は落ち着かなげに歩き回り、ようやく腰を下ろした。

「例の男に囲われているのではないか」

「あの人とはきっぱり縁を切ったわ」

「沙也加の、〝別れた〟ほど信用ならないものはない」

「だって、沙也加は妊娠しているのよ」

「何だって?」

「今度は産むつもりなんだわ」

利一は黙った。今度は、と言った美香の言葉に鷲摑みにされた。

「誰の子なんだい?」と利一はできるだけ冷静さを保って訊いた。

「もちろんあなたに決まっているじゃない」

「だったらここに来るはずだ。告知もしなければ会いにも来ないところを見ると、ぼくの子供ではないのかも知れない。さもなければ本人にさえ誰の子か判断がつかないのだ」

「もし打ち明けていたら、利一さんはどう対処していた? ちゃんと沙也加を守ってあげた? 狡猾に逃げ回るのがオチだったんじゃない?」

黒いねっとりしたコールタールの海に投げられた石がゆっくりと落ちて行く有様が利一の胸に揺れた。

「その場になってみなければ、正直わからない……」

利一はまた黙り込んだ。部屋をみたす空気が淀み、息苦しくなるようだった。いつか沙也加が、「マニュキュアをすると、口を塞がれたみたいに息苦しくなる」と言っていたことがあるのを思い出した。

「お酒くらい出してよ」

不安から解放されたいと、美香はせがんだ。

利一は立ち上がってビールを注ぎ、

「ツマミぐらい用意するよ」と台所に立った。「コンビニの惣菜を温めるだけだけれど」

ガスの青い火がぽっと点いた。利一はその美しい炎にしばらく見惚れた。背後で美香のつぶやきが洩れたように思えた。

「沙也加は情愛が人一倍深くて、愛されれば愛さずにいられない性質なの。愛さえあれば誰も拒まない。ううん、拒めないのよ。慈悲深い菩薩のような人なの」

利一が振り返ったとき、美香は煙草をくわえ、ちょうどうつむき加減になって火をつけようとしていたので、たった今そうつぶやいたとは見えなかった。だが、利一には確かに聞こえた。低く掠れた美香の声だった。だが、美香はそのとき煙草を口にくわえていて喋れなかったのだ。

「今何か言ったかい？」

「ううん」

だらりと垂れた手に握られたフライパンの重みを木星の重力をなぞって感じながら、利一は沙也加の妊娠について思いを巡らせていた。

美香はめっぽう酒に強かった。背筋を伸ばした姿勢で、すいすいと飲み干す。

「沙也加はあわれなくらい一途にあなたを愛していたわ。盲目の蛾の幼虫のような愚かしい滑稽な身のこなしでうろつきまわって、危なっかしくて見ていられなかった。あなたのことを、とりたてて取り柄のない人だけど、とにかく優しいからと言っていたわ。でも、どうかな。むしろ私は校庭の真ん中にぽつねんとある小石のように感じる。夕暮れに身の丈以上の長い影を曳いて、世界から孤立して当惑しているような人間に、果たして他人を思いやる優しさが求められるかしら」

美香はいつもながらに辛辣だ。

「そのくせ妙に女性を惹きつけるものを持っている。それは何だろうって、時々考えていたわ。最初に寝たとき、そしてそれが最後だったけれど、なんとなく分かったわ。その物憂げな喋り方よ。ついつい顔を寄せたくなる」

「あの瞬間、美香の頭から鬘がすっぽり抜け落ちたね、あれにはすっかり驚かされたよ。バスで出会った尼僧の恰好をした信者もやはり剃髪していたね。剃髪には現世の幸福を諦念する意図があるのだろうか?」

「不妊への潔い意志でもあるわ」

　と、美香は奇妙なことを言った。それから、うつむいて上目遣いに見つめて、

「教団の内情を探ろうとする意図が見え隠れするわね」

と悪戯っぽく笑って続けた。

「いいわ、少し話してあげるわ。教団の組織の上層部は教祖を中心として、私たち姉妹と、五十人の尼僧で占められている。私たちは、みな同等に、教祖の後継者の権利を有する選民なの。私たちには唯一の厳しい戒律がある。妊娠は教祖の特権であり、決してそれを犯してはならないと言う不文律の掟。……」

「不妊が戒律だなんて呆れるね。妊娠は人間の根本的な生業（なりわい）ではないか。もしそれが本当なら、教団はただちに抹殺されるべきだな。そんな理不尽な戒律を教祖が強要しているのか!」

「まさか。教団には教義さえないし、信者に対するいっさいの強制はないわ。だから不妊は、戒律というより、暗黙の了解であり、宿命なの。全員の総意によって教団は成り立っている。教祖は祀り上げられているが、全員の総意によって操られているに等しいとも言えるの。それはちょうど私たちの身体における脳のようなもので、私たちはとかく脳を重視すぎる。脳はすべてを制御しているように見えて、実際はあらゆる臓器からの指令に従う召使でしかないという一面もある。肝臓には肝臓の意志があるし、脂肪だってそれなりに意志を持つ。そのように個々の臓器が脳を介さず交流し意思決定するケースもあるが、それは謀反ではない。私たちはあらゆる面において一体で、すべてを宿命と受け止めているの」

「宿命なんてあるものか。あるのは自由な選択の結果だけだ」

　利一は少し声を荒げた。

「とにかく私たちは誰からも強制されずに全員が自分の意思で不妊手術を受けているの。そのはずだった。とこ

ろが沙也加が不妊手術を回避していることが発覚した。想像もできない由々しき事態に教団は存亡の危機に瀕したように甚だしい動揺に見舞われた。けれども、いっさい強要できないし、諭すことさえ許されていないので、ただおろおろと沙也加の周りをうろついているだけだった。そうこうするうちに、予期した事態に直面した。沙也加が妊娠したの。ちょうどあなたと遭った頃が掻爬（そうは）手術のぎりぎりの期限だったのよ。六カ月間悩み抜いた末にさすがに沙也加も出産をためらうようになっていた。誰も強要したわけでもない。ただ一つ言えることは、私たちは共同体を離れては生きていけないの。蜜蜂がそうであるように、孤独は飢餓よりも死に直結する。私たちはそうした体質に生まれてきたの。そうした事情が沙也加の決心を鈍らせたとも言える。沙也加はとうとう中絶を決心して入院した。そこへ、間の悪いことに、あなたが交通事故に遭って運び込まれ、そこで二人は再会してしまった」

「あのとき沙也加は妊娠していたのか」

「そうよ。さすがに世間体が悪いのでわざわざ車椅子の偽装までして」

「ぼくには盲目になる手術だと偽った……」

「そこが不思議なのよね。中絶だと明かすことは厳しく戒められていたけれど、相手があなただったから、ついつい正直に、車椅子は偽装だと白状しそうになって、寸前に踏みとどまってとっさにそんな嘘をついてしまったのじゃないかしら。祖母は晩年ほとんど目が見えなかったし、母も極端な弱視なのは本当だわ」

「最初から何もかもごまかしだった……」

「でも、そのせいで、あの子はあなたに惚れ込んでしまったのだから。無謀な熱意が心に沁みた。夜中に病室に忍び込んできて、必死になって制止しようとしたあなたの切実な訴えにほだされて、一度は決心を翻そうとしたけれど、宿命には逆らえなかったわ」

「中絶したのか」

「ええ。あのときはね。でも、今度はかたくなに出産すると言い張って、教団を飛び出したの。一度ならともかくこれで二度目だわ。もう決して復帰は赦されない。とても心配だわ。人体を離れて、肝臓が生きていける？」

　美香はしきりに沙也加の前途を危ぶんだ。

「だが、人体だって、肝臓がなくなれば生存が危ぶまれるだろう」

「もちろんこの事態が明らかになれば大混乱よ。でも、教団には修復能力はあるわ」

美香は顔を窓に向けて物憂げな表情になった。美香の和んだ姿勢を見ているうちに、利一は自分の中に自然に欲望が沸き起こるのを感じたが、さすがに抑制に努めた。

「聞くところによると、教団は男性を排除していると言う。どうしてかな」

「男性すべてを拒否しているわけではないわ。中にはどうしても許せない卑劣極まる輩が居るのも確かだわ。理不尽な暴力に虐げられている女性がたくさんいる。彼女たちが教祖の元に逃げ込んで教団が構成されたにすぎない」

美香はくっと顔を上げた。すると、とろんとした目が悪戯っぽく輝いた。利一はどぎまぎした。

「もう帰るわ。沙也加がここに居ないと分かったら、私がここに居る必然性は何もないもの」

美香は折っていた足を伸ばしてすがるく立ち上がった。ドアを開けて出て行く美香を利一は引き留めようとした。背後からやわらかく抱きしめようとする両腕をすげなく振り払って、

「もう、たくさん！」と美香は吐き捨てるように言った。

沙也加の出奔はでまかせで、手痛い拒否を投げつけるためにここにやって来たのではないかという疑念がちらりと掠めたが、よもやそんなことはないだろうと思い直した。

物足りない気分がしきりにしたが、利一は追いすがる気にはなれなかった。目下、利一にとって生活費を稼ぐことが何を差し置いても先決だったのだ。

2

翌朝、利一は預金の全額を引き出すと、喫茶でアルバイトを物色し、面談に赴くために「よし！」と小さく声をだして立ち上がった。

地下鉄を降りて階段で地上に出ると、そこにまるで待ち構えていたように視線を手繰りよせる宝くじ売り場が見えた。利一はしばらくぼんやり考えあぐんでいて、ポケットから取り出した財布の中身を確認した。

売り場に向かうと、背の高い女性がすっと寄り添い、白い封筒を差し出して、耳打ちした。

「くじを買った後で開いて見て下さい。教祖からの伝言です」

利一は驚いたが、それは相手のぶしつけなふるまいにではなく、そうした関与をすでに予感していた自分の心に対してだった。

利一は封筒をポケットに入れ、すでに窓口に並んでいた女性の後についた。すぐに順番が回ってきた。一〇枚購入したいと伝えると、連番かバラかを尋ねられ、しきりに迷ったが、バラを選択した。

売り場を離れると、さっそく今しがた手渡された封筒を開いて見た。二つ折の紙片に六桁の数字が並んでいた。急いで購入した宝くじを確認すると、その中の一枚にそっくり同じ番号が印刷されていた。

利一は、これまでの経緯を注意深く思い返してみて、確かに宝くじを購入する前に白い封筒が渡された事実を確認した。教祖はだしぬけに自分のパワーを見せつけたのだ。

「教祖がお待ちかねです。ご同行願いますね？」

さきほどの女性がもう一度近寄って、なかば強引に利一を促した。道路脇に駐車してあった黒塗りのセダンに乗り込んだとたん、いきなり顔面に袋を被せられたが、利一は特に驚かなかったし、恐怖も感じなかった。

招いている人物があの闇が支配する児童療養施設の班長なら、ごく自然な演出であると思ったからだし、連行する面々が女性であり、その態度には暴力的な威圧はまったくなく、むしろ丁重だったからである。

「どこへ行くのですか？」と利一は訊き、袋にこもった声が自分ではないように感じた。

予期していたものの、もちろん返答はなかった。利一は袋の中で目を閉じ、背伸びをするように背後にもたれた。

「さあ、いよいよ伏魔殿に乗り込むわけだ。これは言うなれば通過儀礼ということだな」と利一は思った。「まず突き止めなければならないのは、あの交通事故が故意だったか過失だったかどうか見極めることだ。あれがそもそもの発端なのだから」

車は一〇分ほど走った。だが、窓外を眺めていたわけではなかったので、時間の推移に関しては余り自信が持てなかった。やがて車が停止して、車外に連れ出されたとき、足音が閉ざされながら間延びした空間に反響したので、かなり広々とした地下の駐車場だろうと推測できた。

階段を上るとき、目を覆われているので、上昇と下降の感覚がゆらめいて、昇るのか下るのか判然としなかった。利一は両脇から支えられた腕に素直に委ねた。

重い金属のドアが開くと同時に、顔を覆っていた袋が外されたので、まばゆい光が直射した。

「五〇五号室です」

と告げて、女性たちは立ち去った。

「なんだ、ホテルなのか」

同じ扉が整然と並ぶ廊下を眺めて、利一は当惑した。なんとも合点が行かなかった。目隠しは場所を隠蔽するためではなかったのだ。すると、やはりその演出は利一を驚かせるか、もしくは闇に占有された体験を思い出させるためだったのだと考えざるを得なかった。

「施設での管理者と入居者の立場を思い知れということなのか?」

ノックすると、その音に鼓舞されたように不用意に心がときめいた。足も少し震えていた。冷気がすーっと背中をなぶった。

「どうぞ」と中から声が聞こえた。

施錠は外されていた。利一が押そうとしたとき内部で引こうとする力が加わったため、ドアはごく自然に自動的に開いたようだった。

室内は消灯され、真っ暗だった。闇を背後に廊下の明かりを浴びて教祖の姿が浮かび上がっていた。ただ、その位置は利一が思っていたより2メートルは離れていた。ドアを一緒に開いている感覚があったから、ドアのノブを握りしめたまま身体が宙に浮かんで移動したかのようだった。

さらに驚いたのは教祖が裸体だったことだ。

入室すると利一の背後でドアが自動に閉まった。本来なら、ドアが閉まるにつれて廊下の明かりは遮断されてゆき、教祖の姿は暗闇に飲み込まれてゆくはずだった。現にその姿以外は、ベッドもソファーも椅子も見えなくなった。だが、依然として教祖の豊かな裸体は利一の眼前にありありと残っていた。裸体は、放射されていると いうより、吸収されているような反映めいた光に依然として包まれて闇の中に浮かび上がっているのだ。

利一は注意深く部屋を眺め渡した。不思議そうに天井を見上げ、消灯を確認し、裸体を包むこの光源はいったいどこから発しているのかと疑問を持った。光はどこにもない。とすれば、やはり裸体の美しさの反映としか思えなかった。

利一は圧倒的な美しさに衝迫を受けていた。養護施設で馴染みだった、あのサファイア色の眼鏡を掛けた、痩せた、意地悪な、貧相な顔つきとは似ても似つかない、あでやかで豊満な嬌態が、その全体で利一に向かって微笑んでいた。唇には驕慢な企みが滲み、額には冷酷な決意がひそみ、頬には優雅な悪意が含まれている。だが、それらを統一した全体の印象はと言えば、怠惰で、少し生活に疲れた、ごくありふれた主婦のそれだったのだが、緊張した利一の目には各部の印象のみが際立ったままだった。

利一をそんなにもあっさり魅了したのは、その容貌や容姿に、幼い記憶にゆらめく映像と似通った特徴があったからだと思われる。誰だろう。身近な存在だと思えるが、すぐには思い当たらなかった。

利一の緊張は表面だけで、実際は案外落ち着いていた。この安らかな状態もその馴染みによる効果に違いない。

教祖はかたわらにあったバスローブを拾ってまとい、二歩優雅に歩き、片手をつきあたりの壁に向かって伸ばした。室内がまばゆい光に満ち、一瞬、その姿が消失したかに見えた。

「久しぶりね」

と、きらめく光の中で教組の声が聞こえた。

その声には確かに覚えがあった。だが、利一にはふたたび現れたあでやかな笑顔と、かつて見かけたサファイア色の視線とがやはりどうしても結び付かないのだった。あの人民服のような強張った制服に包まれた瘦せぎすの肢体は、今や豊かな健康体に変貌していた。

「日夜、贅を極めた飽食に明け暮れしているに違いない」

と利一は思った。

沈黙が続いた。これは明らかに故意に図った間に違いないと利一は考え、それに惑わされずできるだけ冷静さを保とうとした。

「私はあなたがここにくることを一年前から知っていたわ」

空海が中国の高僧に会ったとき告げられたと同じセリフで迎えられ、利一はうっかり予知能力に驚嘆しかけたが、考えるまでもなく、この手筈は教祖が段取りしたものだから不思議なことではなかった。

利一に椅子に腰かけるように促し、利一がそうすると、教祖は背中を向けて利一の膝の上に座った。見掛けほどの重量感はなかった。

利一の眼前に豊かな剛毛のかたまりとバスローブからはみだした白いうなじが輝いていた。うなじのほぼ中央に小豆ほどの大きさの黒くつややかなほくろがあった。それが膨らんだり縮んだりしながら利一の眼前にからかうように揺らいでいた。利一が指でつまむと教祖はくすぐったそうに首を捩った。

「噛み切ってみたいな」

利一は乾いた唇をよせてキスしながらつぶやいた。生死のあいまいな奇妙な弾力が触れた。

「そんなことしたら、私、死んじゃう」

大きく背伸びをしてのけ反るので、バスローブがなだらかな肩からずり落ちそうになった。そのとき見せた大仰な含羞に、利一はふとありふれた主婦の反応に触れたような気がしたが、それまで教祖を包み込んでいたまばゆい光彩が消え去ることはなかった。

「あなたはゆくゆく私の後継者になるのよ」

と言う声がうなだれたバスローブにこもったかのように聞こえた。

「あなたはぼくを買い被っているのです。ぼくにそんな資格があるとはとても思えません。それより、女だけの家系だそうですね。女系三代目の沙也加嬢はどうなんですか?」

利一はあくまで噂を伝聞したかのように装って訊いた。

「あの子は幼少の頃、突発的によくトランス状態に陥ったものだわ。わけのわからない譫言(うわごと)を吐き出し、周囲を不安がらせたが、むしろ私はこの子は霊媒師の素質があるかもしれないと内心期待していたの。だから今のうちに母のそばに置き、その影響力の元に生活させたいと思って実家に預けてみたの。でも、期待外れだったわ。初潮を迎えると、たちまちありふれた凡庸な子供になってしまった。暗く、動かない、穴の底からじっと凝視しているような独特な目が、力をうしなってきらきら光り、食いしん坊だからみるみるまに肥って健康な身体になってしまった……」

「でも、とても感じやすい時期にあなたに棄てられて淋しい思いをしたでしょうね」

「友達にそっぽを向かれたとか、両親に叱られたとか、そんな淋しさに耐えられないようではとうてい後継者の資格などないわ。人間は、本来、少し開いたコンパスの形状で屹立する、数キロの高さの峻烈な山頂に片足で突っ立っているように孤独なものだし、宇宙にさまよう塵芥のように果てしない寂寥にさらされているものだわ」

「とても耐えられそうにないですね」

「もちろんそれには、三次元から四次元へ、四次元から五次元へと飛躍するような決定的な意識の変革が必要だわ」

「そんなことが可能なのですか？」

「余人はともかく、あなたには可能よ。だいじょうぶ。私がちゃんと手ほどきするわ。期間は七日間よ、覚悟することね」

七日間と聞いて、利一はそういえば児童養護施設の体験入所の期間もやはりそうだったと思いだして、終了寸前に脱出したことから、この試練もまた途中で抜け出すことになるのかなと考えた。

教祖はいったん立ち上がって、優雅にバスローブを振り落とすと、くるりと回転して素っ裸で利一に向かった。着衣と脱衣を繰り返すこの持って回った無意味で面倒な手続きは、二十歳そこそこの利一には分からない中年の女性特有の体裁なのだろう。教祖は両足を広げてもう一度利一の膝の上に跨って両腕を絡ませた。

利一は自分でも信じられないほど冷静だった。それというのも、教祖の一連の態度には、主導する立場を維持しようとしながら、どうにも様になっていないぎこちなさが見られたからだ。このような舞台を設定するまでに、神経症患者の目まぐるしい葛藤を経た中年の女性が、十代の含羞をぽろぽろこぼす、余裕のない落ち着きのなさをさらけだしていた。

「経験はあるの？」

「ええ、まあ」

その相手があなたの娘だとは、名指しされて問い詰められたとしても、きっと白状できなかっただろう。

利一は初体験のときと同様、緊張で心も体も委縮していた。教祖は利一を立たせ、その優美な白い腕を操って利一の衣服をはぎ取ると、たった今気づいたかのように股間を眺めた。

利一をベッドに仰向けに横たえると、教祖はいったん浴室に消えた。戻ってきて、ベッドのそばを行ったり来たりした。利一は面目なさげに困惑していたが、教祖が事もなげに股間に指を伸ばして一ひねりした。すると、たちまち勃然と力がうねった。両腕を巻き付けられて、その豊満な肉体を圧しつけられると、利一はたちまちそれまでの冷静さを失った。

夢心地だった。

利一はあっけなく果てて教祖の叱責を被った。

「あなたはとても美しい」と利一はつぶやいた。

「かわいい人ね。もし私が美しいとしたら、あなたがそう望むからよ」

「あの頃の痩せぎすな身体つきが嘘のようですね」

「このところ食欲が旺盛で、制御しきれないのよ。心の飢餓が激しく欲するのよ」

と教祖は明るく笑った。

こうして七日間にわたる修行が始まった。

その日、利一はすっかり疲弊して、とろけるように寝入って、深夜に目覚めた。夢の余韻をこれっぽっちも残さない、迷妄から抜け出したような目覚めだった。教祖はかたわらに背中を向けて横たわり、まだ眠っていた。

利一はキングサイズのベッドから降りると、バスローブを肩にかけながらベッドの傍らにひっそりとしおたれたショーツを目に留め、もう一度ベッドに横たわったふくよかな裸体を眺めた。

すぐに痛ましい傷でも見たかのように目を逸らした。誰かの裸体と比較したように思ったのだ。

白い、ふくよかで、優美な裸体ではあるが、なだらかな身体の線に年齢相応のくたびれたゆがみやわだかまりがある。首筋や手の甲にはやや浅黒い色が染みていた。

利一は慎重に気遣って窓を少し開けて、煙草を喫った。

「起きてたの?」

教祖が目覚めて、顔をうつ伏せにしたまま動かないで訊いた。

「ええ」

利一はベランダに出て、都会の夜景を眺めた。

「コーヒー淹れるわね」

ガラス戸越しに教祖がみせたベッドを下りるときの大仰な恥らいがちらちらと脳裏にいつまでも残っていた。孤立した明かりが夥しく散在し、銀河のように凍てついて輝いていた。教祖がやってきて、テーブルの向かい側に座って、利一とは別の方向を眺めた。

「不思議ね、今、ここでこうしていることが、……」

「まるであらかじめ約束されていたようですね」と利一も応じた。

たしか沙也加とも同じような感慨を交わし合った記憶があるので、利一は二人の仲をすっかり見透かされているような気がした。

「今夜はとても星がきれいね。東京にもこんなにくっきり星空が見えることがあるのね」

しみじみとした思い入れたっぷりな感慨は、かつていつか同じ状況で眺めた夜景に対するもののように利一には感じられた。

「あなた、沙也加に、仏になりたいって言ったんだって？」

沙也加の名前を聞いて利一は少し動揺した。

『教祖はぼくらの仲を知っているのだろうか？』と、利一はその表情を注意深く窺いながら考えた。だが、何の確信も持てなかった。それを口にするときの教祖の視線や口の開き方やタイミングを思い返してみたが、やはり分からなかった。

『だが、教祖は姉妹のどちらかがぼくと結婚すると公言していたわけだから、恋愛やその発展に関しては憚る必要などない。問題は美香との一度きりの情事だ。節操がないとそしられても一言もない。しかし、それについても、自らこんな大胆な仕儀に及んでいるわけだから、この家族にはこと恋愛に関してはこれっぽっちも倫理観など存在しないと考えてもいいわけだ』と利一は結論づけた。

浮薄な点に関しては利一も同様だ。常に直面する相手のことしか念頭になく、あれこれ頓着しない。軽はずみではあってもそれなりに誠実だった。『つまりぼくらはみな同じ穴のムジナというわけだ』そうした思惑を性急に巡らせた後で、利一は答えた。

「ええ。宗教に関してはそれ以外に興味はありません」

「……仏にねえ」

　教祖は感慨深げにつぶやき、「ずいぶん大それたことを考えるのね」とからかったが、そのまなざしは満足げに慈しみをたたえて見守っていた。

「それにはまず自己を観照しなくてはね。あなたは自己をどんなふうに捉えているの?」

「今現に意識しているものがすべてです」

「顕在化された意識の他に、潜在意識があることは知っているわね。西洋で言う無意識、仏教では末那識と呼ばれる。夢の意識と言った方が分かりやすいわね。夢は頻繁に見る方?」

「ええ」

　ある一時期、利一は終日夢にまみれていたことがあった。夜たっぷり睡眠をとっているのに、日中いたるところで不測の睡眠に襲われてしまうのだった。授業中は常に手の甲に爪を立てて必死にこらえるのだが、それでも何度も寝入った。ストンと、前触れもなく、あっけなく、突然深い睡眠に落ちるのだ。テレビを観ても、本を読んでも、同様だ。一度だけ食事中に眠ったことがあり、食卓に顔面を打ち付ける寸前に目覚めたことがある。あまりにも頻繁に熟睡と目覚めを繰り返すので、いつも夢と現実のあわいに漂っている気分だった。

「人は就寝して異界のドアを開ける。自意識の小舟は末那識の大海に漕ぎだし、やがてもなく翻弄される。そうやって、毎夜、誰しも夢によって人間の実相に溺れているのに、目覚めると何もかもあっさり忘れてしまう。もっとも夢は実相の一面でしかなく、快楽原則が支配しているように実感されるけれど、まだまだ現実原則が幅を利かしているのが実情だわ。いずれにしても、今現にあなたを支配している自意識は、あなたの本質のごく一部でしかなく、宇宙の塵芥に等しい。だから何もかも心得ているように信じているあなたは、実は何も知らない赤ん坊に等しいわ」

「本来の人間の本質は?」

「末那識に支配される圧倒的な快楽原則と死の欲動のせめぎ合う混沌そのもの」

「そこでは時間は?」

「刹那であり、無限よ」

「空間は?」

「偶発的であると同時に必然的な関与にさらされた、引力のように自覚されない、何かの影響下にある融通無碍とでも言ったらいいかしら」

「解脱するとは？」

「人間の本性から逃れて悟りの境地――つまり菩提ね――に達することよ。とりあえず意識には三種あると考えたらいい。自意識と、生命の実相を体現する末那識と、悟りを体現する阿頼耶識と。自意識から末那識に飛翔することを〝脱落〟と言い、末那識から阿頼耶識へと一足飛びに飛躍することを〝解脱〟と言うの」

「脱落と解脱。同じような変革を意味するのに、わざわざ区別するのはなぜですか？」

「さすがに着眼点がすばらしいわ。そのニュアンスの違いは自分でよく考えてみることね。とても重要なキーワードだから。解脱した人間が悟りの境地に達した仏であり、西洋で言う全知全能の神にあたる。ここで注意しなくてはならないのは、それぞれの意識を体現するということは、別次元の、全く異質な人格に変革するということなの。理解するのと体現するのとでは越えがたい深淵が立ちはだかる。言うなれば仏になるとは宇宙人になるということなのよ」

「宇宙人になれたのは仏陀の他には誰も居ないの？」

「もちろんいるわよ。でも全世界にせいぜい数人足らずね。キリストやマホメットがそうだわ。日本では弘法大師がそうじゃないかしら。あとはおしなべて寸前のところでとどまり、遂に到達できなかったの。如何に菩提に接近したかによって、声聞（しょうもん）や縁覚（えんがく）や菩薩（ぼさつ）といった段階があるの。わかりやすく言えば、声聞は悟りを智慧で認識した人、縁覚は雷に打たれるように悟りを覚知した人、菩薩は悟りに没入する体現を一時的に得た人。最も悟りに接近した菩薩には、更に五十二の段階があると言うから、悟りがいかに気の遠くなるほど彼方にある得難い境地だと言うことがよく分かるでしょう。どんなに切迫したとしても、菩薩と菩提には決定的な隔絶があるの」

「やはり、仏になれた人はたった数人ですか……」

利一は失望し、部屋ごとまるごと吸い込んだ大きな溜息をついた。

「ところが、弟子たちは仏陀と間近に接し、悟りの実相をありありと観じていた。疑いようのない真実に直面しながら、しかも今一歩のところで決定的に遮断された菩薩たちによって、宗教は全世界に広まっていく。彼らの激しい渇仰と揺るがない信仰によって。本来は一つなのにそこから様々な解釈が派生したのは彼らの智慧が介在したせいなのよ。衆生を苦海から救済しようと、慈悲や来世といったさまざまな概念が生み出された。フィクションによって魂を救おうとしたのよ。むしろそのたゆまない信念と尽きることのない努力の総量は、個人の解脱よりも、人類にとってははるかに貴重な功績と言えるかも知れないわ」

「それで、教祖自身は悟りに達した体験はあるのですか?」

「まさか。ある一時期、そう錯覚したことがあるけれど、冷静に振り返ってみれば、あれは末那識にまみれる別人格になっただけだったように思うわ。乖離(かいり)した多重人格の一種のようなものだったかも知れない。仏教の教義に則るなら縁覚と菩薩の間をさまようあたりの段階ね。それでも万能のパワーの片鱗を掴むことができたわ。たった三日間で途絶えてしまったけれども」

「パワー……」

利一は全身に限りない羨望が噴霧のように湧き上がるのを感じた。

「何かきっかけがあったのですか」

「座禅を組んでいたわけではないわよ」と教祖は笑いながら続けた。

「ある瞬間に、地球が真っ二つにされたように意識が裁断され、わずかな断層のズレを残して元通り接着した。何も変わったように思えなかったけれど、私の内部に地球規模のすさまじい地殻変動があったのは明白だったわ」

利一は全身に無風の衝迫を受けた。

その契機となった決定的な場面を利一は詳細に知りたかった。しきりにせがむと、教祖は目を閉じて、思い出を指でなぞるようにゆったりした口調で語り始めた。

3

教祖は高校を卒業すると、大阪にでて、梅田のデパートに就職した。エレベーターガールとして勤務していたときに見初められ、二十歳で京都の和菓子の老舗(しにせ)に嫁いだ。不幸な結婚だった。吝嗇（りんしょく）で意地悪な姑にいびられながらも健気に働いて家計を支えた。なかなか子宝に恵まれず、三年後にようやく長女の沙也加が産れた。男児でなかったことでさんざん嫌味を言われ続け、さらに三年後出産した子供もまた女児だった。

　姑が肝臓がんで亡くなった頃から夫の虐待がいっそう激しくなった。人当たりのいい温厚な夫は、酒が入ると豹変した。外では淫蕩の限りを尽くし、家では虐待の毎日だった。

　その夜も、工場と土蔵に囲われた古い屋敷で、教祖は子供たちと一緒に寛いでいた。夫の不在によって保障されたひとときの団欒だった。体の芯まで凍てつくような底冷えのする日だった。暖房と言っては囲炉裏があるだけだった。

　夕刻、昼間から飲み歩いていた夫がへべれけになって帰宅した。大声で怒鳴り散らしたと思うと、いったんは寝室に引き籠って、高いびきをあげていた。囲炉裏で鉄瓶の蓋がキンキンと鳴っていた。教祖は毛糸で長女の靴下を編み、長女はうつ伏せになって絵本に見入り、次女は囲炉裏のそばですやすやと寝入っていた。

　いきなり大きな音を立てて襖が開いた。夫が浴衣の前をはだけさせ、巨人のように立ちはだかっていた。大声で罵声を浴びせられたが、一瞬、何を言っているのか分からなかった。ようやく手元の編み物が貧乏臭いと非難しているのだと理解した時には、もうビンタを喰らっていた。殴打され、足蹴にされても、教祖はじっと耐えていた。子供たちのために。いや、そうじゃない。自分を守るために。教祖はたび重なる暴力に心底脅えていたのだ。娘たちを思いやるゆとりさえなかった。

　夫の暴力は容赦がなかった。わずかのためらいもなかった。一番怖いのは、前触れのない即応で、身構える隙もない平手打ちだ。それからはいつ終わるとも知れない足蹴の連続だ。でも、いつかは終わる。教祖はひたすらそれだけにすがってひれ伏していた。ぶつぶつ言いながら立ち去ろうとした夫の大きな体が電灯の下でゆっくり回転して、もう一度接近してくるのが分かった。教祖はふるえて、目を閉じてこぶしを握り締め、全身に力を込めた。

　そのとき沙也加のか細い声が聞こえた。おそるおそるそっと窺った教祖の目に信じられない光景が映った。未熟児の小さな体が夫の大きな浴衣に縋り付いて、長い袴のように引きずられているのだ。電灯の下で夫の顔は暗く燃えていた。口汚い怒声が響き、太い腕が沙也加の身体を邪険に振りほどいた。ひとたまりもなかった。小さな体が吹っ飛び、囲炉裏の沸騰した鉄瓶が傾いて白い灰燼がもうもうとも舞い上がった。

沙也加の片足が囲炉裏の中にあるのに気づくと、教祖は半狂乱になって駆け寄って抱き上げ、夢中になってズボンにくっついた真っ赤な炭を払い落とした。

夫はさすがに気後れしたのか、その場で着替え、ブレザーを手にすると、大きな背中を見せてそのまま夜の街に出て行った。

教祖はほっとして、沙也加の軽く貧弱な身体を抱きしめて、その肉感で擁護されない骨を両腕で感じながら、声を振り絞って泣いていた。そのときはまだ、沙也加のズボンをはらったとき、熾火(おきび)のかけらが飛んで、そばで産着にくるまれて眠っていた次女の美香の顔面に付着したとは思いも及ばなかった。

異変に気づいたのは沙也加だった。教祖の膝から降りると、赤ん坊に寄り添って見守り、あどけない顔つきで振り返り、「おかあさん、煙が出てる」とつぶやいた。なおも、美香の顔面に覚束ない手つきで指を伸ばして、触れた指をすかさず口にくわえた。

「熱い」

赤ん坊はにこにこと笑っていた。それで教祖は、ふっくらした頬と唇の間に灰色の固形が付着しているのを見ても、滑稽さを微笑ましく思うだけだった。抱き上げようと近づいてもすぐには事態が呑み込めなかった。とつぜん、皮膚の焼け焦げる臭いがすっと鼻孔をかすめた。皮膚がただれ、灰にくるまれた熾火がまだじゅくじゅくと焼き焦がしている最中だった。

ところが、美香は教祖を認めて微笑んでいた。ふっくらした足を太い錆びた釘が貫いているのに気づかないでいる痛ましさがあった。一瞬、白痴になったと思った。

教祖はやにわに美香を抱き上げると、夢中で口を押し当てて熾火のかけらを舌で絡め取って、唾で冷まして、ペッと吐き出した。

それから慌てて美香を抱きかかえて近所の病院に駆け込んで診察を依頼した。治療を終えた医師に教祖は縋り付くようにして訊いた。

「先生、痕が残るでしょうか」

女の子の顔に傷をつけたことに胸が破れる思いだった。自分の落度を苛んだ。

「多少残るでしょうが、なに、整形でうまく処理できるでしょう」と言ってくれたので、教祖はほっと胸を撫でおろした。

「それにしてもどうしてこんなになるまで放置していたんですか」

医師は咎めるように言ったが、すでに治療しながら予測していたのだろう、火傷よりももっと深刻な事情を伝えた。

「この子は先天性無痛無汗症かもしれませんね」と言い、教祖の腕のなかでぱっちり目を開いている美香の、手首にゴム輪をしているように深い皺のあるぷっくらした腕を爪先でひねってみせた。「ほら、抓っても泣かないでしょう。痛覚が消失しているのです」

それが今後、日常生活において想像もつかない困難に直面する難病とは知らず、教祖はひとまず治療を終えた安堵感から、娘の特異な体質に関心を注いでいた。つい誇らしげな気分に包まれるのを止められなかった。

「この子はひょっとしたら、失格者の私を通り越して、母の後継者になるのかも知れないわ」と思った。

見栄で飾り立てられていたが、すでに家業の経営は傾いていた。夫は私の編み物を貧乏ったらしいと罵ったが、実際、家屋も土地も抵当に入り、家計は火の車だったのだ。

やがて夫は出奔し、教祖は幼い二人の子供を抱えて途方に暮れた。連日、借金取りが脅迫し、夜中に壁を破壊したり、主だった家財を盗み出したりして、狼藉の限りを尽くした。教祖は脅えて、終日子供と一緒に土蔵に隠れていた。

極貧にあえぎ、そのうち子供に与える食べ物も底をつき、気力も体力も失せてしまった。このまま三人で餓死するしかないと観念した。土蔵には厚い壁にうがたれた四角の窓があり、太い錆びた鉄格子が嵌っていて、くゆるような光りに包まれていた。教祖の弱々しい腕にはゆるくたわんだロープがあった。死ぬ手段は他に思いつかなかったのだ。うつろな視線であたりを見回して子供の姿を追った。幼い次女は布団にくるまれて転がっていたが、長女の姿が見えなかった。沙也加が戻ってくるまで待とうと、教祖はつぶやいて、目を閉じた。

しばらくして頬に熱い湯気が触れるのがわかった。目を開けると、沙也加がにっこり微笑んでいた。金属のスプーンが渇いた唇になれ合い、熱い、とろけるような、それでいてやわらかな弾力のある流動食が口中に流し込まれた。

それは片栗粉を水で溶いて、お湯を掛けて掻き混ぜたものだった。砂糖もなく、甘みの薄い味だったが、教祖には濃厚な蜜のようだった。反吐を受ける蟻のように恍惚とした。半固形のとろとろした熱さが全身に浸透していった。一匙ごとに活力が蘇った。教祖を十分に満たすと、沙也加は美香に寄り添い、同じようにスプーンで給餌した。

それから親子三人は、十日間も片栗粉だけで空腹を満たした。気力は蘇ったが、まだ体力の戻らない教祖に代わって、沙也加はちっちゃな体でかいがいしく妹の世話をした。水で溶かした片栗粉にお湯を注いですばやく掻き混ぜると、一瞬の間をおいて、あら不思議、色がつややかな半透明に変わって奇跡のようにふくらみ、ぷるぷるふるえるあえかなかたまりになる。

同じ年頃の子に比べて未熟児のように小さな体で、全身を使って拙い手ぶりで掻き混ぜる沙也加の姿を日に何度も目にした。そのたびに教祖は目頭が熱くなった。そばにいつも、隣家でお湯を沸かして貰ったのだろう、黄色いアルミの薬缶がまだかすかな湯気を洩らしていた。少し煤けて黒くなった薬缶の丸い優美な形が神々しく輝いていた。かすかな湯気が消え入ろうとする刹那、薬缶が膨張し、どんどん途方もなく巨大になってゆき、振り返った沙也加の笑顔が同じ大きさにふくらみ、重なって見えた。土蔵全体がまばゆい光彩に満ちた。

その瞬間、教祖はすっかり別の人格になった。ふっと鋭いひらめきがあり、地球が真っ二つにされ、真っ二つにされた地球はごくわずかなズレを残してまたぴったり重なった。ちょうどそんなふうな感覚だ。……周囲には狂人に見えたかも知れない。

翌日、教祖はふとしたひらめきから、仏壇の中を探って現金を発見した。義母のへそくりだった。教祖はその几帳面に小さく畳んだ三千円となけなしの小銭を握りしめて、淀の競馬場に駆けつけた。

その日は快晴だった。締め切り寸前の第七競走にそっくり賭けた。

連複で二千円の配当だった。六万円の配当を、次の八レースに五－六の連複にそっくり投資した。結果はなんと二四番人気の八九〇〇円の配当で、五三四万円になった。怖くなって、その日はそれっきり手を出さなかった。翌日、百万円を懐にまた競馬場にやってきた。メインレースの第十一レースを選んだ。

「今でも忘れないわ。一着がニホンピロウイナー、二着がシャダイソフィア。河内騎手のニホンピロウイナーはずっと先頭を走っていたわ。千四百メートルの短距離だった。ゴール寸前に三番手のシャダイソフィアが二着に滑り込んで、三二〇〇万が手に入った。でも、私はまだ自分の能力に自信が持てなかったので、それっきり競馬には手を出さなかった。それを元手に新地で商売を始めた。それからはとんとん拍子。何をやっても成功したわ。東京にも進出した。でも、それはただ運が良かっただけだと思っている。バブルの絶頂だったし。でも、当時は自分でも信じられなかったけれど、今思えばあのきっかけとなった日を含めた三日間、私は全能の予知能力者だったと信じているわ。……」

後年、生家で数千人の信奉者を集め、神様のように崇められていた母が、裏山の清水を所望して一口飲むと静かに息を引き取った。教祖には死を惜しむ気持ちもこれっぽっちの哀惜も涌かなかったが、葬儀には列席した。式場で信者からしきりに後継者として残るように懇願されたが、すでにかつての能力を失っていることを自覚していたから、すげなく断って帰阪した。マンションに着くと、抱きついてきた娘を交互に眺めた。一時期母の元に起居させた沙也加は期待外れだった。だが、本人は気づいていない特殊な難病を抱えた美香を見たとき、つい過度な期待を注いでしまった。

「隔世遺伝だわ……」

……………………

話を聞き終えたとき、利一は自分の体がすこし熱っぽく膨らんでいるように思った。すっかり冷めきったコーヒーが、喉を通って滑り落ちて行く途中でにわかに沸騰したかのように感じた。全身が熱かった。軽く顔を上げた刹那、そのわずかな角度が無限に伸張して宇宙の果てに飛びすさったような気がした。

「どうしたの?」と教祖が訊いて、びっくりするほど間近に迫った。

「今、頭部が一刀両断されて、ごくわずかズレたような気がしたんです」

「私が見える?」

「ええ、そこに」

「じゃあ、あなたはどこにいるの?」

「もちろん、ここに」

教祖は優しく利一の頬を撫でて、慈しむように眺めた。それから部屋に戻って手鏡を持ってきて、利一の眼前に向けた。

そこには当然映っているはずの利一の顔がなかった。

「今、何が見える?」

「何も」

教祖の表情がみるみる失望し、萎んでゆくのが分かった。

利一が顔を上げると、つい今しがたまでそこにゆらりとなれあい、囁くとき耳たぶをくわえるように唇を接近させていた教祖の姿が、もうそこになかった。

利一は驚いて部屋の中を見やった。部屋の隅で、教祖は一人でワルツを踊るように、両手をいっぱいに広げ、水のように手応えのある空気を押しのけながらゆっくり泳いで行った。顔を上げて利一を認めたが、その視線は厚い壁の向こうから透視するような視線だった。腕をしなやかに揺らして利一を手招きすると、周囲の壁もそれにこびて従った。前屈みになってベッドの皺を丁寧にならし始めた教祖を眺めながら、利一はゆっくり歩いて行った。背後にどんどん距離が残されてゆくのに、前方は蟻の歩みでしか近づいて来ない。

教祖はベッドに仰向けに横たわった利一の上に跨って、

「決して動いてはいけない」と言明した。

「すくなくとも二〇時間継続させなくてはいけないわ」

「そんな、とても無理ですよ」

利一は悲鳴を上げそうになった。

「大丈夫よ。目を閉じて、広大無辺の宇宙と一体化するのよ」

「宇宙……」

利一は遠い郷愁を感じた。

「その際、ちょっとしたコツがあるの。集中し没入する方法には二通りある。拡散と凝縮。たいていの人は宇宙に融合しようと拡散を選ぶ。私はむしろ凝縮を選ぶわ。その方が集中しやすいからよ。本来の性質に合致しているからかしら。とにかく、肝要なのは自分の身体に執着しないこと。――」

「ええ、わかります」

「瞑想の実践方法を教えるわね。まず、自分の体形を畳一面のように捉える。畳には無数の皺がよっているわね、中心から最も遠い位置にあるひとかけらから、ゆっくり一枚一枚注意深く弾いてゆく。この場合、時計回りがやり易いけれど、ミスも多いから左回りを選択した方がいいわ。ぐるぐる回りながら根気よく一枚ずつ弾いてゆくと、最後に畳の中心の襞だけが残るわね。さて、ここが肝心なところよ。このとき、集中力を倍加させて、その一枚を、無数の襞に埋め尽くされた畳に想定するの。それからまた一枚一枚、最新の注意を払って襞を弾いてゆく。また中心の一枚になったら、さらに極小の畳に変貌させる。それをひたすら繰り返す悠久の足取りで、自身の体形を限りなく縮小してゆくの。体形がようやく肉眼で見えない大きさになったら、一転して、凝縮の速度を加速させる。鼠算式に加速し続ける……とうとう分子レベルになったら、あなたの体形そのものがすでに小宇宙になっているわ」

利一は静かに目を閉じた。何かに中心を鷲摑みにされたように意識しながら。

「でもあそこを疎かにしてはだめよ。あなたの中心だからね。無心に、それでいてあたかも引力のように惑星を制御するのよ。勃起を維持しながら、昂らせず、萎えさせず、一定の緊張感を持続しつつ体全体を宇宙に広げてゆくのではなく、むしろ遠ざかるように凝集させてゆくのよ。いい？」

「ええ」

利一は無心になろうと努めた。

「無心になろうとする意識が残っているわ」と教祖は鋭く指摘した。

教祖が少し首を振っただけで、全身が波動し、その煽りをくらって利一はあっけなく射精し、また叱責を被った。

教祖は背中を丸めてその始末を主婦の几帳面さで丁寧に拭い、利一の萎えた一物をその指で軽くひねってあっさり再生させると、再び利一を仰向けにさせ、その上に跨った。

上体を少しのけぞらせるようにして、目を閉じて動かない教祖の裸体は、明るい光をあびて神々しく輝いていた。

何度か繰り返すうちに利一はかなり上達したが、どんなに辛抱してもせいぜい二時間が限度だった。

連日、訓練は続いた。

「駄目よ。じっとしといて」

教祖は繰り返し利一の動きを制し、その間、教祖は、宇宙のからくりや、宇宙と一体になる方法を伝授し、ひたすら集中力を継続させた。

「余計なことを考えちゃ駄目。無心になるの。考えまいとする意識が残っているうちは駄目。ひたすら意識から滑り落ちるの」

利一は次第に恐れをなした。教祖の言う集中して凝縮された体形と言うのは、実際に疲弊し、干からびた皮膚の塊に凝縮してゆく利一の肉体そのものではないか、と。

七日目の未明のことだった。

その日、時計が深夜零時をきっかり示すと、利一にめざましい活力が漲ってきた。二人は、いつものように交接したまま不動の姿勢を保っていた。厚い遮光カーテンが閉め切られ、周囲は暗黒に満ちていた。

物音ひとつしない静寂が極薄の透明のシートになって天井から舞い降りてきて、教祖の上半身を透過し、横たわった利一の裸体を行き過ぎる。まるで強い磁石と電磁波と使って体内の磁気共鳴画像が撮影されてゆくようだった。

それが矢継ぎ早に繰り返されると、体が数ミクロン単位で裁断されてしまうように感じ、少し嘔吐を催した。全身が熱っぽく感じ、あちこちに痒みが生じた。血圧が急激に低下し、呼吸困難に至る寸前に、カッと猛烈なエネルギーが逆巻いた。どこかで教祖の制止を訴える哀切な悲鳴が聞こえたような気がした。

暴発。

極限の昂りの中で利一の耳に聞こえてきたものは、なんとも無粋な、大きく膨らんだゴムの球体が絞りを失って洩らすような、低音の、愚かしく滑稽な轟音だった。

利一は太平洋ほどの大きさの老朽した大型船が崩壊する

間際に全身をきしませながら発した汽笛かと思った。また、同じ大きさのセイウチの苦悶する叫喚かとも思った。

いずれにしても、ぶおおおんという、人間離れした、巨大なウーファーが発した地響きのする重低音で、全世界をひれ伏させるほどの荘厳さを伴った大音響でありながら、その直後に、厳粛さを一挙に覆す、ブスッという間の抜けた放屁のような音がもつれた。

利一の耳には、ホテル全体を倒壊させるほどの凄まじい轟音だったにもかかわらず、実際にはおそらく耳を澄まさなければ聞こえないほどささやかなものだった。言うなれば、昆虫が発した凄まじい阿鼻叫喚を間近に立つ人間が耳にするようなものだった。したがってその時利一は、昆虫と人間の両方の耳でもって、その厳粛であると同時に滑稽でもある叫び声を聞いたのだった。

闇の中で教祖は上体を背後に大きくのけぞらせていた。そのとき利一は、二人が交接したあたりにうっすらと浮かび上がる異様なものを見た。

直角に交接した二人の間に昂然とそそり立つもの。

「やはり私の見込んだ人だったわ」

教祖は上半身を大きく弓なりに背後にのけぞらせながら、まだ余韻にうちふるえる声で、とぎれとぎれにつぶやいた。

「生まれて初めてオーガズムを感じたわ」

教祖は大きな吐息をつきながらゆっくり崩れるように利一のそばに横たわった。

利一はついさっき垣間見た異様なものが気になってしようがなかった。枕元に手を伸ばしてライトをつけた。

教祖は両手で顔を隠した。取り残された肢体にはたるんだ皺と鈍重な疲弊があらわになっていた。その白い裸体の股間にそそり立ったものは、光をあびて、みるみる間に委縮して陰毛の中に消えてゆこうとしていた。それはまぎれもなくペニスだった。

「なんてことだ。男だったのか！」

おぞましい嫌悪感が利一を貫いた。

びっくりして跳ね起きた利一をふくよかな腕で押しとどめて、教祖はやんわり諌めた。

「私は生まれつき両性具有なのよ。生まれたとき、産婆は間違えて私を男だと指摘した。三歳になったとき、両親が市役所に性別の変更届を出して女になった。でも、あれが消えたわけではない。いつもは委縮して見えないだけなの。母が私に遺してくれたものは霊感の能力ではなく、このおぞましい奇形だった」

利一は避けるように目を閉じ、漠然と宿命という言葉がもたらす波紋を感じていた。

「でも、射精は初めての体験だわ」

それがさも利一の名誉であるかのようにつぶやいて、教祖は上目遣いに利一を見つめてからうっとりと目を閉じた。利一はうなだれてくる体の重さを少し持て余した。二人のいる明るい光に満ちたホテルの一室が宇宙船のように都会の闇の中に浮遊しているようだった。


翌朝、ルームサービスの朝食を取りながら、二人は名残りを惜しんだ。

窓は開かれ、まぶしい陽光が足元に絡むように横溢していた。この一週間と言うものほとんど裸体だった教祖が、今朝は墨色の法衣に身を包んでいた。着衣はかえって利一にあらわな裸体を思い出させた。

教祖は上機嫌だった。動くたびに似合わしからぬ大仰な含羞がこぼれた。再会して以来ずっと保持してきた尊厳はもうどこにも見受けられなかった。

「最後の朝食ね」

「今度いつ会えるの？」と利一は訊いた。

「一年後よ」

「え。とても我慢できそうにないな」

「宇宙の時間に比較すれば瞬きするほどよ」

そうたしなめられたが、明日にも迎えがくるだろうと利一はタカを括っていた。恋情の力を妄信していたのだ。

「ところであなたは何歳になったの？」

「二十歳です」

「そう……二十歳なの」

教祖はそう小さくつぶやいて利一から目をそらした。

「生まれたばかりの、まだ罪さえ犯していない無邪気なねんねえだわね」

何気ないつぶやきだったが、おそらく利一にとってあらゆる意識の中でもっとも無縁に思えた罪という言葉に利一は少し驚いた。利一にとって罪は、殺人か、他人の人格を破壊する暴力しか思い当たらなかったからだ。教祖の表情に思いつめた暗い陰影を見たが、利一は中年の女性にとっては二十歳という若さはそれだけで罪なのだろうとしか考えなかった。

「あなたはまだ誕生したばかりの無垢な塊なのよ。もっと世情に通じる必要があるわ。だって私たちが相手をするのは世間ですからね」

その言葉には、純粋な求道とは異質な、組織の経営的配慮が窺えて、利一は少し不満だった。さらに不満だったのは、そうした利一の機嫌さえ見透かせない愚昧だった。

「交通事故を起こした車を運転していたのはあなたでしょう?」

と利一は、わざと唐突に訊ねた。

「あの時は本当に迷惑を掛けたわ。ごめんなさいね。うっかり信号を見落としたの」

教祖はあっさり認め、謝罪したので、利一はそれ以上食い下がれなかった。故意だったのか過失だったのか。

「美香ったら、ひどいのよ、あの子は世間を斜めに見ている皮肉屋さんだから、時々とんでもないことを言い出すのよね。お母さんはあの人の特殊な能力を見定めるためにわざと衝突したんでしょうって。とんでもない話よね」と教祖は軽やかに笑った。

「そうだわ、未来の教主さんにこれをあげるわ」

教祖は首に巻き付いていたペンダントを外して、利一に手渡した。眼鏡と同色のサファイア色のペンダント。宝石のように美しくカットされて、光を吸収したり反射したりしながらきらめいているが、重さといい、硬さといい、明らかに安っぽい模造品だった。

利一は着替え終えて、所在なさから何げなくポケットに手を入れて宝くじに気づいた。

「ところでぼくの買った宝くじは当たるのでしょうか」

「貸してみて」

教祖は宝くじの封筒を合掌した両手に挟んで静かに目を閉じた。

「ごめんね。わからないわ。今の私には予知能力は一切なくなった。もぬけの殻だわ……」

「残念ですね」

「でも信じて。あの三日間、私は全能の神の手に触れていたわ」

「ええ。あなたの所有する莫大な資産がそれを裏付けていますからね」

「あなたは一年後に覚醒するのよ」

「はい。それまで地道にアルバイトに精を出すことにします」

　利一は快活に笑った。

「じゃ、一年後に会いましょう」

　利一が立ち去ろうとし、ドアがゆっくり閉まろうとした。

「ちょっと待って」

「どうしたんです」

「今、ドアが閉まるにつれて何か不吉な予感が押し寄せてきたの」

　教祖は眉を顰めた哀切な表情で利一を見守った。利一はその視線が疎ましくもあり不満でもあった。主婦が我が子の安否を案じる目だったからだ。

「大丈夫かしら」

「心配はありませんよ、だってあなたにはもう予知能力はないのでしょう?」

　自然に口元が緩んだ。利一は自分が対面する相手に初めて慈しみをこめて微笑んだように思った。これまで誰に対しても、家族にも、恋人にも示したことのない微笑だった。

「そうだ、一つ尋ねたいと思っていたことがあるのです」

　利一は宝くじの番号を当てたからくりを知りたがった。

「ああ、あのことね」

　教祖はくすっと微笑った。

「あなたの行動をつぶさに観察していて、宝くじを買おうとしていると知るや否や、直前に店員を買収して数字を拾っただけよ」

「でも、封筒は購入以前に渡されたのですよ」

「あなたに渡した最初の封筒には実は何も書かれていなかった。そのやり取りの間に時間稼ぎのために数人を割り込ませ、あなたが窓口で購入している最中に、背後のものが手に入れた番号を記したものとすり換えたのよ」

　その顔にはありありと失望の色が浮かんだ。この子はまだこんな単純なからくりさえ見破られないのか、という嘆き。

「ところで生家の裏山にある霊水にまつわる逸話は本当なんですか?」と利一は訊いた。

　軽い反発から出し抜いてやろうと言う思惑が影響していた。

「地震の際に巨岩が真っ二つに割れて清水が流れ出し、

今もこんこんと湧き出しているのは事実だわ。また巨岩には刷毛の幅のペンキが引かれ、それに沿って割裂していたのも事実だわ。でも、ペンキの塗られた時期が地震の直前か直後かは明確ではない。私は父が私欲から水のあふれた直後にこっそり塗りたくったのだと思っているの」

「どうもそれが真相のようですね」と利一も冷静に認識した。

「そうそう、私の方でも一つ言い忘れたことがあるの。悟りの境地についてては何も知らないと正直に白状しなくてはいけないわ。私は踏み入ることもできず、遠望し、推測し、解釈してきただけだわ。物の本によれば、涅槃（ねはん）という宇宙の静謐さに満たされた理想的な境地などとされているが、私はそこに不吉な予感を感じずにはいられない。足元の固い地面の底が抜けるような何か途方もない陥穽を想像するの。つまり末那識が快楽と死への欲動にまみれているように、宇宙を体現する涅槃にも、太陽の数百億倍の質量を持ち、光さえ脱出できないブラックホールのような壊滅的な破壊衝動が潜んでいるのではないかしら？　阿頼耶識だけが実相で、あとはすべて仮象だと言う人もいるが、私はむしろ意識の変相は無限に展開するような気がするわ。たとえ阿頼耶識の上位に別の意識があり、さらにその上位に別の意識があるとしても、どの段階に至っても、それぞれの意識は、歓喜や安寧のかたわらにそれに見合った同じ量の絶望が具現されるのではないかしら。仲間外れの孤独が、そこではてしない宇宙の孤絶に変わる。恋人同士の他愛ない悦びや束の間のオーガズムが、そこでは次元を異にした想像もできない永遠の歓喜に変わる。だが、その到達した究極の境地にも、底知れない陥穽があるとしたら。……」

「すべてが徒労だと？」

「人生において徒労でないものは何一つないわ。結局、生命とは、歓喜と死の相拮抗するバランスの中で、常にほんのごく僅かだけ歓喜が勝る、極めて危うい均衡にさらされたかすかな炎のゆらめきでしかないのかも知れない。……とにかく外に出たら、手始めに校庭ほどの巨石に圧しひしがれた蟻のようにわき目もふらず懸命に生きてゆくことね」

ドアが無慈悲な音を立てて閉まった。

利一は廊下を歩いて行き、背後が無限に長く伸びて行くように感じた。エレベーターの中で、手渡されたペンダントをポケットから取り出して光に翳した。

「おや、何か封入されているぞ」

光に透かして見ると、内部にガラス質とは明らかに異質な、黒く翳ったものがある。それは光を透さず翳って黒く見えるが、実際は白くつややかな光沢のあるものに違いない。

角度を変えて光にかざし、少し回転してみる。厚みがある。どうやらそこに充填されているのは白い粉末のようだった。

「してみると、これはペンダントいうより容器だな。模造石と鎖を連結した金具が蓋になっているのだろう」

利一はしばらく光にかざしながら、白く輝くきめ細やかな粉末の正体を推測した。とつぜん、「内部に入っているのは覚せい剤か青酸カリだ」と直感した。

致死量の観点から、利一は後者の方だと思った。

『何か差し迫った時に、蓋を外して一気に飲み干すと、たちまち絶命する……』

ホテルを出たとたん、まばゆい光が利一を直射した。

利一は背中を丸め、伏し目がちになって歩きながら、重たげなまつげで光の重みを感受した。

4

利一は当面の課題である生活費の工面について思い悩んだ。思いがけない教祖の誘いのせいで、せっかく予約した就職面談をすっぽかしてしまったから、また改めて物色しなくてはならなかった。

職種や条件は様々で、選択に迷ったが、利便性を優先した。

ありついた仕事は単純な労働だった。実働時間は四時間たらずで、朝食付きで、職場は徒歩で二〇分の距離にあった。しかも、時間的には終業後その足で大学に向かえば学業にも影響しないと当初は考えていた。

仕事にはすぐに慣れ、二ヶ月がまたたくまに経過したが、時間帯が時間帯なので、自然と学業は疎かになった。なにしろ仕事開始は深夜の二時だったからだ。その三〇分前に起床しなくてはならない。

利一が仕事を終えて帰宅するのはたいてい朝の七時す

ぎだが、今朝に限っていつもより二時間遅れていた。

それというのも、職場でとんでもない失態をしでかしたためで、その後始末におおわらわだったのだ。全身汗だくで奮闘し、精も根も尽き果て、空腹だったが、むしろ吐きそうな気分だったので、朝食も辞退して帰途についたというわけだ。

癌研沿いのゆるやかな坂道は、すでに慌ただしい出勤の雑踏が途切れ、いつもより傾斜がまさっているように感じられた。そのせいか、中途あたりで利一はつい立ち止まってしまった。自転車の後輪を回して遊んでいた子供が、お母さんの声に促されて見えなくなった後、車輪がごく自然に停止するように、これといった意図もなく、ただ無意味に立ち止まって当惑していたのだ。

ふと背後を振り返り、その身体の動きがまるで厚紙を丸く撓めてゆるくひねったようだと感じ、待ち受けた朝の清澄な光に洗われた光景は、重量感も距離感も見失い、写真のようだった。

癌研の正面玄関を行きすぎてほどなく、目立たない隘路に入ると、そこがアパートだ。一階には、管理人を兼ねた、八十を超えた肥った丸顔のお婆さんが住み、二階には、利一ともう一人東大生が住んでいるだけだ。残りの五部屋はもうずいぶん永い間空室のままになっている。

ペンキ職人の大家は、先々改築を考えているらしく、新たな住人を募集しない。来年の契約更新は全員の退去を企んで家賃の値上げを要求するに違いなかった。

アパートの玄関前には、珍しいことだが、見慣れない自転車が放置されていた。持ち主にひどく几帳面な性格が想像されたのは、ハンドルが寸分の狂いもなく車体と直角に収まっていたからだ。荷台には白いペンキ塗りの金属の函が据え付けられている。

玄関を潜り、靴を脱いで急な傾斜の階段を上がると、手前の学生の部屋のドアが開いているのが見えた。

プライバシーを憚って急ぎ足で自分の部屋に向かったが、その意図がかえって気をそそることになった。背後に気を囚われながらドアの鍵を開けようとしたからだろう、すでに開錠されていることに気づくのに手間取った。

「変だな」とは思ったが、さほど気にも留めなかった。なにしろ部屋には目ぼしいものは何もないし、銭湯や夕食などの短時間の外出には施錠しないことも珍しくなかったからだ。

部屋に入ってそれとなく見渡したが、これといって荒らされた形跡はなかった。ただ、二面にある窓の北側の方が開いたままになっていた。滅多に開けない窓だった。それには理由があって、北側には小学校があり、手前は平屋の給食棟だが、その向こうには三階建ての校舎が控え、距離はあったが部屋を見通されるのを嫌ったからだ。

とにかく、窓を開けた記憶がなかったとはいえ、開けなかったという確証もなかった。もっともここは二階なので、施錠を忘れたドアに比べれば窓の開放など問題とするにもあたらなかった。

利一は腰を下ろして煙草を口にくわえて火をつけた。そのとき不意に、ドアをノックする音が聞こえた。

ドアを開けると、思わずたじろぐほど間近に制服の警官が立っていた。そのすぐ背後には斜め向かいの部屋の住人が控え、じっと利一を注視していた。背の高い、色白の、目鼻立ちのすっきりした、髪の長い学生だ。

「そちらの部屋に住む屋敷さんから、空き巣の被害に遭ったという報告を受けて、現在調査中なのですが、こちらでも何か盗られていませんか?」

「さあ、調べてみないと分かりませんが、ちょっと待って下さい」

利一は思わず焦って、現金を隠している冷蔵庫を開いて確認した。幸い生活費のためにしまっておいた現金は無事だった。

「どうやら大丈夫のようです」

「そうですか」

利一を見据えて動かない警官の表情には心なしか失望が滲んだように見えた。

利一は性急すぎた反応を少し後悔した。のみならず、心と態度の慌てふためいた動揺を少し誇張しすぎたようにも感じ、かえって不審を誘わなかったろうかと危ぶんだ。

「もし後で何か紛失したものが発見されたら、すぐに交番まで届けてください」

警官は背を向けて学生の部屋に向かい、学生もそれに随おうとしながら、ちらっと訴えるような目で利一を眺めた。

「ずいぶんやられたのですか?」

利一は同情をこめた目を意識しながら訊いた。

「ああ、とんだ災難だ」

学生は忌々しそうに答え、なぜかその美しい顔にうっすらと自嘲めいた笑みがからんだ。

警官と学生は盗難の現場に入って行き、利一もつられるように一歩踏み出したが、彼の悲嘆を考えて思いとどまった。

しばらくしてからもう一度警官がやって来た。

「念のために皆さんの指紋を採取させて貰っているのですが、差し支えなければご協力願いませんでしょうか」

恐縮しながら申し訳なさそうに依頼し、いったんうつむいて上目遣いに窺った警官の目が、一瞬、きらっと光ったような気がした。

「ええ、もちろん構いませんよ」

利一は即座に快く応じたが、黒い墨で汚された両手の指を指示通り一本一本押印してゆくうちに、まるで犯人扱いされているような陰鬱な気分になった。

警官が敬礼をして立ち去っても、哀れな被害者は途方に暮れたように廊下に佇んでいた。これまで彼とは廊下で出会っても軽く会釈しながら顔を見かわすだけの間柄だったが、利一は消沈する姿勢に急に親しみを感じて、つい声を掛けずにいられなかった。

「被害はいくらだったのですか？」

「十五万円だよ。アルバイトで稼いだ給料分をそっくりやられた」

「ドアには鍵は掛けていたのですか？」

「もちろん掛けていたさ。ほら、」

と彼は、古い木製のドアを指さしたが、その指先が示したのは鍵穴ではなく、鍵のそばにある鋭利な刃物で切り刻まれた真新しい痕跡だった。二筋が長く、一筋が短く途切れていた。

なるほど、と利一はうっかり納得しかかったが、妙な違和感を拭いきれなかった。それというのも、かなり力を込めて擦過したと思われる刃物の跡は、古い木製のドアに生々しく際立っていたが、ドアの開放そのものには何の役割も果たしていないのは明らかだったからだ。

「なんだか妙ですね」と利一は正直な感想を洩らした。

「何が妙なんだい？」

「だって、そうじゃないですか。鍵はおそらくピッキングとかいう鍵穴から特殊な器具を差し込む方法で開けたのでしょう。それなのに、この刃物の荒々しい疵はどうでしょう。まるで鍵ごと削り取ろうとして、すぐにその無謀さに気づいて、唐突に中断したようではないですか。このこれ見よがしな痕跡が解せないのです」

「きみの部屋にも同様の疵が残っているのかい？」

「いいえ、ありません。もっともその必要さえなかったと考えられます。なにしろぼくが帰宅したとき、ドアには鍵が掛かっていなかったのですから。出かけるときうっかり施錠し忘れたのです。幸い冷蔵庫の中に隠してあった現金は無事でしたが」

隠し場所が巧妙だったから無事だったとつい強調してしまい、いたずらに彼の後悔を増幅させてしまったようだ。

「すると、被害はなかったが、やはり犯人はきみの部屋にも侵入した可能性があるのだな？」

彼の表情になぜか安堵に似た弛緩が表れ、それにはもっともらしい理由があったのだが、そのときの利一にはその心情はとうてい推し量れなかった。

「それにしても、犯人はよくこんなぼろアパートに侵入する気になったものですね」

利一には不思議でならなかった。今回の空き巣は、誰もが素通りするようなアパートが選択され、その一室に、まるであつらえたように、手付かずの給料袋が盗ってくれと言わんばかりに放置されていたからだ。

二人は急に気まずくなったかのように言葉を失い、互いの部屋に戻った。

利一は壁にもたれて煙草を喫いながら、くゆる煙のたなびきを眺めつつ、いつまでもドアに残された刃物の痕にこだわっていた。いつもなら帰宅するや否やひと眠りするのだが、タイミングを逸したので目が冴えて眠れなかった。

しばらくしてトイレに立って戻ってくるとき、ちょうど彼の部屋のドアが開き、長身の身体が廊下に滑り出るのが見えた。まるで貝の白いむき身が黒い殻からぬるりと飛び出したようだった。ひょろりとした体つきが軟体動物のように見えたのか、その身のこなしがそう思わせたのか、その出現には気の置けない印象がまつわりついた。

服装から判断すると外出するようだが、なぜかそのまま鍵をかけずに歩いてきて、利一を認めても、何も言わずにうつむいた。

「お金、戻るといいですね」と利一は気休めを言った。

「物品なら質屋などに手を回して、運よく検挙される場合があるそうだが、現金は手掛かりがないし、たとえ犯人が捕まっても戻る公算は薄いと警官は言っていた」

すっかり諦めきった様子だが、それも無理はなかった。奪う必要があるのならさらに使う必要もあるだろう。

「それじゃ」とそっけなく言って、いなすようにそそくさと外出した彼の態度がひどくよそよそしいものに映った。

利一はその後ろ姿を見送りながら灯りのない廊下に佇み、部屋には戻らず、やがて彼の跡を追うように階段を下りて行った。不在になった彼の部屋の前を通るのが少し億劫だったのだ。

彼が部屋を出るとき、明らかに利一を認めながら、すぐには顔を向けなかった。そして少し考え込むような表情をしてわざとのように鍵を掛けず、利一を見て、すぐに目を伏せた。それから改めて視線を向けたときの何気ない素振りに、ふと奸計めいた意図を嗅ぎつけずにはいられなかった。部屋の真ん中のちゃぶ台の上には、盗られた給与袋と同じようにいくばくかの現金が無造作に置いてあるのかも知れなかった。

利一が階段を降りると、一階の角部屋で話し声が聞こえた。管理人のおばあさんも被害に遭ったらしく、大家を相手に大仰な身振りを繰り返しながら哀訴していた。こうなると、このアパートで被害に遭わなかったのは利一だけだと言うことになる。この例外的な幸運は決して居心地の良いものではなかった。

大家は利一に気づいて振り返り、これ幸いにとお婆さんを振り切って利一に寄り添うと、「やれやれ」と大きな吐息をついた。

「あのお婆さんも被害にあったのですか？」

利一は二人の様子からすでに分かっていた事実を、必要もないのにわざわざ確認した。

「とんでもない。あれは狂言だよ」

ペンキ職人の大家は洋梨のような少し歪んだ笑顔を見せて陽気に答えた。

大家はいつものように頭部に傾けたベレー帽から濡れた黒い布切れのような頭髪の束を覗かせている。目は象のように小さく、鼻と薄いひん曲がった唇の間にちょび髭を蓄えた、人懐っこい笑顔だ。痩せた小柄な体躯だが、ゆるくだぶついた服の内部には意外なほど引き締まった強靭な筋肉が張っている。会員制のジムで鍛えているのだと言う。冬でも裸足にサンダル履きだった。

「なにしろ終日めったに外出しないのだから、もし盗難に遭ったというのが本当なら、犯人はお婆さんの見ている前で探索し、財布がどこにあるのか当人に尋ねながら犯行に及んだということにもなりかねない」

と、いかにも冷やかし半分な口調でひけらかし、またひゃあひゃあと朗らかに笑った。

「犯行時刻は分かっているのですか？」

「昨夜、屋敷くんはどこかで飲み明かしたらしく、終電に遅れ、始発を待って帰宅したそうだ。そこで初めて盗難が発覚したそうだから、昨日外出してから今朝帰宅するまでの犯行ということになる。給料袋は不用心にも机の上に放り出してあったそうだ」

「ぼくが部屋の明かりを消して外出したのはいつものように深夜の一時半すぎですから、きっと早朝でしょうね」

利一は明白なアリバイを証明したいという気持ちも手伝って、わざわざ外出した時刻を強調したのだが、どう考えても世間的には尋常な時間帯とは言い難い。

「いつも深夜に外出して早朝に戻ってくるね。いったい何の仕事に就いているのかね」と大家は訊いた。

大家としては、家賃が滞るのを心配して店子の職業を確認するのは当然とも言えるが、深夜の外出に対する懸念は、たった今芽生えたのではなく、常々心に転がしていたものだとすぐに分かった。

「一か月前から寿司屋のシャリ焚きをしているのです」

利一は急いで説明した。

「寿司屋で使用する酢飯を一手に賄う工場で働いているのです。開店前に都内にある全店舗に配送しなくてはならないので、仕事はどうしても深夜に限るのです」

都内で十数店舗チェーン展開する結構有名なちらし寿司屋だったので、大家の懸念はあっさり払拭されたようだ。

アパートから職場まで徒歩で十数分だ。この電車を利用する必要のない近距離が怠け者の利一にはうってつけだった。実働四時間程度なので深夜とはいえ実入りは少ないが、一人なので誰に気兼ねすることもない。酢飯は食べ放題だし、就業後には簡単な朝食も付与される。

日によって指示が変わるが、四升焚きの釜を平均四十本焚き上げ、甘酢を噴きかけて掻き混ぜ、巨大な扇風機の風にさらした後、水色のポリエステルの函に詰める。洗米も注水も自動だし、釜はベルトコンベアーを移動するだけでガスの炎によって炊き上がる。

ただ、釜は八個しかなかったので、炊き上がるごとに、他の処理の合間を縫って急いで手洗いし、再度精米を仕掛けなくてはならなかった。その繰り返しだ。慣れれば造作もなかった。

「だが、今朝に限ってずいぶん帰宅が遅かったね」

何気ない大家の一言が、利一には少し引っかかった。それとなく表情を窺ったが、つい疑念を洩らしてしまったというふうで、探るような目つきではなかった。いつもペルシャ猫を抱えた鼈甲（べっこう）ぶちの眼鏡を掛けているセイウチのような奥さん同様、裏表のない、いたって気のいい性格だ。

「ええ、実は職場でとんでもない失態をしでかしたのです」

利一は数時間前の無残な騒動を想い出して、うんざりした。

最近、外出する寸前に一寝入り習慣がついていた。仕事を億劫がる気分が睡眠を誘発するのだ。今朝も利一は目覚まし時計のベルに叩き起こされたのだが、ベルを解除すると、そのままうっかり寝入ってしまった。さらに一〇分ほど寝過ごし、ぎょっとして跳ね起きると、あたふたと飛び出し、寝静まった住宅街を小走りで通り抜けた。

工場に駆け込み、急いでガスの隊列に火をつけ、注意深く炎の大きさを調整した。さらに釜を数本仕込んだ。いつもならここでまず一服するところだ。薄暗い工場にひっそりと燃えるガスの青白い炎が整然と並ぶベルトコンベアーに、いったん釜をセットしたら自動で移動するので、待ったなしの労働が始まるからだ。だが、今朝は遅刻していたのでその余裕がなかった。

「ほお、どんな失態をやらかしたんだい？」

と大家は訊き返したが、その質問もやはり珍しい職場に対する興味に触発された、何気ない日常の語らいの域を出ていなかった。

利一はその顛末（てんまつ）を語った。

「釜をセットすると、ガスの火の列をベルトコンベアーで流れてゆき、自動的に炊き上がる仕掛けです。本来は、試験的に一本だけ流して、炊き上がり具合を確認するのですが、今朝は寝坊したためにその余裕がありませんでした。それで釜を間隔を置かず矢継ぎ早にセットしたのです」

そのとき大家の表情が少し変化したような気がしたが、頭上に生い茂っている銀杏の葉に遮られた光のゆらぎのせいだと思った。もし大家に疑念を揺らしたものがあるとすれば、いつに変わらない日常において習慣からそむいた例外的な事象のせいだ。その日たまたま寝坊して出勤に遅れた事実が、滅多にない失態と相まって、ことのほか不自然に大家の脳裏にこびりついたものらしかった。

「作業のほとんどが自動とはいえ、ガスの火加減だけは自分の目で見て手動で調整しなくてはなりません。列ごとに炎の大きさを微妙に加減するのです。まあ、慣れているのでたいていうまく行きます。ところが、今朝に限って、流れてきた一本目の釜の蓋を開けたとき、つんと強い刺激臭が鼻孔を掠めたのです。焦げた臭いでした。すわ、一大事。驚いて確認すると、白米にぽつぽつと小さな噴火口ができており、その周辺が黄ばんでいました」

大家に事実が滑らかに受け入れられるにはいささかも不自然さを介入させてはならなかった。利一は事実をできる限り忠実に、丁寧に説明する必要があると考えた。

「しまった、と焦りましたが、もう手遅れです。連続して釜が流れてきており、どれもこれも同じ惨状をきたしていました。慌てて最後の数列のガスの火を抑制したのですが、今度は火が弱すぎたのでしょう、四本目がうまく炊けていませんでした。食べてみると、中に固い芯が残り、ふっくらした甘みも欠けています。次の釜もやはりそうでした。急いで最後の二列だけガスの火をごくわずか強く調整し直しました。すると、次にやってきた釜は、むわっと焦げた臭いを顔面に浴びせました。最初のよりもっと激しく焦げてしまい、噴火口は茶色に染まっていました。濃密な臭いが全身にまつわりつき、工場全体に充満するほどでした」

うまく説明できているだろうか、と利一はひそかに危ぶんだ。なにしろ異常事態にすっかり動転していた実情を説明しているのだ。肝心な点を言い忘れている恐れがある。

「その時点で、すでにコンベアーには八本の釜が設置されていました。それで潔く諦め、せめて最後の一本だけでもうまく仕上げようと、大きく深呼吸をしてから、落ち着いてガスの火を一列一列慎重に調整し直しました。そして、最後の一本が炊き上がるのを固唾を飲んで待ったのです。蓋を開けました。やはりぶすぶすと無残に焦げていました。すっかり絶望的な気分になり、もう最適なガスの調整が皆目見当もつかなくなった気がするのでした。もう一度細心の注意を払って加減しようとする指の向こうで、青い炎は妖しくゆらぎ、からかっているようでした。そうこうするうちに、時間がひどく遅れていることに気付きました。コンベアーには絶えず釜が流れている状態でないと出荷に間に合わない計算なのです。振り返ると、工場内は廃棄せざるを得ない飯米を満載した釜がいくつも転がり、目もあてられない惨状を呈していました。それからは無我夢中で……」

「大変だったたね。それで、結局、間に合ったのかね」

大家は途中で話を遮って、ひとしきり同情した。作業場の向こうから大きなラブラドール・レトリバーが走ってきて、大家の小柄な体にまつわりついた。夫婦そろって犬好きで、奥さんは抱えているペルシャ猫の頭を撫でながら、「この子に嫉妬するのよ」といつか得意げに吹聴していた。

「宿直のおじいさんと、やがて出勤してきた板前さんが、手分けして片づけてくれました。そのときにはもうぼくはすっかり気力を失い、殻の割れた卵みたいな惨めな気分で工場の隅にへたりこんでいました。結局、酢飯は一時間半遅れでとりあえず予定の半分だけ搬送され、残りは後でもう一度再送する段取りになりました。みんなが慌ただしく動いている中、ぼくはようやく腰をあげ、散乱した釜を洗い場に集め、棒のようにしか動かない手で洗い始めました。周囲に多大な迷惑を掛けた自責で押し潰されそうでした。不覚にも涙さえ滲んでくるのです。板長が心配そうに見守り、残りは自分たちが片づけるからと優しく声を掛けてくれましたが、勧める朝食も辞退して帰途についたのです」

「まさか辞めるつもりじゃないだろうね」

大家は愛犬の顔を撫で、口に手を差し入れながら訊いた。利一の失職が気がかりのようだった。もちろん利一と大家の関係は部屋を貸与する者とその対価を支払う者との繋がり以上のものはないのだから、関心がそこに集中しても無理はなかった。利一は犬の黄ばんだ大きな牙を見つめ、開いた大きな口の中に入っている大家の指を心配した。

「帰り際に板長に退職を申し出て、遺留されましたが、ぼくはもうすっかり自信をなくしています。今日の夕方までには結論を出して報告することになっているのです」

大家の表情は暗く翳ったが、それは習慣的な反応でしかなく、もともとアパートを退去させる肚だったから、意思はすぐに心に滲み出る喜びを隠そうとする努力に向けられた。

「大丈夫です。すぐに何か別の職を見つけますよ。その点、こう見えても、結構ぼくは要領が良いのです」

利一はできる限り快活さを装って自信たっぷりに言ったが、失職し、その上アパートも追い立てられる羽目になるかも知れないと、内心は途方に暮れていた。

大家と別れ、近所の餃子で腹ごしらえをして戻って来たとき、見慣れたアパートが初めて見るようなよそよそしさを映して利一の目に入った。階段を昇り切ったところでわけもなく立ち止まって、しばらく放心していた。

全身に重い泥のような疲労が詰まって、すぐには片足を上げられなかった。まだ退職の決心はついていなかった。

利一は立ち尽くしたまま、肩を落とし、漫然と両脇に二部屋ずつ控えた廊下を眺めた。廊下の突き当りに半間の幅の窓が嵌めこまれ、そこからまばゆい光があふれており、次第に弱まりながら、暗がりの中に立った利一の足元まで伸びてきている。それに促されるように歩き出したが、学生の部屋を行きすぎ、自分の部屋を通り過ぎても、利一の歩みはとまらなかった。なぜか突き当たりの窓まで来ていた。

壁をくり抜いた一メートル四方の窓は、戸外の明かりを取り入れるだけの機能しか想像させなかったので、これまで利一はてっきり嵌めこめ式の窓だと思い込んでいた。だが、幅の狭い窓が二枚重なり、開閉もできることがわかった。差し込んで締める簡易な鍵までついている。もっともそれは外れて垂れさがっていた。

足元には木の葉が一枚落ちていた。

「してみると、最近この窓は一度開放されたのだな」と利一はつぶやいた。

窓を開こうとすると、少しがたついたが、ちゃんと開いた。塀に囲まれた小学校の給食室らしい建物が見えた。この位置からの光景は初めてだったので新鮮な驚きに満ちていた。上体を伸ばして更に周囲を見回そうとしたが、幅が狭いので体を少しひねらなくてはならなかった。ぐっと身を乗り出して下方を見下ろすと、アパートの壁に一階の窓が三か所見えた。真下の廊下の窓と両脇の空室の窓で、三つの窓は思いのほか近接している。

にわかな予感に触発されて、利一は慌てて自分の部屋に駆け込み、北側の窓を開けて上体をせり出した。ごく間近にさきほどの廊下の窓が見えた。

わずか数十センチの間隔だった。もし廊下の窓に這い上り、支えを確保しながら壁に張り付いて足を延ばせば、容易にこの部屋の窓に移動できるに違いない。今朝帰宅した時、この窓が開いていたことを思い出した。そうか、空き巣はこの窓から侵入したのだ、と利一は直感した。そして、部屋を物色したが、成果にありつけず、ドアの内鍵を外して廊下に出て、次のターゲットに向かったのだろう。だからドアは開錠されたままにされたのだ。外出するとき利一が掛け忘れたのではなかった。

この推論は利一をさんざん悩ましてきた不名誉を一掃してくれるだろう。利一を眺める学生の探るような目つきも、警官の慇懃すぎる態度も、大家のいつにない執拗な尋問も、もっぱら二部屋だけ荒らされ、利一の部屋だけが無事だったという不合理に負っていたのだから。

利一はすっかり爽快な気分になり、試しに窓に這い上がって移動してみようとしたが、さすがに実演するまでには至らなかった。

夜の九時頃に、帰宅する学生の足音が聞こえたので、利一は急いで部屋を飛び出して、部屋に入ろうとする彼を呼び止めた。

「どうしたんだ、血相を変えて」彼は冷静に言った。

「聞いてください。犯人はぼくの部屋にも侵入したらしいことが判明したのです」

利一は彼を廊下の突き当りの窓に誘導し、そこから外を覗いてみるよう指示し、首をひねらせて利一の部屋の窓を確認させた。

「どうです、容易に飛び移れる距離でしょう？　今朝ぼくが帰宅したとき、なぜか滅多に開けない窓が開いていたのです。そのことを思い出して、それではっと思いついたのでした」

彼はまじまじと利一を眺めていた。それから悲しそうに眉を顰めた。

「きみはとても誠実だな。きみはこの事件で、警官からも、被害者であるおれからも、おそらく大家からも、疑惑を持たれていると感じ、おちおち眠れなかったのだろう。いつもなら就寝の時間だものな。不当な嫌疑に、本来なら苛立ち、義憤をふくらませて抗う権利があるのに、ただただ哀れに翻弄されていたのだな。そんな心の動揺が子供のようにありありと透けて見えるよ。いやあ、すまなかった。もしおれの態度や視線なりがきみに疑っているような印象を与えたのなら、お詫びするよ。悲嘆に暮れている最中だったので、おれにはきっと他人を思いやる余裕などなかったのだろう。どうぞ、ご心配なく。おれは決してきみを疑ってなどいないよ。きみが金銭に無頓着なことは日常生活を垣間見るだけで見当はつくよ。ましてや窃盗などをしでかすような人にはとても見えない」

花粉のような優しい細やかな心遣いに、利一は一挙に救われる思いだった。

「そう言っていただけると、とても気が休まります。ぼくには妙な癖があって、事件の渦中にあっての明白な潔白はかえって重荷なのです。幾重にも波紋のように呪縛されてしまうのです。無実を証明しないうちは片時も安心できないのです。もし犯人だったらかえって平気な顔をしてそつなく対処できたでしょうに」

「おれの給料を掠め取ったのはきみではないよ」

と彼は繰り返し、背を向けてドアを開けた。肩から背中にかけてむくむくとふくれあがるように見えた。そのまま故意に振り返らずに背中を向けたまま続けた。

「でも、きみはもっと大事な、掛け替えのないおれの宝を掠め取ったのだ」

利一は黙っていた。

「そうだろう？　身に覚えがないとは言わせない！」

思いがけない告発だったが、その嫌疑に関しては、利一は明らかに潔白ではなかった。

それで、かえって少しも動揺はせず、むしろ居直った平静さで身構え、振り返らない長髪の頭部を眺めながらどう対処するか冷静に考えあぐんでいた。暴力に訴える男ではなさそうだが、もし殴りかかってきたなら、一発くらいは甘んじて耐えるべきだろうと思っていた。

彼はもう振り返ろうとはせず、中に入り、ドアが閉まった。

5

屋敷清太郎の恋人は、利一には真矢と名乗った。

かれこれ二か月前のことだった。

夕食を終えてアパートに戻ってくると、学生の部屋の前にほっそりした体形の女性が立っていた。利一の気配に気づいて振り返った瞬間の目を、利一は忘れることができない。

廊下には灯りがついていたが、夜更けの薄暗い廊下に、待っていた恋人以外の男性が突然現れたのだから、はなはだしい動揺が表れても不思議はなかった。だが、スカートの裾のゆらぎがあっただけで、彼女の全身は身じろぎせず、その目はまっすぐ利一を注視していた。

彼女は明らかに利一を知っているか、少なくとも利一がこのアパートの住人だと承知しているかのようだった。利一の方はもちろん彼女を知っていた。学生の部屋に頻繁に出入りしているのを何度も見かけていたからだ。とはいっても、後ろ姿を目にとめたり、階段を昇って行く優雅なスカートのゆらぎに惑わされたほっそりした素足をちらりと見かけただけで、まともに顔を窺ったわけではなかったけれども。

アパートの玄関の靴箱は共有なので、利一は彼女のほっそりした足を包み込むハイヒールも知っているし、玄関に立てかけられてあった濡れた赤い傘も憶えている。しかし、ほとんどが廊下を歩く足音や部屋から漏れてくる声によって刺激された、想像の衣装で包まれた印象でしかなかった。

そう言う事情で利一の方は彼女を知っていたが、同じように彼女が以前から想像によって利一を思い描いていたとは到底考えられなかった。それなのに彼女の表情には馴染みの人物に相対する親しみが滲んでいた。すっかり信頼している安らかな表情だ。のみならず唇のゆるみに本人も気づかないかすかな媚態さえ予感させた。なぜだろう。そのまま背こうとしない目を見返しながら利一は当惑を持続していた。

「彼は不在なんですか？」と利一は訊いた。

「ええ」

「あいにくですね」

利一はできるだけ平静を保って自分の部屋に向かったが、足がもつれてうっかり転びそうだった。すれ違う瞬間、彼女の温もりを感じて自分の身体が少し膨らんだように思った。ドアを開けて、中に入ろうとしながら、ふと振り返ると、彼女はまだ同じ姿勢のまま利一を見ていた。その視線にやはり、縋るほどの熱意はないが、利一のぶしつけな視線を許容する信頼があふれていた。

「じゃ、ごゆっくり」

利一は好意的な笑みを送り、彼女はかすかにうなずいたような気がした。

部屋に入って煙草を喫いながら、利一はまっすぐ自分を見た彼女の目を思い出していた。利一の動揺した視線に揺れて映る彼女はとても美しかった。目鼻立ちの整ったなめらかな卵形の顔。細い首筋。ノースリーブのしなやかな腕。都会育ちの洗練が胸元と腰に見られた。つややかな豊かな黒い髪はビルのあわいに漂う黄昏の匂いがした。

利一はじっとドアの向こうに聞き耳を立てた。移動した気配はなかった。妙に心が騒いだ。心を駆け回る騒ぎがどんどん大きくなって、うるさいネズミのように胸板を蹴り、圧迫する。とうとう利一は耐え難くなって立ち上がると、ドアを開けて声を掛けた。

「立ったままでは辛いでしょう。良かったら彼が戻るまでこっちで待ちませんか。コーヒーでもいれますよ」

学生の部屋の前に立っている彼女の表情に、明白な羽ばたきがあり、それから慎ましい笑みが洩れた。いったん後ずさりしてもう一度やって来るようなためらいを引きずりながら、こくっとうなずいた。

ドアを半開きにしたまま、二人はぎこちなく対峙していた。しばらく当たり障りのない無意味な会話を続けた。

コーヒーを入れ直そうと立ち上がったとき、利一は半開きになっているドアの間隔を測るように見た。いったんポットを持ち上げ、元の場所に戻して、そこから振返って見た、薄い唇にカップをあてがってうつむいている彼女の姿勢が、利一の目にはひどく小さく映った。と同時に、利一は自分の身体がにわかに巨人になり、ただそれだけで、腕にも足にも何の意志も見られなかったが、まるで彼女に襲い掛かろうとしているポーズに感じた。

利一はそのまま黙って身じろぎせずに彼女を見下ろしていた。図った沈黙が不自然な対峙の間で滞っていた。

利一はまず上半身を、それからためらう下半身を回転させて、一歩前に移動した。手には今しがた手にしたポットの重さがあった。彼女の小さく見えた上半身がにわかに大きく迫った。利一が手を伸ばしてその肩に軽く置いたとき、やわらかな肉感にポットの重みがもう一度よみがえった。そのとき利一はまだ自分が何をしようとしているのかはっきり意識していなかったと思える。もし意識していたらとてもそんな大胆な行為に及べなかったかと言うと、これも事実ではない。利一は意図してそうしたのだが、臆病で狡猾な計らいから故意に意識を放棄したのだ。

それで自分の手が他人のそれのように彼女のなだらかな肩に触れるのを漫然と見ていた。彼女がはっと顔をあげ、利一は膝の上に戻される彼女のほっそりした指に絡んでいるカップを眺めていた。

利一がポットをテーブルの上に置いてから、空いた両手で彼女の小さな顔を包み込んで振り向かせようとすると、彼女の右手はテーブルに移動してカップを慎重に置いた。その配慮から、その瞬間までは、彼女は冷静に事態を見極め、利一の行為を受容しようとしていることを知った。それで今にも弾かれそうだった利一の手にやんわりと重みと力が加わった。

キスすると、彼女は失神したようにぐったりとうなだれてきた。利一はすっかり慌てふためき、紅潮した頬を軽く叩いた。どうやら軽いめまいにすぎなかったらしく、うっすらと目を開け、間近で見守る利一を見て、今度は意識的に目を閉じた。騒々しい静寂の中で利一の困惑は持続していたが、この絶好の機会を見逃すほど利一は誠実でも臆病でもなかった。

まとっている衣服を剥ぎ取るのは眠っている幼女を相手にするように容易だった。彼女は目を閉じて為すがままに仰向けに横たわっていた。その姿勢には抵抗の素振りはなかったが、物体がそこにあるだけで周囲を手懐ける媚態もなかった。

靴下を脱ぐようにあっさりむきだしにされた裸体はとても美しかった。どこにも余分な脂肪のない、すっきりした、そつのない形状。乳房は未熟だが、相応のふくらみを見せて可憐に羞じらっている。まるで初めて人前にさらした裸身のようだった。

美しかったが、それはグラビア写真の美しさであり、なめらかな人形の美しさだった。そんななかにあって性器だけが異質だった。それは期待にあふれてうごめいていた。

思いがけない放埒なぬめりに惑溺した利一の指は、その瞬間、生命の根源的な怯懦(きょうだ)にあったようにひるんでいた。無数の小さな白い歯がいきなり噛みついて、指が寸断される恐怖に食いつかれたように、思わず利一は手を引いた。

いざセックスに臨もうとしたとき、彼女は初めて怯えた目をして片手で制した。その手にはほとんど制御する力は籠っていなかったが、利一は苦笑しながらも不平を洩らすだけで素直に応じた。いつでも行使できるという安易な判断と、猶予を愉しむ余裕からだったろう。

だが、その一方で、優美な裸体にまつわりつく自分の手を汚らわしく醜悪に感じながら、なぜか妙に安堵もしていた。

一連の戯れを、終始利一は奇妙な冷静さで対処していた。相手が幼く、どんなに見かけは冷静を装っていても利一以上に動転していたからでもある。放埒とまでは言えないが、少なからぬ恋愛遍歴に倦んだ利一の興奮は、意識の外側に戸惑ってぶら下がっていた。わななきはぜるときめきから、利一の意識は誰かが駅に忘れて行った荷物のようにぽつねんと置き去りにされていた。

利一はきっと、二十歳で初めて異性とキスをした、はなはだおくての、初々しい穢れのない裸体に圧倒されていたのだ。その無辜(むこ)で無垢な意識のかたまりに。

不思議な静謐な時間だった。

しゃがんで遊んでいる幼女の時間。長雨をほぉーっと見るともなく眺めている無為の時間。鶏の臀部から滑り落ちたまだあえかな湯気の漂う卵の中に浮遊する時間。

利一はこれほど周囲から何の制限もうけない安逸な時間に浸った体験はついぞなかったように思った。驚いたことにそのとき利一は、常に脅迫的に焦慮させられていた貪欲な性欲からあっけなく開放されていたのだった。

二人は黙って一緒に横たわり、体の一部だけ狎れあうぬくもりだけを感じていた。利一はまるで憑き物がとれたような爽快感に包まれていた。これまでの過去の経験の堆積が無方向にあくせくと駆けずり回った愚挙に過ぎなかったように述懐された。立ち止まったとたん倒れると危ぶむ独楽のようにいつも猛然と回転し続けてきた。ところが、今、そこにそうしているだけで利一は充足している。二人の間には手を伸ばすまでもなくあっけなく掌中にした信頼がある。これは錯覚だろうか？　たぶんそうだろう。

　たった今逢ったばかりだというのに、二人は宇宙に孤立した星のように同じ調和の時間にただよい、同じ磁場に横たわっていた。星と星とは滅多に巡り合わないが、ごく稀な偶然よって衝突すれば、それぞれの大きさによって、一方だけが消滅するか、双方とも消滅する。利一はそれに似た体験をこれまで何度も繰り返してきた。そのたびに孤絶を自覚しながら矜持(きょうじ)の鎧で身を固め、無益に似た抵抗を持続していた。そんな利一が、まっすぐな無垢な目に見つめられて、身につまされたように控えている。そうかと思うと、愛らしい口に嘗められるソフトクリームのように他愛なくとろけそうになっている。

「この幼い純情にもうぼくはぞっこんなのか？」と、利一はなめらかな肌を滑ってゆく自分の指先で思った。

「ねえ、何を考えているの？」

「何も。真矢に見惚れているだけだ」

「こんなにも近くで、こんなにも一心に見つめているのに、わたしにはあなたが何を考えているのか見当もつかない」

　そう訴える心もとない顔つきを、そのかすかな吐息を意識しながら、利一はなぜかすぐには見返せないでいた。頬に無数の針のような視線を感じた。

　崖っぷちに裸で横たわり、今にも落下しそうになっている危うさにも気づかない愚かな信頼を前にして、利一はただただゆるやかに困惑していた。

　そのとき不意に廊下で足音がし、部屋全体がいびつに変形した。

　学生が帰って来たのだ。

　利一に寄り添っていた真矢は、眉間をゆがめ、少し怯えた表情になった。床を軋ませる見えない体形の重さにびくつき、ゆっくり迫る接近に脅かされ、じっと聞き耳を立てたまま身じろぎしなかった。

　利一も緊張して身構えながら、真矢を見守り、なぜかその表情にふとした疑念を持った。というのも、彼が帰宅するのは成り行きからして当然予期されたことだし、むしろ戻って来ない方が不思議だった。ところが真矢の驚いた表情にはありえない不可解さに接したような困惑がいり混じっていたように思えたのだ。

「行くかい？」

利一はその可憐な耳たぶに唇を戯れさせながら意地悪くささやいた。

裸の真矢はかたわらに脱ぎ捨てられた衣服を手繰り寄せながらせっかちに首を振った。

なんとドアは半開きになったままだった。初めて入室する女性に配慮したものだが、セックスに及んですっかりそのことを忘れていたのだ。真矢の動揺を間近にしていたので利一自身は冷静に対処しているつもりだったが、この程度の冷静さだったのだ。

いずれにしろ彼の部屋は手前にあったので、こちらの部屋を覗くには、二、三歩余分に歩かなくてはならない。足音は彼の部屋の前に立った。そのまま動かない。ドアが開いて、一瞬間を置いてから、また閉まった。それっきり何の物音もしなかった。

やがて利一はドアを閉めようと立ち上がった。ドアに手を掛け、ふと廊下を覗き込もうとしたとき、戦慄が全身を突き刺した。彼がすぐそこに立っているように錯覚したのだ。ドアの開閉は確認したが、入室は確認していなかったからだ。慌ててドアを閉めたので、聞きつけた相手に当てつけのように受け取られかねない予期しない大きな響きになった。

その後、真矢とは幾たびも逢った。

いつも同じ繰り返しだった。喫茶で待ち合わせ、談笑する。真矢は楽しそうだが、利一は少し退屈を持て余した。そして、その気振りを隠そうとはしなかったので、利一を見守る真矢はいつも不安げだった。

利一にはあどけなく振り仰ぐ真矢の胸中が手に取るように分かる気がするのだった。だから、戸惑いがちに滞る会話のそばで、二人分の自問自答を操る利一の饒舌が領していたようだった。煙草の火を消すと、そのまま顔を見ないで促し、ラブホテルに直行した。

おそらく利一は、真矢が疑う以上に、また自分で信じている以上に、真矢の純粋な、汚れを知らない、無垢の美しさに魅了されていた。ただ、そういう自分を、制し踏みとどまろうとする身体のもっとも遠くにある脚の爪先のわだかまりをも同時に感じていた。ときとして真矢は余りにも身近な肉親に思えることがあった。家族が利一にとってそうであったように、心の同極の磁石のへんてこりんな抵抗の身振りを感じるのだった。

真矢はいつも林檎の皮をむくようにあっけなく裸体にされることを抵抗もなく見逃したが、やはりセックスだけは頑なに拒んだ。そんなとき利一は裸体に戯れる自分の手の色ばかりか形さえも醜悪に感じた。優美にたわむ白熱した電球に銀粉を散らしながらまつわりつく蛾のように。

驚いたことに、真矢はベッドで裸体になって寄り添っていながら、こうした事態に陥っていることを正確に認識できていないかのようだった。ずっと心に秘めてきた恋人に対する純情を未だに疑っていなかったし、ときどき思い余ったように洩らすことさえあった。「きっと私は今でもあの人が大好きで、ごく自然な成り行きでいつしか結婚するはずだったし、今もその希みを捨てきれないでいるんだわ」彼女は手品師のように、そのからくりを熟知していながら、観客のように奇跡をまざまざと受け止めているのだった。

「もう、こんなこと止めましょう」と、彼女は、遠く背後を見るような眼をしてつぶやいた。

「どうして？」

利一はほくそ笑みながら、幼い混迷を掌に載せて弄んでいるような気分で訊いた。

「だって遊んでいるみたいだもの」

利一は正直驚いた。戯れ、遊んでいるのは、自分の方だと思っていたからだ。

一瞬、かすかな憎しみが掠めたが、利一はそのときも強要しなかった。いつもの留保を愉しむ気分からだった。だが、本当にそうだったろうか？

利一が真矢について知っていることは、柔らかな裸体と、お茶の水在学で、広島カープファンで、父親が結構有名な雑誌の編集長だということくらいだった。いや、もう一つある。背中の中ほどまで届く長い髪は枝毛がなくてすっきりしているということだ。彼女は何度かそれを自慢した。利一はどうしてそんな取るに足りないことを自慢するのか、もっとたくさん魅力があるのにと考えながら、きっと彼女は利一の前では確信を持てることが何もなくなって、いつか家族に言われた髪の特徴しか自慢できるものが残っていないのだと思って悲しかった。

利一は彼女にとって、喜びを与えるが、いつもそれを上回る不安を引き連れてくる存在だったのだ。

都合が付けば二人は毎日のように会っていたが、そのうち利一がサウナで寝泊まりし、以後数日間、連絡も取らず部屋を空けていたことがある。真矢が再三訪問するであろうことを承知で故意に避けたのだ。電話にも出なかった。そのくせ、真矢のことばかり考えていた。

利一は正直言って自分の心が分からなかった。触手を喪った昆虫のように哀れにうろついていた。たぶん天使を凌辱する邪悪にひるんでいたのだ。さらにいえばそのとき心を領していたのは近親相姦めいた感情を諌める怖れに似ていた。

一週間後、繁華街をさまよいながら、利一はつい思い余って真矢に電話した。

「部屋に何度も行ったの。電話をしても通じない。いつも、いったいどこにいるの？」

受話器に飛びつくようにして、真矢はせっかちに永い不在を詰問した。もし利一がどんなつじつまの合わない口実を用意しても、きっと救いを求めるようにしがみついて信じたに違いない。

両親の耳を憚る小声で、あらゆることを一緒くたに話そうとするので、言葉は乱れ、悲しみを募らせてゆく。真矢はそのうち泣き出した。

涙声のしどろもどろな話ぶりのせいで利一にはよく聞き取れなかった。真矢は利一の不実をなじり、利一のために犠牲にした幸福がもう戻ってこないことを嘆いていたのだった。利一はそれを鵜呑みにしたかのように、「いったい誰のために泣いているのだ？」と不貞腐れてみせた。

ますます嗚咽が激しくなった。

「勝手に泣いていろ」

利一は少しうんざりして、子供のように怒鳴って電話を切ろうとした。

だが、真矢にとってこれほどムチャな言いがかりはなかった。

利一には手に取るように分かっていた。真矢は他に自分に夢中になってくれている恋人の存在を仄めかして、利一の気を引き付けようとしただけだった。何度も何度も断念して、そのたびに引きずってきたわずかな希望の糸を慌ただしく手繰り寄せて縋った。ところが、利一はその子供じみた計らいを別離の口実に仕上げようとしていたのだった。真矢が夢中になっているのは自分であることは分かりすぎるほど分かっていたが、利一は電話を切るタイミングにばかり神経を集中していた。電話の向こうで真矢は哀れなくらい動揺していた。

「私ったら自分で何を言っているのか分からないんだわ」

利一は、真矢の抑えようとしながら抑えきれないで乱れる声を聞きながら、そばで聞き耳を立てているかも知れない両親を意識した。利一は自分とは無縁な平穏な家族関係を想像し、家庭という抜き差しならない密接な紐帯について考えていた。

利一はそれっきり電話もかけず、不在着信も無視した。真矢がアパートを訪ねた形跡はなかった。元恋人の手前、訪問はさすがに気が咎めただろう。

これが、真矢との偽らざる顛末のすべてだった。これまでの浮薄な欲情に流されるままに身を委ねてきた利一には自分でも思いがけない成り行きだった。

6

利一は寿司屋を退職し、二週間ほど惰眠を貪った後、ようやく重い腰を上げて面接に出向き、手っ取り早く警備の職に就いていた。

二四時間の変則的な隔日勤務だった。もうすっかり冬にはまり込んでいて、朝晩めっきり寒さが厳しくなったが、まだコートも購入できなかった。もっとも都会は交通手段が完備されているので、冬ざれた冷気が身に染みるのは徒歩の区間だけだった。

勤務を終えて帰ってくると、アパートの前に大家が立っていた。何かに囚われて注意を集中しているらしく、目鼻立ちが顔の中心に偏っているように見えた。

「どうしたんです」と利一は訊いた。

振り向いた顔には疑念の蛇がとぐろを巻いていた。

「あの学生だが、……」

「ええ、屋敷さんですね。どうかしたんですか？」

利一は以前同じような場面を夢でみたことがあるの

で、大家が何を話そうとしているのか分かっている気分で気乗りなさそうに訊いた。

「家賃の支払いがずいぶん遅れているので、催促に行ったのだ。あの学生には初めてのことだからね。ドアをノックしたが返事がない。在宅なのは分かっているので、妙だなと思い、軽い気持ちで鍵穴を覗いて見たんだ。すると、――」

その顔が恐怖にゆがんだ。

「いったい何を見たんです」

「実は、」

と言い淀み、唾を飲み込んで、意を決したかのように言った。

「彼は戸外の光で明るい窓の前でちゃぶ台を抱え込むようにして座っていた。前のめりにうずくまった姿勢で、手掴みで、何か食べ物を喰らっていたんだが、……それがなんと糞だったんだ……」

そう言うと、とたんに、ううっと片手で喉を抑え、逆流しようとする嘔吐に必死に耐えていた。

「まさか、」利一は絶句した。

忌まわしい映像が背後から利一の頭をわしづかみにした。大家と利一は黙りこくり、互いに顔を見交わしていた。大家の利一を見る視線に粘り気がました。信じられないのだったら自分の目で確かめてみろと言うことなんだな、と利一は解釈した。背後ですっかり落葉した銀杏の大木が、時ならぬ強風にあおられた落葉の乱舞を今一度再現して見せたように感じた。

「きっと見間違えたのですよ」

利一は大家に向かってというより、自分の脳裏の中のついつい引き寄せられそうになった大家の幻想を打ち消すように軽く笑った。

いたって人の好い大家が、鍵穴を覗く卑劣な行為を猛省していたずらに手繰り寄せた、後ろめたい姿勢が想像させた幻想にすぎない、と利一は結論づけていた。

振り向いたまま立ち去ろうとしない大家を残して、利一はアパートに入った。玄関のガラス戸を閉めたとたん、むうっと何か妙な気配が漂った。古い木造のアパート全体が見えない虫に浸食され、今にも崩壊しそうな危うさを予感させた。

玄関には共用の靴箱が設置されているが、利一は開閉が面倒なので一度も利用したことがない。隣人もふだん穿いている靴は玄関に置きっ放しだ。見慣れた黒い頑丈そうな靴があるから、現に今も在宅なのは明らかだ。それを確認した上で、利一はなおも靴箱を見ていた。沙也加もそうだったが、訪問者はたいていそこを利用するからだ。利一はそっと扉を開いて中を覗き込んだ。真矢の靴はなかった。

　階段を上がるといつになく板の軋む音が利一の耳についた。昇るにつれて迫ってくる暗い天井がにわかに大きく傾斜し、シーソーのように入れ替わりながら階段にも不安定な動揺をきたす。利一はいったん彼の部屋を通り過ぎた。ややためらった後、ドアの前に立ち、ノックしようと右手をもたげた。だが、とうとうノックできなかった。

　その夜、深夜に、凄まじい絶叫が響き渡った。利一はびっくりして跳ね起きた。狂った鳥の奇声のような、甲高い、発した直後に闇に吸い込まれる余韻のない叫びだった。それが二度繰り返され、ぱったりと途絶えた。

　さすがに利一は空恐ろしくなって、ドアに耳を充てて様子を窺った。だが、物音一つ聞こえず、寝息さえ届かない。確かに叫び声が聞こえた。それも二階だったのは間違いない。

　大家の話では、彼は現役で東大に入学した地方出の秀才だと言うことだ。中高ともトップの成績を修め、周囲から嘱望され続けてきた彼は、念願の入学を果たしてすぐに越えがたい壁にぶつかったようだ。周りには天才肌の学生がごろごろいた。努力では跳べる隔壁ではなかった。それどころか追随さえできない。どんどん背中は遠くなる一方だ。もう地平線の彼方に居る。大家は彼の苦悶をそれとなく知りながら、同情さえしない。学歴に関して嫉視もあるのだろう。

　このところ彼は滅多に外出せず、部屋に籠りっ放しだった。利一は部屋の前を通るたびに耳を澄まして様子を窺う習慣が身についていた。恋人同士の抑制された話し声も聞こえなければ、物音も滅多にしない。一週間前、明るい笑い声を耳にしたが、それ以来、真矢はもちろん、誰一人として訪問者はいないようだ。

　その夜に、とつぜん学生が利一の部屋を訪ねてきた。こんなことは初めてなので、利一はすっかり面食らった。大家が常々話している、「端正でハンサムな顔なのに、私には歪んでみえるのです」という美しい顔に、利一は初めてまともに対面した。相手から近づいてくるときだけ、利一は相手と対等に直面できるのだ。

そもそも利一は生来の恥ずかしがり屋で、物心がつく頃までは相手の直視する目を受け止めることができず、せいぜい視線を相手の口元あたりをさまよわせ、姿勢は今にも逃げ出しそうになっていたものだ。高校に入って、ようやく気心の知れる仲間を見つけてから、錆びついた歯車に油が挿された。今では誰とでも気軽に話せるし、ついつい饒舌に流れるとき、少し軽薄になったかな、と内心水を差されることとさえある。とはいえ、対人関係における利一の内情ががさほど変わったとは思えない。

「糞を喰っていた」と言う大家の話が思い浮かんだ。利一はまず彼の視線から目を逸らし、その薄い唇の周辺を何か付着していないか点検するように見た。

「もし余分な暖房器具があったら貸してくれないか。寒くてたまらないのだ」と彼は低い声で言った。

あいにく使用しているカーボンヒーターがあるだけだった。

「良かったら一緒に一杯やりませんか」

と、利一にしては珍しく気安く誘った。

「少なくとも身体くらいは温まるでしょう?」

彼は一瞬ためらったようだが、むしろそれを反動に利用したように、だしぬけに入って来た。

どさりと座ると、遠慮なくたらふく飲んだ。そのくせ余り酒に強い体質ではないらしく、すぐにへべれけに酔ってしまった。

「どうしたんです？　それ」と利一は彼の手を指さした。

「ああ、これかい」と彼は答え、掌を拡げてみせた。

指のすべてと親指の付け根から掌に掛けて皮膚が剥落しており、ところどころ赤く炎症し、痛ましい惨状をきたしている。

「小さな水疱が頻発して、すぐに潰れて、ぽろぽろと皮膚が剥がれてゆくのだ。医者は金属アレルギーではないかと診断し、体内に埋め込まれた金属の影響を疑っているが、実際のところ原因は分からない」

と言い、彼は手酌で空いたグラスに無造作に焼酎を注ぐと、割もしないで、ぐいっとあおった。

男性ならだれもが羨望するようなこの美貌の持ち主は、濡れると異様に赤く染まる唇をしょっちゅう皮肉そうにゆがめる。いつか大家が強調したように確かに彼は美しかった。だが、目鼻立ちがくっきりと整ったその美貌には、全体的な繊弱さの中に暗鬱な凶暴さの潜む、どこか感じやすい不安な乱れがあった。目に力があるが、まっすぐ凝視した視線は常にわずかなズレを感じさせる。尊大であっても神経質であり、端正であっても崩れそうな調和である。

「東大ですってね」

利一は彼に関するほとんど唯一の情報を持ち掛けた。

「ああ……」

「さぞかし将来が楽しみでしょう」

「入学して一年も経つと、おれは自分が最下層の劣等生の部類だと悟らざるを得なかった。地方出の秀才なんて、そんなものだ。劣等を自覚したが、不幸だったのはおれの心がその立場に折り合えなかったことだ。到達できない苦しいあがきがいつまでも持続することになった。しかも実家からの送金は都会で暮らすには十分ではなかった。両親は自分たちの暮らしぶりに準じた生活費を想定していたのだ。そこでアルバイトに精を出したが、驚いたことにそこでもおれは呆れるほどの低能者だった。茶髪の、見るからに頭の悪そうな不良っぽい同僚がそつなくこなす手仕事が、おれにはうまく処理できないのだ。失態を繰り返して消沈するおれに、丸顔の陽気な女の子が優しく庇ってくれ、たちまちその子に淡い憧憬を抱いた。だが、話しかけることもできなかった。交流のきっかけがどうしても掴めないのだ。シャツのボタンを留めるような造作のない仕草に、途方もない困難さを意識してしまうのだ。そうこうするうちに三日前に入社した男にあっけなくさらわれてしまった。この痛手は永く尾を引いた。おれは自分には決定的に何かが欠けていると感じざるを得なかった」

「ただの慣れですよ。まず形式から入ってみたり、おどけたり、みんなそれぞれ工夫しているんです。ただ話したいだけなんですから。仲間意識を共有していたいだけなんですから」

「そのうち仕事は持ち前の機転や修練によってなんとか挽回できたよ。いつしかその場所が気安く寛げる温床になっていたが、周囲のそらぞらしさからは開放されたとは言えない。しかも、大学に戻れば、更に同級生が遠ざかっている事態を思い知らされるだけだった。人知れず苦悶して転校も考えていた」

「東大のビリより他校のトップの方がはるかにましですものね」

「きみの奪ったあいつに会ったのはそんな時期だった。おれの美貌を心頼みにした同級生がお茶の水とのコンパを企画して誘ってくれたのだ。あいつはきっとおれの美貌と東大生という肩書に魅せられたのだろう。おれはこれまでも周囲から常に美しい容貌と秀でた学力によって賞賛されてきた。数字によって確実に示される学力はともかく、美しさはあいまいで捉えどころがない。しかも、今やどれも見せかけにすぎなかったことを思い知らされていたのだ」

「あらゆるものが見せかけですよ」

と利一は、つい生意気なことを言っている自分に気づいて、少し驚いた。

「おれは偽物にすぎない、とあいつに向かってはっきり告げた。これまで自分を支えてきたものが周囲の賞賛に過ぎず、今のおれには何も残っていないと。評判は今や地に堕ちた。いや、周囲はまだ実体に気づいていない。隠蔽しているからだ。だが、いつ何時周知されるか分からない。おれは心底自信を喪っていた。授業も怠りがちで、このままでは卒業も覚束ない有様だ。東大に入学した地方出身者の悲哀を背負っておれはすっかり絶望していた。そんな矢先だったので、積極的に接近してきたあいつの心情をすぐには真に受けることができなかったのだった」

「嘘も真実もありゃしないというじゃないですか。ときめいて、身を焦がして、浮かれて、季節は巡ります。生きるに値するものなど何もないのですから」

と、さも訳知り顔で言ってから、利一はすぐに反省した。少し酔ったからか、実際のところ不遜で、鼻もちならない男になっているぞ、と思った。利一自身も世間から爪弾きにされていた。ただ彼のようにはっきり自覚していなかっただけなのだ。

「幼い頃、おれは自閉症児だった。人と接するのが怖くてたまらなかった。誰かと対面するたびに言葉に窮した。母に手を引かれたデパートに連れてゆかれた六歳の子供は、婦人服売り場で開店記念バーゲンに夢中になっている母からいつのまにかはぐれて、光り輝く商品が並ぶ森の中をあてもなくさまよっていた。あらぬ方向を見つめたマネキンの冷たい横顔に脅えた。……」

　利一は仰天して、思わず大声を上げそうになった。彼が自分とそっくり同じ思い出を共有していると思ったのだ。母親に連れられてデパートに行き、華麗な色彩に圧倒された幼い子供。利一は彼が脅えたマネキン人形にむしろ強く惹かれ、しきりにその周囲を巡り、臆病な手で下腹を探るという幼い悪戯で終わったが、彼にはまだ続きがあった。

「やがて便意を催して慌ててトイレに駆け込み、用を済ませて尻を拭こうとしたとき、思いがけない困難が待ち受けていた。ギザギザに途切れたトイレットペーパーがそこで終わっていた。始末できなくて困惑してしゃがみこんでいるおれは、そのとき世界中で一番不幸な、周囲から見捨てられた子供だった。しかし、よくよく考えてみれば、この立場は、突発的な出来事に初めて直面されたものではなく、周囲から持て囃されてもいつもおれの心の奥底に潜んでいた状況にすぎなかったのだが」

「……」

「そのとき、いきなりドアを開けた肥った夫人の金切り声がおれを引き裂いた。あまりにも仰天したので、股間がマネキンのようにそっくり消失してしまったように錯覚したくらいだった。おれがしゃがんでいたのは婦人用のトイレだったのだ。おれはびっくりして下着とズボンを引き上げると、糞まみれのまま無我夢中でトイレを飛び出した」

　彼のような苦悶も切実な体験もなく、苦も無く人生をすり抜けて来た、——と利一はつい今しがたまで、優越感からそう錯覚していた。だが、ただ忘れていただけだった。そこにうちひしがれたように背中を丸めている彼は、六歳の利一そっくりだった。

　利一は死にたいと希求するほどの苦悩をすり抜けるのに魔法を使ったのだ。諦念という魔法だ。必死に求め、それを実現できないと思い知らされると、あっさり断念したのだ。断念しなければ保ちえないほどの苦痛にまみれていたとも言える。利一は五歳で両親の愛情を、十二歳で周囲の親愛を徹底的に破棄したのだ。脆く傷つきやすい胚乳のような痛々しい感性は歪んだ胡桃の殻に閉じ込められたにすぎなかった。

「二十一歳になってもおれは童貞で、しかもまだ自慰さえ経験がないときている。笑うかい？」

「いいえ、とんでもない」

「悪童たちが十二歳かそこらで洗礼を受ける無邪気な体験はおれには無縁だった。川辺で数人の男たちが群がり、奇声を上げながら股間に両手をあてがい、片手を懸命に奮って、誰が最初に射精するか競うのを眺めながら、彼らが何をしているかさっぱり理解できなかった。想像できたのはせいぜい放尿だった。おれは一度も自分の性器に関心を注ぐことなく、それはいつしか群がった陰毛の中に埋もれたままだった。性器は依然としておれには体内にあふれた尿を放出する器官でしかなかったのだ。夢精はある。それは汚らわしいばかりか、その始末に苦慮する厄介な事件だった。しかも興奮はすでに掻き消えており、器官は叱られたように委縮している。関心が一度もそこに集中したことはなく、むしろ興奮を唾棄するように持て余したまま、おれは二十歳になっていた。そんなおれがあいつの裸体を前にして困惑するのは当然の成り行きだった。焦慮するばかりで、磁石の同極が背き合うように噛み合わない。すっかり疲弊して横たわったとき、すでに一物は惨めに委縮していた。それ以来、おれは無言で催促するあいつの要求に応えられずにいるのだ。驚いただろう？　だが、本当だ。そういう方面では手慣れたきみには、おれは路上に落ちている棒きれのように間抜けに見えるだろう」

「とんでもありません」

グラスを傾ける頻度が激しくなり、彼はついつい酔った勢いに任せて絡んでくる。

「きみは今でもあいつと会っているのか？」

「いいえ、」と利一はきっぱり否定した。

それは事実だった。利一はあれ以来真矢には会ってはいない。時々気になって、彼の部屋の様子を窺ったり、こっそり玄関の靴箱を覗いてみたりしたが、真矢が訪問した形跡はなかった。二人ともほぼ同時期に、呆れられたか、見捨てられたのだ。

「きみはずいぶん女性経験が豊富のようだが、あいつはどうだった？　できたら参考までに教えて貰いたいね。特に、肉体的な機微について微に入り細に入り克明に教えて貰えればありがたいのだがね」

「あなたは少し誤解をしていますよ。確かにぼくらはしばらく付き合いましたが、彼女はしっかり操を守り通しましたよ。ぼくと密会しながら彼女はきっとあなたのことばかり考えていたのです」

　とたんに彼は陽気に笑った。次第に、ひゃあ、ひゃあという下卑た笑いに変わっていった。薄くゆがんだ唇の間からよだれが垂れた。

「ぼくとの出会いは彼女にとっては電車の中で痴漢に遭ったようなものでした。身体をまさぐられ、驚愕して身をまかせていただけなのです。電車が止まると、慌てて電車を降りてあなたの元に駆けつけようとしたのでしょうが、自分の身体が汚れているような気がして、素直に会いに行けなかっただけなのです」

　利一は気休めのためにでたらめを言ったつもりだったが、がぜんそれが真相を突いているような気がした。ちょっとした途中下車。

「きっとあいつの方がきみを誘ったのだろう」

　と低い声で呻くように言い、彼は暗い挑むような眼で利一を凝視していた。

「きっと、そうなんだ。そうなるきっかけも想像がつくよ。あの頃、きみの部屋に毎日のように来客があったね。白昼、周囲も憚らず、きみたちはカエルのように奔放に愛し合っていた。このアパートはひそひそ話でも筒抜けに聞こえるのだ。どんな物音でも慣れれば聞き逃せるが、恋人同士が夢中で愛し合うあの声だけは、聞くものには悩ましく、堪えがたいものだ。しかもおれは幼い恋人と一緒にそれを聞いていたのだ。嬉々としたくんずほぐれつする動きや悩ましい苦悶に似た喘ぎを、気の遠くなるほど永い時間聞かされ続けていたのだ。無数の微細な針をあびせられているようなものだった。まさに針立てのような表情でおれたちはいつ収まるとも知れない底抜けの饗宴を聞きながら恐ろしく気まずく対峙してた」

　沙也加との情事はそんなにもひんぱんに盗み聞きされていたのか。利一は呆れたが、実際隣室を意識しながらセックスしていたこともなくはなかった。

「今となってみれば、ぼくらは別れの儀式を繰り返していたようなものです。あなたの言うようにぼくらの交情が執拗で貪欲だったとしたら、それはぼくの未練な足掻きだったのでしょう。ぼくはきっといずれ別離が、それも身近に迫っているように予感していたのです。あなたの方も負けずに頑張れば良かったのです」と利一は云った。

「あいつはきみに興味を持ったのではないのだ。きみの恋人の悩ましい絶叫に気をそそられ、刺激され、好奇心を抑えることができなかっただけなのだ」

「ぼくだって最初は遠慮していましたよ。あなたの部屋に女性が訪ねてくるようになってからはその必要を感じなくなったのでした。ぼくは残された時間を惜しんで焦慮していました。引き留めたいという気持ちが執拗に興奮をあおったのです。あれは快楽にとても素直な女性でした。どんな刺激をも巧みに利用して快楽に直結させます。ぼくの技能が巧みだったわけじゃありません。努めて抑制しなかったのはあなたたちを意識した虚栄心も手伝っていたかも知れませんが」

「きみのような手合いは、来る日も来る日も女性を追い掛け回し、余念がない。他に何もすることがないんだ。だが、経験は何にもまして効果的だ。そして、実際そんな手管にうまうまと乗ってしまう女性も多いのだろう」

「女性に夢中になって何がいけないのでしょう。ぼくがアルバイトしていた寿司屋には、小指の短い元やくざの板前が働いていました。彼は給料日から五日間ずっと近所のスナックに通い詰めて、無一文になると、また煙草を同僚からせびり、食事は店のもので間に合わせて、ひたすら次の給料日まで節制を続け、また五日間で有り金をすっかりはたいてしまうのです。四度目で目を付けていたホステスを口説き落として再婚し、一ケ月後には新婦はソープランドで働いていました。彼はすぐに入籍しますが、その方が逃げないと言う理由でした。また、ソープには決して自分から無理強いしません。夫婦で兄貴分の元に通い、頃合いを見て男たちは外出するのです。すでにソープで働いている兄貴分の女房の説得を利用するのでした。女というものは自分の惨めな境遇に引きずりこみたいという欲求があるもので、まさにそれを利用するのだと彼ははっきり言明しました。ちゃんと心得ているのです。ぼくはすっかり感心したものでした。彼はとにかく妻をソープで働かせて優雅な暮らしを満喫することしか考えていません。そのためにひたすら計画的に邁進するのですが、……いつも果たせない夢を捨てきれずにいました。高校を中退して初めて飛び込んだのが寿司屋の見習いでした。いつか寿司屋を持ちたいというのが彼の夢でした」

「何が言いたいのだ」

「たとえそんな男でも、相手にされないより拘束される方が女は幸せだということです」

利一は皮肉交じりにあてつけたのだが、彼からは軽蔑した唾棄しか洩れなかった。

真矢の話も尽きると、二人の間には先日の盗難しか話題は残っていなかった。

「窃盗犯の目ぼしはついているよ」と彼はつぶやいた。

「え。知っている人なのですか?」

「うん。盗んだのはきっとあいつなのだろう」

「何ですって?」

「あいつはおれの不在のときに部屋に入り込んで帰宅を待っていたのだろう。嫉妬だろうか、怨嗟だろうか、いつまで待っても帰らないおれへの腹いせに、机の上に無造作に放置されていた給料袋を盗み取ったのだ。そうに違いない」

利一もまんざら真矢の仕業ではないかと思わないではなかった。だが、鍵のそばに残した刃物の引っ掻き疵が合点ゆかなかった。もちろん怨嗟を塗りたくることも可能だった。だが、もしそうなら、疵は部屋の内部に施されただろう。まさかハンドバッグにナイフを持ち歩いているわけはないからだ。

「実はあの日、紛失に気付いて慌てて一一〇番したのだが、警察の到着を待っている間に、すぐにあいつの犯行だと気づいたのだった。まずいことになったと後悔した。勘違いだったと訂正することも考えた。でも、もう警官はこちらに向かっている。おれは急いで空き巣の犯行と偽るために鍵穴を針金でいじくり、外からの侵入だと強調するためにナイフで疵を付けたのだ」

「あれはあなた自身の偽装だったのですか?」

「そうだ」

「彼女は合鍵を持っていたのですか?」

「もちろん、そうだ。きみと会ったときも、きっとハンドバッグに収められていたはずだ」

利一は、最初に出会ったときの、所在投げに戸口に立っていた真矢を想い出して唖然とした。まっすぐ利一に向けられたあの目。……

「それにしても、どうもあなたたち二人の関係が今一つしっくり理解できませんね。致命的な喧嘩別れからそれっきりになっていると言うけれど、今からでも十分修復は間に合うじゃありませんか」

「あいつは今いったい何処にいるのだろう。一週間前に久しぶりに連絡もなしに不意に訪れたが、それっきり会っていない。電話も通じない。ずっと行方不明なのだ」

やはりあのときの笑い声は真矢だったのだ、と利一はあらためて確認した。そのときも、真矢だろうと信じて疑わなかった。ただ、二人があっさり元の鞘に収まったのだとは考えたくはなかったのだ。そのとき利一は悔恨と苛立たしさの混じった複雑な気分でアパートを飛び出したが、本当は彼の部屋にいきなり怒鳴り込んで、すべてをぶちまけたい気分だった。みすみす逃がした獲物は大きかった。

しかし、今になって、利一はしみじみ思うのだった。あのとき真矢は、本当は思い余って利一の部屋を訪ね、折あしく彼に出くわして、やむなく彼に従ったのではなかったか、と。

ごく自然にふるまうにはそうするしかなかった。そう考えると、あのときの明るい笑い声には無理にはしゃいだ、聞えよがしな、どこかそらぞらしさが響いたような気がしないでもなかった。さらに、もしも彼の証言とは逆に、もしドアの抉られたナイフの傷が真矢の手によってなされたとすれば、その恨みは彼に対してではなく利一に対して向けられたものではないかと疑った。

ドアの外側に、利一が自室に入る直前に自然に目に入る位置にある、故意にしつらえた無残な削り痕。……

そういえば先日の彼の利一への恨み言には、元の鞘に戻った真矢を受け入れようとしながら、過去の裏切りを赦せないといった、やるせない妥協が滲んでいた。利一との関係は、そのとき真矢自身の口から告白されたのかも知れない。彼のはったりとは思えない妙に確信ありげな断定がそう思わせた。

「実家に問い合わせてみたらいかがです?」と利一は言った。

「とっくにしたさ。だが、いない。先方でも警察に捜索願を届けたそうだが、未だに行方が掴めない。何か事件に巻き込まれたんじゃないだろうか」

「まさか」

「寒い、寒い」

不意に彼は、カーボンヒーターを抱え込むようにしながら叫んだ。

肩をぶるぶるふるわせ、まるめた体を両手で抱きしめて、なおも寒いと必死に訴えた。利一は押し入れから毛布を取り出し、彼の上半身に覆ったが、そのとき全身は異様なほど激しく小刻みに震えているのが分かった。

「最近よくあいつが夢の中に出てくるんだ。おれたちはベッドでいつも抱き合っている。そうやって裸で体を接していると、相手のすべてをつぶさに感じることができた。心の動揺さえ如実に感応できた。水中を泳ぐ魚は離れている他の魚の動きも敏感に察知しているようだが、そのようにこのところおれは、全身が、ことに皮膚感覚がひどく過敏になり、離れているあいつの動きや温もりのみならず心のうごめきまでも如実に感知できるように思えるのだ。今、あいつは激しく苦悶している。あいつの裸体がおれの皮膚の上で身悶えするようにして訴えるのがはっきりわかるのだ。悲痛な慟哭（どうこく）が聞こえて耳から離れない」

　ぐっと見開いた濁った眼球が怨みを絡めてぎらぎら光っていた。

「大丈夫ですか?」と利一は手を差し伸べた。

　彼は激しく利一の手を振り払ったが、振り払った対象は利一の手ではなく、迫ってくる何かの気配のようだった。確かにそのときこの部屋には彼と利一以外の誰かが居た。

「いつだって眠れない。疲れ切っているのに、目が冴えて、もう三日も眠っていないのだ。いつも耳の中で極彩色の衣服をまとった道化師がおどけた身振りで踊っているように感じる。ひんやりした風が窓から忍び寄り、それがコールタールのような粘り気ある黒い水になり、部屋全体を埋め尽くすと、黒い沼の底からあいつの声が聞こえる。悲痛にゆがむ顔が間近に迫ってくる。水を飲むと、喉越しの柔らかな弾力がうねり、胃の中に真っ黒な水に変わるのだ。白い裸足が雨の中をひたひたと迫ってくるのに、いつまで経っても全身が現れない。冷たい雨が降っている。おれは足元に横たわった遺体を見ている。いや、遺体のそばにある両脚は別の誰かのものではないか?……」

　そこで彼はくっと顔を上げて、鋭い視線を利一に向けた。

「それにしても、どうも、とても信じられないな。きみのような軽薄な欲情の持ち主が裸体になった獲物に手を出さなかったなんて。さっきも訊いたが、きみは今でもあいつと逢っているのではないか?　そうなんだろう?

正直に言ったらどうだ」

「あれはぼくが初めて自分から身を引いた恋愛でした。ぼくはその経緯に戸惑い、まるで自分が自分ではないように感じていました。美しく、可憐で、純情で、申し分のない相手に裸で戯れながら、ぼくは慎ましい制御を甘んじて受け入れていました。強引に行使するほどの情欲もあふれなかったのです」

何が利一を真矢から遠ざけたのか。真矢は利一にとって天使だった。利一は畏怖し、たじろいだのだ。傷つけるのが怖かった。それ以外に利一には真矢から離れた理由が想定できなかった。それで正直に言った。

「ぼくはきっと怖かったのだと思います。手を伸ばせばすぐそこに幸せな生活があるように感じていました。どこにでもあるような、子供の笑顔に囲まれた、慎ましいながらも暖かい、絵に描いたような家庭がありました。そういう意味では真矢はぼくには理想的な女性に思えました。誰しも育った家庭が価値の基準になるものでしょう。ところが、ぼくは不幸にして自分の家庭を好ましく感じて育った経験がありません。むしろ、唾棄し、足蹴にして、飛び出そうとしていたのです。でも、どんなに逆らっても、反抗しても、やっぱりそこには逃れ難い呪縛があるのですよね。激しく渇望し、やむなく断念した理想ですからね。その一方で、ぼくを強引に巻き込む衝動がありました。得体の知れない欲動がぼくをしゃにむに引きずろうとするのです。野心と言うほど明確ではない、あいまいな、目当てのない欲動です。逃亡の身振りに似ていなくもありませんが、もっと前向きな何かです。破滅への傾斜とも言えます。そんなぼくに、皮肉なもので、真矢は悪意さえ芽生えさせなかったのです。それに、今ではよく分かります、ぼくを躊躇させ、遠ざけた本当の理由は、真矢を取り囲む家族だったと言うことが。真矢の口端から自然に家族の雰囲気がもれ、その表情にはいつも家庭の幸福があふれていました。一緒に居ても、二人はふたりっきりではなかったのです」

「何だって？　今、なんて言った。真矢だって？　あいつ、きみに真矢と名乗っていたのか？」

「ええ、そうですが……」

「なんだ、そうだったのか！」

不意に甲高い高らかな哄笑が響いた。

「へ、へ、へ……」

彼の大きな口に下卑た笑みが歪んでいた。

「真矢と言うのは、芸名だよ。彼女は十五歳からモデルをやっててね。その時代の名前だ」

「本名は何というのです？」

「教えんよ。直接聞いたらいい」

彼は昂然と立ち上がり、にんまりとほくそ笑み、意気揚々と自室に戻った。

夜中に何度も何度も、斜め向かいの部屋から哄笑が聞こえた。

第三章　我々はどこへ行くのか

1

　二度の強烈な寒波が襲来した永く厳しい冬が終わる頃に、階下のお婆さんが病死し、身寄りがなかったので、大家が形ばかりの葬儀を取り持ち、利一と東大生も生花をたむけた。

　春になって、うららかな陽光が漂うと、寒気に閉ざされていた異臭がほどけ、にわかに濃密にまつわりつくようになった。

　その頃から利一はひどく臭いに敏感になった。就寝しようとベッドに入ったときには、まず鼻をぴくぴくさせた。その癖がいつのまにか身についた。方向を定め、くんくんと犬のように臭いを嗅ぎ、そのたびに顔をしかめた。開放された窓から異臭が執拗に忍び込んでくる。臭いというやつは、不意に意想外な方向からやってくる理不尽な暴力に似ている。

「きっと、あれだな」

　利一にはまんざら目当がなくもなかった。新学期になって騒々しく沸き立っている隣接する小学校の給食棟だ。校舎とは分離されたように建てられた平屋の建物の裏玄関には、午後になると残飯を詰め込んだ青色のポリバケツを載せた手押し車が並ぶ。利一はてっきり臭いの源はそこだと踏んでいたのだ。ところが、よくよく考え合わせてみると、夕方には綺麗に回収されるし、週末になっても臭いは去らないという事実を考え合わせると、その嫌疑は撤回せざるを得なかった。

「すると、あそこか？」

　小学校の敷地を囲った高さ二メートルのブロック塀とアパートの間には、ガラクタが山と満載されている。これまでに引っ越した住人の遺留物や死去した管理人の所有物もそこに放り込まれた。アルミ缶や瓶類はもちろんのこと、ゴムを剝がした自転車の車輪やカーペットなどの粗大ごみも堆積している。さらに、最近になって大家が腐乱した銀杏の実を土ごと集めて投げ込み始めた。この暴挙については、退去を迫ってもなかなか応じない賃貸契約者に対する意地悪からだろうと利一は思っている。

二四時間の警備の仕事を終えてアパートに戻ると、利一はうららかな陽気を浴びながら自室で一服していた。吸殻を灰皿にもみ消したとたん、いつも悩ましている臭いが鼻孔にからみついた。今日は特にひどい。しかも窓を閉じてもいっこうに収まらなかった。たまりかねて廊下に出ると、ますますむっとした。廊下の端から端までゆっくり歩いて点検したが、臭いは充満しており、どこといって特定できなかった。

利一は自室の窓とドアを全開にし、廊下の両端の窓も開放した。それで充満する腐臭はようやく少し収まった。

朝方、十一時過ぎに宅急便が届いた。

利一はうとうとしていて、ドアを叩いて催促する音に目覚めたが、起き上がるのもおっくうで、「適当にサインして廊下に置いてください」と依頼した。

足音が遠ざかり、また戻ってきて、荷物を廊下に降ろす鈍重な音が響いた。

一時間ほど経ってようやく起きだしたときには、利一は荷物のことなどすっかり忘れていた。トイレに行こうとして、うっかり躓きそうになって、ようやく気付いた。

梱包は両腕に抱えるほどの大きさで、珍しい立方体だった。

屈んで両腕を添えると、内部で何かが動いた気配が伝わり、肋骨のあたりで魚が尻尾をぴんと弾いたような気がした。

利一はぎょっとして上体を起こし、差出人を確認した。細い、のびやかな筆跡には馴染みがなかった。だが、記された女性の名前には憶えがあった。なにしろ幼女連続誘拐殺人事件で悪用された名前だからだ。今田勇子。したがって明らかに偽名だが、悪戯にしてもよりによってなぜこんな名前を使用するのか。利一は悪質な無神経さに憤りを抑えられなかった。

だが、利一のそうした反応を見込んでわざと使用したとすれば、差出人探索の手がかりになる。さしあたって思いつくのは三人しかいない。沙也加か、美香か、さもなければ教祖だ。この三人のなかで利一にもっとも憤怒を掻き立てさせたいと望むのはいったい誰だろう？

梱包はゆうに五キロはあるだろう。持ち上げるまでもなく、指が触れているだけで、その重量感がありありと全身に伝わってきた。しかも、不安定に形を変え、重心を移動させるような、流動体の、得体の知れない感覚をゆらした。

利一の脳裏にまっさきに浮かんだのは液体のうねりだった。それも、甕のような容器に詰められているのではなく、箱全体が容器で、寸分の隙間もなくびっしり詰め込まれた重いゆらぎだった。

利一は不安に包まれて恐る恐るテープを剥がして封を解いた。

箱を開いたとたん、すかさず中から青い波頭が躍り出るようなどよめきがあった。利一はたじろぎ、後ずさりして身構えた。自分ではそのように思ったが、実際は少しも動かない身体の中で動揺した心の反動があっただけだった。

少し離れて立つと、部屋の大きさにふくらんだ箱は元の大きさに収まり、その内部に満々とたたえられた水面が、頭上の蛍光灯の明かりをとろとろ舐めながら顔を覗かせていた。海洋の群青が箱の大きさに裁断されてそこにあった。それを目にしたとたん、一瞬のことだが、アパートの一室が茫洋とした海洋に変貌し、利一は胸まで波に浸されて、遠い水平線を眺めているように錯覚した。

利一は窓の方に目をやり、戸外が明るい陽射しに包まれている平穏な光景であることを確認し、それから枕もとの時計を見た。その瞬間、秒針がぴくっと動き、それっきり動かなくなったような気がした。手首を返して親指をあてがって脈拍を採ったが、明確な拍動を確認できなかった。そのくせ、全身か、もしくは部屋全体が、一定の拍動を搏っているかのように思えるのだった。

利一はあらためて箱を見やった。その内部にはすでに満水のどよめきは消えていたが、まだ気の置けない予感がひそみ、心の動きの煽りをうけて、ちょろちょろと波立ち、青く逆巻きつつあるように感じられた。利一は慎重に距離をおいて注意深く中を覗き込んだ。

内部にあったのは液体ではなくガラスの球体だった。占い師が使用する水晶のようだが、もっと大きく、色調はさらに暗く、自然な色合いではなく、暗い濃緑に染められている。ただ、梱包の内部が明るい青色に塗られているせいか、球体は明るい光彩を閉じ込めて、中は空洞だが、ガラス製なので、ずっしりと重い。拳を握って叩いてみると、鈍い響きで、その頑丈さが分かる。どうやら網を浮かせるのに使用する浮き球という漁具らしかった。それと判明すると、網にへばりついたみずみずしい汐の香りがつんと鼻孔をかすめたような気がした。

いったい誰がなぜこんなものを送り付けたのか。

利一はもう一度差出人の筆跡を確認したが、あれほど明瞭に記入されていたのに、なぜか今は水に濡れたようにぼやけてはっきり見えない。しかも、目の前で、細いペンで掃かれた文字が虫のようにもぞもぞとうごめき、にわかに消えてゆくように見えるのだ。

そのとき、誰かがドアをノックする音が聞こえた。

振り返ると、白いのっぺらぼうの顔が覗いた。坂本先輩だった。彼の毛髪は極端に細く、禿げてはいないが、普通の人より毛髪の分量が半分ほどしかない。それに眉も薄く、目鼻立ちもくっきりした線がなく、全体がぼやけている。身体はひょろりとして軟体動物のような身のこなしをくねらせる。頭部ほどのドアの間隔からするりとすり抜けて、

「おや、いったい何だね」

坂本は梱包を見下ろし、無感動な声で訊いた。

「少し前に届いたのです。漁業に使う浮き球です。悪質ないたずらですよ」

「差出人は？」

「濡れて消えてしまいましたが、偽名でした」

さすがに今田勇子の名前を明かすのはためらった。

「屋敷清太郎じゃなかったかね？」

利一はびっくりした。二階に住む東大生の名前だったからだ。坂本がどうして彼の名前を知っているのだろうか。彼も監視対象の一人なのか？

「いいえ、女性の名前でした」と利一は訂正した。

「それじゃ、ますます彼の可能性が高いな」と坂本は断言した。

「でも、どうして彼がこんなものを送り届ける必要があるのですか？」

「決まってるじゃないか。きみの言うように単なる嫌がらせだよ。だって、彼はきみの好敵手だぜ」

「どういうことです？」

「きみは何も聞かされていないんだね。すでにこのアパートは、借金のカタに隣の大家から取り上げ、教団の持ち物になっている。ゆくゆくは大家の家屋もろとも高層ビルに建て替えられる計画だが、それまでは教祖のメガネに適った人物に提供されるのが習わしとなっている。経費は微々たるものだし、監視もしやすいからね」

特権は自分だけではなかったと知って、利一は失望し、同時に安心もした。最近大家が彼の家賃が滞納されたと嘆いていたから、彼は家賃さえ免除されていないと知って、それで多少の優越感が残った。もっとも今では利一だって生活費の方は遮断されていたのだが。

「がっかりしたかい？」

坂本は利一の失望の色だけを見て、手放しで喜んだ。

「彼がライバルじゃ、とてもぼくに勝ち目はないですね。なにしろ東大法学部の秀才だそうですよ」

「おや、そうかい。だが、教祖が公言している後継者の第一要件はきみだって知っているじゃないか。姉妹の結婚相手だよ。姉妹のどちらもあの男を選ぶとは到底考えられないね。見た目は驚くほど端正でハンサムだが、どうも、性格が奇妙だよ。言動もいささか病的だな」

その点は利一も同感だ。

「誰かさんに恋人を寝取られてからその傾向がますます激しくなった。彼の恋人に対する真摯な恋情は疑いようがない。純粋に、心底惚れ込んでおり、結婚も熱望していた。だが、そこへ後継者の話が舞い込んできた。とつぜんむっくり野心が芽生えた。しかも、きみという競合相手が目と鼻の先に住んでいて競争心を煽り立てる。これは受験戦争に明け暮れしていた彼には馴染みのある境遇だ。恋愛については初心者で、ふやふやした恋情なんかより、野心ははるかに強烈な欲望になった。かといって恋人への執着もそうやすやすと吹っ切れるものではない。断念しようとすればするほど執拗に絡みついてくるのが情念だ。彼は懊悩し、夜ごと呻吟した。どちらも捨てきれず、とうとう精神に変調をきたしてしまったのだ。彼が不幸だったのは、きみのように軽佻浮薄（けいちょうふはく）ではなかったということだ」

「……」

利一は苦笑するしかなかった。

「それにしても、宅急便とはうまく考えたものだな。他のどんな方法を講じたとしても、きみの好敵手という立場は嫌疑を引き寄せてしまう。だが、宅急便となれば、誰だって届け先と差出人の住所が同じとは考えないものだ。ごく自然に容疑から外されることを計算に入れた仕業だよ」

廊下で物音がして、利一と坂本が同時に振り返ったとき、ピタリと音が止んだ。しばらく耳を澄ましていたが、何も変化がない。

「それにしてもひどい臭いだな」

坂本は開いた窓を見やって思い切り眉をひそめた。

「銀杏の腐敗した臭いです。アパートの隣に大木があるでしょう。大家が掻き集めた銀杏の実をわざと堆積しているのです。ぼくらの退去を促すためです」

「鼻がひん曲がりそうだな。よくこんなところに住めるな」

「臭いを除けば、これで結構快適ですよ。閑静な住宅地ですし、すぐ隣の小学校から子供たちの歓声が聞こえると、とても心が癒されます」

「小学生の歓声が聞こえる場所で、真昼間から、きみはみだらな情事を繰り返していたというわけか。よく気が咎めないな。まあ、そのくらいの厚顔でなければ教祖の後継者は務まらないか」

「………」

「ところで、その後その相手とはどうなんだね？」

坂本は顔を向けずに視線だけ注いで訊いた。

「姉妹のどちらにも愛想づかしされました。つまり、もうぼくは後継者争いでは敗者と言うわけです」

と利一はまず坂本を喜ばせ、それから自分を鼓舞するように精一杯朗らかな声で誘った。

「それよりどうです。まだ昼食前でしょう、飯でも食べに行きませんか」

「昨日から何も口に入れていない。きみの奢りだぜ」

坂本は、例の二人同様、教団に潜入する刑事だった。だから当初は気の置けない存在だったが、任務に怠慢だったから、次第に気安く接するようになっていた。もっぱら交際経費はこっち持ちだったが、それでいて憎めないのは、根っから金銭感覚が欠如していたせいだ。雲仙の旅館の嫡男で、利一が御馳走しても、女中が勝手に世話しているくらいに思っている。

「昨夜、読んでいた本の中でうっとりする場面に出会った。自分の娘に懸想して忍んできた若者に、蛍を放って、その光で隠れている娘の顔を闇に浮かびあがらせてみせるのだ。たまらないな。こんな巧みな描写に出会うと、嫉妬で気が狂いそうになるよ」

坂本の口調には利一にあてつける嫉視がいつもちらちら垣間見える。坂本が姉妹のどちらかに恋をしているのは明らかだ。それとも、両方か？　いずれにしろ利一の失恋を知ってから上機嫌だ。この男は理知的なくせにときどきあけすけな子供じみた陽気さを弾けさせる。

「それにしても、蛍とは。実に小憎たらしい演出じゃないか。蛍はあれで甲虫の一種なんだぜ。その幼虫は水中で巻貝なんかを捕食する。体に発光器をくっつけたへんてこりんな奴だが、あの光には驚嘆するな。熱をほとんど使用しない冷熱で、闇のなかで予測のつかない、きまぐれな飛行を辿り、妖しい鮮やかな光を浮かべる。点滅するせいで途中の軌跡が消えるからなおさら美しく映える」

利一は部屋に残してきたガラスの浮玉を気にしていた。

どうも巨大な眼球のように思えるのだ。部屋の真ん中に居座り、とっくりと周囲を見回し、机の上にあるパソコンや壁に貼られたポスターや台所の食べかすによって利一の現況はすっかり見透かされているように思えた。

道路は急激にカーブしてせり上がり、山手線を跨ぐと、ゆるやかに下降してゆく。降り立った場所にランチ時にはきまって行列のできる餃子の専門店がある。たとえ坂本に二人前注文されても失費はせいぜい千円を少し上回るだけだった。

昼食を終えて利一がアパートに戻って来たとき、レインコートを着た肥った男が銀杏の大木の下をうろつきまわっていた。熟した銀杏の実を拾っているのだろう、と利一は思った。管理人のおばさんもよく棒で突っつきながら拾い集めていたからだ。

それで、気にも留めずアパートに入ったが、階段を上がるとき、男のゆったりした身振りが目に浮かんだ。ポケットに突っ込んだ手は策略を握りしめ、足取りは一歩一歩吟味を踏みしめているようだった。

部屋に入っても妙に気がかりで、滅多に開かない北側の窓を開いてそっと窺ってみた。その窓から覗いても、さきほど男が立っていた位置は見えるわけではないのだが、つい覗いてみたかったのだ。

すると、意外なことに、男の姿が目に入った。

ブロック塀に寄り添うように立ち、アパートの間の盛り上がったゴミの堆積をしげしげと眺めているのだった。どうもいわくありげだった。不法投棄を問題にしているのか。いや、ここは大家の土地だから、投棄ではなく一時保管とでも言い逃れできる。濃密な異臭が問題とされているのか。学校から苦情があったとも考えられた。現に利一もほとほと閉口していたからである。

アパートを点検している様子は、まるで自分が監視されているようで、利一は落ち着かなかった。それで、戻ったばかりだったが、もう一度気晴らしに外出しようとした。すると、アパートを出たとたんに男の声で呼び止められた。しかも、両手をポケットに突っ込んだコートを広げてにこやかに笑っている男には見覚えがあった。

「なんだ、勝田さんですか。どうしたんです、こんなところで」

「いや、なに、実は折り入ってきみにお願いがあってね」

「なんですか」

「小一時間、付き合って欲しい。どうしてもきみの協力が必要なんだ。きみの能力を見込んで」

その丁重な申し出は利一の虚栄心をくすぐった。出勤時間にはまだずいぶん余裕があったので安易に承諾すると、勝田老人はさっそく携帯で連絡を取って、パトカーを呼ぶと、

「きみも知っているだろう、このアパートに出入りしていた女性が行方不明になり、捜索願いが出されているのだ」と言った。

「ああ、東大生の恋人ですね」

たしか彼もそう言っていた。利一は、自分との関りは避けて、努めて平静に答えた。

「そうだ、それで今、彼女の足取りを丹念に辿っているところなのだ。ここは頻繁に立ち寄った場所の一つだ」

「ええ。何度か来ていますね」

と認め、利一はすぐに反省した。うかつに喋るのは控えた方がいい。

「さあ、パトカーがやってきた。他にも何か所か一緒に巡って貰いたい場所があるのだ」

「いいですよ」

好奇心も手伝って利一は気軽に応じた。車中は二人とも無言だった。利一の方は取り立てて喋ることがなかったからだが、勝田老人の方は故意に沈黙を維持しているようだった。

最初の場所は閑静な高級住宅地だった。利一はあたりを見回してみたが、まったく見覚えがなかった。広壮な民家の玄関前の歩道に立たされ、静かに瞑想するよう促された。利一は目を閉じて全身に注意を集中した。

「何か感じないか？　無心になって、周囲三六〇度のうち、特に気になった方向を指し示してもらいたいのだ」

目を閉じていると、自分の身体が巨人になって住宅街全体を見下ろしている気分になった。利一はゆっくり上げた右腕をまっすぐ一方向に向けた。すかさず勝田老人が駆け寄って利一の体形に重なるように接触し、手にした磁石で方向を確認した。

「よし、次の地点に向かおう」

ふたたびパトカーに同乗して、駅にほど近いビルのひしめく場所に降ろされ、やはり同じ指示を受けた。その場所にもやはり馴染みがなかったので、自分とは無関係な事件について、純粋に利一の能力を頼みにした要請だと理解できた。

利一は瞑想し、神経を研ぎ澄まし、やがて確信ありげに一方向を指し示した。

「ありがとう。さあ、最後にもう一か所お願いする」

パトカーはまた二〇分ほど走って、山手線のとある駅の裏手に停車した。そこで初めて利一は自分の記憶にある場所に立たされた。そこは真矢と何度か利用したラブホテルの前だった。少し不快に感じたが、途中で止めたいとも言い出しかねた。同じように集中力を傾注して、ある方向を指差した。

「結構だ。協力に感謝する。さあ、署に戻ろう。お礼に昼食を用意しているから」

昼食はすでに済ましていたが、夕飯の節約になると、利一は喜んで応じた。

署に着いて、利一が遠慮なくうな丼を食べていると、勝田老人が大きな紙を広げてやって来た。

「これは都内の地図だ。我々がさきほど立っていたのはこの三地点だ」と指で示し、「きみは知らないと思うが、第一地点は行方不明になっている女性の生家だ。第二地点は彼女の勤務先だ。そして第三の地点は……」

「ぼくと真矢がたびたび立ち寄ったラブホテルですね」

「正式には篠原小百合さんだ。きみは本名も知らなかったのか」

「ええ。彼女はぼくの前では真矢と名乗っていました」

「ふむ、そうか。じゃあ、真矢さんとしておこう。さて、それぞれの地点からきみが示した方向をできる限り忠実に辿ったのが赤い線でなぞったこれらの直線だ。異なる位置から三本の直線が伸びて、接点がぴったり一致して交わっているね」

　利一は地図を覗き込み、三本の赤い線が交錯しているのを確認した。

「とても偶然とは思えませんね」

「そうだ。私もそう思う。私が想像した通りきみの能力は本物だと証明されたようなものだ」

「能力についてはともかく、それで、その合致点はどこなんです？」

「豊島区上池袋三丁目〇〇の五」

「つまりぼくの住んでいるアパートですね」

「そうだ、それで我々は元いた場所に戻らなくてはならない。しかし、先刻、何の根拠もなくぼんやり立っていた同じ場所に、今度ははっきりした確証を持って捜索するわけだ」

「つまり？」

「あのアパートが重要な手がかりになっていることはとうに分かっていた。他ならないあの場所を、どうしてもきみの透視によって特定してもらいたかったのだ」

　持って回った嫌味な言い草に、けれども利一はさほど不愉快に思わなかった。なぜなら勝田老人が抱いているらしい嫌疑については全く身に覚えがなかったからだ。それは明白だった。その安心から、その偶然を導いた自分の能力に興味を抱く余裕が生まれていた。

「きょう、私はあそこで白いハイヒールを発見した」と勝田老人は云った。

「えっ、ハイヒールですって？」

　利一は驚いた。

「そうだ、アパートとブロック塀の間のごみ溜めの中に、真新しい白いハイヒールが片方捨てられていたのだ」

　さすがに利一もその事実には興味をそそられた。

「ところで、きみと篠原小百合さんは、一時恋人同士であった事実は認めるね」

「ええ」

「彼女が同じアパートの住人である屋敷清太郎の恋人であることを承知の上で彼女を誘惑したのか」

「誘ったのはむしろ彼女の方です」

　それは利一の意見ではなく、学生の指摘だったが、案の定、勝田老人の失笑を買った。

「まあ、蓼食う虫も好き好きと言いますからね」と利一も認めた。

「さあ、もう帰って構わないよ。協力ありがとう」

肩透かしを食らった格好でアパートに戻ると、利一はさっそくアパートの裏手に回り、勝田老人の言うハイヒールを点検しようとした。

膨大なゴミの堆積の上にそぐわない色彩が目に飛び込んできた。どろどろとした腐葉土の上に、鮮やかな白いハイヒールが爪先を斜めにして突出しているのだ。損傷は見当たらないし、ヒールが欠けているわけでもない。もっともそこに見えたのは片足だけだったので、まんざら廃棄される理由を放棄していたわけではなかったけれど。

利一は好奇心から手を伸ばして拾おうとしたが、届かなかった。それで、そばにあった小枝を操ってようやく手元に引き寄せた。買ったばかりのように真新しい、白いエナメルの、かなり高価な代物だった。拾い上げて、少し大きすぎるような気がしたので、寸法を確認しようと靴底をひっくり返してみたが、確認しないまま元の場所に放り投げた。ブロック塀に当たって、コンと固い音がした。

その音に触発されたかのように、不意に、何かが背後でぬわーっとうごめく気配がして、利一はびっくりして振り返った。銀杏の大木の下で、暗く陰った、ぬかるんだ地面がゆるゆるとうごめくような気がした。

立ち去ろうとして、捨てたハイヒールに右手の指紋がくっきり付着したことに、利一はにわかに気づき、取り返しのつかない失態をしでかしたように思った。指紋を拭き取ろうと思わず戻りかけたとき、バランスを失い、片足が泥濘に踏み込んでしまった。靴はずるずると沈み、あっけなく踵まで達した。

石鹸をつけて入念に洗ったが、その日終日、歩行の間も、電車の中でも、銀杏の臭いにまつわりつかれているような気がしてならなかった。

都会の日曜日の夜は閑散としている。商店街はどこもシャッターが下りている。通りには見渡す限り人影はなかった。滑るように迫って走り去った車の騒音が暗がりに呑み込まれ、いっそうの静寂を浸した。

世界がむき出しのままそこに露呈し、その切っ先が利一の頬の肌に触れそうにしていた。

ふと利一は背後を振り返った。外灯の光に濡れた舗道が嘲笑した顔を中途で止めた表情で迎えていた。底知れない恐れが歩道からのっそり立ち上がり、全身に襲い掛かった。利一はまた歩き出したが、両脚に紐が結び付けられているようだった。

坂道を登りきると、そこは住宅街だった。民家の窓枠に慎ましく制御されたオレンジ色の明かりは外には反射せず内部にすぼまるように輝いている。

アパートに着いて液体の入った風船のようにベッドに潜り込んだが、目が冴えてなかなか寝付けなかった。

あくる日の午前中、利一は語学を受講し、午後ランチをすませると、そのまま部室に寄った。すでに誰かがいた。灰皿から吸殻を拾って広げた紙の上でほぐしていた。

戸口に立った利一に気づくと、にっこり笑った顔をもたげて、「ちょうど良かった。煙草を切らしたところだった」と、坂本はさっそくねだった。

「珍しいですね、先輩が部室に立ち寄るなんて」

利一は煙草を差し出し、自分も口にくわえた。

「ヴェルレーヌの言う恍惚と不安を味わいたくてね」

「不安とは無縁の人だと思っていましたよ」

「恍惚だけだと時間を味わえないじゃないか」

それから二人は煙草をくゆらせながらぼんやりしていた。それぞれの手にした煙草がゆっくり焦げてゆく時間に身をゆだねるようにして。窓には明るい陽光が戯れていた。誰かと一緒に居て少しも緊張感を感じないのは利一にとって珍しいことだった。「気脈が通じるとはこんなことを言うのだな」と利一は思い、地球から片足をはみだしたような自分を、手を携えて社会に連れ戻してくれそうな予感にうたれた。

部屋は奇妙に歪んでいて、また一方が変に間延びしていたが、それがかえって和めるようだった。二人は同じ部族で、生まれたときから一緒に暮らしていたようだった。

「ふいに空っぽになって、すべてがむなしくなったんだ。柔軟な弾力が消えた」

坂本はぽつりと言った。まるで吐息のようだったので、利一は自分が話しかけられているのかどうか判断が付きかねた。

「握っていた悶える手応えはたわめた指の力そのものでしかなかった」

坂本の口調は相変わらず抑揚がなく、利一の相槌や反応を期待しているようには感じられなかったので、利一は顔を向けたまま黙っていた。

「昨日、夢を見たよ」としばらくしてまた坂本は言った。

「……図書館の一隅にうずくまって蔵書をあさっていたのだ。すでに六時を回っていたが、窓は暮れなずんでうっすらとした光につつまれていた。と、いつの間にか、一冊の分厚い本を手にしていた。開いて読み進むうちに夢中になった。そこには真理が閉じ込められていたからだ。すべてが理解できる聡明な知識に満たされていた。どんどん読み進んでいると、突然明かりが消えた。いつの間にかとっぷりと日は暮れていた。『明かりを灯してくれ！』とおれは大声で叫んだ。痩せた女が書棚の陰から顔を覗かせ、『閉館の時間です』と冷たく言った。この本を借りたいのだ、と必死に依頼した。『図書カードはお持ちですか』と相手はつれなく言った。持っていなかった。『それでは証明書の代わりになるものはお持ちですか』とさらに相手は訊いた。あいにく何も持参していなかった。『ではお貸しするわけにはいきません』相手の返答は予期していたものだったので、感情に訴えることにした。お願いです、と俺はいつになく殊勝に懇願した。永い間探していた回答がこの本にあるのですと。『では明日またお越しください』とにべもない。とても待てない、とおれは必死に食い下がったが無駄だった」

光は柔らかく部屋を満たしていた。

「それで、結局、真理を掴まえることができたのですか？」

「いや、……」

「そうですか」

「とどのつまり、色と弾力についての卓抜な示唆だったような気がするが、詳細はわすれてしまった」

「色と弾力……」

利一はぼんやりそれについて思惟を巡らせていた。

「どうも浮かない顔つきだな。何かあったのか」と坂本は訊いた。

「実は、勝田さんに妙な嫌疑を掛けられているんです」

利一は先日の経緯を話した。

「例の行方不明になった女性だな？　だが、身に覚えがないなら、何も気にする必要はないじゃないか」

「明白な潔白はかえってぼくを緊縛するのです。ぼくにはそんな性向があるのです」

かつてアパートで盗難があったときもやはり利一は哀れに翻弄された。

「どうやら勝田さんは、ぼくの住んでいるアパートのゴミの堆積に死体が放棄されていると怪しんでいるようなのです。僕に向って、あからさまにそう仄めかすのです」

「まさか。あんな場所だとすぐに発見されるじゃないか。きみはズブの素人だから、遺体が発する腐臭がどんなに凄まじいものか知らないのだろう。だからそんなたわごとを言うのだ。鼻を毟り取られそうになるよ。ましてや隣の大家は犬を飼っている」

それならば、なぜ老人はハイヒールの発見をわざわざ持ち出したのか。利一には合点がいかなかった。利一の反応を見るためだけだったのか？

「でも、銀杏の実がたっぷりあそこに寄せ集められていますます。銀杏の濃密の腐臭に惑わされて気づかなかったとは考えられませんか」

「腐臭については、学校側から苦情が出ていると言うから、市役所がいずれ処理するだろう」

「でも、警察はハイヒールは行方不明になった真矢ののだったと考えているのでしょう？」

「いや、寸法がまるっきり違う。なにしろ27センチだったと言う報告だった」

「すると、それは……」

利一は面食らった。

「そうだ、あの屋敷という学生の持ち物だった可能性が高い」

「なるほど。あり得なくもないですね」

利一は、深夜、彼が黒い網模様のストッキングを穿き、ハイヒールを絡めて、部屋の中を歩き回っている姿をつい想像してしまった。美しい、剃ったあとでもうっすらと青い髭の残る細面の顔が、鏡の中で目を大きく見開いて驚愕する。ドアが開く。ひょろりとした上背のある体格が階段を忍び足で降りてゆき、そのそばで手にした白いハイヒールがゆれている。玄関で濃いめのストッキングの足を絡ませ、臆病そうに周囲を窺いながら、玄関のドアを開く。月の光が濡れた飛び石を舐めている。闇の中に滑り出た危なっかしく傾いた姿勢は、とたんにすっくと立ち、躓くたびに嘲笑がからむ足を一歩一歩進める。

……ぞっとする光景だ。

「とにかくきみの抱えていた難題は杞憂に過ぎなかった

というわけだ。安心させたお礼に学食でカツ丼を奢らないか」

利一はすでに済ましたと言いそびれて、もう一度学食に足を運び、二人前の料金を支払う羽目になった。失費はともかく、もたれた腹には閉口して、せめて事実を正直に話せるようになるべきだなと反省した。

2

ところで、ガラス製の漁具は場違いな部屋にしばらく放置されていた。もし、坂本の言うように送り付けたのが東大生なら、始末に困っている様子は見せたくなかった。それに、オブジェとして面白いと思って部屋の隅に設置したのだが、次第に気に障るようになってきた。特に就寝の間、にわかに動きだして、顔面にでも直撃されるのではないかと恐れた。始末したいと思ったが、区のゴミ分別の表を見ても、どれに該当するか判断がつかない。

利一は考えあぐんだ挙句、やはりアパートの裏手に棄てるのがもっとも無難だと思った。学生の不在を確認し、両手に抱えて運び出そうとしたが、重いうえ階段は急傾斜なので、ひどく難儀した。汗みどろになりながら学生の仕打ちを恨んだ。もし今彼が帰宅して階段の下から見上げたら、両手を放して落下させないとも限らないぞ、と利一は警戒した。

玄関を出て、アパートをぐるりと巡り、ゴミ溜めの手前に浮き玉を放棄した。暗かったので、先日捨てたハイヒールは見えなかった。

かつて病院で同室だった三人が、ともに教団に潜入して内偵している刑事であることはすでに利一には分かっていたが、彼らが何を探っているのかは依然として不明だった。そのうちの二人が相次いで利一の前に現れたことは、何かが始まる予兆のように感じられた。

世相も何か落ち着かない雰囲気に包まれ、行き交う人込みも追われているような足取りに見える。妙に胸騒ぎがした。

だが、教祖の約束した「一年後の再会」はまだまだ先の話だった。さしあたって利一には何の目当てもなかったので、学業に専念するのが最良の道だった。

手っ取り早いと言う理由で就職した警備の仕事は、何かが起きる場合に備えて待機している、時間の拘束が任務だった。いざ何かが起きた場合は、いち早く退避して即座に報告するのが最良の対応であると教えられている。人命優先、損害は保険金で賄われる。仕事は楽だが、二四時間隔日勤務だから学業を放棄した形だった。利一もさすがにこれではいけないと考え、夜勤の仕事を探すことにした。

利一が新しく勤めたのは、高級割烹料理店だった。

一階は貸店舗と調理場が占め、玄関を備えた二階には、新規客のためのカウンターと、奥に座敷が、乙女・初音・胡蝶と三部屋ある。三階がメインで、商談や接待のためのひときわ贅沢な造りの座敷が七部屋あり、それぞれ桐壺・空蝉・夕顔・若紫・花宴・葵・花散里と名付けられている。四階は、襖を解放すればゆうに百名収容できる宴会場があり、宴会のない場合は五部屋に分割され、柏木・横笛・鈴虫・夕霧・蜻蛉として、小グループに使用される。別の一角に奥座敷として、雲隠・浮舟・橋姫の三部屋がある。

そのように座敷名はすべて源氏物語から採られている。

もともとさる一流企業の上層部が使用していた会員制倶楽部で、とかく批判の対象となったので現在の割烹料理店に改築されたそうだ。高級料理が自慢だったが、周囲は風俗店のひしめく一帯で、時代に即して特殊な性風俗店も進出する雑多な繁華街だったため、いつしか接客が売りになった。ホステスはすべて和服を着こなし、年齢層も高く、優雅だったので、周囲からは際立っていた。また、贅を極めた座敷も魅力だった。

これが予想外に当たって、企業は売却するタイミングを逸していた。本社から出向している生真面目な御仁がマネージャーを務め、手慣れた副マネージャーが店を取り仕切っている。

「なんだ、結局、和風の高級キャバレーと言ったところだな」

初日に、店内の様子を眺めて、利一はまずそう思った。

料理とホステスが主である職場だから、利一をはじめ男子従業員は黒子であり、それらしく古風な半纏をまとっている。客を座敷に案内し、指名ホステスを配置し、座敷からの注文を階下の厨房に知らせ、出来上がった料理を運ぶ。客が退けると、テーブルを片付け、次の客を迎える準備を整えるのが一連の流れだ。

しばらく勤めて分かったが、ホステスの手配がもっとも重要な役割だった。ホステスは客数の半数しか控えていないので、ピーク時にはひっぱりだこである。客の満足を損なわないように効率的に手際よくやりくりするには、かなりの熟練が必要とされた。公平が基準になるわけではない。客の懐具合や性格を見極め、指名とヘルプをうまく振り分け、店全体の売り上げ向上を配慮しつつ苦情のないように仕切る。客からもホステスからも、やいのやいのの催促がある。受ける、流す、そらす、絶妙なタイミングと身のこなしが肝要である。

座敷の中は見えない。座敷の前にはホステスたちの底の厚い草履と客がトイレに立つ際のスリッパがあるだけである。階の担当者は、各座敷の客が誰で、誰を指名したか、ヘルプは誰がついてるか、常に把握していなくてはならない。階下から「誰それを若紫の間へ」というオーダーがあれば、座敷に迎えに行かなくてはならない。

それで、まず草履を特定しなくてはならなかった。微妙な色違いや花柄や特徴のある形などによって、草履を見ただけで、どのホステスか見分けなくてはならない。この点、利一にはかえって好都合だった。相貌失認障害ぎみの利一には、外国人には日本人がすべて同じ顔に見えるようにあいまいな人相は捉え難かったが、草履や着物の柄を記憶する方がよほど容易だったのだ。

「失礼します」

と襖越しに声を掛けて、すかさず襖を開け、下げた頭を上げるときに着物によって目当てのホステスだけを見て、目で促しながら、

「〇〇さん、お願いします」と告げて襖を閉じる。

この一連の動作に淀みがあってはならない。あくまで職務に忠実な業務伝達を心掛ける。

密閉された空間だから、中で何が行われているか分からない。抱き合ってキスしている最中だったりストリップまがいの振舞に及んでいる場合も稀にあるが、決して動揺を見せてはならない。用事のあるホステスだけを見つめ、目で合図しなくてはならない。客や他のホステス達にきまずい思いをさせてはならないのである。客とホステスが二人きりでしっぽりなごんでいる場合は、むしろ客に対し、すまなそうな目で訴える。たいていホステ

スは客にしなだれかかっているから、客も満足で、優越感に浸っている。客の方からホステスに促すように仕向けるのが最適である。

ピーク時の混雑はすさまじく、てんてこ舞いだった。酔客のだみ声に混ざってあでやかな嬌声が響き渡る。トイレは詰まるし、ビールは倒れる。座敷を片付ける前に次の客が殺到し、追い立てる。廊下をひっきりなしに優雅な和服が行き交い、座敷を間違えたホステスが困惑している。料理が昇降機に滞っていると、厨房からインターホンを通じて大声で叱責される。不意に背後からしなだれかかる柔らかな弾力。見つめられ、手招きされる。

それはまさしく利一が、幼い頃に婦人売り場で体験した圧倒された華麗な乱舞の再現だった。

利一は仕事に追われながら、からかわれても、叱責されても、投げかける酔眼に終始うっとりとしていた。毎日酔っ払ったように浮かれていた。虚飾、仮象、欺瞞にまみれるこの空騒ぎが、結構気に入っていたのだ。そこは、性を仲立ちとした、猟色と駆け引きに金銭と愛憎がからまった、都会の夜に耀く欲望のるつぼだった。

利一はよほどこの職場が性に合っていたのだろう。気が付けば、あっという間に一年間が経過していた。

教祖の言う一年後はとうに過ぎていた。あんなに心待ちにし、焦がれていたのに、さほど大きな失望に陥ることがなかったのも、この職場があったからだ。

利一はすぐにホステスたちに可愛がられた。まだ二十歳だったたし、あからさまな欲情のるつぼの中で、慎ましく控えめだったからだ。幾人かのホステスに特に興味を抱いた。

そのみ姐さん。

丸い、平べったい、愛嬌のある顔で、いつもへべれけに酔っていた。自前の着物はぺらぺらな安物で、Tシャツとスカートのように着こなしている。酔うと子供のような身振りになる。足を広げて股間に手をやって、あどけない笑顔をふりまく。すれ違うと、上体に熱い弾力が弾んだ。「すみません」利一は恐縮した。「いいのよ。とても気持ちがよかったわ」小さな顎をくいっとのけぞらしたとろける笑顔。副マネージャーが夫で、二人はこの店で出会って、つい半年前に入籍したばかりだ。式は挙げていない。

利一は、たまたま店が退けた後、近くの喫茶で夫と二人で向かい合っている場面を見かけたことがある。長身の夫は他の客やホステスに愛想よく振舞っていた。そのそばで、そのみはいつもの股間に手をやっただらしない姿勢で、テーブルの下で思い切り脚を伸ばして、しきりに夫の黒靴をうす汚れた足袋の指先で突っつくのだ。夫が靴を引っ込めると、不満顔で、さらにだらしなく体をずり落として、つま先を伸ばしてまた黒靴に触れた。

みどり姐さん。

菖蒲(しょうぶ)のようにすっきり伸びた、背の高い、美しい、気品のある女性である。彼女をとりまく空気は少しも乱れずいつも静謐を保っている。騒々しい混乱の中でも彼女だけは昂奮の外側に立っている。高慢に見えがちだが、彼女の抑制した、少しも奢らない静かな性質がとりなしている。売り上げ順位はさほど高くはないが、常に一〇番以内に入っているし、売れっ子のやよいさんが唯一頼りにしている人だ。彼女に欲はないからだ。公園脇の五階建てのマンションで区役所に勤めている二歳下の妹と五歳の子供と同居している。娘はどうやらみどりの子らしい。

月に何度か彼女を指名して、四階の座敷でふたりきりで籠っている常連が居る。高価な料理は注文せず、みどりが不在にしていても不満も漏らさず、静かに酒を飲んでいる。利一は心得て、料理を催促せず、やよいさん以外のヘルプには回さないよう心掛けた。日頃、利一がひそかに愉しんでいたのは、あの誠実で実直なマネージャーが慎ましい思慕を募らせ、いつも憧憬の眼差しを注いでいた相手が、このみどり姐さんだったからである。

かつみ姐さん。

小柄で痩せている。喋りだしたら止まらない、句読点のない、よどみのない話術の名人である。いつも口の両端に泡が溜まっている。言動は下品だが、会話に機智があるので、みなつい噴き出して、嫌味は残らない。彼女なりの計算なのだ。彼女が当店の一番の売れっ子だが、その主な手段はストリップである。彼女は下着をつけない。「開陳!」と、けらけら笑いながら両脚を思い切り広げて披露している場面に出くわして、利一は慌てて襖を閉めた経験がある。

彼女の夫は当店の板前である。トップを維持するには、ヘルプやホステスを差配する担当者の協力が必要不可欠だ。月に一度は仲の良いスタッフを自分のマンションに招待する。このあたりも実に心得ている。破天荒で行き当たりばったりに見えてもちゃんと計算済なのだ。利一も一度招かれたことがある。その日のメンバーは副マネと三階の主要スタッフ、ヘルプ三人を含めて、総勢八人だった。夫が台所で腕を振るった料理に舌鼓を打ちながら朝まで飲み明かした。

始発が動き出す頃に「お風呂に入ったら」と勧めるので、利一が更衣室に入ると、すでに先客が居た。裸になって浴室に入ると、浴槽にうずくまっていた誰かが荒っぽく飛沫をまき散らしながら立ち上った。浅黒い裸体が利一の脇をすり抜けて、飛び出していった。まゆみだった。かわうそのようなしなやかな肢体で、恥毛が濃かった。利一は浴槽に身を沈めながら、曇りガラスに怪しく揺れるまゆみの裸体を見ながら、この幸運な奇遇はいつも計算づくのかつみ姐さんの策略なのかも知れないと思った。

あけみ姐さん。

大きくふくらんだ鳩胸が際立っている、小柄で小太りの、かなり年季の入った古株である。芸者風の粋な着こなしで、客あしらいはそつがなく、嫌味もない。けれんみたっぷりな演出で座敷を盛り上げ、客を満足させる。指名が重なっても動ずる風はなく、てきぱきと上手にこなす。上客を幾人も抱えているので、指名数は少ないが、常に上位の売り上げを確保している。数人のヘルプを上手に手懐け、スタッフにも配慮し、これぞプロという申し分のない手際だ。

やよい姐さん。

特徴のある鴨のような笑い声。白い肌の、ふっくらした体形の妖艶な女性で、かつみと常にトップを張り合っているが、いつも二位に甘んじている。かつみと違って、彼女はトップになりたいのではなく、ただ稼ぎを多くしたいだけなのだ。将来を見据えて洋裁を習いに通っている、実はとても堅実な人だというのがみどり姐さんからの情報。同僚との仲間意識が薄く、どちらかというと孤立しているように見える。彼女の客は一様にその場きりの遊興に満足できず、彼女に執心するのでそのあしらいに苦労している。

利一がもっとも惹かれたのはこの人だった。廊下ですれ違っただけで酔ったように浮かれた。利一は目立たないように控えながら機会があればいつもまつわりついていた。階下から指名があると、告げて、座敷から出てくるまで待って、階段を一緒に腕を絡めて降りた。毎日のように耳元でささやいてデートをせがんだが、もちろんすげなく交わされた。それでも利一は少しも傷つかなかった。慎みなく恋を告白する。哀願する。戯れる。つれなく離れて行った後にぬくもりと香りが残る。利一はそれだけで十分満足していたのだ。

利一が担当したのは四階で、宴会がない場合は、開店から二時間はいつも閑散としている。

四階には更衣室が備えられているので、ホステス達は出勤するとまず四階に上がって、開放された宴会場に屯し、呼ばれるまで煙草とおしゃべりで寛ぐ。自前の着物を持たないアルバイトの子たちは、貸与された和服に着換えると、帯を手に利一の元にやって来る。彼女たちは帯も結べないのだ。

前任者がこの魅力的な役割に未練があり、ときどき四階にやってきて、いそいそと手伝う。人がいいが、いかにも軽薄な男で、本名の敏から「びんちゃん」と呼ばれ、欲情をあらわに示すので姐さんたちからは揶揄されて「ピンちゃん」と呼ばれていた。その日も、彼は利一の持ち場にやってきた。

「今日は新入りがやって来る。ぼくが担当するから」と言うので、利一は座敷に座って談笑しているホステスたちのそばに座って、愚痴や中傷に耳を傾けていた。

「〇〇ちゃんのオッパイはとっても立派だね」

と、涎を垂らさんばかりに軽口を叩く敏ちゃんの声を忌々しげに耳に留めながら、利一はわざと無視していた。

帯を結び終えると、二人は一緒に立ち去った。並んで廊下を進む二人の背中を振り返りながら、ふと利一はその新人の後ろ姿が気にかかった。

翌日、その理由が判明した。

アルバイトの子たちが入れ替わり立ち代わり利一の元を訪れ、帯を結んで立ち去ってゆく。就業開始時間を過ぎて最後にやってきたのは、沙也加だった。……

帯の端を利一の手に渡してくるりと背を向けた。帯は締められると、キュッと鳴いた。両手に袖を持ち上げた格好で、また回転して利一に向かった。その真顔は、視線を遠くまっすぐに見据えていた。大きく見開いているが、盲目のようで、利一は自分がそこに居ないように切なく感じた。

「沙也加！」

　と利一は大声で叫んだが、余りにも動転していたので、心のなかで爆ぜただけで実際の声となって響かなかった。利一はもう一度叫ぼうとしたが、座敷に居るホステスたちを憚って自制した。また沙也加の身体が回転して、背中を向けた。利一は簡単な蝶々結びの手順をすっかり忘れてしまったように当惑していた。

　仕事の最中、利一は暇を見つけてあちこち探しまわったが、一度も沙也加の姿を見かけなかった。

　翌日もまた、沙也加はいちばん遅れて利一の元にやってきた。

「どうして連絡の一つもくれなかったんだ」

　利一は形の良い耳に唇を触れるようにして小声で囁いたが、沙也加は無言のまま回転し、また回転し、帯が結ばれると立ち去った。

　翌日も、翌々日も、無視した冷淡な態度は変わらなかった。

　なすすべもなく悶々とすごしていたある夜、終電に間に合うように店を出た沙也加があたふたと戻ってきたことがある。

「どうしたの？」と同僚から呆れられ、

「鍵を忘れてしまって。締め出しを食うところだった」

と言い訳した。

　それを聞き留めて、利一は、『すると、一人で住んでいるのだな』と注意深く考えた。冷淡な仕打ちにしょげていた利一はようやくもう一度声を掛ける決心がついた。

　翌日、意を決して、帯を結ぶ手を中途で止めて、

「店が退けたら近くの喫茶で待ってて」と囁いた。

　沙也加は黙りこくったまま、帯が結ばれるのを待って、やはりすげなく立ち去った。

　離れてゆく後ろ姿を見送りながら、聞こえただろうか、本当に声を出して伝えたのか、心の中で叫んだだけではないのか、そんな自明のことさえ利一には覚束なくなるのだった。

　閉店すると、利一はあたふたと駆けだした。エレベーターがもどかしかった。階段を駆け下りて外に飛び出した。すぐそばの喫茶に飛び込んだが、沙也加の姿はなかった。少し離れた別の喫茶にもやはりいなかった。

アパートに戻っても、利一の昂奮は続いていた。やる瀬なく、くやしく、後悔が渦巻き、居たたまれなかった。こんな体験は初めてだった。利一にあっては、これまで興奮はいつも外側にあった。外界がいつだって重量感も厚みも感じさせないように、利一のあふれる感情は無関係のように外側に滞っていた。幼い頃、体全体で振り絞るように希求し、断念した体験は、感情を外側に閉じ込める手段を獲得したのだ。利一の日常はこれまですべて受け身だった。自分の内側には何もなかった。

だが、今、利一は沙也加を思って苛立たしくもがいていた。無数の針で覆われた時間と対峙しているようだった。いや、その感情は、冷静に眺めれば相変わらずしっくりと馴染まなかった。やはり無関係のようにそこに漂っていた。

「だが、この痛み。胸のあたりにひりひりと疼くこの痛みは何だ?」と利一は腹立たしく呻いた。それは沙也加を思ってやる瀬なくうねり、悔恨のむせぶ感情と相交わるようにみせながら、やはり別個に漂っている。しっくり絡まないのだ。絡まないのに歴然と感じるこのひりひりする痛みは何だろう。純粋にまぎれもない肉体的な疼きであり、痛みだとしか考えられない。理由もなく、言い含める口実も持たないので、抑制されない疼痛はいつまでも持続した。

時計を見つめ、たった十数秒にも耐えられずに、とうとう利一は外に飛び出した。

あてどなくさまよい、いつのまにか職場のそばの喫茶にやって来ていた。そこは深夜喫茶で、サービスにトーストが付くので評判の店だった。ついさっきも、最初に探し、最後にもう一度念のために探した場所だった。沙也加が居るはずはないと分かっていたが、店内を見渡さずにはいられなかった。

何時間たっただろう。どうやらうとうと寝入っていたらしかった。

目覚めると、テーブルの向かい側に誰か居た。

「いつまで待っても沙也加は来ないわよ」

美香だった。いつものようにかすれ気味で、いつもより湿った声だった。

「もしあなたがいつまでもそこに居たなら、そう告げてくれるように沙也加に依頼されて来たの」

すると、沙也加はずっと利一が待ち続けている可能性もあると考えたわけだ。だが、利一は永くは待てず、腹立たしく席を立っていったん自宅に戻り、それからまたここにやって来たのだ。沙也加の「待つ」と利一の「待つ」には、それほど大きな差があった。利一の一人よがりな切実さも、沙也加に比べれば深さも足りなければ永さも足りなかった。

美香は片足を優雅に滑らせてもう一方の膝の上に載せて長い脚を組んだ。緑色のハイヒールが目についた。利一は目を瞠(みは)った。

これまで美香は背丈が高すぎることを引け目に感じていて、いつも踵の薄い、平べったい黒い地味な靴をはいていたからだ。

「そうか、ありがたい忠告だが、すでに百回も断られたような気分で、さすがにもう待つ気分はしぼんだよ」

沙也加の面影はもう利一の思い出のなかにあるようだった。手元からこぼれたゴム毬の、単調で忠実なバウンドを繰り返すありさまを見ているばかりで、指にはありありとした柔軟な手応えはもうない。

二人はそろって未明の街に出た。濡れた街頭で並ぶと、いつもより美香の顔が高い位置にあった。利一はいつものようにまず気まりの悪さを感じたが、すぐに足元の緑色のハイヒールを見下ろし、そこからすっと伸びたすっきりした脚に魅了された。緑色のハイヒールはようやく自分の寸法に合った素足を見つけたかのように輝いていた。

「美香、せめて教えてくれないかな。沙也加は出産したの？」

美香は押し黙って、鋭い視線で利一を見た。利一はその開かない薄い唇を見つめていた。利一とて美香が正直に話すと考えていたわけではない。美香の拒絶やためらいの反応を確かめ、沈黙の長さによって真実を突き止めようとしていたのだ。

「ええ。したわよ。一人で育てるつもりよ」と美香は抑揚のない声で言った。

「赤ちゃんの血液型は分かっているのだろう？」

「知ってどうするの？」

「………」

「あなたの子供ではなかったわ」

「そうか……」

利一は美香の言葉を鵜呑みにしたわけではない。だが、美香がそう言うのは、そのように信じて欲しいと言うことなのだろうと思った。もし逆の言葉を言われてもやはり同様に受け止めていただろう。愚昧を装った狡猾な計らいだと自覚した。

「心配しないで。母が沙也加を見放すわけはないわ」

「赦されたのか」

「以前にも言ったように、赦すとか赦さないとかはあくまで本人の問題なの。母はもともとすべてをあるがままに許容しているわ」

しらじらと明けそめる街の佇まいは湿っぽく濡れて、侘しかった。カラスがゴミをあさっていた。

「私でいいなら、代わりを務めてもいいわよ」

「……」

お湯をちょっと振りかけただけで、砂糖のブロックはあっけなく、だらしなく崩れた。利一は今すぐにも、美香を酔客が吐いた汚れた舗道に押し倒して凌辱したいという衝動を覚えた。だが、思いとどまって、ゴミをあさるカラスの動きを見ていた。

利一にとってカラスは不吉でおぞましい猛禽だ。いつのまにかそんなイメージがこびりついている。威嚇する鳴き声は凄まじい。猛然と襲いかかる激しい攻撃性がある。後頭部を足蹴にされたり、頭髪を引っ張られた子供の姿を見ている。人を喰った狡猾な性質もまた嫌いだった。近づいてもなかなか逃げない。ちゃんと限界を弁えているのだ。鳥類のなかでは知力は群を抜いている。テレビのコマーシャルで、胡桃の実を道路に置いて車に轢かせて割るシーンがあるが、あんなことは朝飯前である。校庭の脇の蛇口をひねって水を飲んだり、バッグのチャックを開いて中の物をさらってゆくのを見たことがある。

都会で見かけるカラスはゴミを漁っている哀れな老人に見えることがあるが、あれはみんな見せかけだと利一は思う。頑丈なだけに見える嘴さえも油断させるために図った仮装だと思えるくらいだ。あの嘴がいったん大きく開き、威嚇する叫びを発し、襲い掛かってきたら、それも上空を埋めるほどの大群になったらと思うと、利一は子供の心で戦慄する。今はおとなしく控え、注意深く時を待っているのだ。今にきっと、とんでもない逆襲が始まる。……

「ごめんね。わたしのせいね」

「いや、美香のことは後悔していないよ」

ほどなく二人は陰湿な路地裏のラブホテルに入った。利一に格別な昂奮はなかった。美香の方はなおさらだった。

利一が目覚めたとき窓に日差しが揺れていた。

利一はベッドにうつ伏せになったしなやかな美しい裸体を見つめていた。顔面の片側に五分前に眺めていたビルのひしめきの反映が残っていた。

裸体のかたわらには、興奮にではなく、興奮を得ようとする苛立たしい足掻きによって振り捨てられた髪が裏返っていた。美香の剃髪した頭部を見て、利一はいつもながらデパートのマネキン人形を思い出していた。

当校するとき利一は他の生徒と同様駅から線路伝いにまっすぐ校舎に向かったが、一人で下校するとき、よく繁華街に寄り道したものだった。鰻（うなぎ）の蒲焼の臭いが充満する隘路を抜けて通りに出ると、経営破綻から閉鎖されたままになっているデパートが正面に見えた。机や販売棚や傾いたままになっているパーティションの奥に、マネキン人形が数体残っていた。上半身と下半身に切れ目の入ったものや、片足や片腕のもがれたものが、ひっそりと立っていた。利一自身はなぜそうもマネキンに惹かれるのかその理由が分からなかった。今も正直なところ分かっているとは思えない。それは美香に対しても同じだった。利一はずっと美香に惹かれていたし、今も変わらずそうだが、それでいて沙也加に対するようなむせぶような恋情はついぞ感じたことはなかった。

利一はいったん好きになると、その気持ちは終生変わらなかった。嫌いなセロリーを食べられるようになると、その嗜好がかわらないと同じだ。美香は、すでに利一にとって従姉であり、戦友のようなものだった。

やがて美香は不機嫌そうな顔で目覚めた。利一の進めるコーヒーを口に含んで、濡れた唇を開いて言った。

「あなたの、軽薄な、女の一途な純情を呆れるほど無神経に裏切る冷淡さが、少し眉をひそめて見守る優しさ同様、私は結構好きみたい。あなたは色と形にとらわれるばかりで、耳はメロディを聴こうとしないし、手は触感をなぞるだけで弾力をとらえられない」

ベッドのかたわらに落ちている丸まったショーツを蔑むように一瞥し、二人の陥った状況をはっきり見定め、軽く眉をひそめながら、美香は言った。

利一はベッドに近づき、そっと軽くキスしながら、しなやかに伸びた美香の裸体を眺めた。その見事な健康体は快楽から決定的に拒否されている。周囲の風景から疎外されている自分の感覚と同じように欠陥品なのだ、と利一は思った。

「あなたの目が曲者ね」

「目だって？　近視で、しかもまともに相手を見つめられない子供じみた気恥ずかしを持ち続けている男にとって、目はさほど役立ちそうにないと思うけれど」

「あなたに最初に見つめられたとき、といってもほんの一瞬だったけれど、いきなり性器を齧られたような強烈な刺激を感じたわ。恥らって、おそるおそる窺うと、あなたはもう視線を逸らしていた。いつまで経っても、もう二度と見つめてくれなかった。それなのに私の中にはあの瞬間のどよめきがのさばってどんどん増幅していた。私を見て欲しいと切実に希求したとき、あなたの視線はいつも沙也加に関心を注いでいた」

「………」

「それに、もう一つ、その武骨そうな大きな手。太い不器用そうな指に触れられると、指は動かないのに、それを受け止めている膚がにわかに猛然とうごめき始めるの。それはもう、なんともいかがわしいうごめきだった。とても我慢しきれなくなるの」

しかし、それらは利一の魅力でもなければ能力でもなく、むしろ敏感すぎる相手の動揺のせいではないのか？

別れ際に、美香は、ぽつりとつぶやいた。

「わたしたち、もう少し時期を違えて出会っていれば良かったのにね」

二人が並んで歩いていると、美香の長い首が、利一の視線の高さにあった。このいささか不釣り合いな、面目を潰される感覚が、いつにもまして利一には好ましかった。

「男たちはみんな駆け足でどこに急ぐのかしら。きっと、決して手に入らないものを希求しているのね」

それはまるで自分の身体を風のように通過していった男たちを想起するような口ぶりだった。たとえ何人の男が通過しようと、美香には何の痕跡も残らない。

「女は？」

「女はいつでもただそこに居るだけで充足しているわ」

「だが、美香は違うね」

「きっと私の半分は男なのよ」
「ぼくらは似ているね」

3

利一の持ち場の四階は、階段を上がると手前に更衣室があり、そこからまっすぐ長い廊下が宴会場に添って伸びている。その突き当りにインターホンと料理昇降機と筆記用の小さな棚が設置され、手前に小さな丸椅子がある。その一角が利一の就業中の一時的な待機場所である。

営業中、座敷もほぼすべて埋まって、急に閑散とする、一種空白の時間帯がある。利一は椅子に座って、ぼんやり廊下を眺め、煙草を喫って寛いだり、時には本を広げてみる。

祭りが一時休憩に入るようなこの時間のあわいが利一はとても気に入っている。肉体には店全体の喧噪と動き回った疲労が斑点のように残っている。利一はよく古本屋を利用するが、書棚から目当てもなく本を引き抜き、ペラペラとめくって、また元に戻す、それを幾度も繰り返していると、そのたびに沸いては消えた感興がやはり斑点のように滞り、めくるめく色と形と時間の森にさまよう気分になる。ちょうどそんな気分がつかのま味わえるのだ。

誰かが廊下をゆっくり歩いてくるのが分かったが、利一は本を閉じようとはせず、整然とした活字の羅列を注視していた。

活字が泳いだ。天井の明かりが遮られて、いきなり膝に豊かな肉感が重くのしかかっていた。

「酔っぱらっちゃった」

と言って、誰かがベンチに座るように利一の膝の上に腰かけたのだ。特徴のある飴を絡めたような甘えた口調で利一にはすぐに分かった。やよい姐さんだった。

「少し休ませてね」

宴会場の端の座敷が空いているときにはホステスたちはそこで寛いで出番を待つ。あいにくそこは埋まっていたので、腰を下ろす場所は利一の膝の上しかなかったのだ。

豊かで柔軟な上体が利一に押しつけられず、膝の先にちょこんと座って慎ましい間隔を保ったまま、動かず、たのだ。利一は膝に押し付けられた臀部の柔軟さと重みを懐かしんだ。

「呆れた、今の今まで気づかなかったの？」

「だって髪型だってまるっきり違うし、化粧だって濃すぎる。それに声だって故意に変えているでしょう。まるで家鴨(アヒル)だもの。せめて雀や雲雀だったら気づいたかも知れないけれど」

ようやく落ち着いて利一はいつもの軽口になった。

「どれも営業用よ」

「驚いたなあ。やっぱり女性は化け物ですね」

「てっきり分かっているのだと思ったわ。分かっていて、職業柄自分の立場を弁えて素知らぬ顔をしているのだと思っていた。でも、あなた、毎日私に執心して、目や身振りで口説いていたじゃない。あれはいったい何？　もしかして、別の女の人に恋していたわけ？」

利一は言葉に詰まった。

「薄情な人ね」

「一年後と言っていたのに、もう半年も超過している。薄情なのはどっちでしょう」

「もうすぐよ」

たった今利一を驚かせた重量感を不思議なほど感じさせなかった。ふっくらしたなで肩を包んだ紫の生地がぐっと開いて大胆にむきだしになった白い襟首を見せていた。そのほぼ中央にある小豆大のほくろを、利一はびっくりしたように凝視していた。

ほくろは除け者のような位置と形状を示しているが、しっかり根を張り、わがまま顔でその存在を主張している。触れなくても利一にはその妙になまめかしい弾力が分かった。同じ位置に、ほぼ同じ大きさのほくろを利一は知っていたからだ。かつて思わず噛みたいという衝動を感じ、そうつぶやくと、首をすくめて大仰に抗ったとき、啄もうとしていた乾いた唇にほくろはぷるん背いた。そんな経験が利一にはあった。そのほくろに、色合いも大きさも実によく似ている。この酷似をもっとも容易に許容するには、まさにその当人のほくろだと考えるのが至当だった。

「……あなただったのですか……」

驚いたことに、やよい姐さんは、教祖だったのだ。

髪の豊かな丸髷と厚塗りの化粧にまやかされて、いつもそんなにも身近に接しながら、利一には分からなかっ利一は一瞬聞き違えたのだと思った。膝の上に密着した豊かな臀部の重みがどんどん増さってきて、耐え難くなってくるようだった。動かないが、重さがそれだけで媚態だった。

「実は密かに楽しみにしていることがあるんです。あなたの鬘を取って、剃髪した頭を見てみたいなって」

「あら、私は剃髪していないわよ」

「え。だって……」

利一は、取り巻き連がみな剃髪していたことを見知っているし、美香もまたそうだったから、当然、教祖も沙也加も剃髪しているとばかり思っていたのだ。

「剃髪には自戒の意味合いがあるの。彼女たちは分を弁えているのよ」

利一は背後から胴体を囲うように両手を回して膝にある指に触れていた。やわらかなふっくらした手だった。すべすべした甲をさすり、指をからませ、一本一本慈しむように弄んでいた。そのうち、ふとした違和感に触れた。教祖の右手の親指の先端部分だけが肉厚が欠けており、平べったいのだ。

「どうしたんですか？」と指を揉みながら利一は訊いた。

教祖はすぐに察し、

「祈るとき、指をこうして固い石に押し当てているからよ」と言って、実際に壁に指先を押し付けて見せた。

指の先端が爪を含めて白くなり、その周辺が鬱血して赤く染まった。

「あんまり強く、しかも永く続けるので、いつのまにか先端だけ肉が削ぎ落ちてしまったの」

「祈り……」

何を祈るのですか、と訊こうとして、利一はふっと押し黙った。じっと指先を凝視する教祖の横顔が何者を寄せ付けようとしないほど暗く陰鬱だったからだ。触れてはいけない心の奥底に秘めた秘密を探り当ててしまったような気がした。

壁に押し付けた指のそばにあるインターホンが不意に鳴った。三階から、やよい姐さんの所在を確認する電話だった。

「更衣室に入ったようですが、出てきたらお伝えします」と利一は言い繕った。

「さあ、仕事ですよ。花散里で催促です」

利一は豊かな上半身を抱きかかえるようにして立たせ

た。柔軟な重いゆらぎが手に熱く悶えた。

「まるで遣り手婆ね」

　手首を返した腕を背後に伸ばして、利一の手を探り当て、ぎゅっと握ってから、すっと離れた。その背中に息を吹きかけるように利一は声を掛けた。

「内心びくびくしている猛獣使いですよ」

　その姿が階段を下りて見えなくなると、利一は全身が脱力するように椅子に崩れ落ちた。小躍りして浮かれたい気分だった。

「……なんだ、そうだったのか。それにしてもずいぶんうっかりしてたな」

　利一は自分のうかつさを苦笑しながら、かえって微笑ましく感じていた。

　これまで開けっ広げに恋を囀(さえず)っていた利一は、以後、慎ましく口を閉ざし、遠くから見守るようになった。座敷から嬌声が聞こえると不安になった。客と一緒に座敷の中に入ってゆく姿を見つけると、走って行って引き止めたい衝動を感じるのだった。

　だが、たまたま誰も居ない廊下で出くわすと、夢中でいきなり抱きつきそうになった。襲い掛かるように迫った両腕は急に控え、慎ましく指を添えるだけにとどまるが、柔らかな生地を通してとろけるような熱い肉感が絡んでくる。一度通じたことのある信頼の上で戯れるこの狎れ合いが利一にはことのほか心地よかった。

　ある晩、みどり姐さんが、「食事に行くよ」と利一に声を掛けてきた。ついぞないことだった。

　利一が店一番の美人の前で当惑していると、「やよいと一緒よ」と囁き、思い切り利一の尻をつねって、何もかも心得ているかのような目で一瞥し、すっと伸びた姿勢で離れて行った。

　利一はテーブルの片づけを放置し、慌てて後を追いかけ、敏(ピン)ちゃんに電話で後始末を依頼した。無類のお人よしは気さくに承諾してくれた。

　教祖が待っていたのはうどん屋だった。なんとも場違いな場所だった。高価な衣装をまとった優雅な二人と三日後に二十歳になる貧相な学生の取り合わせもそうだが、客単数万円の高級店で売れっ子の二人がカウンターでうどんを啜っているのだ。大企業の重役が新橋のガード下で飲食するような光景だ。周囲の怪訝そうなまなざしを意識して、利一は満悦だった。うどん生地が生き物のようにうねって利一の顔面に汁を弾いた。すかさず教祖の手が襦子のハンケチで拭って、「いよいよ三日後よ」と囁いた。

三日後。まるで利一の誕生日に合わせて設定されたようで、利一は面映ゆさと同時にぬきさしのならない立場に追い込まれてゆく重苦しい予感に包まれた。

利一は三日後が待ち遠しくて、不安と興奮で、すっかり疲れてしまった。しかも日づけははっきりしたが、場所と開始時間がまだ未定だった。

あくる日、出勤すると、黒板にやよい姐さんの二日間欠勤が告示されていた。約束が現実味を帯びて迫ったが、なお一抹の不安が残った。

当日になっても、まだ場所と時間は知らされなかった。これでは身動きが取れない。焦燥が募る一方だった。利一はいたたまれずに外出し、時間をつぶすために神田の古本屋に立ち寄った。めぼしい書物が見つからなかったので、隣の店に入ったとき、誰かが追うように店内に入るのが見えた。本を満載した書棚をはさんで、二人は対峙していた。

分厚い書物が目に留まった。『東京裁判　上』とある。棚から抜き取って、手首が折れそうな重さに利一は慌てた。千ページ近い大著だ。

ざっと目を通しているうちに、いつのまにか引き込まれ、気がかりに目で追っていた男のことをすっかり忘れていた。

> 荒木大将も、そこでややさからうように「無罪ッ」といいすてる。
>
> つづいて、土肥原「無罪を申し立てます」
>
> 橋本「無罪ッ」
>
> 畑大将はやや紅潮した表情で、「訴因全部に対し無罪を申したてます」とていねいである。
>
> 平沼は静かに、
>
> 板垣は東北生まれを偲ばせる渋く重い声で、
>
> 賀屋はそれが癖の眼をしばたきながら無罪と言う。(ii)

そのくだりを読み終えたとき、薄暗い店の奥からにゅうと誰かの腕が泳ぐ身のこなしで伸びてきた。利一はふっと顔をあげてその方向を見た。そこには何も見えず、だが自分の腕が誰かの腕にしっかりと固定されたのが分かった。

「署まで同行願いたい」と男の低い声が聞こえた。

本がばさりと床に落ちて、重い鈍重な音を立てた。利一は慌てて拾い上げると、汚れを払って書棚に戻した。

「落ちたよ」

と男は、笑いを中途で止めた表情を向けて、短冊形の紙片を利一に手渡した。

そこには、「東京ドーム球場、十五時」と記されていた。思いがけない幸運を届けてくれた感謝の気持ちで、利一は任意同行に素直に応じた。

並んで歩きながら、栞は、実際に本に挟まれてあったのか、そのように装って男が手渡したのか、利一には判然としなかった。ただ、本の落下は相手が予測できなかったのだから、作為の付け入る余地はないはずだった。

署につくと、さっそく尋問が始まった。

「住所は?」

「教団の本殿です」

利一はついうっかりそう答えた。これは利一の悪い癖で、少し反抗的な気分になっていたのだが、ある意味ではまんざらでたらめでもなかったのだ。

「嘘をつくんじゃない!」

眉毛の濃い、目のぎょろりとした刑事は険しい形相で睨みつけて怒鳴った。

あまりの剣幕に、利一は素直に撤回し、正直に話した。

「本日開催される教団のイベントで、ぼくは教祖の後継者として指名される手筈になっているのです。だから、今夜から本殿に住むことになるかも知れないという漠然とした予感がありました。その上、アパートを取り壊してマンションを建てるようで、大家からさんざん退去を迫られていた矢先でした」

利一はそう説明し、その一方で、それとも、これから厄介になることになる留置所と言うことにしておけば良かったかな、と内心うそぶいた。

「マンション建設の計画は延期された。なぜならアパートの一室から遺体がでたからだ」と、刑事は声を荒げた。

「何ですって?」

利一は仰天した。そしてすぐに真矢の行方不明を直結させた。

「二階には廊下を挟んで二室ずつ配置されている。きみの住んでいた部屋の向かいの部屋から女性の腐乱死体が発見されたのだ」

「何ですって？」

利一は仰天し、すぐに冷静さを取り戻した。

「いや……そこは空室でしたよ。ぼくが入居する以前からです」

「確かに賃貸契約はない。ところが、そんなものの必要のない遺体がその部屋の押し入れに隠匿されていたのだ」

「まさか。あのアパートは木造で、造りが雑で、ドアも窓も隙間だらけでした。死体が発散する臭いは強烈で耐え難いものだと聞きます。鼻がひん曲がるほどの。如何にぼくがうかつでもその向いの部屋に住んでいたのですから、それに気づかないわけにはいかないではないですか」

坂本の説を又借りして反論しながら、利一はいったん「これは夢だな」と思った。だが、私服刑事のチェック柄のブレザーが緻密で鮮やかな生地を際立たせて疑念を払拭したので、体ごと事態に巻き込まれていった。

「アパートのそばに銀杏の大木があるね。死体はビニールでくるんで、ブリキの箱に収容され、さらに腐乱した銀杏の実でびっしり覆いつくしてあった。臭いものに蓋をしてもどうしても洩れる。もっとひどい悪臭に紛らせた方が効果的だというわけだ。きみだって、まさか銀杏の臭いにも気づかなかったわけではないだろう」

確かに銀杏の臭いは耐え難いまでに募っていた。利一は何度も大家の意地悪な投棄に談判しようと思ったが、退去を急かされている最中だったので、権利を主張できなかったのだ。

「二階に在室していたのは、きみと東大の学生だな」

「ええ。二人きりでした」

「被害者は学生の恋人で、きみが学生に隠れてこっそり情交を重ねていた篠原小百合だ」

「真矢のことですね……？」

「そうだ。キャバクラではそう呼ばれていた」

「もし、おっしゃることが事実ならば、犯人はきっとあの東大生ですよ」

「彼も同じように、犯人はきみに違いないと主張している」

彼と同じ立場なら、利一もやはりそう主張していただろう。

「遺体にはペンダントが残っていましたか？」

と利一は訊いた。

「いや、なかったが、何か思い当たるフシでもあるのか」

余りにも意想外な出来事で、すぐには真矢の死を鵜呑みにはできなかったが、利一には気になることがあった。他でもない、ペンダントに封入されていた例の白い粉末だ。

真矢がペンダントを気にいってせがみ、それを譲ろうとした時、利一は内部にある粉末のことは示唆しなかった。気づかないと思ったし、ましてやそれを飲み干すとは考えられなかったからだ。それに、封入された粉末が青酸カリであったかどうか、利一は一時直感的にそう思ったことがあるが、もちろん確信があったわけではない。

「それで、真矢の死因は何だったのですか」

刑事は考え込み、自分を言い含めるように頷きながら小声で答えた。

「青酸カリによる中毒死だ。一酸化炭素中毒とおなじように静脈血が明赤色だったから間違いない」

「青酸カリですって？　危険物として厳重に保管されたこの時代に、どうしてそんなものを手に入れることができたのでしょう」

利一はわざと驚愕を装った。自分の直感の的中に驚いた動揺が功を奏して、刑事に偽装を気取られずに済んだ。

「それに、推理小説なんかではよく青酸カリが使用されますが、苛烈で、とても飲み込めるものではないと言われます。強烈なアルカリなので口中に激痛が生じ、嚥下できず、たいていは吐き出してしまうでしょう。カレーなどのよほどの刺激物にでも混入しなければ致死量を服毒させることはできません」

利一は少し調べていたので得意になって吹聴した。

「実は、……」

そこで初めて利一はペンダントの秘密を持ち出した。

「すると、覚悟の自殺だと言いたいのかね。だが、当人はペンダントに青酸カリが閉じ込められていた事実を知らなかったのではないかね」

「自殺と見せかけるために、死後注射で静脈や陰部に注入したと言う可能性も考えられます」

「青酸カリを使用するのは、本人が気づかず服用させて死に至らしめるのが主な目的だから、なにもわざわざ使用する必要はないよ。絞殺が手っ取り早い」

　利一の生半可な知識は役に立たなかった。それになんだか頭がこんぐらがってきた。どうも論理的に頭を巡らせない。

「ペンダントに青酸カリが封入されているとはなんとも荒唐無稽な話だ。……いや、待てよ。そういえば、聞き込みによって、そんな噂が街中に蔓延していたことが捜査会議で報告されたことがある。誰かが贋の情報を故意に流布させていたのだ。きみだね？」

「確かに誰かにうっかり洩らしたのは事実ですが、……」

「被害者には話しているのか」

「いいえ、話していません。……」

「他に誰かに洩らしたか」

「そういえば大家に話したような記憶がありますが」

「なぜ青酸カリを使用したか、その理由は明らかだ。噂を鵜呑みにしたからだ。犯人をでっちあげるために青酸カリを使用したのだから、犯人はペンダントに青酸カリが封入されていると信じていた人物ということになる」

　堂々巡りでまた利一に嫌疑が及んだ。

「死後何カ月でしたか？」

　真矢の死の真偽を探るためにあらためて利一は訊いた。

「腐乱していたからね、まあ半年は経過していたと考えるのが妥当だろう」

「学生が引越しした後、ぼくは遺体と一緒に住んでいたわけですか」

「そうだ。あのアパートできみと遺体だけが住んでいたのだ」

「可哀そうに。殺された上に腐乱した銀杏の実でくるまれて……」

「殺したのはきみだね？」

「とんでもない！　殺したのはあいつですよ。東大生です」

「動機が憎悪だとすると、東大生はきみと被害者の密会を知っていたというわけだな」

「ええ。いつか問い詰められて白状しました。もうとっくに終わった話だと」

「学生にとってはそこから憎悪がはじまったのだ」

　その点は利一にも異論がない。

「同時に狂気も始まったのでしょう」

「ところで、今日、アパートと隣の小学校の間に白いハイヒールが発見された」

「ええ。たしか勝田さんがそう言っていましたね」

　利一は後で自分も点検したことは内緒にした。

「被害者の所有物だ。しかも、そのハイヒールには指紋がくっきり付着していた。いつかあのアパートで盗難事件があったろう。そのときに押収したきみの指紋とぴったり一致した」

　これは大変なことになるぞ、と利一は警戒し、注意深く考えを巡らした。冤罪はこんな風にしてでっち上げられるのだろう。

「確かにぼくはそれに触れていますが、あのハイヒールはとても大きく、とても彼女の足には合いませんよ。あの東大生が、深夜こっそり穿いて、ひそかに愉しんでいたものにちがいありません。たしか27センチでした」

　利一はそれを確かめたわけではなかった。勝田老人の言葉を鵜呑みにしただけだ。

「27センチだって？　きみはそれを確認したのか。ふだん掃きなれている靴ならおおよその寸法は分かる。だが、初めて手にしたハイヒールがやたらと大きく見えても不思議はない。寸法は23センチで、ほぼ篠原小百合のものと断定された」

　利一は驚いた。まるで罠に掛ったようだった。

「なるほど動かない証拠と言うわけですか。ですが、ぼくが手を下したと言う直接の証拠は何もないのでしょう？　協力は惜しみませんが、無駄な時間の浪費はごめんです」

　刑事は黙って利一を見ていた。

「今、何時です？」と利一は訊いた。

　刑事はわざと答えなかった。

「ぼくには今日と言う日が格別重要な日なのです。さっきも言いましたが、今日、ぼくは教祖に指名されるのです。ですから急いで会場に駆けつけなくてはなりません。主役が不在では話になりません。おや、もう十二時ではありませんか。そろそろ失礼します」

　利一が椅子を立ち上がろうとしたとき、背後から羽交い絞めにされて、強引な力で戻された。

「乱暴は止めて下さい。今の時代、こんな無法は赦されませんよ！」

刑事は机の上のスタンドの首を太い腕でひねりながらニタニタ笑っていた。

「犯人ほどじたばたするものだ」

利一は机を蹴飛ばし、全身でしゃにむに抗った。

――そこで、ふっと目が覚めた。

「何と忌まわしい夢だ！」と利一は呻いた。

全身汗びっしょりで、布団の上でのたうち回っていたようだ。何かを蹴った感触が足裏に残っており、片足のふくらはぎがひきつっていた。最近よくこういうことがあった。両脚を伸ばして、五本の指を手前に反らしたまましじっと固定していると、ようやく痙攣はとまった。

時計を見ると、なんと十二時を回っていた。

「大変だ！　遅刻するぞ」

忌々しく目覚まし時計を睨みつけた。ちゃんとセットされている。つまり、警告はあったが、気づかなかったということだ。

利一はアパートを飛び出し、走りながら、今しがたみた夢の内容を思い返していた。

「妄想だ！」

利一は憎々しげに口走った。さらに忌まわしいことには、その妄想は、刑事ではなく、明らかに自分自身の発案だということだ。利一は頭部に鳥もちのようにへばりつく妄想を手で払い落す身振りを繰り返しながら、駅へと急いだ。なんとも生々しい忌まわしい悪夢だったが、もし夢を見なかったなら、寝過ごしてしまっていたかも知れない。そう思うと、悪夢に感謝しなくてはならないなと思い直した。

4

イベントの開始時刻は、十三時だった。夢が栞で示唆したのは十五時だったが、もしそれを鵜呑みにしていたら、大変なことになっていた。それとも、遅刻が利一の隠された本音だったのか？

Q教団の年一度きりのイベントは、今年も都内の球場を貸し切って盛大に催行されることになっていた。かつて坂本が当惑していたように、利一もまたどうしてそのイベントの開始時間を知ったのか、思い返してもよく分からなかった。三日後だという日程は教祖から事前に知らされていた。だが、場所と時間は、夢の中で栞によって知らされるまで不明だったのだ。

もっとも夢で指摘された場所は正確だったが、時間は間違っていた。間違っていることを目覚めてから知ったのだが、いつどんな手段で正式な時間を知ったのか、利一には覚えがなかった。

なんとも不思議だった。

利一は会場に駆けつけ、大きく掲示された教祖の五十歳の慶賀を祝う垂れ幕を見て、初めて教祖の年齢を知ったのだった。

利一はその年齢を知って、さらに七日間の修行を思い返して、正直恐れをなした。しかし、沙也加の年齢を考えればむしろ妥当でもあった。それに利一はこれまで慣れ親しんできてこれっぽっちの違和感も感じなかったし、むしろその肉体は芳醇な女盛りで、あでやかで、魅惑的だった。利一は心底その美しさに圧倒されていたのであって、その慎みのない傾倒には打算はなかった。利一は二十歳になっていた。とすると、二人の年齢差は三十歳であった。

「ちょうど釈迦と阿南の年齢差だな」と、利一は思った。

正式な招待状を持参しているわけではなかったが、利一は当然のように受付に向かってつかつかと歩み寄り、チェックを受けた。

いつになく確信ありげな自分の歩調に驚いた。入場するには受付でチェックを受けなくてはならない規則も、受付がどこにあるのかもあらかじめ知っていたかのようだ。やはり何かが誘導しているのだ、と利一は思った。

驚いたのは、と同時に多少は予期してもいたのだが、一人でも不審者が会場に侵入すると、たちまち催事が台無しになってしまうと危ぶむような、入念な、独特なチェック方法がとられていた。入場者にまず目を閉じさせ、四人がかりでくんくんと臭いを嗅いだり、しなやかな指で全身を羽毛のような手つきでさするのだ。八本の手からそれぞれ五本の指が優雅に舞い、全身に触れたり、離れたりするので、検査が終了したときには、利一は全身が無数の穴をうがった蜂の巣のように感じられたものだった。

会場は五万人の信者で埋め尽くされていた。それぞれの全身から放射される熱気が混ざり合い、うねりながら熱風となって圧迫する。各自は声をひそめているが、重複し、増幅し、耳を塞ぎたくなるほどの轟音となっている。

「おや、偶然だね」

と、不意に利一に声を掛けてきた者がいる。

耳を引っ張られたように振り向くと、かつて病室で一緒だった仲間の一人である中年男がにんまり笑っていた。たしか山下精一と名乗っていた。肝臓癌の末期患者と言う触れ込みだったが、他の二人同様、世を忍ぶ仮の姿であったことはとうに判明している。くしゃくしゃの背広とすり減った靴底を見れば、しなやかで強靭な足腰で毎日歩き回っている様子が窺える。

「もちろん今夜の主役だから当然だな」

勝田老人や坂本同様、この人もまた潜入スパイであった。勝田老人は、行方不明になった真矢を探索し、教祖の後継者を巡ってライバル関係にある利一と東大生の動向を探っていた。ところでこの中年男はいったい何を内偵しているのだろうか、と利一は注意深くその横顔を窺った。使命をとうに忘れてしまった坂本なんぞとは違って、その目は油断のならない鈍い光を放っている。

「今夜のイベントは面白くなるよ」

中年男は、ずるそうな目つきをして利一を眺め、悪戯っぽい笑みを浮かべた。利一は見過ごしたが、あるいはあからさまにウインクして見せたのかも知れない。

「何か特別の趣向でもあるのですか」

かつて利一もつねづね感じていたのだが、中年男はいつも何かに気を奪われている。何か話しかけられても、まだ身近な懸念にとらわれ、相手の質問に応えようと口をひらいてもまだ執心が続いているというふうだった。

「どうだい、もっと静かな場所で話したいのだが」

確かにこの喧騒は会話には不適当だった。

二人は場所を変えた。会場は天井に設置されたモニターで中継されているので、遅れる心配はなかった。屋台で物色して二人ともビールに焼き鳥を注文した。

「勝田老人は殺人の捜査を担当しているそうですね」

利一は単刀直入に切り出した。

「正確に言うなら、まだ殺人と決まったわけではない。一人の少女が行方不明になっており、何か事件にかかわった可能性があるというだけだ」

「真矢の行方不明には教団が関わっていると踏んでいるのですか?」

「さあ、知らんよ。いつものようにガセネタに振り回されているんじゃないか。そっちの方はおれの担当ではない」

「それではあなたの御担当は?」

「もちろん教団が保有する莫大な金の流れを追っているのだ。この教団は毎年信じられない資金を全国の福祉事業に投資している。しかも、巧妙なことに、寄付と言う名目でだ。莫大な資産はどうやって稼いでいるのか。どんなに調査しても、教団の経営の実態が皆目分からなかった。現に、今夜のイベントだって、無料入場だろう? 信者ならたとえ十万円だって喜んで支払うぜ。なにしろ今夜ここに招待されたものは選ばれた者だけなのだから」

「入場者はどうやって選別されるのでしょう」

「わからんよ。毎年参加者の顔ぶれは違っている。実際、昨年はおれも勝田老人も招待されなかった。今年はおれだけだ。さっき、周囲の人たちにそれとなく聞いてみたが、誰もが初めての体験だと言う。そういうわけだから信者の総数はとんとつかめない。きっと恐ろしい数だ」

「坂本さんは前年参加したそうですが、いったいどうやって招待されたのか、伝達方法がさっぱりわからなくって困惑していました。ぼく自身、今ここに着いてあらためて不思議に思うのですが、自分がこのイベントの情報をどうやって知ったのか不思議でならないのです。あなたはどんな伝達手段での知らされたのですか?」

「もちろんテレパシーさ」

「ああ……なるほど、そういう手段もありましたね」

利一はやっと理解した。

「今夜は面白い趣向があると言ってましたね。つまり長い間秘密に包まれていた謎が内偵のお陰でようやく掴めたので、一斉検挙に踏み込むということでしょうか」

「それは時期尚早だと、おれ自身はそう考えている。上層部がどう考えているか分からんが、資金集めの全貌の一端がようやく解明されつつあるのは事実だ。大阪の北新地のほぼ五分の一、銀座はまだ二店舗だが、都内のあちこちにあるクラブやキャバレーと言った風俗店の隠れオーナーが、実は新珠佐知子、つまり教祖というわけさ。どの店もみな繁盛している」

「しかし、それは経営手腕の卓抜さを証明するだけで、どれほど多く稼ごうが合法的な経営で得た利益ですよね」

「客のほとんどすべてが信者だとすればどうだね」

「マインドコントロールされて自主的に乱費しているというのですか？」

「おれはそう踏んでいるが、それを証明するのは非常に困難だ。なにしろ被害者が不在だからだ。客たちの自己犠牲の精神は徹底している。一切を捧げる献身的な奉仕ぶりには感動さえ覚える」

「犯罪を立証するにはずいぶん薄弱な根拠ですね。すべては憶測にすぎませんね」

「事件の発端を十六年前にさかのぼればどうだ？」

「十六年前。親子三人を残して夫が失踪した年ですね」

「近所の人たちの話では、毎夜、毎夜、闇をつんざくおぞましい悲鳴が聞こえたそうだ」

「ええ。ふしだらで、酒乱から暴力をふるう、ひどい亭主だったそうですよ」

「十六年前に負債だらけのあの和菓子の老舗に何があったのか」

「淫蕩の限りを尽くした夫が、経営破綻を機に、嫁と娘を残して失踪したとしか聞いていません」

「直後に、夫は大阪湾で溺死している。泥酔したあげくの落下事故として処理された。その後、教祖は二人の子供を抱えて北新地で働いた。つまり水商売だ。従業員ではなく、最初から店のオーナーだった。保険金がずいぶん役立ったようだ」

「保険金ですって？」

「おや、それは聞いていないのか。きみは都合の良いことしか耳にしていないと見える。保険金の三二〇〇万が今日の莫大な資産の契機となった」

「三二〇〇万、……なんだか聞き覚えがあるような、……」

「何か心当たりでもあるのか」

「ええ、まさにその金額は、教祖が的中した当たり馬券の配当金とそっくり同じなのです」

中年男はあからさまに失望の色を顔いっぱいに広げた。

「いずれにしろその後に携わった店の経営はどこも順調だった。その努力と執念には感服する。何が原動力となっているのか。酒色と淫蕩に溺れる男たちから徹底的に絞り上げることが教祖の生きがいになっていたのではないか。復讐の怨念が感じられる」

「でも、結局、保険金詐欺の嫌疑を除けば、彼女の経営には違法性はないわけですね」

「確かにそうだ。我々も、捜査を保険金詐欺の一点に集中している。夫の溺死は、自殺だったのか、事故だったのか。あるいは仕組まれたものではなかったか。実際は何一つ解明されていないが、疑ってみる余地は十分ある。なにしろ夫の遺体から大量の覚せい剤が検出されているのだから」

「覚せい剤ですって？」

夢でみた経緯がそっくりそのまま進展している、と利一は思った。

「そうだ、何か思い当たることはないかね」

教祖からペンダントを渡されたとき、利一は内包された白い粉末を、根拠もなく、覚せい剤かもしくは青酸カリだと直感した。その場面がまざまざと脳裏に甦ってくる。これまでずっと青酸カリだと思い込んでいたが、すると、あれは覚せい剤だったのか？

――だが、そのペンダントはどこにあるのか？

実を言うと、ペンダントはいつの間にか利一の部屋から紛失していた。貰った当初から、どうせ安物の模造品だと知っていたので机の抽斗に無造作に押し込まれた。ある日、たまたま抽斗が開いていて、真矢がそれを見つけ、「あら、素敵ね」と胸の前に両手を重ねて大仰に叫んだ。利一は、「気に入ったのなら、上げるよ」と気やすく応じていた。「大事なものなんでしょう、いただくわけにはいかないわ」そう言って真矢は、手にしていたペンダントを抽斗に戻した。利一は内心ほっとした。さすがに教祖からいただいたものを他人に譲るべきではないと反省していたからだ。

数日後、ペンダントが紛失していることに気づいた。てっきり真矢が思い直して持参したのだと考えて、いったん承諾したのだから、仮にそうであっても取り返せないと諦めた。それっきりになっていた。あのペンダントは、今、どこにあるのだろうか？

突然、会場でにわかな昂奮が沸き起こった。二人は急いで二階の指定席に向かった。

五万人の観衆がいっせいに唸りをあげ、会場全体は振動するようなどよめく大歓声にはち切れんばかりだった。どの顔も紅潮し、ふくらみ、恍惚としていた。教祖が登壇すると、会場はさらに沸騰し、熱狂の渦にくるまれた。

やがて会場は恐ろしいまでの静謐に浸され、全員が固唾を呑んで教祖の第一声を待ち構えた。教祖はゆっくり一歩前に進むと、檀上にある冷水を含んだ。唇が動き、濡れた舌が洩らすかすかな音が聞こえるほどだった。

教祖はまっすぐ遠くを見て、教団を取り巻く昨今の不穏な情勢について話し始めた。

「宗教に弾圧はつきものです。古のキリストの磔刑（たっけい）や、近年の我が国で起こった国家による大本教の大弾圧については、今更申すまでもないでしょう。いったい国家は何を恐れたのでしょう。ましてや、わがQ教団など、微々たる存在です、どうして目の敵にするのでしょう。私たちは、まるで自分たちにぬぐい難い負い目でもあるように、ひっそりと都会の片隅で生きてきました。ところが、あろうことか、警察が信者を装って教団の内部に潜入している始末です」

少し間を置いて、「あなたですわね？」と、利一の方を指さした。

隣に居た中年男はバツが悪そうに軽く肩をすくめてみせた。そうか、教祖はすべてを見透かしていたのだ、と利一は驚きもし、安堵もした。

「みなさまもご存じのように、Q教団には教義さえもありません。目立った活動と言えば福祉事業への寄付だけです。組織と言っては、私と私の娘、それに常に私たちを敬愛してくれる五十名の尼僧が控えているだけです。もっとも、ここにいらっしゃった皆様の吐息が、ぬくもりが、いつも私たちをやわらかく庇護してくれています。マスコミが誹謗し、これ見よがしに喧伝するQ教団の偽らざる実態というものはこんなものです」

「目立った活動も控えてきました。いいえ、そもそも私たちは主義主張など標榜（ひょうぼう）していません。ただ、私たちは、人格が人格を毀損（きそん）するまでに行使される理不尽な暴力だけは赦すことができないので、その点に関してだけ、これまでもたびたび控えめに指摘してきました。家庭内暴力は未だに根絶されていません。私たちがもっとも安らげるはずの家族の間で、毎夜、むごたらしい虐待が繰り返されているのです。暴力を誘発するのは、貧困でしょうか、酒乱でしょうか、悲運でしょうか、理由のない憂悶でしょうか。いいえ、おそらく私たちの奥底にひそむ黒い欲動なのでしょう。歪んだ快楽です。真っ逆さまに落下する傾斜には愉楽がまみれるのでしょう。私たちの心の中には、太陽の数百億倍の質量を持ち、光さえ脱出できないブラックホールのような手に負えない凶暴性が潜んでいるのではないでしょうか」

　教祖は静かに口を閉じ、右手を机上の冷水の入ったグラスに伸ばした。教祖の指がたわんでグラスを握ると、とたんにグラスが砕けて、冷水が飛び散った。大きなどよめきが起きた。教祖は駆けつけようとする姉妹を目で制して、また静かに語りかけた。

「私たち五十四名は虐待の犠牲者でした。いつ終わるともない、筆舌しがたい辛酸をなめ続けた体験を持つ者です。でも、私たちは、極悪非道の男たちを決して赦しはしませんが、かといって糾弾し、破滅させるつもりもありません。ただひたすら祈るだけです」

　穏やかに凪いだ大洋のような感動の波がふくらみ、ゆったりと会場全体を満たした。

「本日、私たちは救世主を迎えることになりました」

　利一が指名され、登壇を促された。

　五万人の注視を受けて、利一は身体が震えるのを感じた。最初の一歩はよろけた。二歩目、三歩目は、足裏全体に確固たる手応えを踏んだ。更に歩みを進めると、身体が一回り大きく膨張し、姿勢が大きく傾いてドームの天井に後頭部が触れそうに危ぶまれた。

「あなたはここで、五万人の信者の前で、生涯の伴侶を決定することになります。でも、決して私利私欲で選択してはなりません。指名はむしろ、あなたではなく、あなたに命じる声に従うのが賢明です」

　教祖は厳かな口調で諭した。

　登壇すると、利一は全観衆に向かって一礼し、舞台の端に並んでいる姉妹を見やった。

　二人はじっと利一に目を注いでいた。頭部の位置が30センチも差がある二人の姿勢が、それぞれに少し動いた。一方が最初に動き、他方がそれに追随したようだが、どちらが先だったか見定められなかった。二人の手はしっかり絡み合って、共に、握りしめていた。

　利一は、まず沙也加の前に立った。

「目を閉じて宣命が降りるのを待ちなさい」

教祖の声は遠く数百メートルも隔たった位置から聞こえるようだった。

「どお？」

利一は首を振った。観衆の半分が失望した。

一歩横に移動し、今度は美香の前に立ち、神妙に目を閉じた。

「どお？」

利一は首を振った。観衆の半分から深いため息が洩れた。

利一は目を開いた。まばゆい光彩が目を射る。軽いめまいを感じた。危ないぞ、このままだと、意識が朦朧として倒れるに違いないと思った。しっかり目を開いて、意識の戻るのを待った。ようやく、意識がはっきりしてきた。

「宣命は、ぼくの相手は、——教祖、あなたですと命令しています」

この成り行きには、信者一同、一瞬、度肝を抜かれ、しばし沈黙した。だが、やがて一部から騒然としたうねりが巻き起こり、徐々に伝播し、耳を聾する轟音となった。

分裂騒ぎにあった教団はこれですっかり収束する。この上もなく賢明な選択であると賞賛された。分裂の危機はこうして救われたのだった。

「そう、そうだったの。私だったの」

教祖は小さくつぶやいた。

「わかったわ。宣命に従いましょう」

会場から万雷の拍手が沸き起こった。

教祖は宣命と繰り返し、利一もついそれに倣ったが、宣命とはもともと天皇の詔が書かれた文章を意味したというから、戦前なら不敬罪で槍玉にあげられるところだな、と利一は思い、教団の行く末に不安を感じた。

「ところで、あなたは教祖の証であるペンダントをお持ちね」と、一息ついてから教祖は言った。

教祖の証だって？　あの安っぽい模造品が？　利一はそのときあのペンダントがどうしてみるからに価値のない模造品でなくてはならなかったのか、その必要性を、その意図を、はっきり理解したのだ。

「………」利一は黙りこくった。

それでも教祖はにっこり笑って利一を見守っていた。紛失をつゆほども疑ってもいない顔つきだ。

「どうしたの？」

次第に教祖は苛立ちを募らせ、小声で、あれよ、と囁いた。

利一はやはり黙って突っ立っていた。そこで初めて教祖は訝った。

「まさか、持っていないの？」

その時、会場から挙手をして立ち上がった男がいる。

大声を張り上げて叫んだ。

「ペンダントを所有しているのはその男ではありません。私です！」

会場は狂気じみた喧噪に包まれた。神聖な儀式に無法に闖入した狼藉者を非難する怒号が沸き立った。

その時の教祖の表情は、馬上にある女王がとつぜん襲い掛かった凶漢にひるむことなく、手綱を引いて冷静に見守っている光景に似ていた。睥睨する女王の目は、眼前に起きている異変のすべてを観ながら、実際は何も見ていなかったのだ。

会場を揺るがす混乱を軽く片手を振るだけで制した教祖は、静寂を確認してから、かたわらにあった望遠鏡を目にあてがってその男の方向に向けた。最初は片手だったが、しばらくすると両手で支えて食い入るように眺めていた。

そして、ようやく望遠鏡を下ろすと、晴れ晴れとした表情で、なんと、その男に向かって手招きした。

痩せた長身の男性が、中央の通路を堂々とゆっくり歩いてきた。五万人の観客の眼が一斉にそそがれ、レンズが太陽の光を凝縮させて焦がすように、男の全身を神々しい光で包み込んだ。

利一は驚いた。その男は例の屋敷という東大生だったからだ。間違いない。

教祖は、男が差し出すペンダントを手にしてじっくり点検していた。それから片手で眼鏡のズレを直すと、男の全身をゆっくり嘗め回すように見た。その唇に満足そうな笑みがこぼれた。

「あなただったのね。私の予言に出てきた人物はまさにあなただったのね」

教祖の陶然とした顔には、長年の疑念がようやく解けたといった感嘆とともに、すでにして手放しの心酔があらわれていた。

利一は愕然とした。紛失したペンダントの経緯を思い出し、「そうか。真矢から彼の手に渡ったのだ。そうでなければ、彼が利一の部屋から失敬したのだ」と利一は思った。そうに違いない。それ以外の経緯は考えられなかった。「なんて卑劣な奴なんだ！」と歯ぎしりした。さらに行方不明になった真矢の安否を懸念し、「そうか！犯人はあいつだ！」と心の中で絶叫した。

　教祖は立ち上がって、ペンダントを握りしめた右手を宙に斜めに振り上げて、観衆に披露した。

「ペンダントは本物です。後継者はこの人で、ゆくゆく私の配偶者になる男です」

　とつぜん利一は二人の前に躍り出て、叫んだ。

「そのペンダントはぼくの部屋から彼が盗んだ物です。もしくは恋人が持ち去ったものを横取りしたのです！」

　利一の全身には荒々しい欲望がたぎっていた。利一は子供の頃から物を欲しがらない子供だった。たいていの物は与えられたからでもあるし、いつか声を限りに訴えたが叶えられなかった体験がある。その時以来、欲望は抑制されてきたのだ。だから、自分の中に不意に突出した、醜悪で強欲な形相に驚いた。嫉妬の歯ぎしりだろうか。悔恨の地団駄なのか。慚愧（ざんき）の身悶えか。よくわからないが、どんなに卑劣な手段を講じてでもわがものにしたいという頑是ない子供じみた強欲に駆られていた。自分の行為がおそろしく惨めな悪あがきだと承知しながらぶざまにのたうち回るのを止められなかった。

　訴追の確証など何もなかった。利一はむしろ根拠の薄弱さにすがる見苦しさを認識し、のたうち回る醜態をさらしたいという欲望に憑かれているかのようだった。

「彼の恋人はその後、行方不明になっています。そのペンダントは、含むとたちどころに死に至る致死量の青酸カリが封入されているいわくつきの代物です。つまり彼は泥棒であると同時に、その愛人を殺した殺人者の可能性さえあるのです」

　利一は観客に向かって必死になって訴えた。

だが、利一の声は誰にも届かなかった。獲物をトンビにさらわれた哀れな漁師を憐れむ失笑が漏れただけだった。

　利一はなおも舞台の前面に立ち、落下を危ぶみながら、聴衆に向かって大声で糾弾した。

「こいつは殺人犯だ！」

片手を思い切り伸ばして、振り向きざま人差し指で突き付けた位置に、すでに彼の姿はなかったので、利一はすっかり面食らった。舞台のそでに控えていた尼僧たちが一斉に駆け付け、利一を取り囲み、不埒な狼藉者を舞台から連れ去った。

利一は尼僧の腕を振りほどこうとしながらわめき続けた。

「ペンダントを調べてみれば分かる。中に青酸カリが封入されている！」

くんずほぐれつしている間に、利一の手はうっかり尼僧の胸を鷲掴みしてしまい、こなれる直前のプリンの弾力に直面した。利一は全身から力が抜け、反発も憎悪も霧消し、すっかり当惑してしまった。

そのとき十数人の警官がどかどかと舞台になだれこんできた。

ふとどきな乱入を目にしたすさまじい憎悪が、会場全体に渦巻き、洪水のように押し寄せた。

「あなたを逮捕します！」

つかつかと先頭を歩いてきた刑事が、右手で上端を持ち、左手で下端を添えた逮捕状を教祖に突き付けた。

明らかに急激に拡大しつつあった教団に対する官憲の妨害工作だと、観客の誰もが即断し、怒号と罵声が飛び交った。整然とした煉瓦の壁が砲撃で崩れるように整列が乱れ、群衆が吠えたけりながら舞台に殺到した。

そのとき東大生が舞台の前面に立ち、静かに目を閉じ、胸の前で両手を合わせた。

すると、群衆は金縛りにあったように立ち尽くした。見事の統率だった。しかも、それを軽く両手を合わせるだけで発揮したのだ。それはあたかも、左右の籠に千粒ずつの大豆が満載されて緊張した平衡を保っていた天秤が、たった一粒の片側への追加がもたらす決定的な効果に似ていた。

荘厳な瞬間が訪れた。今にも舞台に躍り上がろうとしていた集団がぴたりと止まり、頭髪が落ちる音さえ聞き取れるほどの静寂が全会場を満たしたのだ。何の指示もないのに、全員が黙祷（もくとう）し、合掌していた。祈りはあらゆる宗教に共通のものだろう。むしろ宗教はおしなべて祈りそのものなのかも知れない。

彼はすっかり変貌していた。舞台に上がるまでは野心や欲望にとらわれたぎらついた形相だったが、舞台に足を踏み入れたとたん、彼は一変したのだ。かつて大家がゆがんだ美貌と評した、不安と苛立ちのないまざった神経質な印象も、その動作に付きまとっていた何かに脅えた自信のない落ち着きのなさも、すっかり消え失せていた。その美貌は、ゆるがない宿命にひたされて、静かな沈思に満たされていた。ゆっくりと舞台を歩き、つと立ち止まると、その長い脚が何か霊感に触れたような緊張を帯び、爪先が示す位置が決定的な場になった。全身がやわらかな金色の光彩に包まれている。何かが憑依したようだった。

少し冷静になってもう一度しみじみ眺めて驚かされたのは、長身のその姿勢のどこにも緊張感が見られないということだった。物がそこにあるだけでその位置を主張し、空間を囲う存在感を示すものだが、そうした気配さえ窺えない。身をまとった学生服の方がかえって虚勢や強張った嵩を強調して見えるほどだ。その全身は外には向かわずひたすら自らの中心に向かう意思だけで支えられている。それほど重量感さえ感じさせないので、もし両腕を伸ばして、指を軽く動かしただけで、ふわりと宙に浮かんでしまいそうだった。

それでも利一は意地悪く彼の中に打算や狡知を探ろうとした。だが、無駄だった。彼の表情にも行動にもいささかの思惑も介在しなかった。彼を突き動かしているのは遥か彼方から光が直射するような直観と即断だけだった。

周囲がそうするように利一も目を閉じて同じように合掌した。溢れている力が諌められる。これは獰猛な力を慎ましく制御する姿勢なのだ、と思った。

脱力し、ゆるやかに悠久に委ねられて行くように思えたが、融和していた両手に、片手が他方に拮抗する力が芽生え、ふつふつと湧きたった。両手が拡げられ、地球を覆う鷲の体形になる。もはや抑制する気持ちは薄れ、むしろ荒々しい力におもねる浅ましさを引き寄せてしまう。

利一は目を開いた。

それにしても、異様な光景だった。五万人が同じ姿勢で一心に祈っているのだ。何かを崇めるでもなく、何かにひれ伏すでもなく、ただ無目的に、ほぼ無自覚に祈っている。刑事たちでさえもがいつのまにかそうしているのだ。このドーム以外の世界中の人も、この時間を共有しておなじように祈り、たった一人、自分だけが目を開いて当惑しているような気がして、利一はそら恐ろしくなった。一瞬のうちに抹殺されそうな怖れだった。

その時、会場に居た誰かがくしゃみをした。とたんに静謐な緊張がゆるみ、ざわめきが広がっていった。

東大生は観客に背を向けると、すっと刑事に歩み寄り、教祖に突き付けられた逮捕状を無造作にさらうと、注意深く読みふけった。その横顔にはすさまじい集中力が漲っていた。警官たちが不埒なふるまいを黙認せざるを得なかったのは、まさにその日本刀の切っ先のような研ぎ澄まされた凝集の迫力だった。

「この逮捕状には不備があります」

東大生はくっと顔をあげ、居並ぶ警官たちを見据えると、きっぱりとした口調で主張した。

「したがって無効です」

と言い放ち、それから教祖を振り返って、

「ご心配は無用です。連行を拒否していいのですよ」と告げた。

教祖はにっこり笑って、頼もしげに彼を見ていた。

さらに彼は刑事に向かうと、

「なんなら上司に連絡して聞いてみなさい。決してあなたの不名誉にはなりませんよ。むしろ、潔い撤退はゆくゆくは賞賛されるでしょう」

刑事が演壇の袖で携帯を耳にあてがって、不平や嘆願の言葉を並べていると、学生はつかつかと近づき、電話を取り上げて、代わりに強い口調で説得した。

会話は長く続いた。その間、会場は水を打ったような静寂に包まれ、全員が成り行きを見守った。

ようやく説得が終わったようで、堂々とした身振りで刑事に携帯を戻すと、「ご自分で確認してください」と学生は言ったが、意外に説得に手間取ったせいで、苛立ちを隠せなかった。明白な正当性が、愚鈍な連中のせいで妨げられる不首尾に我慢ならなかったのだ。青白い相貌に紅潮した乱れがあった。

刑事は電話に出て、耳を傾け、何度もうなずいていた。

「失礼しました」

学生に向かって潔く敬礼をして戻ろうとすると、また万雷の喝采が、まるで撤退を指揮する刑事に向かって浴びせられるように沸き起こった。

「さすが、東大法学部の学生だ」

「やはり物が違う」

とあちこちで囁き合う声が喧噪の中で利一の耳にはっきり届いた。

　刑事は拍手に押されて満足げに退去しかけたが、ふと立ち去りかねたように立ち止まり、利一に目を止めた。

「きみだけは逃がすわけにはいかないな」と告げて、部下に指示した。「少し手伝ってもらうよ」

　こうして利一はまた無理やり舞台の袖に連れていかれた。舞台では喝采を浴びた長身の東大生が、観衆に手を振りながら、大股で舞台を行ったり来たりしていた。手放しの賞賛が浴びせられ、満足げだった。利一は忌々しげに学生を眺め、その反動のように刑事に素直に従うことにした。

「さっき、ペンダントがどうしたとか、青酸カリがどうのと口走っていたな」

　と、ちらっと舞台に目をやってから、刑事は声を潜めて訊いた。

「ええ」

　利一は、ペンダントが容器になっていて青酸カリが封入されていると主張した。そして、そのペンダントが東大生に渡り、青酸カリによって恋人が殺害された可能性を示唆した。

「我々はそんな戯言を聞きたいわけではない。第一、おまえの云う行方不明になっていた篠原小百合は現に生きているのだから。最近、よくテレビで観るよ。四十人も集まって歌ったり踊ったりしているメンバーの一員だ。もっとも背後に控えているので、滅多に画面には登場しないがね」

「見つかったのですか？」

　利一は呆然とするだけで、まだ喜びを感じるには至らなかった。

「そうだよ。家族が捜査願いを取り下げた」

　名誉回復の機会は失われた。

「しかし、アパートに漂うあの濃密な異臭は……」

「ああ、あれは大家が、きみを退去させるために仕組んだ策略だった。しかし、あの大家も異常だな。愛犬が病死すると、ブリキの箱にいれて、その上から腐乱した銀杏の実をぎっしり詰め込んで、空室に設置したんだ。あんなに可愛がっていた愛犬をだぜ。陽気で、無類の好人物と見られていたが、その笑顔の裏側に隠されたどろどろしたおぞましい悪意を感じるね。それに、どうやらあの御仁は、きみと教祖の娘との白昼の情事を逐次覗いていたようだぜ。きみの部屋の手前の空室からだ。境の壁には巧妙に隠された電動ドリルであけた孔が見つかっている」

「……」

舞台では相変わらず東大生が狂ったような興奮を前に、大声で演説していた。キンキンとよく響く声だった。どこか鳥の鳴き声に似ていた。

「ペンダントに封入されていたのは、青酸カリではなく、ひょっとして覚せい剤の間違いではないかね」と刑事は、両目を鋭く光らせて問い質した。

「我々の関心は、教祖の保険金詐欺に関する一点にだけ絞られている。なにしろ溺死した夫の遺体から覚せい剤が検出されていたからだ。この点に関して何か思い当たることはないか。きみはずいぶん教祖と懇ろだったと言うじゃないか。寝物語で何か聞いていないか」

「ええ、なにも」

夫殺しの容疑。忍従に忍従を重ねて、ひたすら子供たちのために夫の暴力に耐えてきた教祖に、夫を殺しかねない憎悪が沸騰したとすれば、あの瞬間しかないと利一は思った。子供に手を出した場面だ。

「しかし、そのペンダントは妙に気になるな。もし青酸カリではなく、覚せい剤だったとしたら面白いことになる。よし、探ってみよう」

刑事はさっそく部下に命じた。部下はすぐに戻ってきて、刑事に耳打ちした。

「先方は非常に協力的だった。なるほどペンダントは容器になっていて白い粉末が入っていた。部下が調べたが、覚せい剤なんかではなかった。なんと、片栗粉だった」

「片栗粉ですって？」

「そうだ、小林一茶が病床の父に含ませたと言われる、ジャガイモのでんぷんのことだ。教祖がそう主張し、蓋を外して取り出し、部下が舐めて確認した」

利一はいったんは拍子抜けしたが、すぐに目を輝かせ、驚嘆したように叫んだ。

「そうか、片栗粉だったのか！」

利一の全身ににわかに悦びがあふれ、幼い沙也加が調合したというあの滋養分に満たされるような気分だった。心地よい弾みに搏たれて今にも笑い転げそうだった。刑事が呆れたように眺め、何か言っていたが、利一には聞こえなかった。

「片栗粉だったのですか。経営不振で店は倒産し、夫が残った資金をそっくり携えて蒸発してからというもの、子供を二人抱えた教祖は絶望し、子供たちを道連れに死ぬことばかりを考えていたそうです。気力も薄れ、とうとう梁に縄を掛けて準備していると、未熟児の沙也加が片栗粉を水で溶かして、それに熱湯をかけていました。熱湯を注ぎながらまぶすと、ある瞬間に、一挙に膨張して、半透明のとろとろした弾力のある物質に変わるのです。金属のスプーンに盛られたとろける滋養分は小さな妹と瀕死の母親の口に注がれました。砂糖も切らしていましたから、甘味のないぷよぷよしたかたまりでしたが、母親には濃密な蜂蜜のように感じられたそうです。借金に追い立てられる貧乏のどん底の生活のなかで、三人の生命を繋いだのは倉庫の隅に残った大量の片栗粉だったのです。それ以来、片栗粉は教祖にとって掛け替えのない食べ物になったのです」

利一はいつか教祖が語ってくれた逸話を懐かしく思い出しながら、感動にむせんだ。大声で喚きたい気分だった。

「だが、片栗粉が親子を救ったのはせいぜい十日間でしかない。その後の生活は、失踪した夫が大阪湾に溺死体となってくれたお陰だ。当時としては莫大な保険金が転がり込み、運気が急激に好転したのだ」

利一はそれを遮ってきっぱり主張した。利一はそれを遮ってきっぱり主張した。

「あなたの嫌疑はまったく的外れです」

「何だって？」

刑事はムキになって、大きな目を険しく吊り上げた。

「教祖は清廉潔白ですよ。ぼくは教祖を信じます」

「その根拠は何だ！」

「片栗粉がこの世で最も貴重で掛け替えのないものだと思う人に、人を殺せるはずがないではありませんか」

愛した人を誇りに思うように利一は喜びをかみしめた。

「ふむ。……我々はみなけなげに働いている。きみは学生だね。学生の本分は何かね。早く学校に戻った方が良い」

刑事はややあきれ顔で利一を諭し、これ以上何も参考にならないと結論づけたのだろう、あっさり解放した。

そのとき耳のすぐそばで教祖の声が聞こえたような気がして、利一は思わず顔を上げた。その声はこう言った。

「どうやらあなたは贋者だったようね」

教祖は舞台の中央で、背筋を伸ばした姿勢で立ち、横顔しか見えなかったが、冷然とした眼差しで利一を見据えて言い放ったように思えた。利一はぐさりと止めを刺されたように動揺した。『確かにぼくは教祖の後継者としては失格者なのだろう』と利一は思った。『だが、あの頃ぼくのなかでたぎった欲情は嘘偽りのない心情の発露だった』

すると、利一の心を読み取ったように答える教祖の声が聞こえた。

「形もなければ方向もない情熱など、その場限りのどよめきでしかないわ。言うなれば筋肉の痙攣のようなもので、悶えるだけで、どこかに向かって歩くことさえできないのよ」

そこへ勝田老人が現れた。

「きみも災難だったね」と利一の肩をポンと叩いて慰めた。

「今、この男から実に興味深い情報を得たところなのです。ペンダントが容器になっており、そこの覚醒剤が封入されていたと言うのです。たしか、大阪湾で水死した彼女の夫の遺体には覚醒剤が検出されたように訊きましたが」と刑事は目を輝かせた。

ついさっきまでは利一の進言を歯牙にもかけず、片栗粉と判明するとたんに邪険に扱ったのに、この豹変ぶりはどうだろう。利一は少し反発を感じた。

「あれは片栗粉だったのだろう?」

勝田老人は軽く手を上げて制すると、あっさりうっちゃった。

「ええ、現在はそうです。しかし、入れ替えた可能性もなくはないのです。それはすなわち以前に充填されていたものが何らかに使用されたという証左にもなります」

「きみにはこれまでにも何度も忠告したはずだが、教祖は潔白だし、教団にはなんら法律に抵触する犯罪はない事実をあらためて進言しておこう。教団を脱退した少女は、今テレビで活躍しているが、脱退に際して一切の妨害はなかったし、教団内でも一切の拘束はなかったと断言している。うちの坂本なんぞも教団を高級コールガールの巣窟とみていたらしいが、もしそうなら、真っ先に彼が篭絡され、実家の旅館を喰いつぶす羽目に陥っているはずじゃないか」

「しかし、信者の財産を没収しているという噂が絶えないのも事実です」

「悪辣な男の元を命からがら逃げだして教団に駆け込んだ女性たちにどんな資産があると言うのだ。あるのは理不尽に押しつけられた借金だけだ。確かに教団は彼女たちを身ぐるみ受け入れたが、それはすなわち負債を肩代わりしたということに他ならない。他の新興宗教とは根本的に違うのだ」

「だが、夫の殺害容疑は？　なにしろ莫大な保険金が掛けられていましたからね。教祖の幸運がその時期を起点としているのも見逃せません」

「彼女は当然受け取る権利のある保険金を受け取ったに過ぎない」

「ですが、そういうあなただって、脱退した少女についてはずいぶん深入りしていたじゃありませんか」

「給料泥棒と非難されないための仮装だよ」

　刑事はまだ釈然としない顔つきだったが、押し黙った。勝田老人は利一の方を向き直って、

「きみはそれを承知でこの老人に付き合ってくれたのだろう？」

「ええ、まあ……」利一は言葉を濁した。

「そう、そう、三日前に彼女が自首したことは知っているかね？」

「え。本人自ら出頭したのですか？」

　利一はすっかり面食らった。

　――教祖が自首したって？　いったい何の罪だろう。それに現に、今この舞台に居るじゃないか？

「警察に出頭した教祖は、主人を殺したのは私です、とはっきり言明した。担当者は、ご主人は大阪湾で水死体となって発見されていますが、あなたが突き落としたのですかと訊いた。教祖の返答は、いいえ直接手を下しておりません、だった。そこで、担当者は、では、どんな手段で殺害したのですか、と訊いた。教祖の答えは、主人の死をひたすら祈ったのです、というものだった。もちろん警察はまともに取り合わず、たしなめて帰宅させたよ」

「みえすいた猿芝居にも思えますね」

　刑事はまだ納得しないが、利一は教祖の右手の人差し

指の先端が薄っぺらで貧弱だったことを思い出した。固い石に突き立てて必死に祈るのだと言っていた。夫の死の到来を祈っていたのだ。

「三年間、教団を内偵してはっきりしたのは、この教団にはうさん臭いものは何一つない、実に清廉潔白だという事実だ。まあ、水商売だから一部で多少暴利をむさぼる場面もあったかも知れない。しかしそれも許容範囲を超えないものだ。莫大な資産は教団がオーナーとなっているサービス業界で稼いだものだ。しかも利益の大半は信者の負債やボランティア事業につぎこまれている」

　会場が騒々しかった。浮かれたざわつきが波のように押し寄せる。

「お、いよいよ顔見世だぞ。これを見逃す手はない。こうして舞台の袖で間近に見学できるまたとない機会に感謝しなくては。堪能しようじゃないか」

　舞台は佳境を迎えていた。五十余人の幹部が勢ぞろいしている。

「顔見世と言っても、ただ舞台を歩くだけだが、その歩調がかたつむりのようにたっぷりと時間をかけて進むので何とも言えない情趣がある。花魁道中を真似ているのだが、あの無用に大きな数本のかんざしはない。なにしろほとんどが剃髪しているからね。衣装も豪華というわけにもいかないが、精一杯奮発した衣装で着飾っている。彼女たちは見た目は派手だが、本来質素なのだ。ほら、始まったよ」

　すでに会場は熱狂のるつぼと化していた。もうそれまでの儀式の厳粛さはない。興奮にかられた抑制のない掛け声や口笛さえ飛び交っている。

　やおら教祖を先頭に、一歩、一歩、実に悠長な歩行が始まった。

　花魁道中を真似ているとあって、全員が黒塗りの三枚歯の高下駄を穿いている。外側から踏み出し、爪先を内側にして下駄の裏を見せながら八の字を描いて蹴りだす、その独特な、ゆったりとした所作は、優雅の極致を思わせた。その挙措の一つ一つが時間を制御し、あらゆる価値を転倒させる圧倒的な力を秘め、抑制されて静かに揺れる裳裾にそっと隠している。

　まさにその歩行は、かつて豪華絢爛な衣装を身にまとって、かむろや振袖新造を従えて、上客を迎えるためにゆっくり移動したあの花魁道中だった。

「きみはずっとひたすら奇跡を追い求めていたね」

勝田老人は優しく目を細めながら囁いた。

「奇跡は、ほら、あそこに頻発しているじゃないか。どの女性も等しく美しいだろう。生きることを選んだひたむきな意志の美しさだ。彼女たちは暴虐な仕打ちに苛まれ、毎日毎日罵倒され、殴打されながらも、懸命に我慢し続けてきた。それは平穏な生活のうちに、とつぜん事故のようにやって来る。一発の平手打ち、一発の足蹴で始まる。家庭はさながら閉塞した地獄と化す。いつの間にか虐待は常態化し、際限なく続く。彼女たちはひたすら忍従に忍従を重ねてきた。その挙句が、身ぐるみ剥がされ、ときには爪や皮膚さえ剥がされて追放されるか、さもなくば決死の思いで逃亡するしかなかった。死のうかどうか迷った末、絶望を背負って最後に教団に辿り着いたのだ。世間にはまだまだ悪がはびこっている。一例を挙げれば、まだ十六歳の少女が偽芸能プロダクションの悪辣な罠に嵌って、その日の内に強姦され、それをビデオに撮られたケースだ。そのまま数日間監禁され、ビデオが大量生産される。彼らは容赦しない。清純派のレッテルが通用しなくなると、そのうち下剤を飲ませ、浣腸を施し、我慢しきれなくなって放出した糞の海に這いずりまわせる。こうなるとわずかに残っていた人格のかけらも消えてしまう。酸鼻の極まる光景だ。さらに驚くのはそんなビデオが売れると言うことだ。それでも彼女は何とか脱出しようとした。すると今度は薬漬けだ。烈しい飢餓がそれを求めるためだけに生きる動物に矯正される。都会で通用しなくなったら、今度は地方に放出される。二十年後、ようやく彼女は教団に救い出された。……」

「教団は死の直前に辿り着いた駆け込み寺だったのですね」

「俺には彼女たちの姿が、秋の景色に溶け込んだ目立たない色で、風になびくススキに見える。華やかに着飾っても、その姿は慎ましく目立とうとしない。いつもうつむき加減に暮らし、周囲に誇ることなく、媚びることもなく、どんな荒地にもしかり根を張り、寡黙に生きている。ほら、彼女たちが発する柔毛のような種子が会場をくまなく漂い、観衆の顔面にうっとりした感触を滑らせるのが見えるようじゃないか。今、彼女たちはゆっくり歩き始めている。慎ましい挙措の中にも、矜持を秘めて」

花魁たちは、押し寄せる群衆を、その一歩一歩で釘付けして、制御し、舞台をゆっくり進んでいる。会場を埋め尽くした群衆の歓喜、喝采をよそに、その一瞬、一瞬にあまねく世を統べる力を誇示する。神のように君臨し、周囲を睥睨する。だが、豪華な衣装の下にあるのはまだ傷の癒えないひ弱な裸体なのだ。足元から虐待にひしがれた丹頂鶴の身悶えする姿が浮かんできそうだ。

　ここに奇跡が噴出している。

　耐え難い虐待を生き延び、押しひしがれて曲がった身体が、横顔に矜持を漲らせ、首をすっくと伸ばして、よろよろと立ちあがり、今まさに優雅に翅を広げて飛び立とうとしている。酷寒の中に凛として、量感ほどの生命力はまだないが、すっきりした形と色に生きることを選択した意志を染め、かつて絶望に瀕していた丹頂の姿がそこにある。ひときわ華麗に見える鮮やかな頭頂の赤は、実は羽毛が剥がれ、皮膚がむき出しになっているのだ。だが、今、五十数匹は互いに傷を舐めあって寄り添うこともなく、個々がそれぞれに立ち上がって、しっかり歩いている。爬虫類の名残りをとどめる大きな三本の鋭い爪が薄氷を割る。悲愴な空に向かって顔を上げ、凍てついた空気を裂いて、クワッ、クワッと甲高い鳴き声が響いた。確かに利一の耳にそれは聞こえた。

5

　引っ越しの当日は晴天だった。ほとんどの荷物を廊下に運び出すと、利一は空っぽになった部屋に佇みながら、感慨深げに懐かしんだ。とうとうこのアパートも無人になる。皮肉なもので、去るときに初めて愛着を感じる。部屋も、恋人も。

　利一は廊下に出て、階段を下りると、一度も足を踏み入れたことのない一階の電灯のない暗い廊下を進んだ。造りは二階とそっくりそのままだが、陰湿で、黴臭かった。もう一度階段を昇って、廊下を眺め渡したとき、ふと学生の部屋のドアを注視した。ナイフで削られた痕もそのまま残っていた。あの盗難騒動の後で学生が新しく自前で取り付けた鍵の真新しさが際立っている。よく見ると、その鍵は開錠されたままだった。利一は少し興味を憶えて、ドアに手を掛け、そっと開いてみた。

カーテンの引かれた窓から明るい陽射しがあふれている、キッチンの位置だけが逆の、間取りもそっくり同じ部屋が現れた。その部屋は、かつて孤独な夢想の牢獄であったかのように、明るい鏡の虚偽に満ちていた。壁に鏡が掛かっていたような真新しい余白があった。真夜中にその鏡の枠からはみ出すようにして映し出される端正な顔にはきっと口紅が塗りたくられていたに違いない。

何気なく一歩踏み入れようとした足を利一は慌てて制した。部屋全体が空気と一緒になって侵入者を押し返そうとするような気配を感じたのだ。

室内を動き回る居住者の衝動によって舞い上がり、不在のときに沈んでいった埃が、日常のあらゆる彼の身振りや動作を記憶している。彼が立てたすべての物音や声が音波を受けた周囲の壁に沁み込んでいる。口に出さない慟哭（どうこく）や怨嗟を彼の体重を支えた床がその圧力で記憶している。そこは他人の領域だった。

すぐ隣に立っていた樹齢五十年を自慢していた銀杏の大木はすでに伐採され、大家の住宅も作業所も解体されて更地になっている様子が窓から見て取れた。残るはアパートの解体だけだった。すでに色鮮やかな大型機械も控えている。

引っ越し屋の運転手が階段を上ってきて、

「さあ、それではさっさと片づけましょうか」と言って、軍手を利一に手渡し、自分も嵌めながら促した。

二人で荷物を軽トラックの荷台に積み込むと、運転手に促されて利一は助手席に便乗した。引っ越し先は電車で二駅と近く、荷物も少なく、助手替わりに手伝うという条件で、費用を格安にしてもらったのだ。そのまま同乗して新居で荷物の引き取りを済ませる手筈だった。途中で運転手が何か話しかけたが、うっかり利一は聞き洩らした。

「すみません、考え事をしていたもので……」と利一は弁解した。

「もうすぐ着くよ」と、交差点で信号待ちをしながら運転手は無邪気な顔を向けて言った。

「ずいぶん早いですね」

穏やかな日だった。ビルの乱立を眺めていると、そこには人っ子一人居ないかのような、真昼の幻想のような、底知れない虚偽を感じた。

「いつもお一人で仕事をなさってるんですか？」と利一

は訊いた。

「いつもはきみの席に女房が座っているよ」

妙に心が和んだ。

ものの一時間で引っ越しは終わった。

四月から、利一は大学に復帰した。同級生や研究会の仲間と交流するうちに、自分には特殊な能力などなく、ごく平凡で、もし他人と相違があるとすれば、他の誰よりも豊富に夢を貪りがちな性質くらいなものだと気づいた。

利一は夢の中で多くの知識を学び、思惟を重ねた。夢は多くのことを教えてくれた。永い間不分明だったQ教団に関する謎も、やはり夢によって解読された。

だが、もう利一はさほど関心をそそられなかった。ときおり窓から吹き込む涼風のように触れて、流れていった。

ほどなく利一は埼玉県との県境に住む女性の部屋に入りびたるようになり、引っ越したばかりの手狭な部屋はほとんど使用されなかった。通学にはやや不便だったが、家具調度の揃った、明るい陽射しに包まれた、ゆとりのある間取りが気に入った。もちろんその部屋の世帯主も。

ベランダで洗濯機が稼働するものうい音が聞こえていた。

美香は長い脚を、片方を屈曲させ臀部の下にもぐりこませ、もう片方を宙に伸ばして、林檎を頬張りながら、その口の動きを止めて、

「ねえ、夕食は一緒に外食しようか」と提案した。

「ああ、そうしよう」

利一は台所で美香に背を向けて立っていた。蛇口をひねって水を止めると、ガスコンロの点火つまみをひねった。フライパンの底で青い火がぽっとついた。炭素が赤熱すると赤い炎になるが、ガスの炎は高温で白熱して水の青が残る。火本来の色であるとも言える、ガスの澄み切った青い炎が利一は好きだった。

洗濯機の音が止まったので、利一はベランダに出て、攪拌（かくはん）され反転させられて絡まった衣類を取り出して籠に収めた。部屋に戻ってくると、まるで話の続きのように言った。

「ところで、きみたち親子に尼僧を合わせた五十三名に、今度後継者が加わった彼を含めると、五十四名になる。そして、ぼくが沙也加や教祖に再会した場所が、〝源氏〟

という池袋の高級キャバレーで、座敷名はみな源氏物語から採っていた。五十四帖。ぴったり符号するじゃないか。しかも、きみたち姉妹は教団内では文字通り源氏名をもっていた。沙也加は若菜と呼ばれ、美香は末摘花と呼ばれていた。ということは全員に源氏名が使われているのだね？」

「ええ。そうよ」

「やっぱりそうか。さしずめ、タイトルだけあって本文の欠落している〝雲隠〟は、教祖のことかな」

「教祖は〝幻〟だわ。雲隠は、今度新しく加わった後継者のことよ。名前だけの実態のない存在。教団では男なんか、たった一度の授精に利用される〝機会〟でしかない。それをうまく説明するには、昨夜読んだメーテルリンクの著作の一部を抜粋するのがもっとも手っ取り早いわ。ちょっと待ってね、読んであげるね」

> 太陽の光がきらめきあふれるとき、とりわけ正午に、……
> この一万余の中からたった一匹だけ選ばれて、たった一分間の、しかも一回かぎりの接触——これによってこの一匹は至福と合体すると同時に死とも合体することになるのだが、——をおこなうからである。一方、残りのすべてのものはこの抱き合ったカップルのまわりを、なすすべもなく飛び回り、蠱惑（こわく）に満ちた宿命的な王女の幻をふたたび眼にすることもなく、やがて死んでゆくことになる。(iii)

「これはまた、ずいぶんな仕打ちだな……」

利一は身につまされ、恐れさえ感じ、うっかり手にしていた煙草を出来上がったばかりのスープの中に落としてしまった。煙草はしばらく浮いており、ややあって、先端の灰がばらけて沈んでいった。

「みんな、元気だろうね。酒を飲んで、料理をぱくついて、気楽そうに見えるけれど、あれで結構、過酷な労働だから」

「子供を抱えた人も半数いるからね。そりゃあ、大変よ。いつまでもやれる商売じゃないし。ああ、そういえば、利一も知ってるでしょう、しずえ姐さん、すっかり顔がむくんじゃって。肝臓が悪いらしいの。さる代議士を蕩けさせたあの美貌がすっかりお多福のようになってしまった。あの人たちはみな、夫から虐待され、命からがら逃げてきた、理不尽な家庭内暴力の犠牲者たちなのよ。ほとんどが地方の農村出身の主婦だったの。閉鎖的な土地に孤立した、豪雪に圧しひしがれそうな築百年以上の家屋の中で、毎夜悲惨な折檻（せっかん）や虐待が繰り返される。湯を沸騰させた鉄瓶が落下し、囲炉裏にもうもうと立ち上がる灰燼（かいじん）。子供の悲鳴。……」

それを聞いて、利一は内心ビクリとした。美香は自分の口元にあるケロイドが父親の暴力に端を発している真相をどこまで知っているのだろうか。

「これほど世間を騒がしているのに痛ましい虐待はいっこうに絶えることはないね。家族という抜き差しのならない緊縛した環境の中で、個々の強烈な意識が拮抗し、暴発する。ぼくの家庭でもそうだった」

利一がまだ物心のつくかつかない頃のことだ。父が母に対して暴力を奮った場面を間近にしたことがあった。父は無類の酒好きで、毎夜のように浴びるように飲んでいた。たいていはまどろっこしい愚痴で執拗に絡んでそのうち寝入ってしまうのだが、その夜はびっくりするような大声で罵声を浴びせ、殴打に発展した。利一の記憶では虐待はその夜の一度だけだが、記憶は都合良く彩られるものだからあてにはならない。当時、利一は父が好きだったから、父のだらしない酔態や酒乱は故意に抹殺された公算が高い。ましてや許しがたい暴力はなおさらだった。

その場面が消し去られなかったのは、度を越していたからだ。殴打し、足蹴にされて、耐えかねた母親が幼い妹を引き連れて家を出て行こうとしていた。父親を好いていて、母親を毛嫌いしていた利一は、途方に暮れた。父親の愚挙は子供ながらにも許容できるものではなく、転倒して泣きじゃくっている母親は擁護すべき哀れな弱者だった。利一は愛情より同情を優先して、身体を寄せ合って泣きながら外に出て行こうとする二人に従った。

事態はそれだけでは収まらなかった。利一の脳裏には、残された父親の呆然と立ち尽くして三人を見送った姿が浮かんだし、凄まじい暴力が鮮明に何度も再現されたからだった。しかも、それを利一はぞっとする戦慄に包まれながら見ていたのだ。脅え、ひるんだ。そして、おそらく身を守るために暴力に媚びた。利一にとって父は美しく、母は醜悪だった。ともすると疣だらけの蝦蟇が美しい筋肉質の素足に踏みつぶされるような光景にも映った。利一の中にぬるっと滑り出た悪意、ぞくぞくするような歪んだ快楽の身振りを見逃せなかった。慌てて振り払ったが、ぬぐい難い負い目とともに妖しい鬼火のゆらぎが残った。

コンビニの裏手の暗い隘路の隅っこにしゃがみ込んだ母親と妹のそばで利一はいつまでも当惑したように立っていた。濡れた舗道が街灯に白々と浮かんでいた。

「もっと悲惨なのは、都会に乱立するコンクリートの一室で壮絶な地獄の中をのたうちまわっている若い人たちよ。入籍されず奴隷のように酷使されるか、入籍がかえって足枷としかならない悲惨な生活を強いられている、美人揃いの女性たち。麻薬。強要される売春。ありとあらゆる辛酸を舐めて這いずり回ってきた人たちが、うちの噂を聞きつけて駆け込んでくるようになったわ。信者はどんどん増えているらしい」

しばらく会話が滞り、窓から日常生活の音が聞こえ、匂いが伝わってきた。

「昨日は楽しかったかい？」

利一は台所に立って、美香に背を向けながら訊いた。

昨夜、美香は久しぶりに実家に帰っていたのだ。

「お得意さんから市田柿がたくさん贈られていて、三人とも大好物だから、たっぷり賞味したわ。利一も好き？」

「もちろん。あの本来の鮮やか柿色を残した、果肉のしっかり締まった、淡い甘さの、それでいて濃密な味は絶品だね」

「そう思って少し戴いて帰るつもりだったの。でも、沙也加が渋ったので遠慮しちゃった。あの子、きっとあなたに食べさせたくなかったのね」

「沙也加も来ていたのか」

「もちろんよ。誕生日の主役がいないと始まらないわ」

「そうか、誕生日だったのか」

利一は知らなかった。沙也加本人の誕生日も、出産した子供の誕生日も。

「それで……訊かないの？」

「何を？」

「沙也加の様子やら、近況やら……」

「もう遠い話だ。少なくとも沙也加は今不幸じゃないのだろう？」

「あら、薄情ね。それとも私に気を使ってる?」

「いや、……」

「で、市田柿の話だけれど、親子三人で食べているとき、不思議なことに気づいたの。二人と私の食べ方に明らかな差異があったの。母と沙也加の食したものには種が一個ずつ、私のものには種はなかった。それで二人のナイフの捌きが一手間多いの。面倒なのにかえって私にはなんだか羨ましく思えて、種のある柿を取りたいと思ったのに、どれを手にしても種子はなかった。そして、二人の柿には必ず種子が一個紛れ込んでいるの。これって偶然かしら」

「偶然だろうね。暗示的ではあるが」

「暗示的って?」

「妊娠と不妊」

「ああ、なるほど。それにしても、柿って、もっとたくさん種子の詰まっているものでしょう。ところが、せいぜい一個限りで、複数のものがなかった。これって偶然かしら」

「あるいは必然かも知れない」

「きっと柿って合理的なんだわ。市田柿は日本中で愛され、とても重宝されている。自分たちが愛されていることを知って種子を倹約しているのね」

「目的と結果の順序が逆の場合だってある」

しばらくして利一は大きなため息をついた。部屋全体がいったん膨らんで、それから吐息と一緒にすぼまった。ベランダで洗濯機の稼働音が物憂く聞こえていた。

何かの匂いが窓からすべりこんだ。

「そんなしお垂れた顔しないの。今度買ってきてあげるから。そうだ、今夜の夕食、沙也加も誘ってみようか」

「……」

「ごめん……」

「美香はやっぱりぼくに似ているね」

と利一は、いつかも洩らした感慨をつぶやいた。

「そうよ、瓜二つだわ。特に薄情なところがね。肉体そのものは快楽に貪欲で、放埒で、激越だけど、心は不感症なのよ」

そつがなくしなやかなその肢体からはぐれた位置に隠れてへばりついた醜悪な瘤のような美香の心を、利一はそのときとても愛おしく感じた。

「ところで、東大生の元恋人は教団と関りがあったのかな？」

「あの子も信者だった。あの子は沙也加と同様、剃髪と不妊の戒律に歯向かって教団を飛び出したの。沙也加は孤独に耐えかねて戻ったけれど、あの子は戻らなかった。それだけのことよ」

利一は両手を拭いてからエプロンを解いて、手料理を運んだ。白いテーブルクロスに質素な料理が並んだ。窓枠にはやわらかな陽光が戯れていた。

利一が近づいても、美香は手にした本のページをめくりかけたまま、じっとその指を凝視したまま、顔を上げようともしなかった。

「どうしたんだ？」

「え。……ああ、何でもないの。ただ、……」

「ただ、どうしたんだ」

「理由を聞いたら、利一さん、呆れて、きっと吹き出すわ。三カ月ほど前に、読みかけのラブレターを見つめていたら、炎がゆらめいて紙片が燃えだしたことがあったの。光の中だったから、炎は淡く幽かなゆらぎにすぎなかったけれど、焦げる黒い染みがじわじわと広がっていったの。そんなことがあったから、また凝視していたら再現できるかなって……」

「あらゆるものは数秒後には変転する。ましてやすでに三カ月経過しているなら、確実なものは何もないよ。はっきりしてるのは二人とも腹が空いているってことだ。さあ、食べようか」

利一は陽気に笑ってうながした。

「うん、」

美香は本を傍らに置くと、長身の肢体をゆっくり移動させてテーブルについた。

「もやしをたっぷりのバターで炒めた。わかめスープもニンニクと唐辛子がぴりりと効いて抜群だぜ」

いつもの日曜日の朝だった。

利一は周囲の日常生活の光景を常にかすかな軽侮とともに慎ましい羨望で眺めてきた。いつも片足が地球からはぐれているような疎外を感じながら。美香との同居はどちらかともなく目で促され、受け入れられた、ごく自然な成り行きだった。二人は新しい環境を満喫していたが、充足の周辺にはすでに小さな虚偽が滲んでいた。利一はそれとなく察知していたが、それは美香も同様だった。ただ、利一より美香の方が直視しないで放任する状態に、より寛容だったというにすぎない。

耳のそばに小さな虫がまつわりついたような気がして、利一はふと振り返った。すると、部屋いっぱいを占有するほど大きな倦怠というセイウチが、黄ばんだ牙をそそり、物憂く巨体をうねらせながらそこにのさばっていた。

四年後、利一は二年留年したものの大学を無事卒業して、中堅の建築会社に就職した。

ある日、営業で得意先を回ったついでに、かつて住んだ場所を訪ねてみようと思い立ってふらりと立ち寄った。高架橋を越え、なだらかな坂道を歩いて行くと、民家が窮屈に肩を寄せ合った住宅地に出る。その一角に、場違いのように、七階建ての、茶色のレンガを模倣した外壁を張り巡らせた、広壮なマンションが建設されていた。もちろん作業中に遺体が出てきたという話は聞いていない。

ちょうど道路工事中で、片側のアスファルトの路面が剥がされていた。掘削機の騒音に追い立てられるようにいったん素通りし、それからまた戻ってきて、アパートのあった位置を確認しながらもう一度マンションの前に立った。暑熱に歪んだアスファルトの路面が靴底にねばついた。大きな銀杏の木のあった位置を注視していると、掘削された大地の、湿った、腐乱と再生のないまざったかぐわしい匂いが、まだそこかしこに残っていて、ときおり鼻孔を掠めてゆくような気がした。工事の単調な機械音が大きな波長でうねりながら遠近をなぞらっていて、もはや熱っぽい大気の息吹と区別がつかなかった。真夏の苛烈な光が立っている利一の顔面の片側にだけ触れていた。とろけるような光が汗ばんだ肌に身悶えしながら戯れているように感じていた。歩き回ったせいで、下着が背中にぺったり貼りついていた。靴底を圧する重みと、全身を律する背骨の反りを感じた。ほつれた髪の先端がすすすっとかそけく肌をすべって、涼風のそよぎを教えた。体の裡に生の歓びのささめきが聴こえ、それを追いかけるように学校の方角から子供たちの歓声が聞こえた。利一は生きている実感を少しだけ感じた。

作品が完成すると、いつもそうなのだが、それなりの企図にそって丹念にこねられ整形された物語からはぐれて、別の物語が横たわっているように思える。この作品も例にもれず、思いがけず二十歳そこそこの青春が剥き出しに露呈されているように思える。高熱の火焔になぶられ、うわぐすりはもとより素地も変色し、形にも妖しいゆがみを見せて。

そういうわけで、すくなくとも個人的には、この作品には断層をたがえてもう一つの物語が相寄っていると言える。登場人物にそこばくの愛着が偲ばれるとすればそのせいである。

思い出はいつも、確か文中にも記したが、手元からこぼれたゴム毬のバウンドのように、時を引きずり、空間をやわらかく撫でて、忠実に、ゆるやかに繰り返されて、鳥が空を想うように悲しい。二十歳の明澄な意識にまみえる季節は、遥か後年になって食事の後で唇の汚れをナプキンで拭いながら、食い散らした皿を眺めるようにしか認識されないものらしい。真っただ中にあるときは、やがて羽化する華麗な色彩に惑わされて愚かしく身悶えする肥った幼虫でしかなかったとしても、その熱情はかけがえのないきらめきの一刻を噛みつくしていたに違いない。

了

（ⅰ）ポール・ゴーギャン

（ⅱ）「蜜蜂の生活」モーリス・メーテルリンク著（工作舎　山下知夫・橋本綱訳）

（ⅲ）「東京裁判」朝日新聞法廷記者団著（東京裁判刊行会）

さかさまにして最初からお読み下さい

〈著者紹介〉

石田隆一（いしだ　りゅういち）

石川県七尾市在住。
ハウステンボス株式会社執行役員、
株式会社加賀屋顧問を経て、
遺書を書くつもりで創作活動に入る。

著書
『怪物 腹が一つで背中が二つの』（鳥影社）
『夢の弾力』（鳥影社）
『偽証　模倣された若妻刺殺事件』（牧歌舎）
『アルミニウムの湖』（近刊）
『犯行声明』（近刊）

卵の予感・くるみ割り人形

2021年12月1日　初版第1刷発行
著　者　石田隆一
発行所　株式会社 牧歌舎 東京本部
〒101-0064　東京都千代田区神田猿楽町2-5-8サブビル2F
TEL 03-6423-2271　FAX 03-6423-2272
http://bokkasha.com　代表：竹林哲己
発売元　株式会社 星雲社（共同出版社・流通責任出版社）
〒112-0005　東京都文京区水道1-3-30
TEL 03-3868-3275　FAX 03-3868-6588
印刷・製本　株式会社ダイビ

ISBN978-4-434-29394-8　　C0093

くるみ割り人形

石田隆一

くるみ割り人形　目次

くるみ割り人形

第一章　くるみ割り人形

水曜日の第二時限目は数学の授業だ。

髭痕の青白い、顔の長い、特に顎が異様に伸びた木下先生は、いつもの調子で早口で数字を吐き出していた。首から顎にかけて髭の剃り残しがある。先生はこの半年というもの、息子の理解しがたい家庭内暴力に頭をかかえてきた。きっと昨夜も、何かのっぴきならない騒動が勃発したに違いない。そういえばワイシャツもよれよれだ。

黒板に二次関数の曲線を引いていた白墨が、折れて、砕けた。

すると、まるでその衝撃に触発されたように、突然、教室のほぼ中央から凄まじい悲鳴が上がった。

それは、キジのように甲高い、にわかには人間の口から発したとは判断がつきかねる、ひねりつぶした内臓と一緒に飛び出したような叫びだった。

教室は氷が張り詰めたような静寂に包まれた。下敷きに砂鉄をばら撒き、その下から磁石をあてがったように、みんなが一斉にその方向を振り返り、息を呑んで注視していた。

ところが、木下先生だけはその声が耳に届かなかったらしい。折れた白墨が発した悲鳴とでも勘違いしたのか、二三本の指でつまんだ、ついさっきまで長かったのに、今は極端に短くなっている白墨を思わしげに見つめていた。

生徒の異常に目を逸らすのは教師の習性なのだろう。

奇声を発したのは、学年で一番の秀才である高橋くんだった。薄い唇のひん曲がった、片頬のそげた、ややいびつな形の、白く不健康な顔だが、学校では成績が尺度になるので女生徒にはとても人気がある。そのせいだろうか、誰一人嘲笑うものはいなかった。場違いな、とんでもない失態を演じたと認識していたのは、バツの悪い含羞（はじらい）に頬を染めた当人だけだったようだ。

みんなは理由も分からずただ恐れていた。奇声には、生命の根源を脅かす、普段の生活とかけ離れた、誰もが畏怖せざるを得ない響きがあり、闇の中で人形の腕が毟（むし）り取られるような容赦のない遮断があったからだ。

授業が終わると、さっそく教室のあちこちで頭を寄せ

合ったかたまりができた。どのグループもさっきの高橋くんの奇矯な話題でもちっきりだった。みんなはようやく緊張から解放された勢いで、とっておきの秘密を、さも大仰な身振りを交えてささやいていたが、だれもが言いかけた言葉を中途で呑み込んでしまうので、締まりのない会話になった。

それ以後、いつもはざわめいている教室がとても静かになった。みんなはもう一度あの叫びが響き渡るのを今か今かと待ち構えていたのだろうか。それともそんなことが二度と起こらないようにひたすら祈っていたのだろうか。

クラス全員がよそよそしく振る舞い、教室に迷い込んだ爬虫類を眺めるように高橋くんを遠巻きにした。

高橋くんにひそかに恋していた前田さんは、日頃ふくらませていた憧憬が風船に針を刺したようにみるみる萎んでゆくのを感じていた。だが、前田さんはまだ子供だったから、ただびっくりしてしまっただけだった。叫びに接した瞬間、前田さんの心の中に、幽かな、余韻のない、玉と玉が擦れ合うような音が聞こえた。前田さんははじめて高橋くんの心の機微に触れたように感じた。だが、押し寄せる幻滅に紛れて留意されなかった。

高橋くんの親友の樋口くんも、いつものようになれなれしく声を掛けられず、接する態度もぎこちなくなった。彼の胸中は前田さんより複雑だった。もともと愛憎の入り混じった、互いに依存するような関係だったから、泥濘（ぬかるみ）に足を取られるような危うい均衡にさらされていた。親友のぬぐいがたい失態は、彼の心に、それと意識される寸前の快楽めいたゆらめきをもたらしてもいた。それで、ついつい気遣いが過剰になった。その分、意志の疎通が鈍くなった。

高橋勇治くんの遺体が満水のプールで発見されたのは、翌々日の午後だった。

その朝、宿直の嘱託職員は正門と職員専用門を開錠してから、ざっと構内を一回りしたが、プールまでは点検しなかった。季節柄、閉鎖されていたからだ。

プールは、おそらく授業中の生徒の集中力を逸らさない配慮からだろう、体育館の背後に、校舎の窓からは見えにくい場所に配置されていた。もっとも一部の教室と二、三階の視聴覚室や音楽室、及び屋上の片側からは見渡すことができた。

新任したばかりの音楽教師は、その時間帯にたまたま受け持ちの授業がなかったので、まるで世間から除け者にされたような気分で校舎の三階からぼんやり窓外を眺めていた。まばゆい光がプールに満ちた水面に飛び跳ねるように反射していた。そのきらめきの中に黒い物体が浮かんでいるのを認めたが、ドアを開けて飛び込んできた女生徒の黄色い声に注意を逸らされ、それっきり忘れてしまった。

午後になって、賑やかな昼食を終えた女生徒たちがネットを張った屋上でバレーボールを楽しんでいた。ボールを拾って立ち上がりかけた女生徒が中腰のまま金網越しにプールを見下ろし、そばにもう一つ同じような顔が重なったが、どちらも頬を鈍くつねられたような反応しか見せなかった。

異変を正確に察知したのは、午後の最初の授業で、黒板に連なる文字を幾何学模様のように眺めていた相撲部のにきび面の男子生徒だった。漫然と眺めていたあいまいな視界が徐々にすぼまり、不意に一点に集約された。彼の指摘で、教師と生徒全員がいっせいに窓際に寄った。事態をはっきり見極めた教師は、「全員、席について、決して教室を出ないこと」と指示し、閑散とした廊下にパタパタとスリッパの音を響かせた。

群がった教師たちが触手を失った蟻のようにプールの周囲を右往左往していた。やがて警官がぞろぞろと加わると、教師たちは後ずさりして片隅に整列した。その足元には関与を線引きする見えない境界線が引かれているようだった。

プールでうつぶせになって浮いていた溺死体は、数人の警官の手でゆっくり移動して引き揚げられ、プール脇に仰向けに横たえられた。身につけた学生服のポケットをいっぱいにしていた水がやや間をおいてゆるりと飛び出した。ずぶ濡れになった遺体には、細いロープが腰にきつく巻き付いており、めくれたズボンから覗いた真っ白なソックスが次第に鮮烈に際立っていった。

校舎の片側に陣取った生徒たちは遠くの現場を写真でも見るように眺めていた。

きゅうきょ臨時休校が決定されたのは、一時間後だった。

校長先生の沈痛な声が校内放送で流れ、全校生徒に速やかな帰宅を促した。まだ正確に事情を把握しないか、

アナウンスを真面目に聞いていなかった一部の生徒からだけ、わーっと歓声があがった。

校長室では、担任の安藤先生がハンカチを握りしめて泣いていた。

「あの子は必死に私に合図を送っていたのです。それなのに、私はそれを見逃してしまったのですわ」

無念そうに縛った唇を間歇的にこみ上げる嗚咽がこじ開けようとする。

「先日の模擬試験のときです。高橋くんは答案用紙を裏返して、両手を机の上に載せ、背筋を伸ばして目を閉じていました。これはすべてを書き上げたときの普段の態度です。ただ、いつもと違っていたのは、少し時間が早かったことと、左手のそばに芯の折れた鉛筆が転がっていたということです。私は折れた鉛筆を目に留めながらも、いつも満点を取る高橋くんのことだからと、安易に放任してしまったのです。職員室に戻って、回収した答案用紙をチェックしていると、高橋くんの答案用紙は、なんと白紙だったのでした」

校長先生の太った体が窓際に背を向けて立ち、重々しくうなずいたが、そのまま振り返らず、一斉に群がったと思うと、やがてちりぢりになり、とうとう誰も居なくなった、乾いた淡いピンク色の校庭を眺めていた。

毛むくじゃらの大きな左手が光沢のある黒褐色のチーク材の机の角をゆっくりなぞっている。机の上には校長先生愛用の胡桃が二個あった。先生はいつもそれを手放さない。大きな手に二個を一緒に握って、こりこりと擦り合わせるのがいつもの癖だった。

二個の胡桃は、長年擦られて、黒く、つややかな光沢を放っていた。窓からのやわらかな光に包まれて、何食わぬ顔付きで机の上に忘れられていたが、校長先生の短い咳払いに触発されたのか、一瞬ぴくりと動いた。実際に動いたかどうか確かめようがないが、周りの空気を吸い込んで、なおも寄り添うごめきを予感させている。固いシワのはいった、重そうな外観にそぐわない軽さを包み込んだ個体は、今にも乾いた音を立てて転がりだしそうだった。

「白紙で提出された答案には明白な意志が感じられるね……」と校長先生はつぶやいた。

「ええ。でも私にはむしろ芯の折れた鉛筆の方が気になるのです」と安藤先生は沈痛な面持ちのまま小さな声で

反論した。

「どういうことかな」

「鉛筆の先がひしゃげていて、強い圧迫を想像させたのです。思い切り机の上に叩きつけたような……」

「つまり何か突発的に発生した憤怒によって衝動的に鉛筆が叩きつけられ、答案用紙を書けなかったのはその結果にすぎなかったということかな」

「ええ。問題は不意に噴き出した怒りが何であったかということです」

「生徒の喜怒哀楽にいちいち付き合ってはいられない。ましてや近頃の生徒ときたら弾かれるポップコーンのようにさっぱり理解できない。私たちの時代ではあらゆる感情には理解できるしかるべき動機が存在したものだ。とにかく白紙の答案が学校に対する反抗でなかったとすれば、ことさら問題とするには当たらない」

　隣の職員室で電話が鳴った。誰かが慌てて応対している。それを皮切りに電話はひっきりなしに続いた。

　ドアがノックされ、教頭先生が顔を覗かせた。泣いている安藤先生を肩越しに覗き込むようにしてちらっと眺め、皮肉そうに唇を曲げた。それから校長先生を振り仰ぎ、顔いっぱいに不安をたたえながら、左手の指で鼻の下のちょび髭をさすった。教頭先生の幸福なときの仕草だ。

　臆病で心配性なくせに、また実際にちょっとした難題にも荒海の小舟みたいに翻弄されてしまうのだが、教頭先生はこの種の不祥事が大好きだ。学校を揺るがす厄介はいつも降ってわいたチャンスでもあった。うまく乗り切ればと、ついほくそ笑んでしまう。大きな机の向こうで黒光りする革製の椅子が両手を広げて手招きしているようだった。

「今日は何曜日だったかな」

　と校長先生は、知っているくせに、自分でもそのことに気づいているのに、なぜか訊いた。

「金曜日です」

　教頭先生は謙(へりくだ)った姿勢ですかさず答え、手際の良いタイミングに悦に入っている。

「そうか。すくなくとも三日間の猶予があるな」

　と校長先生はつぶやき、象のように目を細めながらまた窓外を見やった。そのとき乾いた校庭を得体の知れない大きな獣が横切ったように感じたが、皮膚のたるんだ

顔にはこれといった反応も見られなかった。

「プールでの事故死でもっとも頻繁にみられるケースは、排水口の蓋が外れて、猛烈な水流に足を巻き込まれたり、体全体を吸い寄せられたりして、浮上できずに窒息死するというものだ」

「プールは満水でしたし、起流ポンプが作動した形跡はありません」

教頭先生はそつなく答えた。

「しかし、どうしてプールに水が張ってあったのか」

「夏が終わると同時に、半分水を張って排水口を塞いだまま放置されるのが通常の処置です。塵芥や枯葉の流入を防ぐためのようです。それが、この九月の長雨で満水状態になっていました」

「学校側の手落ちはないのだね」

「天候までは支配できませんから」

そこで気の利いた発言の後でいつもするように故意に間をおいてから、教頭は続けた。

「出入口の階段には、中央で施錠された鉄鎖が張られ、立ち入り禁止の看板が設置してありましたから、明らかな不法侵入です。それに、どうやら事故ではないようです。浮かんでいた遺体の腰には細いロープが巻き付いており、きつく結ばれていました。ロープは浮かんだ遺体からだらりと伸びて、プール内の側面に設置された昇降用梯子に向かって靡（なび）いていました。梯子にロープを絡めて、生きようと足掻（あが）いた体が浮上するのを必死に食い止めていたようです」

教頭先生は現場検証に立ち会っており、状況を手際よく、淡々と答えた。

「覚悟の自殺ですわ……」

安藤先生がわっと泣き崩れ、むせびながら呻くような声でつぶやいた。

教頭先生は、うつぶせになった安藤先生の耳をちらっと見やってから、冷静な口調で続けた。

「なんとも痛ましいのは、……実は、入手方法を特定するまでは公表は控えるようですが、腰にはロープの他に空気の詰まった柔らかなゴムのチューブが二重に巻き付いていたのです」

「何だって、チューブが？」

「ええ、自転車やバイクのタイヤに使用されるもののようです。大量に水を飲んだ溺死体が腐乱しないうちに浮

かんでいたのも、プールから上げられた遺体が異様に肥って見えたのもそのせいです」

「溺死するには水中に留まっていなくてはならない。覚悟の自殺だとしても、苦しく藻掻いて思わず浮上しようとするものだ、そのうえチューブの浮力にも抵抗しなくてはならないとは。これはどうも自殺ではないいな」

「いいえ、そうまでしても遺体を浮上させたかった意図は明白です。遺体を私たちに見せつけようとする無言の告発の意志ですわ」

「自殺か。……ある意味では事故よりも厄介だな。当校始まって以来の不祥事だ」

「腰にロープやチューブを巻き付けたのが、当人か、それとも別の誰かであるかは、まだ判明されておりません」

「もし苛めによる虐待だとしたら、当校の管理の及ばない不可避な不運だったと許容される余地も残る」

「その代わり、犯人が当校の生徒であった場合、二重の責任を問われます」

「遺書はあったのかね？」

「プールの周辺を隅々まで探しましたが、遺書らしきものは発見されませんでした」

三日後の深夜の零時すぎ、プールと宿直室の間の空き地でボヤ騒ぎがあった。

「ぱちぱちという音で目が覚めました。窓が真っ赤に染め上がっていました。そこで急いで外に飛び出して、バケツ一杯の水で消火したのです」

嘱託の宿直員は、警官の前で神妙に体をすくめ、きょろきょろと落ち着かなげな視線を濡れそぼった地面に這わせながら説明した。

だが、実際は、彼はその時間に学校を抜け出して近所のスナックで酒を飲んでいたのだ。隣に座った女性の膝に触れたり、スカートの裾を摘まんだりしては、細いしなやかな手でぴしゃりとはたかれて陽気にはしゃいでいた。ほろ酔い加減で戻ってきたとき、焚火の跡が目につき、とんでもない失態をしでかしたと思った。慌ててバケツの水をぶちまけた。だから、実際に燃えさかっていた炎を目撃したわけではなかった。焚火は二時間前か、あるいは数分前に、ぱっと燃え、すでに鎮火していた。その後に無用な冷水が浴びせられたのだ。

「ここはいつも焚火をする場所かな」

ボヤを通報されて駆けつけた近所の交番勤務の警官

は、寝込みを襲われた不機嫌さをいつまでも引きずりながら、気のない口調で訊いた。なにしろ地面に枯木や枯葉がちょろりと燃えた程度の痕跡だったからだ。

「いいえ、とんでもありません」

「それでは放火かな？」

警官は気のない手つきで濡れた焚火の跡を棒切れで点検していた。と、棒の先が重い手応えにぶつかり、燃えカスの下に埋まった分厚い封筒を探りあてた。

「おや、何だ、これは」

警官はそのとき何気なく背後を振り向き、つい三日前に検証に立ち会った、男子生徒の自殺騒動の現場を振り返った。

プールは堅牢なコンクリートの壁で囲われた数百トンの水に満たされ、深さ二メートルの三分の二は地上に浮いていた。その光景は明るい陽射しの中で見たときはありふれたものだったが、こうして深夜に、青白い外灯の元に眺めると、巨大な黒い水のかたまりが宙に浮かんでいるようで、なんとも異様に感じられた。土の中からものすごい重量に圧殺された呻き声が、厚い靴底から両足を伝って聞こえたような気がした。

「なるほど、これは遺書だな」と警官はつぶやいた。

なおも慎重な手つきでピンセットを操って燃えさしの紙片の束をめくりながら、几帳面そうな細かい文字の凝集を見つけると、そこには自殺の動機がびっしり綴られているに違いないと合点した。

「事件解決の糸口がこんなにもやすやすと発見できるとは、ずいぶんついているぞ。取るに足りない不審火の捜査が、今学校を揺るがせている、男子生徒の死の手がかりをつかむきっかけになるとは！　なんという幸運だ」

警官の胸は小躍りした。

「捜査本部では、腰を縛ったロープとチューブを巡って、まだ自殺とも他殺とも判断しかねている段階だ。いいぞ、交番勤務にはもうすっかり飽き飽きしていたところだ。これをきっかけに本庁に誘われるかも知れないな」

警官は眉を寄せ、小さな額にミミズのような思慮を這わせ、注意深く考え込んだ。彼を困惑させていたのは、無造作に突っつき回したので確信はもてないが、どうも遺書はうっすらと砂を被されて埋められていたことだ。

『自殺した生徒はプールに向かったとき、プール脇に置くつもりで遺書を持参したのだろう。その時点で生徒の

意志は、死ぬことよりも、告発に比重があったのにちがいない。だが、直前になって、告発を断念した。告白内容が諸刃の剣だったという事情からかも知れない。慌ててその場に遺書を埋めようとしたが、地面は思った以上に固く、埋めるほどには掘れなかった。それで掻き集めた砂を被せ、周囲の枯葉で隠したのだろう。この地点からは焼却炉は見えるが、行って戻るには遠すぎる。死を急ぎ、時間が差し迫っていたのだ』

焚火の目的は明らかだ。

『遺書の存在を示すためだった。自殺した生徒が寸前で断念した、秘めた悲痛な告発を白日の下に晒したかったからであり、無念の抗議を無駄にしたくはなかったのだ。三日前に埋められた遺書の上にそれと気づかずにたまたま焚火したとは到底考えられない。単なる気まぐれなボヤ騒ぎであってはならないのだ。……だが、火をつけた犯人はどうしてそこに遺書が埋められているのを知っていたのだろうか。ひょっとしたら自殺を決行する生徒の行動を一部始終目撃していたのではないか？』

高橋くんの死を境に、かつて高橋くんに夢中だった前田さんと、高橋くんの親友だった樋口くんは、急速に仲良しになっていた。

実を言うと、もともと樋口くんは以前から前田さんに憧れていたのだった。

クラブ活動を終えると、樋口くんはたいてい空っぽの教室にやって来る。前田さんはじめ多くの生徒は市の中心の住人だが、樋口くんは郊外に住んでいたので、通学に利用している単線の電車は一時間に一本しかなく、たっぷり余裕があったのだ。

しんと静まり返った教室は、まだ数時間前のざわめきを記憶している。樋口くんは自分の席につき、窓際を眺める。それからひときわ鮮やかな黄色と緑の座布団を目に留める。もっぱら女生徒は自前の座布団を椅子に括りつけているが、その座布団は色合いといい、ふんわりした嵩といい、他の女生徒のそれとは別格に際立っていた。それは今にもむくむくとふくれあがりそうだった。

樋口くんは立ち上がると、そっと周囲を見回してから歩いてゆき、その座布団に座った。量感とぬくもりを臀部（でんぶ）に味わいつつ、ゆくりなくほおーと息をつきながら

十数分そこに座っている。それが空虚で退屈な毎日のなかで樋口くんが満喫できる唯一の至福の時間だった。

実はその席は前田さんの席だった。座布団はおそらく本人による手製だろうと樋口くんは想像していた。

ある日、いつものように周囲を憚りながら前田さんの席に近づいたとき、机の棚に箱のようなものが目に留まった。緊張しながら取り出してみると、それは日記だった。一分間のためらいの後、恐ろしく緊張しながらページを開いた。

シャンパンという、細い、やや右上がりの筆跡の文字が、先ず目に飛び込んできた。恋人同士が一緒にクルーザーで船出してシャンパンで祝うという、背伸びした少女の他愛ない夢想が綴られていた。その恋人のイニシャルはTと記入されていた。

「高橋だ――」

樋口くんはたちどころに直感して、慌てて日記を閉じて元の場所に戻した。

あの時のどよめく緊張は、内緒で秘密を共有したような喜びとともにまだ残っていた。仲良くなった今も、こっそり日記を盗み見した不届きな一件はまだ前田さんには告白していなかった。

一方、前田さんにとって樋口くんは、教室の背面にいっせいに貼られた習字の書のようにそのたびに名前を確認しなければわからない目立たない存在だった。

おそらく高橋くんの死にもっとも影響を受けたせいで、樋口くんは全体から孤立して見えた。それでたまたま前田さんの目に留まったのだ。そのとき、樋口くんはノートに何か書き込んでいる最中だった。鉛筆を持つ手が左手だった。左利きの手の動きが、鏡に映るようにつたなげで、優美に見えた。それで、前田さんはすっかり気に入ってしまったのだ。

そういうわけで二人が親密になるのは必然な成り行きだった。

「あいつは私生児なんだ……」

屋上で、ゆったり蛇行して学校の敷地を囲うように伸びてくる河川を遠くに眺めながら、樋口くんはつぶやくように言った。北東の駅を挟んで反対側の、建物が密集している範囲が繁華街だ。

「高橋はキャバレーのホステスに贔屓（ひいき）のお客が孕ませた子供なんだ。お母さんは父親の名前は決して明かさな

かった。だからあいつは誰でも父親だと想像することができた。市で一番裕福な人も、もっとも権威のある人も、テレビに映る俳優だってその可能性があった。でも、それって、一概に幸福だとも言えないよね。前田さんの家庭は？」

「両親は健在。接近して、接触して、同居している。私は彼らの秘蔵っ子。樋口くんは？」

「サラリーマンの父親、教師の母親、それに妹が一人いる。ごく平凡な家庭だよ。平穏だが、全員が孤立している。惑星のような楕円を描いて、時折寄り添いながら決して交わることなく周回している。両親は、どちらかというと厳格で、倫理観と責任感に溢れている。その息子は、いつも不安定で、目当てもなく、水草のように漂って生きている」

「樋口くんのことが少し分かったような気がするわ」

それはまるで家族のことがすべてで、個人の孤独な心の営みをすっかり無視したような言草なので、樋口くんは少し不満だった。

「ぼくには前田さんはいつまでも謎だな」

「美人だからでしょう」

前田さんは得意げな笑みを浮かべて、黄色い卵型の顔をコケティッシュにかしげてみせた。

「高橋がかわいそうでならない」

「でも自分で死を選んだんでしょう。意気地なしだわ」

前田さんは勝気に唇を噛んで強い口調で言った。いつか破裂しそうな胸を抱えてそっと靴箱に忍ばせたラブレターをあっさり無視した高橋くんを、まだ許していないのだろう。

「だが、本当に自殺だったんだろうか」

「だって、遺書があったんでしょう？」

「え。本当に？」

「そうよ。今、その遺書の処置を巡って、教職員全員が顔をそろえて相談し合っている最中なのよ」

「それじゃ、二人で会議の様子を探ってみよう」

樋口くんのだいそれた提案に、もともと好奇心の旺盛な前田さんは抵抗できなかった。

職員室の隣に会議資料や文具の予備が満載されている倉庫がある。掃除を担当したことがあるので施錠していないこともわかっていた。二人はこっそり忍び込んで、壁に耳をあてて一心に注意を傾けた。

「しかし、あれは単なる偶発的な事故ですよ。仲間同士の悪ふざけが昂じて悲惨な結果を招いたのです。加害者には、結果的に導かれた惨劇を予測する想像力もなかったし、またそうした悪辣な意図もなかったと思いますね」

若い声が多少反発めいた口調で断定的に言い放った。

「そうです。思慮分別が未熟であり、心臓が極端に弱かったことも原因ですがね」

「もちろんそうした事実を見抜けなかった越度は認めなければいけませんが」

「だが、それではかえって問題が厄介になる」

「ええ。集団による苛めともなれば、マスコミが飛びつくでしょう」

「我々の使命は真相を究明することではない。いかに学校の責任を回避できるかという基本路線を逸脱しないように」

全員が沈黙した。

「でも本当に事故なんでしょうか……」

その疑念を挿入したのは女性教師だった。

「というと？」

「自殺だったのではないのかと」

樋口くんは跪いて、前田さんは立ったまま、ともに壁にぴたりと身を寄せていた。二人とも目をつぶってじっと聞き耳を立てていたが、いっこうに誰の声も聞こえてこない。樋口くんは焦れて、ふと目を開けた。

すると、軽く唇を突き出せば届く位置に、からかうように揺れる前田さんの胸のふくらみがあった。まだ体操着を着たままだったので、いつもの強張ったセーラー服に隠されて見えない胸のふくらみが際立っていた。それが鷹揚に揺れ、押し付けられそうに迫るので、樋口くんは思わず叫びそうになったが、唾を飲み込んでじっと我慢した。

「しー、動かないで。盗み聞きしているのがバレてしまうわ」

前田さんは口に指を当てて制した。でも、樋口くんには動いた自覚がなかったので、その言いぶりにまるでみだらな心の動揺を見透かされたように感じて恥じらった。窓からのやわらかな日差しに微細な塵芥が生き物のように泳いでいた。樋口くんは名残惜しそうにしぶしぶ目を閉じて、ふたたび壁の向こうに耳を澄ました。

「と言いますと？」

「あの事故は、彼の掴みかけた自由の現れであったということも考えられるわけだ。というより、防御の薄れた空虚な戸惑いの後にやってきた真空状態の、ちょっとした足のもつれだったとでも言った方が妥当かな」

「よく分かりませんが、……」

「とにかく残念ですわ」

「さて、これが、不審火の跡から探し出された例の遺書と噂されている作文の、ほぼ全体を書き出したものです。原本にはほとんど損傷はなく、焼け焦げた部分はたやすく再現されました。みなさまにコピーを回覧させていただきますが、今後の扱いについてご意見をお伺いできたらと存じます」

「ということは、まだ隠蔽することも可能だということか？」

「誰の仕業か判明しませんが、焼却しようとした形跡があります。従ってこれはすでに消滅してしまっていたと見ることもできます」

「しかし、それは警官が発見したものだから、とうてい言い逃れできないでしょう」

「まさか！」

「それに、もしそうだとしたら、なおさら私たちには防げないじゃありませんか」

「その徴候は少なからずあったのです。たとえば机の上のナイフの傷。あるいは鉛筆の奇妙な削り方。それについ先日の白紙の答案……」

「たしか前の週の木曜日は学校を休んでいたな」

「休んだのは木曜日ではなく水曜日です。親類の葬儀に出席していたのです」

「葬儀に参列していたのか。そこで死の誘惑が忍びこんだのだな」

「とにかく、あの子はさまざまな方法で私たちに助けを求めていたんだわ。ところが私はそのサインを見逃してしまったのです。教師として失格ですわ」

「確かにあの子には胡桃の殻に閉じこもった依怙地な性格が顕著だった。だが、そうした傾向は担任であるあなたの指導で徐々に改善されてゆきつつあったのではないですか？」

「それがかえって危険なんですな」と別の誰かが口を挟んだ。

「野心のある交番勤務の警官は、少年がプールで死亡した一件と短絡に直結させ、自殺の動機を解明する手掛りとなると踏んで、勇んで本庁に報告しました。ところが、不審火の犯人を特定する証拠とはならないし、プール脇に置かれていたわけでもないので、たとえ少年の死が自殺だったとしても無関係だと一蹴されたそうです。そこで失望した警官は現物を学校に届け出たわけです」

「警察が問題視していないならすでに隠蔽されたも同然ですな」

「不審火の犯人は見つかっていないのかね？」

「ええ、いっこうに」

思わしげな沈黙が挿入されたが、瞬きするほどのごくわずかな時間だった。

「どれどれ、遺書を拝見しようか。ほう、ずいぶん長いものだな」

しばらく紙片をぺらぺらめくる音だけが聞こえていた。

「しかし、どうも、この作文には、ごくありふれた日常生活の一小景が描写されているだけで、自殺を仄めかせる苦悩も、誰かを告発しようとする悲憤もあからさまには表白されていない。遺書とみなすにははなはだ根拠が乏しく、文字通り生徒の作文でしかない。従ってプールでの自殺とは一切無関係だろう」

「あら、そうでしょうか？」と疑念が女性の声で挿入される。

「おいおい、まさか、タイトルが私になっているからって、よもや私が生徒の死と関わりがあると疑っているわけではないだろうね」

と、太い男の声が陽気に笑いながら言った。

「まさか、そんな」

黄色い、鳥のように甲高い男の声が追従した。

――いっせいに笑い声。

「まことに遺憾な事件が連続しているが、我々としては、原因の究明はともかく、なんとしても自殺が学校の手落ちであるとするわけにはいかない」

「むしろ他殺の方が……」と若い声が言いかけて、慌てて口を塞いだ。

学校の責任を回避できるどころか、むしろ二重に責任を追及されかねないとあって、全体の空気が気まずくなった。そこで女性的なおもねるような声が校長先生に

まとめの訓話を依頼した。

校長先生と思しき男がもったいぶった口調でこう語った。

「かれらが自閉の甲冑(かっちゅう)を緩めたり脱ぎ棄てたりするとき、かれらの絶望もまた解き放たれるであろう。なぜならば、それまで絶望を閉じ込めていた予防装置がすべて弱まってしまうからである。そんなとき、かれらは自殺を犯すかもしれない。通常、それは〈事故〉と見做(みな)されるような仕方でなされるが、実は常に、かれらがあらたに獲得した自由の表れなのである。そのような子供は、突然窓から落ちたり、プールで溺れたり、水の入っていないプールに飛び込んだり、といった行為に出る」

見事な言説だと樋口くんはしきりに感心した。もちろんそれがそっくりそのままベッテルハイムの言葉だという事実に気づかなかったのだ。

会議が終わった直後に、いきなり倉庫のドアが開かれ、隅で抱き合っているように寄り添った樋口くんと前田さんが発見された。二人は驚愕したそっくりの顔つきを並べて振り返り、すっかり観念した。

だが、冷たく一瞥されただけで、何の咎めもなかった。ドアが閉まり、とたんに室温がぐんと下がり、黴臭い空気が鼻孔をなぶった。二人はまるで見捨てられたように感じ、すぐに立ち直る前田さんといつまでもひきずる樋口くんの違いはあったが、それぞれに反省し、後悔した。

「遺書を手に入れたいね」

とぼとぼと歩く帰宅の駅への道すがら樋口くんはつぶやいた。

前田さんはちょっと考え込むような顔付きをして言った。

「警官が写しを隠し持っているかも知れないわ」

翌日から、放課後、前田さんは交番にたびたび立ち寄って、勤務中の警官の膝に乗ったり、首に両腕を回したりして、ようやくそのコピーを手に入れた。

以下がその全文である。

「校長先生」

五年B組　　高橋勇治

校長先生は、太い腕に長くて細い毛をうるさくからませた、お腹のぷっくり膨らんだ、とても大柄な人です。それで廊下ですれ違うとき、みんなは身体を縮め、バッ

タみたいに壁に貼りつかなくてはなりませんでした。

また、追い越すのを遠慮してその背後に控えていると、大きな背中が立ちはだかって前が見通せないので、まるで自転車の荷台に便乗しているような不安な気持ちに襲われたものです。

校長先生がみんなの迷惑を理解していたとは思えません。ぼくらがどんなに困った様子を見せようと、いっこうに平気で、むしろ得意げに胸を張り、うんうんとうなずき、それからだしぬけに無意味な哄笑を浴びせるのでした。

笑うと、顔の豊かな肉塊がぷるんぷるんと震え、大きな鼻のすぐそばにある小豆ほどの大きさの、異様に盛り上がった疣(いぼ)が、おどけた身振りで顔のあちこちに移動します。笑いが止むと、疣は元の位置に神妙に正座します。

ところで、校長先生の左手はいつも胡桃を二個握り締めていて、擦り合わせ、たえずコリコリという乾いた音を転がしています。

いつか演壇に立ってその理由を説明したことがありました。

「私もそうだが、たいていの人は右効きで、どうしても行動や行為が偏った傾向になる。そのために知らず知らずのうちに精神に障害が生じる。そこでバランスを適度に保つために、こうして常に左手を動かす工夫をしているのだ」

生徒たちは無条件に納得しましたが、校長先生に敬意を表してか、誰も真似しませんでした。

職員室に隣接したこぢんまりとした校長室は、日頃生徒の出入りが厳しく制限されています。掃除当番は担任によって指名され、選出には、秀でて聡明であるとか、飛び抜けて美しい男子生徒という基準があったようです。立場上きっと大事な書類が保管されているのでしょうから、選出に厳正な基準が設けられて当然です。ぼくが先々週の当番に指名されたのは、たまたま級長に選出されたからだと思われます。

授業が終わって掃除の時間になったので、ぼくは掃除用具を携えて校長室に向かいました。ドアをノックして待ちました。でも、いくら待っても返事がありません。

おそらく校長先生は、立ちはだかるドアの無言が生徒に与える効果を充分承知しており、わざとこうした試練を手始めに課すのだと思いました。もう一度ノックしま

した。でも、やはり返事はありません。そこで、叱られるのを覚悟した悲壮な決心でノブを握り締めて、ゆっくりとドアを開けたのです。

開放されたドアの向こうに、まばゆい光に満ちた清潔な部屋が現れました。大きな机の上には胡桃の実があり、黒く、すべすべしていて、美しく光っています。校長先生がいつも手放さない奴だとすぐに分かりましたが、――「すると、校長先生は、いったい今どこに居るのだろう?」と考え、ひょっとしたら机の下で窮屈に身体を押し込めて隠れているのだろうと、ひょいと腰を屈めて探してみました。もちろん机の下にはいませんでした。すると、わけもない可笑しみがあふれてきました。胡桃を持っていない校長先生は想像もできず、まるで消失してしまったように思えたからです。

不在だと確信すると、妙な胸騒ぎがして落ち着きませんでした。机の上を拭いていると、抽斗が少し開いたままになっているのに気づきました。何気なく覗きこむと、無数の筆記用具と一緒に幼児用のおしゃぶりがありました。それを見たとたん、無断入室と覗見の罪が一斉に降りかかりました。

ぼくはさっさと掃除を済まして部屋を出ましたが、怠慢を咎められはしないかという不安でいっぱいになり、その夜ベッドに入っても目が冴えてなかなか眠れませんでした。

翌日の火曜日もまた校長先生は不在で、机の上にはやはり、永年に渡って磨かれたつややかな胡桃の実が机の上にぽつねんと置いてありました。まばゆい、くすぶるような美しい光に包まれた黒光りのする二個の胡桃が、そこにそうあるだけで、互いに牽制し合った緊張感を張り巡らせていました。

じっと見つめていると、その胡桃が、得体の知れない思惑を孕み、むくむくとふくらんでいくような気がするのです。何度も手を伸ばして胡桃に触れてみようとしましたが、そのたびにときならぬ脅迫に襲われ、とうとう触れることができませんでした。

その当時のぼくにはあらゆる物が生きているように思われ、実際に眼前に動いている物より動かない物の方が、今にも動きだそうとする獰猛な意気込みを満たして見えたので、ぼくのためらいも無理はなかったと言えます。

大きな机とソファーだけでいっぱいになりそうな狭い

部屋は、手際良く整頓され、閉じ込められた光は少し息苦しそうでした。ガラス張りの書棚の中には分厚い本がぎっしり詰められていて、〝強制されて定着した意味〟が窮屈に押し込められ、嘆いているように思えました。

壁には丸い大きな時計があり、三時三十分きっかりを指し、その表示は他のあらゆる時間から無闇な圧迫を受けていて、心ならずも手にした特権を後ろめたく保持し、面目ない面もちをしているのでした。

静かでした。

周囲から隔絶された静けさのなかでは、秒針を刻む音がとても大きく聞こえました。一つ一つが途方もない運命の告知であり、はかり知れない叡知の暗示でした。

また、そのときぼくの体の立つ位置も、方向も、従来信じているほど決定的なものではないように感じました。葦の葉に止まっていた蜻蛉が、さりげなく飛び立った後、ゆれる葉に宿った複眼で夢想した記憶にすぎないような。

なにげなくふと振り返ると、窓のカーテンは引かれており、外は明るく、ポプラの並木がみずみずしく映えていました。その見慣れた光景を、なぜかぼくは、無頓着に驚愕した昆虫のような表情でいつまでも見つめていたようです。

とうとうその日も、校長先生は姿を現しませんでしたが、不在はかえって絶え間なくぼくを監視し、緊縛し続けていたような気がしてなりません。

水曜日は親戚の葬儀のために学校を休ませてもらったので掃除は他の人が担当してくれました。降ってわいた休暇のお蔭で、夕方になってから、ぼくは念願の動物園に行って遊びました。

さて、翌日の木曜日のことです。

校長先生は机に座って、ぼくの掃除ぶりを観察しながら、「ごくろうさん」と声をかけてくれました。大きな体躯が豊かなソファーのなかにどんどん沈んで行き、そのうち不機嫌そうなシワだらけの小人みたいな顔になり、ひ弱な乳児のたわんだ両手だけが残ったように感じました。その手に胡桃の実があったかどうか、ひどく緊張していたので確認できませんでした。

とにかく掃除している間中、厳しく、そのくせ虚ろでもある視線を背中に感じ、絶えず叱責されているように感じていました。

「ぼくは何も見てはいません」

不可解な沈黙に耐え切れなくなって、とうとうぼくは叫ぶように訴えました。それは唐突で、自分でも思いがけない主張でしたから、かえって気まずくなり、部屋がいびつに変形しました。

「もちろんそうだ。この机の抽斗には鍵が掛かっているから、私以外の誰も、内部を見ることはできない」

校長先生はきっぱりと言ってぼくを安心させ、それから椅子ごとくるりと振り向くと、「だが、きみのような好奇心の旺盛な性質にはつい見てしまうという衝動が避けがたいということも理解できる」とつけ足して、たちまちぼくを不安にさせました。

「そこにはきみの想像を超えた世界がある」

金曜日。ようやく最後の当番日です。

校長先生は後ろに手を組んだ姿勢で大きな背中を向けて立っていました。窓外を眺め、そのまま黙りこくって、なかなか振り向いてくれません。ぼくは次第に不安になり、無言の叱責に耐えられませんでした。

「私の愛用の胡桃を知っているね」と、不意に校長先生が訊きました。

「ええ、」とぼくは答えました。

「今、どこにあるか知らないかね」

「え?」

寝耳に水でした。

「たしか、火曜日にはその机の上にありました」

ぼくは知っている限りできるだけ素直に答えたいと思い、注意深く思い出しながらそう答えました。

「なるほど、きみはそれを見たのだね。してみると、私が机の上に置いた胡桃の実は、きみがそれを見るまでは確かに机の上にあったという訳だね」

「ええ、確かに見ました」

それからまたしばらく沈黙が続きました。

「確か翌日の水曜日は学校を休んでいるね」

「ええ。親戚の葬儀があったからです」

「だが、その日、きみが動物園で遊んでいたという報告もある」

こうしてぼくは言い逃れのできない負い目によって否応なく緊縛されたのでした。

「きみは私の友人の息子だから、信頼してこっそり打ち明けるが、あの胡桃は私の頭脳の拠所なのだ。あれがな

いと、私は何も考えられなくなるのだよ。私が誰で、どんな立場にあり、何をしようとし、何をしたいと思っているのか、さっぱり分からなくなるのだ。あれは私の野心であり、私の欲望である。あらゆる行動の原動力であり、指針ともなるのだ。分かるね？」

「はい」

「哀れなこの私に胡桃を返してくれないか」

「でも、ぼくはそれが何処にあるのか知りません……」

「意地悪をしないでくれ。お願いだ。きみ、どうか頼むよ」

　惨めったらしい嘆願がしばらく続き、ぼくが校長先生の威信を忘れてしまいそうになる寸前に、先生はぐっと胸を張り、いつもの横柄な態度に戻るのです。

「ほら、見なさい。校庭には子供たちの姿が躍動している。なんて美しいのだろう。光のように気紛れで、無碍で、無目的な美しさだ。溢れている光がそうであるように、精子がそうであるように、なんという豪奢な無駄だ。そうは思わないかね？」

「ぼくはあまり運動が得意ではありません」

「たしか体育の評価は三だったね」と言いざま、先生はだしぬけにくるっと振り向き、険しい形相でぼくを睨むのでした。それから、急ににっこり笑うと、

「胡桃の紛失の一件はもちろん内緒にしてあげるよ。きみは期待されている生徒だし、またそれに応えるだけの才能も持ち合わせている。とはいえ、この不手際に関してまったく不問というわけにもいかない。少しばかりの懲戒が必要だ。さあ、お尻をぶってあげよう。ズボンを脱ぎなさい」

　そう言って近づいてきたとき、校長先生は急に元気がなくなり、苦しそうに呻き、口から涎のような白い乳液を吐いたのです。

「だいじょうぶですか？」

　ぼくはおろおろして動き回るだけで、どんな対処もできませんでした。

「ああ、ありがとう。大丈夫だ。朝食に摂った半熟の卵が障ったのだろう」

　校長先生はよろよろとよろけながら椅子まで行き、その上に仰向けになり、ふーふー言いながら、大きなお腹を突き出していました。ただでさえ大きなお腹がますます大きく膨らんでくるような気がして、なんだか怖くなりました。

翌週の初め、校長先生は演壇に立って、大声でぼくたちを叱咤激励しました。日焼けしたのか、その顔はかなり黒ずんでいて、心なしか元気がないように見えました。それに、生徒を鼓舞しようと、たびたび振り上げる手には、なぜかいつもの胡桃の実がありませんでした。

「変だなあ、きっとどこかに隠しているに違いない」とぼくはしきりに首をひねっていました。

先生は汗みどろになり、ますます興奮した口調で叫び続け、思いきり高く腕を振り上げました。そのとき、背広の上衣の裾がめくれ、ズボンの中にそれらしい膨らみが見えたのです。

「なあーんだ、あんなところに隠してらあ！」

遺書の処置についての会議の結論は、こうだった。

「五年B組とあるからには、主人公が小学生であることは明らかである。従ってこれは過去の物語であって、彼が自殺する直前に籍を置いていた当校とはいっさい関わりのない代物である。失われた年月同様、過去に埋没されるのが妥当である」と。

もっともこの点については、教師の一人が異議を申し立てた。

「彼はとてもまじめな生徒で、出席簿を調べてみると、欠席は先週の水曜日のたった一日だけでした。しかも、妙なことに、口実にされた葬儀は嘘っぱちでした。小学校の出席簿を調べてみると、やはり欠席は一日だけで、やはり水曜日でした。何か奇妙な符号を感じませんか？」

「いったい何が気がかりなのです？」

「つまり作文は自殺直前に書かれたものだとしても、小学五年生のときに欠席した水曜日に彼の身に何か衝撃的な出来事があったのではないでしょうか。それを思い出させるために、——あえて告発と言い直してもいいのですが、作文にきわめて稀な欠席をわざわざ記し、先週は用事もないのに同じ水曜日に故意に欠席した可能性があります」

教師のぼんやりとした不安は、「あまり根拠のある推測とは思えませんな」とあっさり一蹴された。

会議終了後、回収されたコピーは職員室の金庫に閉じ込められ、門外不出扱いになった。

それが、なぜか次週の朝には、跡形もなく紛失してい

ることが発覚したのだった。

コピーは確かに残らず回収されて金庫にしまわれた。それは全員が確認していた。しかし、それが誰の手によって為されたのかは、人によって意見が異なり、あいまいだった。目の前で殺人があって、それを多くの人が目撃していたのだが、誰も犯人を特定できないようなものだった。

もっとも焼け焦げの残った原本は、破棄するように指示された担任がうっかり忘れていたために机の抽斗に残っていた。原本が残り、会議で使われたコピーが紛失した事実は、まるで会議そのものが介在しなかったような印象を与えた。

実際、遺書を巡っては、まだ何も判明されていないと言っていい。

表玄関から入って、十字路を体育館に向かう長い廊下には、中央と両端の三か所に裏庭への出入り口がある。一番手前のドアを開けて外に出ると、宿直室の前に出る。遺書は宿直室とプールを結ぶ一直線上に枯葉を集めて焼却されようとしたが、焼け残って発見されたということになっている。

誰が何のためにそこで焼却しようとしたのか。

樋口くんはこう推理する。

「遺書の存在は、たちまち集団暴力による虐待の嫌疑を払拭した。だが、あの遺書は本当に高橋が持参し、途中で気が変わって埋めたものだったのだろうか。そうではなかったと思う。遺書は高橋が書いたものではない。彼にあんな長い文章が書けるはずはないからだ。筆跡を調べてみればたちどころに判明するだろう」

前田さんは神妙な顔つきでうつむいており、意見を挟まなかった。

「遺書はきっとある人物が高橋の名前をかたって勝手に書いたのだ。そして、高橋の自殺した三日後に、深夜にこっそり学校に忍び込んで、砂を被せ、その上で枯葉を集めて火をつけたのだ。不審火は明らかに遺書を発見させる手段であり、遺書による告発が目的だったから、燃えてしまっては元も子もないからだ」

「でも、いったい誰が？」

「それは、依然として謎だ……」

「それじゃ、ちょっと説得力に欠けるわね」

前田さんは樋口くんの推理に余り関心を持たないよう

だった。ただ、告発しようとする遺書の嵩ばった分量に押し込められた怨念のようなものを感じた。

「焚火は、自分の在り処を知らせたいという遺書の執念が燃やした自然発火だったんじゃないかしら」

「まさか、」樋口くんは苦笑した。

「あら、金庫に閉じ込められても逃げ出すくらいだもの、そのくらいやりかねないわ」

「おい、おい、燃えかけたのは現物で、金庫から逃げ出したのはコピーのほうだぜ」

勘違いを指摘されて、負けず嫌いの前田さんは少しむっとしていた。

遺書のコピーが紛失した一件はたちまち校内に広まった。あろうことか、盗み出したのは前田さんと樋口くんに違いないと、二人に嫌疑がかかった。二人がそろって倉庫に隠れて職員会議を盗み聞きしていたという事実が、唯一のもっともらしい根拠だった。

二人は全校生徒から疎ましく眺められ、二人の仲が実際そうである以上のいかがわしい関係であるかのように中傷された。それだけならまだしも、前田さんが我慢できなかったのは、噂が嘲笑の尾ひれをつけて教室から教室へと泳ぎ回っていることだった。

教師たちも、自分たちの失態を誰かに押し付けなくてはならなかったので、この疑惑を容認していた。犯人は関係者以外なら誰でも良かったのである。

二人の立場はまさに四面楚歌だった。樋口くんはこうした不当な仕打ちに昂然と立ち向かおうと決意した。だが、これはそんなにたやすいことではなかった。自分にとって余りにも明白な冤罪を証明するのは、犯行の一部始終を熟知している真犯人が追及を逃れるより困難だ。犯行時刻が不明なのでアリバイも主張できない。

それにもまして辛かったのは、周囲から爪弾きにされ、絶えず徹底的に無視されることだった。校門を潜ったとたん、いわれのない迫害が始まる。挨拶しても無視される。靴箱を開けるとあられもないヌード写真が飛び出してくる始末だ。教室に入っても、周囲との間には透明な膜が張り巡らされている。彼らは常にそこに居て、常に関心を注ぐが、決して近づかない。

樋口くんは幼い頃から孤独には慣れていたし、むしろ安息していた。だが、集団の中にあっての孤立は、——絶えず監視されながらの無視は、どうにも耐えがたかっ

た。周囲の冷淡な視線によって樋口くんは自分が石の怪物に変身したように感じた。日を追うごとに、鬱屈（うっくつ）した気分が樋口くんを圧殺した。

毎夜、全校生徒から追いかけられて、校庭の中央で立ち往生し、取り囲んだ群れから口々に厳しい糾弾を受けて窮地に陥る夢にうなされた。汗みどろになって、わっと声をあげて飛び起きた。

互いの激励が必要だったので、二人はいつも一緒になった。

前田さんを見ると、鉄棒で初めて逆上がりが成功したときの爽快感が満ちた。明らかに違う視線の高さ。

「こうなったら、闘争だ。ぼくは逃げない。いわれのない誹謗中傷には負けない」

樋口くんは力強く宣言した。

「頑張ろう！」

前田さんも拳をあげて、二度三度ぐっ、ぐっと握りしめた。

「前田さんと一緒ならぼくは全員を敵に回しても闘っていける」

前田さんは同調しながらも、依存体質を垣間見たように、次第に疎ましくなる表情を隠せなかった。

利一くんの目に前田さんは実験室のフラスコのようにソツのない形をして見えた。一方、前田さんは利一くんを「ビーカーのように繊細で壊れやすい人だわ」と少しものたりなく感じていた。

月が替わっても、相変わらず周囲の目は冷たかった。それがいっそう二人の絆を固くした。

このところ、深夜の零時になると、前田さんはぱっちり目が覚める習慣がついていた。いつもきまってきっかり零時なのだった。短針がぶるんと震えて、真っ直ぐ上に向かって長針とぴったり重なる瞬間だった。

いつもは無理にしっかり目を閉じて、いつの間にか眠っているのだが、今夜はいやに目が冴えて、とても眠れそうになかった。

前田さんはゆっくり起き上がって、机の一番下の抽斗をあけると、そこにひっそりと転がっている煙草を摘まみ上げた。それは樋口くんが、最初のキスの後、美味しそうに煙をくゆらせながら喫っていたもので、前田さんはおねだりして一本だけ貰っていた。

さすがに樋口くんのように口にくわえて火をつけよう

とは思わなかった。それは最初のキスのようにそっと隠し持っておきたい、蒼穹に引かれた一条の飛行機雲のように、ほっそりした、白くけざやかな記念品だった。

前田さんは数分間じっと煙草を眺めていた。それから、それを手にすると、すっと立ち上がってこっそり部屋を出た。階段の軋みに脅かされながら台所に向かった。

ガスの火をつけ、唇にくわえた煙草を青い炎に近づけた。自分の顔が青く染まっているのを意識しながらしばらく待ったが、煙草の先端は黒くなるだけでちっとも燃えない。前田さんはまだ吸うと言う行為を知らなかったのだ。

そのとき両親の寝室で物音がしたので、前田さんは慌ててガスの火を消して、部屋に駆け戻った。

部屋のドアを開けたとたん、前田さんは異様な光景にびっくりした。それというのもベッドが大きな豪華客船のように立ちはだかり、思い切り首を後ろに反らして仰ぎ見なければならなかったからだ。

「私は夢を見ているんだわ」と前田さんは独り言を洩らした。

大きく聳えているのはベッドだけではなかった。机の四本の脚も電柱のようだし、花柄のカーテンに覆われた窓だって巨大な高層ビルのように聳え立っている。

「私の身体は今、ちょうどこの煙草の大きさになっているんだわ」

前田さんは指の間にある煙草を見ながら冷静に分析した。

ちょうどその同じ時刻に、樋口くんも自分の部屋で目を覚まし、消し忘れたスタンドのある机の前に立って当惑していた。笠に覆われたくゆるような光に包まれて、異様な物体がひっそりと留まっているのだ。

それは黒く、すべすべした美しい光沢を放っている、直径4センチほどの胡桃だった。影がないので浮遊しているように見えた。

「これは、校長先生がなくした胡桃ではないか？」

樋口くんは利発そうな顔を輝かせてすぐに直感した。

「しかし、なぜ、これがこんな場所にあるのだ？」

なんとも不可解な現象に、てんから否定せず、まず当惑の姿勢で受容するのが、樋口くんの日頃の習わしだった。帰宅した時、机の上にはもちろん胡桃などなかったことは確認している。購入した憶えはさらになかったか

ら、盗みでもしない限り、これがここにあるはずがなかった。

ふと、例の「校長先生」という高橋くんの作文を思い出した。そこには紛失した胡桃の一件が書かれていたからである。もし高橋くんが校長先生の机の上から我知らずのうちにこっそりポケットにしまったとしたら、仲良しだった樋口くんの手に渡る可能性は十分考えられた。もっとも記憶はない。

胡桃が、幻ではなく、実際にそこにあるのだということを確かめるために、樋口くんは手を伸ばしてそっと触れてみた。すべすべして、固く、つい今しがたまで誰かの手に握られていたかのように熱かった。異様な熱さに、樋口くんはぎょっとしてすばやく手を引っ込めた。

なんだか疎ましいので、どうしてももう一度触れる気がしなかった。それで、そばにあったティッシュを抜いてふんわりかぶせ、スタンドの明かりを消そうとしたとき、胡桃に被せたティッシュがやわらかく悶えたような気がした。下で胡桃が動いているのだ。おそるおそるティッシュを除けてみると、黒い胡桃はにわかにうごめき始め、どんどん膨らんでゆく。

「ぼくは夢をみているのだ」

樋口くんは少し冷静になって判断した。

夢だと思うと、急に自由で気楽な気分になって、腕の力が抜け、肩のわだかまりが消えた。天使の羽が背中からにょきにょき生えたようだった。ありえそうもない奇跡があちこちに淡い極彩色の泡のように湧き立つ。それを漫然と見送っていた樋口くんは、何かに突っつかれる愉快な気分で促されて、えいっとばかりにベッドに飛び込んだ。身体がいったん深く沈んで、その反動で大きく浮かび上がりそうになりながら、中途で滞った。ふざけて体をひねりながら転がるたびに、時間の断層がするっとずれる感覚が訪れる。

ふっと前田さんの面影が浮かんだ。そのせいでますます喜びが全身に浸透していった。ベッドごと、部屋ごと、ねっとりした濃密な蜂蜜の海に漂っている気分だった。

翌日の放課後、図書館で待ち合わせた二人は、それぞれ昨夜みた夢を語り合った。不合理をなんなく取り込む夢の効果のせいか、いつになく深い親しみを感じた。顔

を見合わせると、相手のぬくもりを感じるようだった。どうかすると、ときとして浴槽の湯の中でお互いの片方の脚が入れ替わるような、少し気の置けない共感を覚え、ついついはしゃいでしまった。

「しーっ。館内では静粛に」

係員に咎められて、二人は書棚の右と左に分かれて、同時に手を伸ばして、それぞれ書物を手にした。ページをめくると、どちらの本にも招待状が挟まっていた。書物の隙間からお互いの招待状を見せ合った。樋口くんのそれは、雪の国の招待状だった。前田さんのそれはお菓子の国の招待状だった。

日付は同じだった。

「これじゃあ、一緒に行けないわね」

前田さんは思い切り眉をひそめて不平を洩らした。

まだ昨夜の夢の続きをみているようだった。二人がそれぞれ手にした二冊の本にそっくり同じような招待状があるなんて考えられない。樋口くんはいったん目を閉じて、三つ数えてから目を開けた。もう一度本を確かめた。招待状はなく、栞(しおり)が一枚挟まっているだけだった。

「ほら、やっぱりそうだ。奇跡なんてどこにもないんだ。あるのは偶発する必然だけだ」

そう思うと、失望するどころか、樋口くんはかえって活力を得た気分になった。前田さんの姿を探すと、窓際で齧(かじ)られた林檎のような顔をして窓外を眺めていた。齧られた部分を回復してあげようと思って、樋口くんは前田さんにそっと近づいた。

前田さんがくるっと振り返った。樋口くんはにっこり微笑んだ。それからもじもじしながら、渡そうと用意していた贈り物をバッグから取り出した。

「何？　これ」

「くるみ割り人形さ」

樋口くんはいつも幸せな気分にしてくれる前田さんに何か贈りたいと常々思っていたのだ。だが、何を選んでいいのか分からなかった。昨夜、机の上にあった胡桃を見て思いついたのがこのプレゼントだった。

もっとも、今朝起きてから机の上を確かめたが、胡桃の実などなかった。けれどもくるみ割り人形をプレゼントしようという思い付きは変わらなかったのだ。

今日、樋口くんが遅刻して一、二時限を欠席したのは、デパートに立ち寄っていたからだった。購入代金を払お

うとあんぐり口を開いた財布をみながら、「このためにわざわざ胡桃はぼくの夢の中に滑り込んだのだ」と、あらためて夢の啓示のように思った。

「でも、あいにく胡桃がないわ」

前田さんはこのプレゼントに困惑していた。なるほど十八歳の女の子が手放しで喜ぶような代物じゃない。

「あるよ」

樋口くんは、寸足らずの袖が急に気になって母にせがんで新調したばかりの学生服のポケットに手を入れ、胡桃を五個取り出して渡した。これも一緒に購入しておいたのだ。

二人はさっそく屋上に出て、箱からくるみ割り人形を取り出した。それは、金の勲章で飾られた軍服に身をまとい、黒い帽子を被った、大きな反り返ったひげのある兵隊の人形だった。胡桃を割る仕掛けは単純で、膨らんだ腹の穴にセットして、鰐の口のような鉄槌を梃の原理で比較的軽い力で操って圧しつぶすのだった。

前田さんは、えいっとばかりに梃の先に力を込めた。

胡桃は乾いた音を響かせてあっけなく潰れた。粉々になった絡みもつれた殻を剥いで、前田さんは胡桃を頬張った。

「とてもおいしいわ」

「うん、美味しいね」

樋口くんも美しい前田さんを見ながら相槌をうったが、実はさほど美味しいとは感じていなかった。あんな頑丈な殻に閉じ込められていたのだから、もっと濃密な味を期待していたのだった。あっさりしていて、甘さも薄かった。

元来、樋口くんは男女の差異を、その外見よりもはるかに小さいものと考えていた。教師であるお母さんの影響だ。

「でも、男女に差異があるとすれば、きっと舌なんだろうな」と樋口くんは心の中でつぶやき、前田さんの閉じた薄い唇の奥にある、すばしっこそうな舌を思い描いていた。

翌日、立て続きの不祥事に心労が重なったのだろう、校長先生が入院した。

「すぐに退院できると思いますが、不在の間、不肖私が代理を務めさせていただきます」

教頭先生は小柄な体を思い切り背伸びさせながら、職

員全員を眺め、自分の発言が与えた影響がはっきり顔ににじみ出ていることに満足した。

「何の病気です？」と誰かが訊いた。

「それは、……その、口にはできない非常に微妙な部位の、突発的に受難した不可解な打撲であるとしか言明できません」

教頭先生はちょっとした躓きにもあっけなく動揺してしまういつもの癖で、たちまちしどろもどろになった。

教員たちは不審そうに顔を見合わせるばかりで、誰もそれ以上質問しなかった。少し間を置いて、安藤先生はぽっと頬を染めた。

ちょうどその頃、体育館の裏で樋口くんとこっそり密会していた前田さんが、始業ベルに急かされて急いで教室に向かうところだった。階段をあがろうとすると、背後から小さな細い声で呼び止める生徒がいた。振り返ると、整った目鼻がどれも小さな、赤井さんという女の子が、豊かな髪に覆われた心細い顔つきで見つめていた。

「ありがとうございました。お陰で助かりました」

赤井さんは消え入りそうなか細い声でそう言った。

「え？　どういうこと？」

感謝の理由がさっぱり合点できない。前田さんはきょとんとしていた。

「昨日の放課後のことです」

その時間帯には、たしか図書館の屋上で樋口くんと会っていた。

「ええ、何があったの？」

始業ベルがもう鳴りやんでいたので、二人は一緒に駆け出して、それ以上詳しい事情を聞くことができなかった。かろうじて先生の登場する前に席についた前田さんは、さっき逢った赤井さんとのやり取りを思い出していた。やっぱり見当もつかない。

だが、これまでずっと前田さんに対して周囲は冷たかったから、理由はつかめないが、自分に対して好意的に接してくれる人に会って、救われる思いだった。世界中の人に疎まれても、たった一人共感できる人がいればそれで人は救われる。前田さんは感激して、今までの辛かった日々を振り返って思わず涙ぐんだ。

授業が終わると、さっそく前田さんは隣の教室に赤井さんを探し出し、昼食時間に会う約束を交わした。

赤井さんの打ち明けた話は、胚乳のように脆く、傷つ

きやすい心が、長期間にわたって執拗に苛まれた、とても痛ましい体験だった。

「私はこの半年間、ずっと苦しめられてきました。成績が極端に落ちたのもそのせいです」

赤井さんは苦しい毎日を思い出したのか、ぽろりと涙を落とし、それでも誰かに話すことで心が和らぐのか、穏やかな口調でゆっくり話し出した。

……私は体操部に所属しており、特に平均台が得意でした。

高さ百二十五センチ、幅十センチの台の上で、両手を思い切り拡げて立ち、平衡感覚を研ぎ澄まし、今まさに跳躍しようとする刹那でした。あの目です。鋭い針のような視線が体を刺し貫いたのです。あの目です。ここ数日間ずっと私を遠くからこっそり注視しているあの目でした。

まだ成熟していない乳首の先端にちくっと痛みが走りました。とたんにバランスを崩し、片足が台を踏み外して、全身が窓から放り出されるように落下したのです。

痛烈な痛みが襲い、意識ははっきりしているのに、失神しそうでした。みんなが駆け寄り、心配そうに窺っているのがわかりました。そのとき大きな体がのっそり接近し、やにわに私の足首を掴んだのです。私の足よりも大きな、指の太い、私の肌より暖かいのか冷たいのか分からないあいまいな温度を持った手でした。

「これは大変だ！」

その男は群がる周囲を制し、支配する立場を確保しました。患部を検査し、症状を確認しようとする手つきを装いながら、その手は足首からつま先までゆっくり撫でまわし、愛おしげにまさぐるのでした。相手の忌まわしい思惑を知って、私は思わず、「やめて！」と叫びました。そのつもりでした。でも私の口から発したのは、「痛い！」という叫びだったのでした。

拒否を要介護と採られかねないこの不用意なミスが、なおも相手の不作法を容認することになったのでした。

意を得たとばかりに男はいきなり邪険に私の両足を抱え込み、他の誰かに指示し、背後から脇の下をくぐらせた両手でまだ小さい私の乳房を鷲掴みにするよう促したのです。連行し、監禁するつもりなのです。必死に体をうねらせて抵抗しましたが、二人の男の腕によって私の小さな身体はあっけなく浮遊しました。連行される間、

まるで二人の男に交互に凌辱されるようでした。なおも私は魚のように全身をくねらせて暴れましたが、男の力には敵うはずがありません。

診察室に運ばれ、ベッドに横たえられたときには、私はすっかり観念してぐったり身を投げ出していました。それからは、さながら地獄でした。また忌まわしい執拗な愛撫が始まったのです。今度は別の男の手です。彼らは共謀しているのです。首謀者はあの忌まわしい眼の男です。私は悶えながら気の遠くなるほどの時間を必死に耐えました。

ようやく拷問が終わって開放されましたが、右足首には白い鎖が巻きつけられていて、もう悪辣な罠から永遠に逃れられないと観念しました。

それ以来、両足を抱えながら運んでいた男は、私を虜にしたような厚かましい態度で接するようになりました。気安く呼び止め、なれなれしく肩を抱くのです。私は怖気をふるって身をすくめるのですが、男は屈んで、包帯を巻いた足首に触れようとします。私は思わず蹴飛ばしたい気持ちになるのですが、痛いのでそうもできず、じっと我慢しているしかなかったのです。

「この包帯がいけないんだわ」

いつまでも呪縛から解かれずに、あからさまに嫌悪の意志も示せず、それどころか愛想笑いさえ浮かべる自分に腹が立って、私は包帯を毟り取りました。でも、放たれた足首はさらにいっそうきつく見えない鎖に縛られるのでした。

それ以来、身体が変調をきたし、胸がどんどん大きくなってゆくのです。掌で隠そうとしても大きくはみ出してしまうくらい。明らかに何かに刺激された膨張です。あの濁った目。あのいやらしい唇。あの手の動き。

……

話がとめどなく続きそうだったので、前田さんはそっけなく制し、

「実情はどうあれ、あなたが長い間苦しめられてきたのはよく分かったわ」と、同情した。

「でも、どうして私があなたに感謝されなくてはならないの？」

「だって、あの男から私を救ってくれたのはあなたですもの」

前田さんはとんと合点できなかったが、そのときちょっとしたひらめきが走った。

「その男というのは、ひょっとして校長先生？」

校長先生は今入院していて、かつてまつわりつかれていて、今は解放されているという実情に少なくとも合致しているからだった。

「いいえ、体育の福田先生です」

また振り出しだ。前田さんはますます訳が分からず、不審そうな顔で赤井さんを眺めた。

「あら、私の言うことが信用できないのですか！」

赤井さんは悔しそうに憤った。

「だって、本人が白状しているのですよ。前田にとっちめられたから、もう悪戯はよすよと。それが昨日の放課後でした。あなたは私の救世主です」

前田さんの表情が困惑したままだったので、赤井さんは躍起になった。

「私だけじゃないんです。嶋田先生の執拗なストーカー被害に悩んでいる小金井さんも、大阪先生の陰湿なパワハラに音を上げている蒲田さんも、みんな口を揃えて前田さんのお陰で解放されたと喜んでいるのです」

「あなたたちを苦しめている三人の男を私が懲らしめたって言うの？」

「だって、ほら、月曜日のラジオ体操のとき……」

当校では週初め、全教員ともども全校生徒が校庭に集合してラジオ体操を行う習慣になっている。

「両手を拡げながらぴょんぴょん飛び跳ねる場面があるでしょう、その場面が終わっても、三人だけがいつまでも同じ動作を繰り返していたのです。みんな失笑していました。当人たちは汗みどろになりながら逆らおうとするのに、どうしても止められないでいたのです。滑稽でしたわ。私も滅多にないことだけど、つい声を上げて吹き出しちゃいました。あれも前田さんが強いた懲罰だったって、みんな噂しています」

不思議な話だった。

前田さんは樋口くんに事情を話したが、樋口くんも理解できなかった。でも、樋口くんは前田さんが救世主扱いされて、周囲から称賛されている実情をすでに洩れ聞いていた。最近では、みんなからちやほやされ、すっかり人気者だそうだ。樋口くんは少し複雑な気分だった。自分より背の高い恋人を気にしているようなバツの悪さ

だ。樋口くんは少し拗ねて、依怙地になっていた。

そんなこともあって仲睦まじかった二人の間に少し亀裂が生じていた。樋口くんはそれに気づいていたが、いつでも取り返せると考えていて、自分からは収束に努力しなかった。

期末試験が迫っていた。樋口くんはもう無理に勉強する必要もなくなっていたので試験勉強をおろそかにしていたが、成績の芳しくない前田さんは必死だった。精を出すために、二人のデートを一週間厳禁にしようと提案した。樋口くんは少し腹を立てた。

期末試験の結果は、前田さんは順位にほとんど変化はなかったが、怠けていた樋口くんが学年トップになった。五教科とも満点で、これは本校始まって以来の快挙だった。すでに快癒して退院していた校長先生は、努力をねぎらうために樋口くんを校長室に招いた。

「やあ、おめでとう」

校長先生は両手を広げて歓迎した。

樋口くんは思わず後ずさりした。なぜだか分からない。ただ、校長先生の目つきか物腰に、部屋を歪ませる妙な違和感を嗅ぎつけたのだ。それに、校長先生の肥った体形は、空気を濃密にし、相手に緊張を強いる独特の圧迫感があった。大きな図体がどんどん大きくなって部屋を占領し、樋口くんを壁際に押し付けるようだった。

だが、校長先生は、磊落で横柄な印象にもかかわらず、驚くほど繊細な神経の持ち主だった。樋口くんのひるんだ様子に敏感に反応した。巨象が蟻になった。焦点の定まらない臆病そうな目で樋口くんを窺っている。

ようやく樋口くんに座るよう促し、自分は窓際に向かい、机の上にあった胡桃を摘まんだ。いつものように掌の中に二個を転がし、こりこり擦り始めた。それでどうにか落ち着いてきたようだ。

樋口くんは初めて入った校長室を珍しげに眺めていた。それから顔を上げて、校長先生の大きな手の中でこりこりと音をたてている、どこか軽薄そうな仕草を見つめていた。擦り合わされた音には、胡桃自体が見えないために、腹に一物あるような、狡猾な意図が見え隠れした。

すっと宙に浮いた校長先生の毛むくじゃらな手の、ちょっとした動きに、樋口くんはまた激しい嫌悪感を覚えた。さらに分厚い唇がゆがみながらおもむろに開き、

たっぷりの唾に濡れたみだらな歯をむき出しにすると、樋口くんは今度は意識して、嫌悪感をあらわに強調した表情をあからさまに向けた。時間が濃密になった。部屋が奇妙に変形した。腹のでっぷり出た大きな体が、影を引きずって少し動いたとき、樋口くんはいきなり立ち上がって叫んだ。

「そうか、あなただったんですね！」

校長先生の顔面に、はっとした緊張が走り、怯えが放射した。

樋口くんは憤怒の形相になって、今にも掴みかからんばかりの勢いで迫り、左手を振り上げた。ぎっちょだったからだが、相手の目に映ったそのままに、つたなげで、弱々しく、無効に感じられた。樋口くんは振り上げた手がゆっくり下りてゆくのを自覚し、はあ、はあと荒い息を吐いた。そのままなおも校長先生を睨みつけていたが、不意にくるりと背を向けた。

荒々しくドアを開けて飛び出すと、力任せにドアを閉めた。けたたましい反響が波のようにうねって追ってきた。樋口くんは何か喚きながら猛烈な勢いで駆け出し、驚愕して立ち上がって見守っている教員の間を泳ぐようにぐんぐん進んだ。

廊下を一目散に疾走する樋口くんとすれ違った前田さんは、ただならぬその形相に驚いて、急いで取って返すと、スカートを翻して猛スピードで跡を追いかけた。

「待って、樋口くん！」

その声は笛の音のように樋口くんの耳にからみついたが、樋口くんは構わず走り続けた。階段を駆け下り、給食室を過ぎたところで廊下から外に飛び出し、宿直室の前に出た。なおも走り出そうとすると、躓いたように足が引っ掛かった。足元を見ると靴底がぺろりと剥がれていた。利一くんはそこに佇んだ。プールが遠くに見えた。なぜか自分でも分からないまま、しばらくプールを眺めていた。

樋口くんは視線を落とし、まじまじと自分の上履きの爪先を見ていた。底が剥がれたのは、何かが樋口くんをそこに留まらせたかったのだと思った。停止は樋口くんの意図ではなかったのは明らかだったので、上履きの意志だったとしか思えなかった。上履きで戸外に出ることを戒めたとでも言いたげに。

誘導されるようにそこから少し歩いて顔をあげると、

真向いにコンクリートのプールが見えた。真夏の賑わいから見捨てられて、たたえられた水面が隠されているために無用の長物に見えた。そうか、廊下から宿直室の前に出ると、そこからプールまでは一直線なのだ。体育館を経由するとずいぶん遠回りになる。

樋口くんはもう一度上履きの爪先を注視した。何かただならぬ予感がした。爪先がその地面を、他ならないその限られた位置と範囲を憶えているような気がしたのだ。爪先に向かって地面がじりじりと押し寄せるようにして、一点をめざし、指示する。そこは、もう跡形がないが、遺書を燃やした焚火の場所だった。

樋口くんは考え深い顔つきをして、まるで距離を測るように注意深くプールまで歩いて行った。プールに辿り着いたとき、ようやく前田さんが追いついた。

「ねえ、いったい、どうしたの！」

樋口くんはプール脇にしゃがみこんで体を震わせていた。青いペンキの一部が剥げたコンクリートのざらざらした壁に顔面を押し当てているので、樋口くんの端正な顔は惨めに歪んでいた。背中をまるめてしゃがんだ樋口くんの姿勢は、さらに崩れて、両手をつき、全身を震わせた。

前田さんが腰を屈めて覗き込むと、泣きじゃくっているのだった。塩を浴びせられてじくじく泡立ちながら萎んでゆく惨めなナメクジのような樋口くんを見下ろしながら、前田さんはいつになく抑えきれない愛おしさを感じた。

またあの音が聞こえた、と前田さんは軽く胸を押さえながらつぶやいた。

高橋くんが教室で奇声を発した瞬間に掠めたのと同じ音だ。やはりうっかり見逃しそうになるほど幽かな音だったが、二度目だったので、今度は前田さんもその音を冷静に見極めることができた。水晶のかけらが擦過し合って響かせたような、余韻のない、重く硬質でありながら鈴の音のような繊弱さを併せ持った不連続な音の連鎖だった。きまぐれで、唐突で、それでいて奇妙に調和した、外界から耳に届くのではなく、身体の中に染みるように認識されるので、とらえがたく、発せられた直後に追想でしか感受できない性質を特徴とした音だった。

前田さんはかつて高橋くんに寄せた恋のときめきを思い出した。その頃の前田さんは、ちょうど今眼前で震え

ている樋口くんのように、とても不幸だった。翅が濡れてぼろぼろになった蝶のように、唾棄しながらも逃れられない鳥もちに足掻いていたとき、首席の高橋くんの姿が救世主のように映って、慌ただしく身を翻し、すがるように追い求めたのだった。そういう意味ではそれは祈りに似ていた。

「ねえ、いったい何があったの？」

思わずその肩に触れそうになる手を留めて、前田さんは訊いた。

樋口くんは、頬に触れたコンクリートの壁に、季節外れのプールの病葉の浮いた満水の重量をありありと感じていた。

「あいつの呻き声が水底から聞こえる」

樋口くんは怯えた蒼白の顔をもたげて、あらぬ方向を見ながら、まるで何かに哀願するようにつぶやいた。迫りくる妄想をさっと消しゴムで消したかった。

「何も聞こえないわ」と、前田さんは静かに、きっぱり言った。

「……あいつを殺したのはぼくなんだ……」

樋口くんの表情にうつろな、軽薄そうな笑みが浮かんでいた。

「高橋くんは辛さに耐えきれなくなって自ら逃亡したのよ。弱虫だったのよ。自分で死を選択したのよ。あなたのせいじゃないわ」

「いや、ぼくのせいだ。直接には手を掛けていないが、きっかけはぼくが作った。ぼくが死に追いやったんだ」

「聞かせて。あなたたちの間でいったい何があったの？」

「高橋が死ぬ直前に模擬試験があったろう。始業の直前に、ぼくは彼の耳元で、きっぱり宣告した。もう答案用紙にはお前の名前は書かない。樋口利一と書くよ。だからお前も自分の名前を書くんだ、と」

「いったい、どういうこと？」

前田さんはすぐには理解できなかった。

「それまであなたたちは試験のたびに互いの名前を書いていたの？」

「そうなんだ。それがぼくらの契約だった」

「呆れた！」

「ぼくの決意を知らされると、彼は顔をあげて険しい形相で睨んだ。それから目を落とすと、いきなり手にしていた鉛筆で机の上にあったぼくの手の甲に突き刺した。

芯が飛んだ。竹を割ったような痛烈な痛みが走った。何か叫んだが、声にならなかった。ぼくは患部をきつく握りしめて痛みを堪えて、彼の背後の席についた。試験が始まったが、彼は背筋を伸ばしたままいっこうに取り掛かろうとしなかった。あいつの答案は白紙で提出された」

「高橋くんの学年一番の秀才の誉れは、実際は樋口くんの力に支えられていたというわけ？」

「ぼくはもともとのんびり屋で、試験勉強が大嫌いなんだ。でも、彼を学年トップにするために必死に頑張らなければならなかった」

「先生は気づかなかったのかしら」

「採点するのに精いっぱいさ。集めた答案用紙の順番が違っていても気づくはずはない」

「でも、樋口くんはなぜ、そんなにたやすく高橋くんの言いなりになっていたの？」

「極悪非道な暴君の前ではぼくは哀れな奴隷だった」

呻き声が聞こえたが、前田さんには樋口くんの口からではなく、体のどこか別の部位から洩れたように思えた。

「脅かされていたからだよ。この二年間、ずっとだ」

前田さんにもようやく事態が飲み込めてきたが、まだ信じ難かった。

「あいつは性器をむきだしにしたぼくの恥ずかしい裸体の写真を持っている。それでずっとぼくを脅迫して奴隷のように扱ってきたんだ」

「なんてこと……」

「ぼくらは親友だった。あいつにとってぼくは友達の一人にすぎなかったが、ぼくにとってあいつは唯一の友達だった。よく互いの家を行き来していた。泊まることもあった。ある夜、いつのまにか眠っていて、重苦しい夢にうなされて目覚めると、なんと彼がぼくの上半身を両腕で抱えて、自分の体重で抑え込んでいるのだった。ぼくはびっくりして跳ね起きようとした。だが、両腕に手錠が嵌められ、ベッドに括りつけられていて、身動きできなかった。必死にもがいて抗って分かったが、両足も固定されていた。自由の効かない身体をばたつかせて夢中で暴れたが、四肢を呪縛されていては敵わなかった」

「かわいそうに……」

前田さんは利一くんの学生服の糸が緩んで今にも取れそうなボタンを見ていた。

「だが、結局、無理強いしようとしたいかがわしい行為

は未遂に終わった。彼の肝心な道具が惨めに委縮したまま、役に立たなかったからだ。その恥辱がかえって彼を狂暴化させた。不埒な行為を二度と強要しなかったが、ぼくに対して常に暴君でなくては安住できなくなったのだ。無理難題を持ち掛ける。ぼくは承服する。それで彼は安心するんだ。小遣いを強奪されても、殴られても、ぼくは文句ひとつ言わない。答案用紙にあいつの名前を書くのはもっとも無難な強要だった。ぼくにどうして抗うことができただろう。あのときベッドに括りつけられた裸体がカメラに収められていたからだ。絶対服従するしかなかった」

「なんて卑劣な男でしょう……」

「ぼくは彼を心底恨んでいたが、その一方で、深く同情もしていた。なぜなら彼もまた犠牲者だったからだ。彼は彼をそんなふうに作り上げた大人によって、幼い身体を蹂躙されてきたんだから。その体験が駆り立てた歪んだ愚挙だったと知っていたからだった」

　引き継がれた悪の連鎖。

「それ以後あなたたちの成績は交換されてきたのね。どうせいつかはバレるのに。少なくとも大学受験では同じ真似は通用しないでしょう」

「彼は受験しないと言っていた。それまではこのまま押し通すのだと。どうせそれまでの限られた命なのだと言うのが口癖だった」

「それでようやく高橋くんの自殺の原因が私にもわかったわ。小学生のときに忌まわしい男色を強要された絶望は、利一くんを仲間に引きずり込んで傷を舐めあうことで、また学年トップの成績を維持することでかろうじて避けられてきたのね。命運を繋ぎとめていた二つが一挙に瓦解してにっちもさっちもいかなくなった……」

「そうだ、引き金を引いたのはぼくなんだ」

「でも、どうして最後になって、樋口くんは反抗する気になったの？」

「もちろん嫉妬のせいさ。あの頃、きみは高橋に夢中だっただろう。それだけは我慢できなくなったんだ」

　二人は黙りこくった。

　樋口くんは自分の中にプールの黒い水があふれるのを感じた。ゆっくり立ち上がると、軽いめまいがした。体が傾き、体の中に満ちた黒い水が間を置いてから遅れて傾いた。体内のゆらめくゆるやかな反動めいた動きを意

識しながら、樋口くんはまっすぐ前田さんを見つめた。

「それにしてもなぜ水死なんだ！」

樋口くんは呻くように叫んだ。

「学校を舞台にする必然があったとしても、どうして選りによってプールでの死を選んだのだ。校舎から飛び降りれば一瞬だ。だが、水泳の得意な彼が水中で溺死するには、数分間の決意の持続が必要だ。梯子にロープを絡ませて浮上を妨げたと言うが、直前まで自分の意志で緊縛していたんだ。なんという拷問だろう。彼が溺死を選んだのは、彼が受けてきた虐待がそれほどまでにおぞましく残酷であったと告発するためだった。そうとしか考えられない」

「……あの教室で発した奇声を思い出すわ。あれは断末魔の叫びだったのね」

「絵具のチューブから流れたばかりのようななまなましい濃緑の声だった。あの叫びが、あの日以来いつまでも耳について離れない」

二人は押し黙った。

「なぜ小学五年生の作文なのだろうと、ずっと考えてきた。今、その理由が分かる。継続を意味していたのだ。悪魔のような仕打ちは小学五年生から高校三年生までずっと継続されてきたのだ」

「ええ、そう思うわ」

「そうだ、きょう、幼い彼に過酷な仕打ちを繰り返していた張本人が分かった」

その顔はいつもの穏やかな表情を歪ませて赤らんだ憤怒をふくらませていた。

「校長先生？」

「そうだ、あいつはぼくらの小学校の担任教師だった」

「やっぱりそんな頃からだったの……体だけではなく、時間も監禁されていたのね」

樋口くんは人間が足元の蟻を見下ろすように寄り添った自分たちの姿を見た。愛憎の入り混じった、共存のような、二人の間に横たわった密着した永い年月を思うと、抜き差しのならない紐帯（ちゅうたい）のもつれさえ感じずにはいられなかった。

「こうなったら、お仕置きね。とっちめてあげましょう！」

「うん、……でも、どうやって懲らしめるんだ。ぼくには腕力も、権威もない。ついさっきも、悪辣非道な怪物

はこいつだったのだと確信しても、臆して、部屋を飛び出すしかなかった」

「大丈夫。私に考えがあるわ」

前田さんは薄い唇を結び、遠くを見ながらきっぱり言った。

その夜、二人は供養の花を添えるためにまたプールにやって来た。花束は樋口くんが用意し、前田さんは例のくるみ割り人形を持参していた。

二人はプールに向かって並んで立ち、両手を合わせ、目をつむって神妙にお祈りした。

湿っぽい冷気が体中に浸透し、内部と外部の温度が同じになると、まず体の形があいまいになった。体重も消えてゆき、一番重そうな頭部だけが戸惑ったように宙に浮かんでいる。やがてその重さも消えて、全身をささえていた足裏の踏ん張りと膝の突っ張りがこなごなになって、今は両手に撞着した感触だけが浮かんでいる。

目を閉じただけで、二人が日頃自明のように捉えている確実さがあっけなく消えていく。

「さあ、仇討ちに準備はできている？」

前田さんの声に、樋口くんは目を開き、しっかりうなずいた。

前田さんは腕まくりして、兵隊のくるみ割り人形をコンクリートの上に設置した。胡桃の実を腹部の穴に入れて、思い切り鉄槌を押し下げた。

胡桃はあっけなく破壊した。

「さあ、今度は樋口くんよ」

樋口くんも力を込めて鉄槌を下した。

前田さんは粉々になった胡桃を満足そうに眺めていた。

「今頃、町外れの丘の上にある校長先生の自宅では、凄まじい断末魔の絶叫があがっているはずだわ。校長先生は両手で股間を押さえてベッドでのたうち回っているに違いない」

この計画を聞かされた当初から、樋口くんは半信半疑だったが、思い切って反駁できないでいた。なにしろ、今や前田さんは女生徒の救世主で、数々の奇跡を起こしていたのだから。翌朝が楽しみだった。

前田さんは朝の清掃が苦手だ。自分の部屋さえうまく

整頓できたためしがない。ところが、今朝は、うきうき弾んで、てきぱきと作業を進めていた。その様子を樋口くんは満足そうに眺めていた。

「昨夜の懲罰は効果があっただろうか」

「もちろんよ。だって、もう三人も実証済なんだもの」

　前田さんが得意げな笑みをのけぞらせたとき、校長先生の大きな上半身が階段を登ってきた。せり上がるようにどんどん全身を現す姿を、二人は愕然と見守った。

「ご苦労さん」

　校長先生は朗らかな声でねぎらい、指の太い手を挙げ、すれ違いざまにその手を前田さんの肩にぽんと弾ませた。

　てっきり入院を余儀なくされているだろうと考えていた前田さんは、立ち去ってゆく後ろ姿を睨みつけ、地団太踏んで悔しがった。手にしていた雑巾を両手で思い切りしぼった。濁った黒い水がしたたり落ちた。それは前田さんの悔し涙だった。樋口くんが寄り添って慰めても効果がなかった。

「私の神通力は消えてしまったんだわ……」

　前田さんの落ち込みはひどかった。

「二年間止っていた生理が三日前にとつぜん復活したの。きっとそのせいだわ」

　その日の午後、誰も居なくなった教室で安藤先生はぼんやり立ち尽くしていた。

　開いた窓から爽やかな風が吹き込み、壁に整然と貼られている書をしたためた和紙をさらさらとたなびかせた。安藤先生は翻っては戻る特定の一枚をじっと眺めていた。ほーっとため息をつくと、今度は廊下に出て、職員室の隣の倉庫に向かった。書類を満載した棚をあちこち探しまわったが、目当ての品を発見できなかったらしく、肩を落として職員室の自分の席に座った。

　教頭先生はその様子を爬虫類のように身じろぎしないで目だけきょろきょろさせて追っている。安藤先生は机の抽斗を何度も開いてはバインダーを取り出し、点検し、また元に戻して、小さく吐息をついた。

　このところ、教頭先生は、暇を持て余すとよく自分の席から安藤先生を眺めていた。極端に背が低く、そのうえいつも椅子の背もたれにふん反りかえっているので、

濁った黄色い視線はまるで机の表面を滑るように進み、安藤先生の首筋に付着し、そのままゆっくりと耳に辿り着くのだった。

　教頭先生はとうとう衝動を抑えきれなくなって、いつのまにか安藤先生の背後に迫り、つややかな黒髪に覆われたこじんまりした頭部から覗く、その形の良い耳を注視していた。

　教頭先生にとって、耳は人体のどの部位にもまして魅力的な、可憐で、愛らしい造形なのだ。耳介全体の絶妙な形、耳介(じかい)軟骨への横紋筋の絡み具合がなんとも気をそそる。それぞれ異なった形をしたいくつもの軟骨の意志が、複雑に絡み合おうとする構造には、ともすると精妙な音楽が洩れていそうに思えるほどだ。それに下端に垂れるともなく滞った耳たぶときたら。……

　また、心の変化を恐ろしく敏感に表現する特異な現象もたまらない魅力の一つだ。耳介を庇う皮膚が薄いので赤い血流の変化が鮮やかに透けて取れる。心の中に閉じ込めた羞恥や怒りが、本人が自覚する前にたちまちあらわになる、身体のなかでもっとも精密な器官だとも言えるのだ。

聞くところによると、締まった足首や、足の指を咥えるほど好む輩がいるらしいが、蒸れた臭いは気にならないのか。乳房など、厚かましくのさばる愚鈍な塊にしか見えない。性器などもっての外だ、濃密な腐敗臭を放つ泥濘ではないか。

「なにか探し物かね」

　と教頭先生は優しく声を掛ける。最後の〝ね〟の音を発した唇の形をそのまま保って、軽く開いた間隙を安藤先生の耳に近づけようとする。

「教頭先生、ちょっとご相談があるのですが……」

　気づかないうちに迫っていた教頭先生の位置に、安藤先生は少したじろぎ、慌てて、その気もなかった依頼を持ち掛けてしまった。

「何だね」

　安藤先生はもじもじと身体を揺らし、すぐには口を開かなかった。教頭先生は少し上体を反らして安藤先生のほっそりした身体をしげしげと眺めた。ためらいのゆらぎが安藤先生を美しく彩っていた。

「そうか、じゃ、ちょっと場所を変えよう」

　教頭先生は隣にある倉庫に安藤先生を誘った。扉が閉

まると、とたんに教頭先生は緊張し、そわそわと動きだした。狭い閉ざされた空間が四方八方から窮屈に迫って来るのを避けるように。

「暑いな。通風がうまく効いていないのだろう。それに、ここでは座る場所もないいな」

教頭先生は落ち着かなげに視線を走らせ、その視線が安藤先生の横顔に留まると、どぎまぎした。なにしろそこには可愛い耳が慎ましく付着していたからだ。

「そういえば、ごく最近、この倉庫で生徒が二人いちゃついていやがったな」と教頭先生は心の中でつぶやいた。

大粒の汗が額から頬に垂れて、やや間を置いて、じっくり首筋を伝っていった。教頭先生はミミズのような汗の軌道を肌の意識で注意深く辿っていた。目の前に可愛い耳があった。その耳たぶにイヤリングになって噛みつきたい、と教頭先生は激しく渇望した。さすがに自制して、少し後ずさりした。すると、その動きに煽られたかのように目の前の空間がにわかに動揺した。佇立した姿勢が斜めに感じられる。もう限界だな、と乾いた口が呻いた。きっと俺は今にとんでもない愚挙をやらかすぞ。

……

その刹那、いきなりドアが開いた。あっという叫び声をあげたのは、三人のうちの誰だったか当人たちが判然としなかったほど、三人とも驚愕していた。

開いたドアの前に立っていたのは、今年の四月に赴任してきたばかりの若い教師だった。

だしぬけに密会を暴かれたように見つかった部屋の中の二人は、一瞬間を置いてから、慌てて駆け寄り、懸命に弁解した。

「相談を持ち掛けたのは私の方です」と安藤先生はすかさず主張した。

女の私が誘ったと言えば、いかがわしい妄想からも無理強いの嫌疑からも逃れられると思ったからだ。

若い教師は肩をすくめ、自嘲めいた笑みを歪ませながら片手を宙に浮かせた。その手にはつい先日、体育館の緞帳に隠れて鷲掴みにした安藤先生の乳房の量感が残っていた。

「痩せた身体にしてはずいぶん豊満だったな。あれはとても一人では育めない成熟だ」と、そのときの場面を思い出しながら心の中でつぶやいた。「だが、その相手はまさかこの教頭先生ではないだろうな……」

叫びを聞きつけて、他の教師も集まってきた。

「何か言いにくそうにしていたので、他の人に聞かれたくない事情だと思ったのだ。それで倉庫に」

その弁明は正確で正当なものだったが、教頭先生の口調は舌が涎でもつれたように乱れがちになったので、いっそう疑惑に拍車がかかっただけだった。

「それで、わざわざ倉庫の中でしなければならなかった相談というのは、いったいどんな話だったのですか？」

若い教師は皮肉たっぷりに訊いた。

「私、とんでもないことに気づいたのです」と安藤先生は言った。

声が小さかったので、周りを囲んだ教師たちはぐっと身を寄せた。身体のあちこちに熱い弾力を感じるので、安藤先生は全身あざだらけになったように感じ、浮遊する捉えどころのない斑点が象るあいまいな体形を自分そのもののように感じた。ようやく落ち着いて、斑点を拾い集めて本来の自分の体形に戻すと、教師の口調で続けた。

「ある生徒の成績がある時期を境に際立って上がっているのです」

「でも、それはむしろ歓迎すべき出来事じゃありませんか」

「でも、急激すぎるのです」

「すると、不正を働いていたということなのか？」

「その可能性も否定できません」

「で、いったいその生徒は誰なんだ？」

「樋口利一くんです」

「何だって？」

周囲は騒然とした。

「すると、今回のめざましい快挙は、カンニングのせいだったというのか？」

「これがこの二回と、それまでの点数の比較表です。平均点数がなんと四十点もあがっています」

安藤先生は昨夜調査した資料を拡げて説明した。

「これは努力と根性だけでは到底達成できないな」

どの教師もそんなめざましい成果を上げさせた実績はなかった。

「信じられないな」

「こっそり樋口くんを呼び出して訊ねました。樋口くんはこれまでのいきさつを正直に話してくれました。これ

までずっと、親友の高橋くんと共謀して答案の名前をすり替えていたのですって」

「何だって?」

「自殺したあの高橋か?」

「いったいどんな利益があるのだ?」

「ゲームか?」

全員が承服できなかったのも無理はない。

「口から出まかせを言ってるんじゃないのか」

「筆跡を確認しようとしましたが、答案用紙は採点後、点数だけが記録されて本人に返されます。高橋くんの筆跡はどこにも残っていませんでした」と安藤先生は言った。

「まさか、そんなはずはないだろう。提出された書類か何かが残されているはずだ」

「いや、パソコンに打ち込んで整理され、現物はたいてい廃棄されるからな」

実際、どこにもなかった。安藤先生は昨日からずっと探していたのだ。

「これじゃ、まるで彼が当校に居なかったかのようだ」

「他の生徒もほぼ同じ状況ですから、そうなると本校には誰一人いないということになりますね」

若い新任の教師は皮肉たっぷりに言った。

「きみは口を慎みなさい。まだ当校に赴任してきたばかりだろう」と、一番の年長者が怒鳴った。

「例外的に、教室に展示されていた書道の作品が残っていましたが、これでは正確に検証できません。全員が同じ手本を見習って書いたものですから、どれも多少は似通っていて、巧拙しか判断できないのです」

唯一残っていた筆跡は、焼け焦げた高橋くんの遺書だけだった。そこで、全員で遺書の文字と展示された書を見比べて検討したが、確信は得られなかった。ただ、樋口くんは特に書が苦手だったので、その余りの稚拙さからまっさきに除外された。

「これによって判明したことは、高橋の遺書は樋口利一が書いたものではないと言うことだけだ」と若い教師は断言した。

それはもともと誰も疑っていなかったことだった。

衆議は一致した。――樋口利一の今回の快挙はカンニングによるものである。

さっそく樋口くんが呼び出され、詰問された。

樋口くんはもう一度二人の経緯を説明し、カンニング疑惑を徹底的に否定した。それで、五人の教師の監視の元で実証実験が行われることになり、樋口くんも同意した。

結果は惨憺たるものだった。

だが、実はこれにはしかるべき原因があった。安藤先生は自分の主張が覆されることを恐れて、試験問題に自分でも解けないような難問ばかりを集めた。さらに教頭先生が母校の大学の問題をそっと持ち込んだのだ。だからさしもの樋口くんも歯が立たなかった。

もともと気弱な性格の樋口くんはこれですっかり落ち込んでしまった。問題がほとんど解けなったのだから無理もなかった。樋口くんはすっかり自信をなくし、教室の隅に追いやられた劣等生の列に並んだ気分だった。

試験結果がさんざんだったので、教師たちはもう手加減しなくなった。さらに厳しく、執拗に、不正を行ったのだろうと責め続けた。樋口くんは自分の記憶を信じられなくなって、ひょっとしたら真相は教師たちの言う通りなのではないかと考えるようになった。これには、答案の記名交換時代、いつも高橋くんの成績を割り当てられて、劣等生の気分になっていた頃の境遇が影響していた。何度も繰り返し全面否定されると、つい疑心暗鬼にかられた。高橋との記名交換も実は自分の勝手な妄想にすぎないのではないか、そう疑うようになるにはさほど時間を要しなかった。

そして、とうとう樋口くんは思い余って自白してしまった。

「カンニングしました」

前田さんに励まされて、翌日に自白を撤回したが、もう誰も信じてはくれなかった。

それ以来、樋口くんは家に引き籠りがちになり、学校へはもう二ヵ月間も登校していなかった。前田さんが訪ねても滅多に顔を出さなくなった。

一方、前田さんも、生理が復活してからは、ごく普通の女の子になり、かつての救世主の面影はすっかり失せてしまっていた。

問題児の四人は、教育委員会の勧めもあって、最近とみに評判の高い民間の児童養護施設に送られることになった。

四人とはつまり、引き籠りの樋口利一くん、家庭内暴力の木下誠くん、被害妄想に苦しめられていた赤井麗子さん、それに前田淳子さんだった。

四人の中で前田さんだけは自分から入寮を希望したのだった。少し活気がなくなったとはいえ、とりたてて問題視されるような事情は抱えていなかった。むしろ両親はおとなしく従順な女らしさが芽生えてきたのを喜んでいた矢先だったから、突然の申し出にびっくりして、すぐには反論できなかった。

前田さんはもちろん大好きな樋口くんが心配で付いてゆくのだ。最近は滅多に逢えなかった。逢っても、対面している相手が誰だか分かっているかどうかも判然としないほど張り合いがなかった。殻の割れた蝸牛のような惨めな樋口くんを見ると、前田さんの心には思わず抱きしめたくなるほど愛おしさが募った。樋口くんが遠方の療養施設に入ると聞きつけて、居ても立っても居られず強引に割り込んだのだ。

もちろん両親は猛烈に反対したが、前田さんの固い決心がゆらぐことはなかった。広い剥き出しの額にはさりげないがそれでいてひたむきな意志が感じられる。その点は以前と全く変わっていなかった。

養護施設の候補は二か所あった。

一方は咲き誇る花々に囲まれたきらめく草原に建つ木造のみすぼらしい施設であり、他方は褐色の砂漠に聳える広壮な近代建築であった。それぞれの両親はパンフレットをぺらぺらめくっただけで、一致した意見に到達した。もちろん後者の方である。

樋口くんのお母さんだけは前者を捨てがたく感じていた。だが、最近、受け持っている生徒とのトラブルを解消できないでいる不甲斐なさから、思い切って口に出せなかった。お母さんが前者を好んだ理由は、かぐわしい匂いに満ちた、露のきらめく緑豊かな環境だった。だが、しきりに懸念する砂漠の環境とて、療養中一切外出が許されないのだから問題はないと夫から説得された。

それに、まずは一週間限定の実地体験だということなので、それぞれの両親は愛情をたっぷり注いだかけがえのない我が子をあっさり手放したのだった。

出発は夕暮れに差し掛かる一日でもっともあいまいな時刻だった。

四人は施設から迎えにやってきたワゴンに乗り込み、不安げに見守る両親たちの姿を窓から眺めた。誰一人口をきかなかった。前田さんだけは両親を交互に見つめ、見交わす目と目に溢れる感情を認めながら手を挙げて小さく振った。他の三人は近眼のように眼前のぼやけた映像をうつろに眺めていた。

「この美しい夕焼けをしっかり目に焼き付けておきなさい」

班長と名乗った、サファイア色の眼鏡をかけた婦人は、助手席から背後を振り返りつつ四人に声を掛けた。

「もう太陽の光を見ることは決してないのですからね。見納めですよ」

四人はともに押し黙って、それぞれの性質に見合った思いを巡らせていたので、班長の言葉をぼんやり聞き流していた。ただ木下くんだけは、はっと顔を上げて、窓に貼りつき、むさぼるように窓外を凝視した。その様子をふと目に留めた前田さんが、班長の言葉を思い出し、少し不安そうな顔つきで隣の樋口くんに囁いた。

「光のない世界ですって。どういう意味かしら」

「きっと新しい治療方法なのだろう」

樋口くんもやはり聞き漏らしてはいなかったのだ。顔つきはまだ頼りないが、注意深く利発な知能が戻ってきているようで、前田さんはすっかり安心した。この人は病気なんかじゃなくて、かつてより少し思慮深くなっただけなのだわ、と前田さんは喜んだ。

「暗闇の世界か。なるほど、実に興味深いな。その療法は確かに精神に大きな効果をもたらすだろう」

樋口くんは施設の方針にしきりに感心し、額に神経を集めた考え深そうな顔つきになった。前田さんの好きな樋口くんの表情だ。

「これまでずっと、特に電灯が発明された近年になってからというもの、五感の内で視力だけがもてはやされ、酷使されすぎた傾向がある。偏重された一つの能力は他の能力を確実に退化させる。ぼくらは知らぬ間にすっかり鈍麻し、それに伴って精神のバランスが崩れているの

だ」

前田さんは大きくうなずいた。最近、前田さんは自分では判断せず、樋口くんの意見を鵜呑みにする傾向を反省していたが、この癖はますます顕著になるばかりだった。

樋口くんは自分の言葉に触発されて、高橋くんの作文にあった校長先生の胡桃のくだりを思い出した。たしか校長先生も偏向の障害と精神のバランスの重要さを指摘していたからだ。

ワゴンは目的地にまっしぐらに進んだ。やがて荒廃した砂漠に出ると、地中から溶岩が噴出してそのまま凝固したような巨大な蟻塚がいくつも見えてきた。

樋口くんだけはその光景に見惚れた。何かぐっと迫るものがあったのだ。

四方を見渡せる空漠とした拡がりには位置はあっても方向性はない。ところが樋口くんには、荒涼とした砂漠に点在する蟻塚の配置は、気まぐれに見えて、ある一定の方向を示唆しているように見えたのだ。彼らは何を目指していたのか。それは分からない。だが、点在する蟻塚は、圧倒的な自然の猛威に耐えながらひたすら前進し、とうとう力尽き、無念にも佇立したまま餓死した、乾いた遺骸のように見えたのだ。

「まるで砂漠の巡礼者だな」と樋口くんはつぶやいた。

だが、対象がどれも数メートルもある巨大なものだったので、他の三人は人物など想定できず、樋口くんのひとりよがりなイメージには同調できなかった。

「あれはシロアリの巣ですよ」と班長は言った。

「あ。私、知っている。近所でシロアリ駆除があったから」

赤井さんはうっかり発言してしまい、すぐに自分が本当は詳しい事情を何も知らないのだと自覚して、慌てて口を噤んだ。

「みなさんの家屋に知らぬ間に甚大な損害を与えるシロアリのことを言ってるのね。あんな下等な種族と比べてはなりません。雲泥の差があるのですから。みなさんが今眺めているのは、最も高度に進化したシロアリの都市です。地球上に住む生物はまず外界から身を守らなくてはなりませんでした。あれが人類以外の手で作られた最も強固な城塞なのです。女王を中心としたコロニーを形成しており、数百万の固体が生息し、ゆるがない社会生活を営んでいます。そこには人類が見習うべき叡智が

ぎっしり詰まっているのです」

やがて児童養護施設に着いた。

パンフレットで威容を輝かせていた外観は、辿り着いてみれば実は見せかけに等しく、ほとんど奥行きのない左右に間延びした玄関に過ぎなかった。建物の全体は背後に迫る黒い岩山の内部に収まっている。

所長自らが四人を出迎えていた。もっとも厚遇なもてなしというわけではなく、ただ単にスタッフ全員が職務に就いており、他に手の空いたものがいなかったと言うのが実情らしい。

「ようこそ、わが養護施設へ！」

所長はふんぞり返った姿勢で両手を広げて歓迎した。

「これからきみたちが入所する施設は外界から完全に遮断されている。人間の精神にとってもっとも悪質な影響を与えるのは世間という環境だ。したがってここに入所するだけでもきみたちの健全な精神は保証されたも同然だ」

四人にとって隔離そのものは苦痛ではなかった。むしろ、ここ数か月というもの、彼らは自ら好んで世間から逃避してきたのだ。

「ここはもともと使用済核燃料の廃棄場所として計画されたもので、黒い玄武岩の地層を１０００メートルまで掘削して地下に広大な貯蔵施設が構築された。企業が倒産したために我々が格安で買い取ったのだが、もともとこの事業は原子力産業自体がそうであるように採算が合わないのだ。そういうわけで、この施設の底には放棄された使用済核燃料が残存している。我々も予期しなかったが、どうやらそこから放射される何らかの影響がめざましい治癒力の源泉であるらしい」

でっぷり太った所長は誇らしげに施設の環境を自慢していたが、赤井さんはうつむいて口を押え、クスッと笑った。それというのも、所長が校長先生の風貌と似通っていることに、その大仰な身振りと顔面の黒子によって突然気づいたからだった。

他の三人は帽子と制服のせいでその酷似に気づかなかった。

所長の話は続いている。

「我々の施設が活用しているプログラムは、我々が信奉してやまないシロアリの叡智を模範としている。その生態を不完全ながらも模倣する活動がスタッフによって営

まれているわけだ。昨今、この施設はその著しい効果によって各界から称賛されているが、導入されたノウハウと言ってはたったそれだけのことだ。きみたちはそこでどのように参画することも自由だ。見学するだけでもいいし、疑似体験することも可能だ。しかし、今回はたった七日間の体験研修なので、こちらの指示に従ってもらう方が無難だろう」

強制のない自由度に、不安でいっぱいだった四人はひとまず安堵した。

「ついでにシロアリの叡智について一言触れておこう。世界中いたる場所で餓死者が続出している。嘆かわしいことに人類は未だに食料の問題も解決できていないのだ。ところが、シロアリは消化器官に繁殖させる大量の共生微生物によってセルロースを食糧とすることを思いついた。セルロースは、周知のように植物の細胞壁や繊維の主成分で、地球上でもっとも多い炭水化物だ。ふんだんにあり、しかも他の動物は利用できない。彼らの独占なのだ」

訓示はそれ以後も繰り返しシロアリの叡智を称賛するばかりだった。

「まるで宗教みたいね」

赤井さんは可愛い唇を突き出すようにして隣の木下くんに皮肉っぽい口調で囁いた。

木下くんは背筋を伸ばした直立不動で聞き入っており、赤井さんの声が聞こえないのか、瞬きもしなかった。赤井さんは不満げにうつむき、片足の爪先で無意味な線を描いていた。それからもう一度演壇の上の所長を上目遣いに眺め、また吹き出してしまった。

なおも笑いをかみ殺している赤井さんの挙動に、ようやく樋口くんも、所長と校長先生との酷似に気づいた。それで、前田さんに耳打ちした。

「校長先生そっくりだぜ」

前田さんは一瞬びっくりしたような顔で振り返り、樋口くんをまじまじと見た。その反応に樋口くんはたじろぐほどだった。何か差し迫った緊張を感じたのだ。

だが、その理由が掴めないまま、鼻先に突き付けられた疑念は放置された。いずれ解明されるまで、疑念はむきだしのまま、ずっと樋口くんの心の底部を流れていることだろう。

ようやく前田さんの顔から緊張がゆるみ、かつての憤

りを思い出したのか、樋口くんの袖口をひっぱり、「ここを卒業したら、今度こそ校長先生をとっちめてやらなくちゃね」と囁いて、薄い唇を結んだ。

樋口くんはまた驚いた顔つきで振り返ったが、まっすぐ前方を睨んでいる前田さんの横顔をとても好ましく感じるだけにとどまった。

「近年、世界ではバイオガスなどがもてはやされているが、シロアリの消化器官内の分解プロセスが製造に役立つと期待されている。人間の知性はようやく数百万年前のシロアリに辿り着いたところなのだ。不足がちな電力もシロアリには不要だ。闇の国の住人だからね」

木下くんは相変わらずマネキンのように身じろぎしないで佇立して聞き入っていた。

脳裏にはバラバラに散乱したガラクタが丹念に磨きあげられ、精巧な部品となって組み立てられてゆく工程が浮かんでいた。すべての部品が寸分の狂いもなく緊密に連携され、確固とした揺るがない姿になったとき、みるみる強大な力が充満するのがありありと感じられた。

「さて、入寮にあたって、きみたちは三種に分類される。つまり、給食係になるか、兵士になるか、さもなければ繁殖を担うのだ。選択の自由はもちろんあるが、それは一般的には宿命と呼ばれる」

たった三種、しかもそのうち繁殖は特別に選ばれたものの占有なので、おのずと役割は決まったようなものだった。前田さんと赤井さんは給食係、樋口くんと木下くんは兵士に編入された。

ところが樋口くんは、兵士に配属される直前に所長に手招きされて、「きみの処遇は一時保留だ」と告げられた。所長の表情を窺う限り、その判断には所長の意は含まれていない。誰か別の意思の指示があったようで、所長の口ぶりには不承不承従って伝達するのだという不満があらわれていた。

さて、四人は個室をあてがわれたが、相談の上、眠る前にはいつも全員が前田さんの部屋に集まろうと決めた。

「それにしても快適な温度だね。所長は、ここでは電気は不要だと言ったけれど、室内の温度調整は完璧に図られている。ちゃんとセントラルヒーティングが完備されているじゃないか」

木下くんはさっそく上半身裸になり、大きく背伸びし

ながら言った。不作法ではなかった。何しろ闇の世界だったからだ。

「こうして常時適温を保っているのは、きっと植物を発酵させた余熱を利用しているに違いな……」

木下くんは赤井さんを少し意識して、つい似合わしからぬ知識を披瀝してみせたが、たちまち確信が持てなくなって言葉に詰まった。

「あるいは十万人の吐息や肌が発散する放射熱で巧みに調整されているのかも知れないわ」

赤井さんはいかにも赤井さんらしい発想で追随した。

「人間の身体が体温を保持するために筋肉を幽かに振動させているように、ぼくにはこの施設全体が異様な振動をきたしているように思えるのだ」と樋口くんは壁に耳を当てて言った。

みんなも耳を澄ませたが、誰にも聞こえなかった。

「ほら、振動音が聞こえる」

他の三人も同じように壁に耳を当てたが、やはり何も聞こえなかった。

前田さんはどんな考えも思いつかなかったので、少ししょんぼりしていた。

「木下くんは家では暴君だったんですって？」

のっけから赤井さんがおそろしく無邪気に言ってのけた。前田さんと樋口くんは思わず息を呑んだ。

「ねえ、どうして？　とてもそんなふうには見えないわ」

赤井さんはポップコーンのように無邪気だ。木下くんは小柄で、四人の誰よりも背が低かった。頭部だけは不釣り合いに大きかったが、全体的に痩せて、非力そうに見える。木下くんは体格に劣等感を抱いていたが、赤井さんは少しも頓着しているようには見えない。生まれたときにすでに大まかに定められ栄養や運動によって確立される肉体の差異は、ただ単に個性であって、それが劣等感に結びつくとは端から思っていないのだ。むしろ卑小さを強調することで、本来は暴力とは無縁な、おだやかな性格を見出そうとしているのだった。

前田さんと樋口くんは、家庭で木下くんの両親がいつもそうしていただろう顔つきで、冷や冷やしながら成り行きを見守った。

木下くんは不思議な力に守られている気分だった。赤井さんの声が蝶のようにふわふわと顔面に心地よく触れ、やわらかくなれ合う。これまでだったら棘のある言

葉に過剰に反応し、たびたび癇癪を起したものだ。だが、赤井さんの声はぶしつけに手を伸ばし、頬をゆるく抓ってみせるような、好意的なからかいにしか感じられない。架空に触れた指のぬくもりが木下くんにはかすかに実感できるようだった。

　木下くんは自分でも驚くほど素直になって、見守る三人を交互に見やった。闇に慣れた目は、顔の真ん中に好奇心を集めてまっすぐ見ている赤井さんも、心配そうに見ている他の二人の顔も、うっすらと見透かしていた。どの表情も自分から目を離さず、これっぽっちも敵意がなく、好意的に見守っていた。

　木下くんはこんなふうに落ち着いて相手の顔を見たことは絶えてなかったように思った。不満げにうつむくか反感からそっぽを向いていたのだ。相手との間にはほどの良い距離が保たれ、取り巻く空気は和やかだった。威圧する姿勢もなければ、悪辣な思惑もないし、気の置けない視線も介在しない。しめやかな闇がそれぞれの固体の形を不確定にし、それぞれの位置をあいまいにしていたが、共通の磁場にいた。

　まるで四人は同じ湯舟にひたっているようだった。

「何がそんなに木下くんを狂った暴力に駆り立てたの？」と前田さんは思い切って訊いてみた。

「両親が憎かったの？」樋口くんも続いた。「それとも自分が憎かったの？」

　しばらく声が滞り、それぞれの声の余韻が浮かぶ闇の中で、得体の知れない気配がした。

「快楽だった……」と木下くんはつぶやくように言った。

「不意にこのあたりから、」と胸のあたりを押さえた。

「バサッと大きな羽音を立てて黒い大きな鳥が飛び立つ。鋭く頑丈な爪が痛く顔面を掠める。猛烈に吹き荒れる暴風雨の中で、掠めた痛みが唯一残された意識なのだ。立ち上がると、天井くらいの大きさになって、哀れに懇願するちっぽけな母親を睥睨する自分がいる。ガラスが割れて飛び散る。するとその破片が一斉に自分に向かって襲い掛かって来るのだ。鷲掴みにされてこなごなになったくらげの阿鼻叫喚。わおーん、わおーんという大音響が轟いている。夢中でバットを振り回す。脅えた、恐怖に歪んだ父親の顔のそばで、力任せに振り下ろされたバットが叩きつけられる。衝撃の直後の真空状態が訪れる。漲る力を全身に感じながら、その間隙が爽快なん

だ。同情なんかありゃしない。これっぽっちもためらいはない」

三人は言葉を失った。背後で何か大きな体形がのっそりと立ち上がって、ゆっくり歩き回ったように赤井さんは感じた。その動きに伴って漂っていた空気の流れが留まり、追随してきた流れが覆いかぶさるようにして闇の中に黒い巨大な体形をかたどってゆく。

「最初の一撃は衝動にかられた突発的なものだった。ガラス戸が粉砕され、びっくりして脅えている自分が居た。その衝撃は家全体を一挙に掌握し、驚愕して見守るか否かの瀬戸際だった。一瞬の迷いがあった。暴力が常態化する両親を眺めて、停止するか継続するか。どっちも容易ではなかった。その時ぼくの中で何かがゆらっと傾いた。その傾斜が曲者だった。今度ははっきり意識して猛然と荒れ狂った。勢いを止められなかったのは泣き叫び哀願する両親がぼくの足元で、足を少し上げただけで踏みつぶされるような卑小な存在に見えたからだ。ぼくは不相応な体格を心ならずも身に着けてしまった怪物になっていたのだ」

「だが、何度も何度も父親の顔のそばで着弾したバットは、一度も顔面を直撃しなかったじゃないか」と樋口くんは言った。「それは偶然だろうか。いや、そうじゃない。刹那に木下くんの中の何かが制したのだ」

樋口くんの言葉は気休めには聞こえなかった。みんなも同じような期待を抱いた。だが、樋口くん自身はかえって憂鬱になっていた。自分の家族の方が直接ぶつけあう葛藤も軋轢（あつれき）もなかったので、関係性がはるかに希薄に思えたからだった。

「その何かがあるうちは、きっと家族は元通りになれるわ」

前田さんも同調した。

「大丈夫よ。家族なんだもの」

赤井さんはどんな困難に際しても、手首をくるりと返して見せるほど安易に楽観的になれる。

そのうち四人がそれぞれの部屋に戻り、一人ぼっちになった前田さんは、丸くしなった背中にかすかな寒さを感じた。身体を移動するたびに、すーと風を感じるのだ。

何気なくドアを見た。今にもノックされそうな気がしたのだ。ドアを凝視しながら樋口くんに一人きりで戻ってきて欲しいと切実に思った。だが、期待はむなしく背

かれた。

「以前はいつも二人一緒だった。周囲から疎外されてなおさら二人は密着した。でも、今は四人なんだわ。愛情を等分に振り分けることはできないけれど、樋口くんの分を少し控えなくちゃ」

前田さんは自分を戒めた。そのことで少し自分がひとまわり大人になったように感じた。

翌朝、四人が顔を揃えたとき、樋口くんが報告した。

「ぼくは王の予備群に編入された」

施設内のどこにも光はなかった。

しかし、もう四人はすっかり闇に慣れ、さすがに走り出す気になれないが、歩くのは平気だった。依然としてはっきり見えていたわけではない。だが、直感と想像が補って、ほとんど見透かせるような感覚に包まれていた。

敷居や壁にぶつかることがあっても、寄り添っている四人が衝突する心配はもうなかった。剥き出しの肌が相手のぬくもりを察知する。その量感はそれを取り巻く空気の流れを肌が敏感に触知することによって把握されるようだった。

声は特に重要だった。発せられた振動が何かに撥ね返ってくる。その時間によって距離が把握され、戻って来る時間の微妙な差異が物体の形をかたどるようだった。

体験研修が始まり、四人はそれぞれの役割に配置された。

兵士の役割を担わされた木下くんは少し緊張していた。和やかに寛ぐことのできた三人の仲間から離れたことで、肌から温もりが去ってゆくように感じていた。もともと人一倍寂しがり屋なのだ。

渡された鉄兜を被り、重い装身具を身に着けると、胚乳の心は胡桃の殻に閉じ込められた。隊列を組み、背筋を伸ばして、敬礼する。すると肘と肩の筋肉が引き締められ、そこから漲る力がみるみる全身に行き渡った。余った力は身体の重みに引きずられて、固い頑丈な靴の底に集まる。そこからじわじわと地面を這って、水が砂を固めるように浸透し、隣の兵士の靴底に辿り着く。

整列した兵士は、そのように集められた力を共有し、地下に永久凍土の横たわる酷寒の大地に根を張った、凛々しい針葉樹になる。

繁殖に編入された樋口くんは憂鬱だった。万が一不慮

の死を迎えることがあった場合の王の予備であり、待機以外の任務はなかったからだ。

「これじゃあ、家にひきこもっていた頃とまったくかわらないな」と樋口くんはためいきをつき、いたずらに無為を貪っていた。

終日、対峙しているのは時間だけだった。時間は一定のリズムを刻んでいるわけではない。ゴムのように伸びたり縮んだりする。いつのまにか過ぎているかと思うと、アシカのようにのさばって動かない。施設には時計がなかったが、そのせいではない。樋口くんには時間はいつでも捉えどころのない、気まぐれで、変幻自在で、手に負えない代物だった。

樋口くんは大きく伸びをし、部屋の中央に設置された巨大なベッドの方向を見やった。ベッドそのものはわずかしか見えない。それというのも、厚い白いぷよぷよした肉塊が融けたチーズのようにだらしなく四方に垂れてベッドを覆っていたからだ。それは恐ろしく太った、路上パフォーマーが風船をひねって作った人形をいくつも重ねたような、愚かしく醜悪な肉のかたまりだった。

それが女王の役割を担っている女性だった。彼女は一人では歩けない。それどころか、ベッドの上に横たわり、どの部位を動かすにも分厚い肉が邪魔をして、微かな蠕動(ぜんどう)を与えるのが精いっぱいだった。かろうじて自由に動かせるのは手足の指くらいのものだ。首の上に申し訳なさそうに載っている小さな頭部が、海洋のためいきのように上下する上半身から見え隠れしている。

シロアリの女王のように彼女もたゆみなく繁殖に精を出しているが、その成果といってはせいぜい年に一人の嬰児(えいじ)にすぎない。舞台装置は模倣されているが、贋(にせ)の女王の機能は少しも改善されていない。それでも施設の意向はできるだけシロアリの生態を模擬することにあったので、貧弱な王をあてがって、飽くなきセックスを強要している。もっとも王の姿は揺れる肉塊に埋没して滅多に姿を現さなかった。

給食係に編入された前田さんは、思いがけない困難に直面していた。

シロアリの給餌(きゅうじ)係はみな腸に共生菌を住まわせている。その量は半端ではなく、腸全体の半分の重さを占める。それが不可能とされていたセルロースの消化を可能にしている。いうなれば腸は掘削機と強烈な溶解液を備

えているようなものだった。このような特殊なシステムで生成される食糧は給餌係だけの占有である。他の者は食料をこの班から調達するしかないのだ。もし給餌を拒否されれば屈強な兵士も死を待つしかない。

給餌する方法は口唇と肛門が利用された。だから、彼女たちは一度に二人しか給餌できない。

この養護施設ではシロアリの生態をできるだけ忠実に再現するのを規範としていたから、スタッフには同じように微生物が注入されていたが、効果はまったく出ていなかった。それにもかかわらず給餌方法だけはシロアリを模倣し、不完全な疑似体験を演じさせていた。

前田さんは乳児を二人同時に受け持つことになる。だが、この場合、乳房の代わりに口と肛門を差し出さなければならないのだった。

この屈辱的な事態に直面して前田さんは困惑した。仕事だと割り切ってもなかなか慣れることができなかった。本来はおおらかな母性愛が屈辱を癒してくれるのだが、前田さんは乳房もまだ未熟な、キスだって数度しか体験のない可憐な少女だったから、無理もなかったと言える。

一方、赤井さんは、同じ任務を注がれた水をコップが受け入れるようになんなく順応した。

給餌の態勢で目を閉じていると、赤井さんはいつも宇宙に漂っている気分になった。宇宙には特別のリズムがあって、それに身を委ねていると、悠久を漂うとても和やかな気分に浸れた。一秒間が永遠に思える。でも、安楽はいつまでも継続しそうに思わせながら、唐突なつまずきに偶って、突如変転する。この気まぐれな不連続の裏切りこそが、快楽の源泉かも知れない。身体を少しひねると、そこから快楽のうねりが暴発する。と思う間にまた、いつもの平穏がやって来る。そんな繰り返しだった。

堪えがたい作業が終了すると、前田さんはすぐに樋口くんの部屋に駆け込んだ。

「わたし、どうにかなってしまいそう」

前田さんは事情を説明して、樋口くんに縋りつきながら涙ながらに訴えた。

「いくら治療の一環だからと言っても、あんな無益な、ふざけた行為を強要されるなんて我慢できないわ」

「そうした給餌方法は、腸内微生物を共有する効果があ

るほか、フェロモンを集団内に行き渡らせる働きがある。社会をゆるがないものにする効果があるのだ」

　樋口くんはさほど動揺せず、聞きかじりの知識を冷静に持ち出した。彼は王の予備班に配属されたこともあって、この養護施設のシステムに好意的に受け止めていた。選ばれたことによる多少の優越感も手伝っていた。

「でも、それはシロアリの場合でしょう。人間には何の役にも立たない、ただの模倣でしかないわ」

「だが、現にきみはかつて体験したことのないような衝撃を与えられている。そもそもの目的が精神の徹底的な破壊にあるのかも知れない。ちょっと荒療治だけれどもね」

「実際に体験したものでないとあの辛さは理解できないわ」

「暗闇も役に立たないのか」

「かえって妄想が拡大し、手に負えなくなるわ」

　うちしおれた前田さんの泣き顔は樋口くんの浮薄な欲情をそそったが、さすがに慎み深く耐えた。

「ねえ、私を抱いて」

　前田さんは樋口くんの首に両腕でしがみついて耳元でささやいた。樋口くんはそうした。

「もっと、きつくしっかり抱いて」

　そうしないと、手元からはぐれた風船みたいにどこかに行ってしまいかねないという、いじらしい欲情が迸った。

　樋口くんも今日一日ずっとゆるく刺激され続けていたので、手放しで応じる気分になっていた。

　だが、二人とも未経験者だったので、手際が悪く、難渋した。汗だくになりながら、とうとう不首尾に終わった。樋口くんはトイレの片隅に捨てられた紙屑のように惨めに委縮した。

「ごめんよ」

「私こそ手伝ってあげられなくて。このままでいいの」

　そうして抱き合っていると、体が溶け合うようだった。キスして隣に横たわると、樋口くんは自分の任務について話した。

「終日、うつろな目をして仰向けに寝ている巨体を眺め、万が一の変事に備えてひたすら待ち続けるのがぼくの役割なのだ。そいつは尊厳のかけらもない、下腹のぷっくりふくらんだ愚劣な肉塊で、二重にも三重にも垂れ下

がった下腹の間にときどき窮屈そうに腕を潜らせ、ぽりぽりと肌を引っ掻いている。目立った動きはそれだけだ。じっとしていても、全身にたえまなく汗が吹き出し、じわじわと流れる。不意にくしゃみをすると、巨体が揺れ、その反動で何かが転がり落ちるのが見えた。子供のように小さく貧弱な裸体だった。彼が汗で滑る膚を懸命に登り、ようやく所定の配置につくと、二人は飽くことなくセックスに熱中するのだ。そんな光景を毎日見せつけられているから……」

ついつい今陥っている不能を弁解するような話になった。

「焦ることはないわ。じっくり待ちましょう」

そのうち樋口くんは体の一部にひゅるひゅると天空に伸びるえんどう豆の力強い息吹を感じた。

「ほら、」

樋口くんは誇らしげに前田さんの手を取って股間に導いた。

「あら、」

前田さんはどぎまぎして思わず手を引っ込めたが、今度は自ら指を忍ばせて目を輝かせた。

今度はとてもスムーズに運んだ。

とつぜん、指先に触れて弾ける鳳仙花（ほうせんか）の暴発を、飛び出した種子そのもので体現するような、びっくりするほどの快楽に見舞われた。こうして二人は初めて互いの身体を相手の物か自分の物か分からないほど融け合う陶酔を味わった。

「私が私でないみたい」

うっとりと身をこすり合わせて前田さんは深いため息をついた。

「ぼくはやっぱりぼくだな」

樋口くんは心の中でつぶやいた。快楽はこれまで体験したことのないすさまじい衝撃だったが、一瞬であったし、いかに密着していようとあくまで外側での出来事だった。

この日も四人は前田さんの部屋に集合する約束だった。木下くんと赤井さんが前田さんの部屋に到着した時、不在で、ずいぶんドアの前で待たされた。

「いったん部屋に戻って出直そうか」

と木下くんが提案し、赤井さんも応じた。

木下くんはすぐに自分の部屋に入ったが、赤井さんは廊下に立ち尽くしていた。長い廊下の距離が身体の中に実感されるので、数百メートル離れた靴の視点から、乾いた唇をすぼめた自分の顔を眺める思いだった。

背後を振り返って、樋口くんの部屋のドアを見た。とうとうその前に立って、聞き耳を立てたが、たちまち架空の音に昆虫のように驚いて、慌てて自分の部屋に駆け込んだ。

一時間後、四人は何事もなかったように前田さんの部屋に集まり、床に仰向けになった。横たわる配置は示し合わせて決めたわけではなかったが、樋口くん、赤井さん、木下くん、前田さんというふうに並んだ。これには前田さんは不満だった。もっと積極的に樋口くんの隣に横たわるべきだったとしきりに悔やんでいた。少しぎこちない雰囲気が四人の間に漂っていた。

初日より二日目の方がかえって疲れが残っていた。みんなぐったり疲れきって、言葉少なだった。誰も口をきかないと、闇が本来の濃密さでのしかかってくるようだった。木下くんは何度も寝返りをうち、軽い咳ばらいをした。

「みんな眠ってしまったのかしら」と前田さんは思った。ちょっとはしゃいでみたい気分だったが、控えた。何か憚れるような重苦しさが漂っていたのだ。樋口くんとの初めてのセックスの場面を想いだした。自分の体内に異質な量感が充填されているようだった。

「今夜はこのままここで一緒に眠ろうぜ」

何か企みのありそうな木下くんの声が聞こえ、そうしようと誰かが相槌をうった。

すぐに木下くんの寝息が聞こえたが、どうも呼吸の間隔が自然ではなかった。きっと眠ってはいないのだろうと、他の三人は思った。

樋口くんもまだ眠ってはいなかったが、寝たふりをしていたい気分だった。話題を見つけるのも億劫(おっくう)だった。ふと、なにげなく顔を傾けた。すると、そこに鋭い視線が待ち構えていて、眼球を針で刺されたように感じた。赤井さんが顔を向けてじっと樋口くんを凝視していたのだ。

いつからそうしていたのだろう。ずっと以前からのようにも、たった今振り向いたばかりのようにも思えた。

いつも単純な赤井さんが樋口くんに突き付けた初めての謎だった。

樋口くんは少し心を落ち着かせて赤井さんを見た。二人は二人だけで秘密を共有している不自然さを自覚しながら、そのまま顔を背けなかった。表情も変えなかった。二人はじっと見つめ合った。闇に周囲から浸食されているからか、赤井さんの表情には普段見かける浮薄さが少しも感じられなかった。何か強いひたむきな意志を感じた。二人の視線はぴったり合ったまま、湿り気を帯びて絡み合った。

樋口くんが思わず何か言おうとするのを赤井さんはさりげなく目で制した。樋口くんも赤井さんの意図をたちまち悟った。驚いたことに、言葉を交わさなくても、二人は互いに相手の心の動きが手に取るようにわかるのだった。精神が感応し合っているのだ。二人は黙って見つめ合ったまま、声にならない饒舌(じょうぜつ)を交わしていた。

「手を握っていい？」

赤井さんは目で訊いた。その視線の動きよりもいち早くすでに察知していた樋口くんの手が向かっていた。しっとり指が絡んだ。十本の指に二匹の蛇が絡まるように感じた。

「きみの心が透けて見える」

「わたしも」

「この能力もきっと暗闇が授けたのだ」

「テレパシーね」

少し離れた位置で前田さんの寝返りをうつ気配がすると、二人は示し合わせて無言の会話を中止した。木下くんのわざとらしい咳払いが聞こえた。

時間は闇のなかに滞りながら経過した。

「ええ、いいわ」

赤井さんが心で許可するのを樋口くんは即座に了解して、そっと手を伸ばしてごわごわしたジーンズの生地に触れた。指がそろそろと這い上がってゆき、下腹に潜り込もうとしたが、固い生地と頑丈なベルトが邪魔をして進路を妨げた。窮屈に手首を返しながら苦慮する樋口くんを、赤井さんは必死になって下腹を引っ込めて手の侵入を手助けした。

しっとりとしたなよやかな恥毛に指が触れたとき、赤井さんの口が開き、「あっ」と微かな叫びが洩れた。びっくりして動きを止めた樋口くんの手は、ベルトに手首を

締め付けられていたので、まるで手錠を嵌められたように感じた。

ふたたび深い静寂が訪れた。木下くんがまた寝返りをうった。前田さんの吐息は聞こえなかった。

闇は視力を奪うために精神に絶大な影響力を持つ。四人はそれぞれに自分に特別な能力が備わりつつあるのを感じていた。

真っ先にその能力が獲得されたのは樋口くんと赤井さんのテレパシーだった。秘密裡に、朝方まで無言のままよどみなく続けられた饒舌な会話は、もちろん二人だけの秘密にされた。

朝めざめると、各自はそれぞれ自室に戻った。

赤井さんはいつから樋口くんに関心を抱いたのか自分でもよく分からなかった。でも、他の人が欲しがるものを欲しがる癖があるので、こっそり見かわす樋口くんと前田さんの視線の絡みに刺激されたのだろう。

樋口くんは部屋に入った後で、こっそり煙草を喫おうとして、ふと顔を上げた。これといって予感はなかったのだが、ドアを開いて廊下を見渡して誰もいないことを確認して、ドアを閉めようとした。そのとき闇の中で、――といっても施設内はどこにも光はなかったのだが、赤井さんの指がしっとりからんできたとき、樋口くんは自分を包み込む闇が急にいっそう濃密になったような気がした。

あからさまな誘惑の意図に樋口くんは少し戸惑った。冷静に事態を見極め、迷った。ちらっと前田さんの顔が脳裏をかすめた。だが、浮薄に揺らいだ気持ちをたしなめるほどの効果を伴わなかった。

樋口くんは赤井さんをベッドに導いた。いきなり抱きすくめ、キスした。わななく指がブラウスのボタンを外すのに手間取ったが、自分でも驚くほど冷静だった。あっさり剥き出しにされた赤井さんの裸体は、豊満な乳房を除けば、ひどく子供じみた体形に見えた。

「私のことをどう思っているの?」と、いきなり赤井さんは訊いた。樋口くんは当惑し、ショーツに潜り込んだ手を止めた。思いがけない、とんでもない質問を突き付けられたように感じた。

「どうって……」

そのとき樋口くんには自分の振舞がせっかちで稚拙だった行為を恥じる気持ちとともに、できるだけ余裕を

持った態度に見せたいという気持ちから、抱きしめる両腕に乱暴な力をこめてわざとぞんざいに扱いながら、「そんなことどうだっていいじゃないか」とうそぶいた。

腐った草が沈んだ温い水たまりの感触が赤井さんの裸体をくるんだような気がした。樋口くんの優しさの底に怜悧な狡さを垣間見たような気がした。

実を言うと、赤井さんはずっと木下くんの執拗な誘惑に抗ってきたのだった。コップに満ちて溢れそうになるあからさまな欲情を疎ましく感じ、樋口くんの余裕のある飲み挿しのグラスを持って寛いでいる樋口くんに魅了されていたのだ。だが、赤井さんは寸前で気づいた。樋口くんの持つグラスは空っぽで乾いていた。

「私、帰る」

赤井さんは突然ゼンマイが弾けるように起き上がった。呆然としている樋口くんの前でさっさと下着を身に着け、ジーンズをはいた。ブラウスのボタンを嵌めると、呆れ果てている樋口くんを見据えると、そのまま何も言わずに部屋を出て行った。

赤井さんは、樋口くんの部屋を飛び出すと、混乱した自分の気持ちを抑えるために木下くんの元に走った。自分の身体が穢されたような気分だった。だから自分からさっさと木下くんの前で洋服を脱ぎ捨てるつもりだった。

だが、ノックしても返事がなかった。赤井さんは必死にノックを続けた。

そのとき木下くんはドアに密着して、赤井さんの叩く振動を全身で受けていた。実は木下くんは赤井さんが樋口くんの部屋に吸い込まれるように入るのを目撃し、胸がかきむしられるような思いを抱え込んでうずくまっていたのだ。そこへ、ドアをノックする音が聞こえた。木下くんはすかさず駆け寄ったが、寸前でドアを開けるのをためらった。

赤井さんの催促が続いていた。木下くんは煩悶し、全身でノックの音にせっつかれていた。鞭で打たれたように身体が熱くなった高揚した衝動を抑えきれなくなって、ノブに手を掛けて指に力を込めたとき、股間が爆ぜた。熱くたぎってたちまち冷却した。なんとも無様で惨めな決着に、木下くんはすっかり委縮した。ドアはとうとう開けられることはなかった。

閉ざされたままのドアの前で、赤井さんは熱い思い

が湧きあがるようだった。『私はこの人にすっかり夢中になっているんだわ』と赤井さんは感慨深げに思った。『だって、こんな無下な仕打ちを受けているのに立ち去ろうと言う気持ちが起こらないのだもの』

二人は同極の磁石のようにへんてこりんな身振りで背き合っていたけれど、拙劣な恋のありようがかえって純粋に思え、さらに絆を深めるようだった。

一方、一人きりになった部屋で、前田さんは顔を撫でる指先をふと止めて、ふとつぶやいた。

「ときどき遠くかけ離れた場所の映像が不意に脳裏に浮かぶわ」

それは集中力が高まった場合に生じるのではなく、予測なく、唐突に浮かぶ。

「きっと私は目覚めながら夢をみる癖がついてしまったんだわ」

最初、この不思議な現象を前田さんはそう解釈していた。ところが、映像はますます鮮やかになり、もはや夢のあいまいさを伴わなかった。遠くかけ離れた位置にある紛れもない現実。千里眼という言葉が思い浮かんだ。

「ひょっとしたら私はその能力を身に着けてしまったのかも知れないわ」

ようやく前田さんはそう自覚し、意識して壁の向こうに目を凝らした。しばらくは何も見えなかった。一時間経っても同じだった。

「この能力はいつでも自在に操れるわけではないんだわ」前田さんは不満だった。

数分後、諦めかけて肩の力を抜いたとたん、すーっとめざましい効力が発揮された。いきなりある光景がまざまざと現出した。前田さんが特殊な能力によって初めて透視したのは、樋口くんと赤井さんが抱き合ってキスする場面だった。前田さんは、二人の束の間の密会を、前田さんは自室で鏡を見ながら透視していた。唇をきつく結び、身体を固く縮めていたので、すぐにはどういった感情も涌いてこなかった。ただ、眼前にほの白い赤井さんの豊満な乳房が目障りに浮かんでいた。

そんな事情は露も知らない樋口くんがやって来て、ランチに誘った。なれなれしい態度でなれかかるのを、前田さんは邪険に振りほどいた。

「どうしたんだ」

　前田さんは唇をきつく結んで樋口くんの背後の壁を睨んでいた。涙ぐんだ。

　樋口くんは困惑して、指を拡げた自分の手をまじまじと見つめた。すぐにただならぬ事態を察して、自分から素直に白状したいと思った。「きっと、木下の奴がちくったのだ。木下は赤井にぞっこんだものな」と心の中で注意深く考えを巡らせながら。

「赤井さんのことだね」

「赤井さんがどうかしたの？」

　前田さんはしらばくれて訊いたが、その口調には棘があった。

「ごめんよ。どうかしてたんだ」

　樋口くんにはまだ事態を切実には受け止められなかった。ちょっと余所見をしたのを見咎められたようなもので、バツの悪さだけがあった。それから二人は、冷蔵庫に閉じ籠ったり、洗濯機の濁った水流に翻弄されたりするような気分を持て余していた。

「とにかくランチに行こうよ」

　樋口くんは二人の問題の棚上げを図った。


「みんな待っているから」

　待ちあぐねた二人がふくれっ面をして迎えた。

　四人がテーブルを囲んでメニューを決めかねていると、所長が太い両腕に田舎から送ってきたという餅とコンロを抱えてやって来た。

「ごちそうするよ。宇宙食のような錠剤には飽き飽きしているだろう」

　みんな手放しで歓迎し、コンロを取り囲んだ。中にはすでに炭が真っ赤に熾（おこ）っていた。火を見るのはみんな久しぶりだった。ぱちぱちと火花が飛ぶと、赤井さんは大仰によけてはしゃいだ。

　さっそく木下くんが腕まくりして、網を敷いて餅を並べた。

「すぐに置いたら駄目よ。くっついちゃうわ」

　赤井さんがすかさず叱った。

　鉄の網は炎に炙られて真っ赤になり、木下くんは作業に追われた。すばやく何度もひっくり返すのが焦げ加減のコツらしい。木下くんは手際が良かった。餅が膨らみ始めた。ふんわりふくらんで中央が裂けたとき、――時間が止った。

それにいち早く気付いたのは赤井さんだった。

「あら」と小さく叫んだ、「時間が止ったわ」

三人はしばらくきょとんとしていた。

「本当だ」と、やがて木下くんも驚きの声を上げた。

二人の発見が事実かどうか確認するには、誰も時計を持っていなかったから、目の前で火に炙られている餅の様子を観察するのがもっとも手っ取り早い。すでに膨らみかけている餅はそのままいっこうに形を変えない。膨らみもしない。網の下にある炎のゆらめきも、赤い紙を切り抜いたようにその形状を保っている。

「本当だ。止まっている……」

三人が神秘を見守るように餅を注視していたが、樋口くんだけはまだ判断を保留していた。それというのも、家にある柱時計の長い秒針がたびたび同様の現象をみせていたからだ。

それは、たいてい深夜の零時に差し掛かる寸前に突発する出来事だった。何気なく時計を振り返り、零時一分前であることを確認する。それから考え事をしたり、爪をいじくったりして、また時計を見る。ところが、長針はまだ一分間の間隔を残したままだ。妙に思って、今度は目を逸らさないでじっと注視している。何の変化も起きない。口の中で、一、二、三、……と数える。六十に達したところでもう一度時計を見る。元のままだ。考えられることは乾電池が切れたか故障以外にない。そこで樋口くんは立ち上がって確かめようと時計に近づいた。びくっと長針が大きく揺れ、短針と重なり、時刻を知らせる音が怒号のように鳴り響いた。そんな現象を二度三度と体験していたのだ。

「まだ止まっているわ」

前田さんはいっそう顔を近づけた。その顔は赤く鮮やかに染まり、妖しく、とても美しかった。

「いや、気の遠くなるような時間で動いているのだろう。時間の経過は固体によって違う。人間の時間と植物の時間では明らかな差異がある。おそらく今は鉱物の時間で推移しているのだろう。なにしろこの養護施設は黒く耀く鉱物に囲まれているからね」

樋口くんはいつものように冷静に分析した。

「や、焦げてしまうぞ」

不意に時間が進み始め、慌てた木下くんが両手で餅を網から払い除けた。

「すっかり焦げてしまったわね」

前田さんはまるで自分の恋の行く末を見るように眉をひそめ、木下くんは火傷を負った指を舐めていた。

いったん席を立っていた所長が戻ってくると、赤井さんは少し椅子をずらして太った身体が寛げる空間を確保した。

「私も相伴していいのかね」

「もちろんですよ。パトロンなんですから」

和気あいあいとした愉快なランチが始まった。陽気なさざめきの中で前田さんだけがぽつんとはぐれて見えた。

今日の前田さんは謎だらけだ、と樋口くんは思った。

「赤井さんのことをまだ怒っているのだろうか?」

そうでもなさそうだった。樋口くんはずっと前田さんを気に掛けていたが、前田さんは一度も樋口くんの方を見なかった。けれどもつい先刻の憤懣（ふんまん）を引きずっているようには感じられなかった。何か他のことに気を囚われている、そんなふうなのだ。手にした餅を頬張ると、もうすっかり冷めて、角が固くなっていた。

「どうかね。この施設に暮らして何か際立った変化が見られるかね」

と所長は、すでにその兆候を見てとっているのだろう、満足げに全員を見回しながら訊いた。

「ぼくはみるみる健康になって、一日中お腹が空いてたまりません」

と木下くんは苦笑いを浮かべながら嘆いた。

「わたしも！」赤井さんもすかさず追随した。

「体の奥底からめきめきと豊かな生命の萌芽が湧きたち蜂蜜のような濃密さに満たされるのです」

「空腹を感じるメカニズムを知っているかね」と所長は訊いた。

「空っぽになった胃が訴えるのでしょう?」と赤井さん。

「では、胃はどうして空っぽになっていることを認識するのだろう」

「筋肉が圧迫感の減少を感じて脳に伝達するのかしら?」

前田さんはいかにも常識的な方法を洩らした。

「実はね、視床下部が通過する血液の温度の低下を測定して脳に伝達するのだ」

と、所長はあっさり正解を教えて、続けた。

「近年、私たちは、本来気まぐれで偶発な発露でしかない感情をひとえに大事にする傾向がある。だが、感情なんて、実は肉体から派生するゆらぎや悶えにすぎないとも言えるのだ。きみたちは全員、精神を病んでこの施設に送り込まれてきた。だが、精神とて、おしなべて物質の反応でしかなく、すべては肉体の優位性の上に成り立っている。健康な精神は健康な肉体に宿ると昔の賢人が言っている。精神の病は肉体の一部のちょっとした停滞や躓きが原因なのである。したがって効果的な治療は一粒の薬剤や外界からの刺激が適っていると言える」

赤井さんはもともと全身で呼吸し、気まぐれな感情さえ肉体のため息のように感じていたから、この説をたちまち受け入れた。木下くんもどちらかというとあっさり受容できた。だが、前田さんは、まだ心と言う曖昧模糊としたゆらぎを、肉体から遊離した、特別な、掛け替えのないものとして手放せないでいた。一方、樋口くんは、感情というものがきまぐれで偶発的であると認めながらも、いやむしろその不如意のゆえに、切なく愛おしく偲ばないではいられなかった。

所長を挟んで両隣が赤井さんと前田さんだった。赤井さんはときどき所長の太い腕に両手で絡みついたり、思い切りしかめっ面をして睨みつけたりしていた。一方、前田さんはしおらしく人形のように控えていた。木下くんはひっきりなしに食べまくっていた。

樋口くんはまだ一個しか食べていなかったが、もう満腹のように感じながら、ふと顔をあげて前田さんの方を見た。その時、たまたま並んで座っている所長と前田さんのそれぞれの片腕がテーブルの上になかった。所長の左手と前田さんの右手が同時にテーブルの下に伸びて見えなかったのだ。樋口くんはなぜか少し胸騒ぎを覚えた。

木下くんは食べても食べてもいっこうに空腹感を癒せないのを不思議に思っていた。一人で大半を平らげたので、もう十個以上食べている計算だ。それでもなお物欲しそうな顔つきで他の人の皿を探っている。その様子を赤井さんが見つけて、自分の皿の餅をそっと木下くんの前に差し出した。木下くんはたちまち飲み込んで、下腹のあたりを撫で、苦しげに顔面を歪めたが、その表情はどこか歓びに似ていた。

「確かに腹がこんなに膨らんでいる。だから、たらふく詰め込んだのは確かなことだ」と木下くんは腹をさすり

ながら考えた。「それなのに、なぜだ。胃や喉や舌や口がますます激しく渇望する。体のあらゆる部位が、脳の欲望を置いてきぼりにして勝手に動き回っているのだ」

木下くんには何となく原因がわかりかけていた。餅がとても美味しいからだ。その味わいが普通経験している食事とは全く違うのだ。通常なら、臭覚と味覚を掠めて飲み込まれた食べ物は味覚を記憶させながらあっさり胃に消えてしまう。

ところが、今の場合、臭いも味もあまり感じないが、代わりにそれを待ち構える口や飲み込もうとする咽喉が、絶妙な動きで、一種特別な絡み方をするのだ。彼らは（口唇や咽喉だが）、まずこの珍客を大歓迎し、イソギンチャクのような身振りでもてなす。客も戸惑いながら媚びた身振りで応ずる。そこでたちまち飲めや歌えの大宴会が繰り広げられる。舌が音頭を取り、楕円の形に整然と並んだ歯が上下に動きながら拍子をうつ。あでやかな芸者がなだれ込んできて豊満な肉体を押し付ける。嬌声を上げ、媚態をうねらせる。口中が快楽の身振りであふれる。

と、まあ、餅を口に入れただけでこんな状態なのだ。取り囲んだあらゆる筋肉が咀嚼にむかって歩みだすと、一つ一つのうねりが快楽をひねり出し、とめどない惑乱をきたす。研ぎ澄まされた感覚はますます過敏になり、めざましい勢いで殺到する快楽のシャワー。……

「今日は我々の神をご紹介しよう」

ランチを終えると、所長は本物のシロアリの城を自ら案内をしようと買って出た。それは施設の地底１０００メートルにひっそり隠匿されているのだと言う。

「出来損ないのシステムではなく、本物を実際にお見せする。きっと感情の昂りを抑えきれないほどの感銘を受けるだろう。本来、すでに彼らは究極の目的を達していたはずだった。高度に進化したシロアリが砂漠に構築した城壁を見ただろう。ダイナマイトでも容易に破壊できないほど堅固だ。ところが、人類が核融合を利用した、地球自体を破壊しかねない恐るべき兵器を発明したとき、さしもの城壁も万全だとは言えなくなった。そこで我々信者が、神殿を設け、彼らの一部をそこに移動させたのだ。何種族かは予備として凍結保存されている。たとえ人類が愚かにもこの地球に破滅的な災害をもたらすことがあっても、我々の神は凍結から鮮やかに蘇り、廃

墟と化した地球に君臨するだろう」

所長自ら先導して四人をエレベーターに招いた。1000メートルの降下は四人とも初めての経験だったが、それ以上に神聖な神殿に赴くという緊張で、脚が少しふるえていた。

エレベーターを降りて、黒い鉱脈をくりぬいた洞窟を潜ると、そこは本物のシロアリのコロニーだった。周囲が頑丈なので開放された空間に夥しい個体が群がり、その中心に大きな白いドーム型のかたまりが鎮座していた。

「あれが女王だ。昆虫でもっとも長寿を誇り、五〇年以上も生存する場合がある。体重などを考慮すると、人間で言えば少なく見積もっても一二〇〇歳ということになる。これだけでも驚異だと思わないかね」

実を言うと、透明の隔壁は巨大な拡大鏡になっていて、直径五メートルもあろうかという巨体も、実際は十センチほどらしい。さすがに実物の大きさは信者の崇拝を得られないので、このような拡大鏡という特殊な効果を施さずにはいられなかったのだろう。

大きく映し出された白い弾力のある体の透き通った内部にはせめぎあうダイナミズムが踊っていた。まだ誕生していない無数の卵がうようよとうごめき、内部から猛然と圧する気配がありありと見えるのだ。よく見れば卑小な頭部と足の生えた前胸部が見え隠れしてはいるが、それはまさに極限にまで膨張した脂肪質の腹部だけの化け物だった。

メーテルリンクが、「小エビに囲まれたクジラのように寝そべっている」と表現した異様な構図がそこにある。群がる小エビたちは絶えず女王の身体を舐め、滲み出る分泌物を吸収している。巨体の端の方から、細長い卵が次々に飛び出してくる。静謐な空間に無数の固体が甲斐甲斐しくうごめき、それぞれの架空の呻きや嘆きが充満し、空間は騒然としているように感じられたが、実際の物音はいっさいない。

「女王の体積は他のもののなんと二万倍に達しており、一日に数万匹の卵を産む」

それを聞いて、赤井さんは恍惚の余り失神しそうになった。

「あれこそが我々の心酔する神だ。なんという神々しい姿だ。この非のうちどころのない見事な生命発生装置を

見るたびに、わしは素直に敬服し、地面にひれ伏したい衝動を抑えきれない」

と言うや否や、所長は両手を頭上に振り上げ、太った体をえいとばかりに前方に投げだした。

ところが、豊満な腹が邪魔をして、突き出たでっぱりに体は斜めにとどまってしまった。さすがに自分でもバツが悪いのか、少しでも地面に近づけようと焦慮するが、太った体にわずかな悶えが生じただけで、ほとんど態勢は変わらなかった。それでも頭部をぐっと下げて、二重顎を押しつぶしながら苦しげに二度三度首をひねって、ようやく数センチの効果を得た。一応満足げな表情になり、うっとりと目を閉じると、そのままじっと動かなかった。

「なるほどこの世界は、無慈悲なまでに徹底した、揺るがないシステムによって支配されている」

樋口くんも認めざるを得なかった。

「反抗する者は容赦なく抹殺される」

木下くんは背筋を伸ばしてぐっと拳を握りしめた。

「なぜこのような整然とした社会性が保たれているのでしょう」

前田さんは不思議がった。これまでもたびたび硬直した社会に反抗してきた前田さんも、完璧な管理体制に立ちすくむばかりだった。

「過酷なまでに全体を支配するこの容赦ない力の源泉はいったい何なのでしょう」

「きっと食餌のせいだろう」と木下くんはきっぱり断言した。

兵士である木下くんの立場は、給餌を停められれば死を待つしかない。自分では食材を消化できないのだ。材料がふんだんに積まれてあってもそのそばで餓死するしかない。

「あるいは洗脳というフェロモンを利用しているのだ」と樋口くんはやや疎まし気に言った。

「ある種の動物は生まれたばかりの子供に糞を与え、腸内に生息する微生物を移植させると言う。それは遺伝子のように彼らに共有される」

眼前の驚異に目を見はっていた四人もようやく退屈し始めた。所長の方もふうふうと大きな吐息をもらしながら、なんとか立ち上がった。

「振り返ってわが不完全な擬態を目にするたびに、わしは愕然とする」と大仰に嘆いた。「シロアリを模倣する

我が養護施設の女王は、身動きできない、ぶよぶよと太った肥満体でしかない。そのうえわがままで、怒りっぽいときている。お菓子を頬張るのを一刻たりともやめない、愚かな肉のかたまりだ。成果も芳しくない。まだまだ未熟なのだ。給食係の方は微生物を注入してかなり進歩している。だが、これとてまだまだ子供だましだ。改良に次ぐ改良を重ねても、我々の事業は究極の目的には程遠い。果たして今世紀にどれだけ進歩するのか」

　樋口くんは所長を眺めながら、とてもよく似ている校長先生を思い出し、怒りがふつふつ湧いてくるのを抑えられなかった。学校で起こった不祥事の元凶は校長先生だったのだ。忘れていた憤怒が蘇ってくる。前田さんを見やると、前田さんの顔にもやはり抑制された憤怒が見て取れた。所長を眺める視線は鋭く、じっと動かない。

　前田さんは胸にこみあげる怒りを野放しにしていた。怒りがどんどん大きくなるにつれ、いつのまにか所長の身体がどんどん小さくなってゆき、ビルのように聳えている自分の身体の遥か下方で、今にも踏みつぶされそうになっているように見えた。靴の爪先をちょっとずらすだけで、巨大な棒で微細な米粒を操るような手加減で、丸い袋のような所長は弾き飛ばされ、ころころと転がってゆくだろう。そんな光景を前田さんは妄想していた。

　まるでその願いが聞き届けられたかのように、実際に、所長が何かに躓いて転んでいた。

「あっ」

　小さい叫びを発して、赤井さんは慌てて駆け寄って、甲斐甲斐しく助け起こそうとしている。巨人になった前田さんは、その態度を忌々しく眺めていたが、やおら片足をもたげた。膝が直角になるまで足を浮かべ、それからやにわに二人を踏みつぶそうとした。

　――その瞬間、前田さんは元の体形に戻っていたので、子供が地団太踏むような、場違いなへまをしでかした挙動にしか見えなかった。

　樋口くんは、いったん浮いて、それから勢いよく降りた前田さんの足の動きを眺め、思わず体をすくめていた。

「さて、今日でちょうど半分の日程が過ぎたところだ。どうだね、きみたちに少しでも変化はみられたかね？」

と所長は訊いた。

　赤井さんはさっそくしたり顔で報告した。

「わたし、すっかり大人になりました。これまでの私は

引っ込み思案で、ただ可愛いだけの」と、そこで軽く顎を上向きにひねって、「女の子でした。ところが、この数日ですっかり母性愛に目覚めてしまったのです。私の身体のなかにミルクのような液体がどんどん流入し、溢れんばかりになっているのです。これを万人に分け与えたくて仕方がないのです。だって、そうしないと私の身体は破裂してしまいますから」

所長は身体を思い切り背後にのけぞらせて満足げにうんうんとうなずいた。

「おっぱいが豊かになって収容能力は増しましたが、とてもそんなものでは間に合いません。あふれんばかりのこの情愛をいったい何に捧げたら良いのでしょう」

次いで樋口くんが報告した。

「ぼくは特殊な能力を身に付けました。相手の心がたちどころに読めるのです。相手次第では無言で語り合うこともできます。これは本来人間が誰でも潜在的に保有している能力の一端でしかありません。誰もが、ほんのちょっとした契機であっけなく手に入れることが可能なのです。きっとぼくらの意識は本来の意識とほんのちょっとずれているだけなのでしょう。意識の断層はぴったり寄り添いながらごく些細なズレのために盲目になっているのです」

「ふむ、ふむ」

所長はにこやかな笑みを浮かべながら聞いて居たが、前田さんが気がかりになったようで振り返って訊いた。

「ところで、前田淳子さんは？」

樋口くんはずっと何気なく聞き逃していたが、名前で指摘した声の調子が急に変わったように感じた。心もち控え目なトーンで、それでいて厚かまし気な語尾。まだ誰にも知られていない親密さを隠そうとするような配慮さえ感じたのだ。

「私が得たのは千里眼の能力です。でも、そのおかげで私はとても苦しんでいます」

「それはまた、どうしてだ？」

「だって、嫌な物ばかり見てしまうのですもの。目を塞ぎたいことが、次から次と、望みもしないのに飛び込んでくるのです。いっそ、盲目になりたいほどです」

「それがあまねく宇宙の実相なのだ。我々の前にあるのは混沌（こんとん）だけだ」

しばらく沈黙が訪れた後で、今度は木下くんがしっか

りした声で発言した。

「ぼくは特殊な能力といったものは何一つ身に着けることができませんでした。ですが、体中から活力が噴き上がるのです。ぼくは兵士ですから鎧をまとっていますが、そのうちにある肉体の方がはるかに強靭な力で漲っています」

実際に、貧弱だった木下くんの肉体はどんどんたくましくなっていた。筋肉隆々とした姿に赤井さんはますます惹かれてゆくのを抑えきれなかった。

だが、木下くんの方は、すでになよやかな恋愛沙汰には無縁だった。たった一度の、臆病な、口ごもった仄めかしが、肩すかしをくらった。それだけで、きっぱり見切りをつけた。だが、あの経験は単なるタイミングのズレの問題だった。いかにも拙速な判断だったが、木下くんは今では失恋の痛手からすっかり立ち直って、自らの力だけを誇った。赤井さんが目で訴えても見向きもしなかった。

一方、赤井さんは冷淡な態度になおさら魅力を感じ、磁石のように惹かれていくのをもう止められなかった。赤井さんはこれまでのようなうっとりするだけの憧憬でなく、根拠のない確信に支えられた慈愛に似た気分に満たされて、慎ましく神妙な気持ちで木下くんを見つめていた。

「荒れ狂う絶壁に立って押し寄せる大群を迎え撃つ気構えができています。ぼくの本望は殉死です」

木下くんはきっぱり宣言した。

樋口くんは少し離れた位置でみんなを冷静に眺めていた。実は木下くんの異様な成長に懸念を抱いており、その様子を探っていたのだ。

「みんなは単純に称賛しているが、あの逞しさはたった二日間で形成されたものだ。いかがわしい薬でも使っているのではないか」

樋口くんはこっそり前田さんに耳打ちしたが、前田さんはジェラシーだと思って取り合わなかった。それに、たとえ筋肉増強剤などを使用していたとしても、その進展が異様であることに変りはなかった。

樋口くんの疑念には、実は根拠がなくはなかったのだ。

今朝、樋口くんが職務につくために王の予備室に向かったとき、誰かが猛然と向かってきて、樋口くんを突き飛ばして逃げ去った。尻もちをつきながら、走り去った男の行方を振り仰いだが、開いていたドアが閉まるの

を見ただけだった。顔を見たわけではなかった。ただ、走り去るときのあの特徴のある靴音が耳を離れない。底の分厚い、頑丈そうな革靴。……

とにかくあのとき誰かが、女王の部屋に不法に侵入し、その後慌てて逃亡したのは間違いのない事実なのだ。樋口くんは、てっきり侵入者が何かを奪って逃走したのだと疑っていた。もしそれが一日に二万個もの卵を排出する神秘な生命力の源泉であるとしたら、それを内服した卑小な身体がたった数時間のうちにプロレスラーの体格に変貌したとしても不思議はない。

やがて全員がまたエレベーターで施設に戻ったが、上昇するエレベーターの内部では徐々に昂る不穏な振動が周囲の壁を揺るがしていた。まるで分封という巣立ちを決意したミツバチの巣のように熱に浮かされた歓喜と宿命が及ぼす底知れない不安とにまみれているようだった。全員が申し合わせたように黙りこくっていたので、それぞれの胸の裡では不安と胸騒ぎが増幅しているようだった。

赤井さんは歓喜と豊饒の熱にまだ炙られていた。

樋口くんはいつか観た「卒業」という映画を思い出していた。結婚式場から花嫁を奪ってバスで逃走するラストシーンで、どうして二人はあんな陰鬱な表情で描かれなくてはならなかったのだろうと。なぜ、唐突にあのシーンを想起したのか。自分でもよく分からなかったが、きっと前田さんとの行く末に関連しているのだろうと考えないわけにはいかなかった。

木下くんは異常な興奮に包まれていたが、興奮の理由もその捌け口も見いだせないでいた。心も体も持て余している状態だった。

前田さんは隣にいる所長の体熱を感じ、唾棄し、薄い唇をきつく結んでいた。

一方、所長は、説明のなかで故意にはぐらかせた重要な事実を思い出して、多少後ろめたく感じていた。女王の寿命のことである。五〇年も生存するのはごく稀で、せいぜい数年で彼女の繁殖力は急激に減退する。そうすれば用済みとしてあっさり処理されてしまうのだ。また、日夜同衾する国王の役割についても言明を避けた。彼は交接さえしない。せいぜい輪卵管に精液を振りかけるだけの役割なのだ。……

　あくる日、すでに前田さんの部屋に集まって寛いでいた三人の元に、赤井さんが、はあ、はあ、と荒い息を吐きながら駆け込んできた。

「ねえ、ねえ、聞いて。教頭先生がこの施設のスタッフとして潜り込んでいるのよ」

「何だって、教頭先生が？　本当かい？」

「ええ。今日も、わたし、称賛に値する無私の心で給餌を務めていたの。ふと何気なく首をひねると、首が十メートルも伸びたような気がして、男の禿げた頭部に唇が触れそうになった。私はびっくりして、思わず体を引いてその男を見たの」

　その男がまぎれもなく教頭先生だったというのだ。

「さらにびっくりしたのは、教頭先生に厳かな顔つきで食事を与えているのは安藤先生だったの」

「おい、おい、マジかよ」

　樋口くんはさすがに苦笑まじりに呆れるしかなかった。

「それにしても、よりによってあの二人がよくここに一緒に来たものだな」と木下くん。

「安藤先生は生徒を見殺しにした自分を許せず、退職して、ここに再就職したらしい。それを教頭先生が追いかけてきたんだわ」

「あの二人なら、スタッフというより、患者になるべきじゃないのか」と樋口くんはにべもない。

「私ね、二人の様子をとっくり観察していたの。教頭先生は極度の空腹にさらされているのに、ついつい安藤先生の耳をくわえずにはいられなくなるの。その衝動がありありと見えるの。ためらいと衝動が絡まり合いながら、苦悶と陶酔が交互に入り混じって、そりゃあ、見ものだったわ」

「さっそく見学に行こうぜ」

　木下くんがみんなを煽った。

「もういないかも知れないわ」

「あの教頭が時間通りに獲物を手放すはずがないよ。きっと残業を強いている」

　案の定、給餌室には一組のカップルだけが残っていた。安藤先生の声が聞こえる。

「私は教師失格だわ。国語と書を教えてきたけれど、高橋くんの筆跡さえ見抜けなかったのですもの」

　安藤先生は未だに高橋くんの自殺を食い止められなかった不首尾をしきりに反省しているのだった。

「そりゃあ、筆とボールペンじゃ、筆跡を見誤るのは無

理もないさ」

　教頭先生はいかにも未練がましく耳から口を離しながら慰める。

「あの遺書を書いたのはいったい誰だったのでしょうか」

　教頭先生は余りにも性急に耳を吸い始めたので、思わず窒息しそうになりながら、慌てて顔を逸らして息をついだ。

「遺書だって？　ああ、例の不審火で燃やされそうになった作文だな」

「ええ」

「そりゃあ、もちろん本人だろう」

「違いますよ。あの子にあんな文章力はありません」

「だとすると、いったい誰だろう。あの事件は謎だらけだな。わかっているのは不審火の犯人が高橋だということだけだ」

「まさか、これから自殺しようとする当人が真夜中にそんな目立つ行動はしないでしょう」

「わからんよ、今どきの若い連中は。燃え盛る火を発見して駆け付ける人に自殺を思いとどまるように説得して欲しかったのかも知れない」

「肝心な点を見落としていますわ。不審火は高橋くんの自殺の三日後の出来事ですよ」

「なぜそう言い切れるのか。宿直員は焚き火の跡を発見して慌てて通報したのであって、燃え盛る炎を実際に見たわけではない。焚き火は自殺した当夜だったかも知れない。あの粗忽（そこつ）者のことだから、勘違いも十分考えられる」

「遺書を燃やしたのは三日後で、その犯人は分かっています。だって私ですもの……」

「なんだって？　あなたが？　それはまたどうしてそんな真似をしたのですか」

「もちろん狼藉者を糾弾するためですわ。自殺があった日の夜、あの作文が私の家のポストに投げ込まれていたのです。ですから高橋くんは作文にも不審火にも関係していないのは自明です。作文を読んですぐに私は、これは長い期間にわたって繰り返し虐げられてきた蹂躙（じゅうりん）に対する、あからさまに表白できなかった、圧し潰された悲痛な告発だとわかりました。小学五年生からずっと今まで続いていた拷問に似た痛苦の呻きがありありと耳に届きました。のみならず責苦の一部始終を知っている関係者がこれを私に届けた意図もはっきり伝わりました。私に勇気を出して糾弾して欲しいという悲痛な訴えでした。それで、二

日間迷ったあげくとうとう実行に移したのです」

「悪の権化(ごんげ)は校長先生だと？」

「それは明白ですわ」

「だが、それを明かす証拠がない」

「ええ」

「結局、あっけなく揉み消された」

「ええ。悔しくてなりませんわ。……それはともかく、私は、高橋君が自殺を決行しようとしているのを一部始終目撃していた人物がいたような気がしてならないのです」

教頭先生は自分の口で安藤先生の口を塞いで、反吐を回収して空腹を満たすと、興味のなさそうな顔で訊いた。

「というと、いったい誰かね？」

「それは分かりませんわ」

「ふむ。……そういえば、あのカップルに押し付けたコピーを盗んだ犯人もまだ挙がっていないな」

「あれは校長先生に決まっているじゃないですか」

「ふうむ」

教頭は興味なさそうにつぶやく言葉が終わり切らないうちに、唇を突き出してまた可憐な耳をくわえた。

見守っていた四人がすっかり退屈して、そろそろ腰をあげようとしたとき、突然、凄まじい地響きとともに大音響が炸裂した。

四人はわっと駆け出して、全員が何かに躓いて足をもつれさせてぶざまに転んだ。これは、各自に絶えざる反省と悔悟を促すために、施設内のあちこちに埋め込んだ段差のあるプレートのせいだった。

地響きも大音響も実はたいしたことはなかった。こっそり盗み見している四人の後ろめたい姿勢がいたずらに誇張したものだったのである。だが、仰天して飛び上がった彼らにはまだ実体は正確に把握されなかった。

「大変だ！　戦争だ！」

木下くんは血相を変えて勢いよく駆け出した。

赤井さんは、勇ましく、猛然と駆けて行った木下くんの後ろ姿をうっとりと見送った。

「きっと私は木下くんのお嫁さんになるんだわ」

赤井さんの空想が羽ばたき、はるか上空に飛び立ってゆく。

……愚直で、野卑で、乱暴者だけど、そして一番悪いのは、私のことをこれっぽっちも愛してくれない点だけど、それでも私はあの人のお嫁さんになるの。もちろん乱暴に凌辱

して、ほったらかしにして、籍さえ入れてくれないかも知れないけれど、私は健気に献身的に尽くすの。平穏な日常に飽き足らず、退屈の余り他所に女を作って滅多に戻ってくれなくとも、私はじっと待っている。たとえ戻って来ても、容赦なく殴ったり、暴れまくるだけなんだわ。それでも私は辛抱してひたすら待ち続けるの。

　あの人にはきっと密かに胸に秘めた遠い目標があるに違いない。南極に足を付けて地球を跨ぐように、もう一方の足を大きく振り上げたまま、下ろすべき大陸を探している最中なんだわ。……

　ある日の午後、あの人は一年ぶりにやって来て、ごろんと横たわると、煙草を吹かす。私は嬉しくていそいそと料理に取り掛かる。俎板にとんとんとんと包丁の音が小踊りし、私はその音に弾かれてついつい体が浮いてしまい、今にも踊り出しそう。

「ごめんね。あり合わせの物で」

　私はちゃぶ台に料理を並べる。あの人は強引に抱き寄せ、力任せに押し倒して、愛情もなく凌辱する。

「ねえ、今何をしているの?」

　媚態はできる限り控えているのだが、唇や舌がつい甘ったるい余韻を滴らせてしまう。もちろんあの人はじろりと睨むだけで答えない。どうせ無職でお金もないだろうから、私は貯金通帳をすべて喜んで差し出す。あの人の為ならどんな苦労も厭わない。

「あなたの生き甲斐は何なの?」と私はうっかり訊いてしまう。

　答えがないのは分かっている。でも私は訊かずにはいられない。あの人を手助けできるなら、何でもしてあげるつもりなのだから。あの人はぶっきらぼうに立ち上がって、ちゃぶ台にある卵一個の目玉焼きの皿を取ると、差し出した私の両手に裏返しにならないように上手に載せる。

「日本……」

　熱さを我慢して私は感動で涙ぐむ。……

　赤井さんがそんな思いを巡らせているとき、木下くんは非常事態の場合の集合場所に着いた。

　壁に掛けてあったヘルメットを被ると、他の兵士とともに、壁に空いたちょうど頭部大の穴にヘルメットごと頭を突っ込んだ。そして、そのままじっとしている。これが教えられた唯一の戦闘態勢だった。外敵の侵入を自らの肉体を持って防御する。これほど艇身的な行為はなかった。

堤防の小さな穴が決壊するとたちまち全体が総崩れになる。各自はそれを自覚し、たとえ死んでも守ろうとするだろう。木下くんは自分と同じように穴に頭を突っ込んでいる隣の、その隣の、そのまた隣の兵士に思いを馳せる。全員は見えない紐帯で結ばれている。壁よりもその絆こそが敵を防ぐ防壁となっているのだ。潔い矜持が固く肉体を引き締め、鉄の鎧で身を守る。殉死したい、と木下くんは痛切に思った。

だが、いつまで経っても何の手応えもなかった。不審に思って頭部を抜いて様子を窺ってみると、前方には夥しい数の軍勢が今にも総攻撃を掛けようと待ち構えていた。木下くんは驚いて慌てて頭部を穴に突っ込んで拳をきつく握りしめた。また長い時間が経過した。しかし、多勢に無勢、このままでは犬死だ。なぜ先制攻撃を仕掛けないのだろう。

「なぜ攻撃しないのですか！」

木下くんは隊長に向かって大声で怒鳴った。

「敵が迫り、明らかに攻撃態勢に入っていると言うのに、私たちはじっとこうして忍従するだけですか。何が反攻を妨げるのです！」

「法律だ」

隊長が無念を滲ませた声で言ったが、木下くんの耳には届かなかった。

その頃にはすでに、大惨事が思い過ごしだったと知った前田さんと樋口くんは、樋口くんの個室に戻っていた。樋口くんは壁に背をもたれ、煙草を取り出した。

「いけないわ。禁止されているでしょう」

両手を頭上に伸ばしてセーターを脱ぎながら、前田さんは注意した。だが、いつものきっぱりした口調ではなく、沈んだ自信のない語調だった。

「すっかり汗をかいてしまったわ」

前田さんは着ているものをすっかり脱ぎ捨てて、裸になって部屋の中を移動した。闇のなかにうっすらとスレンダーな裸体が動くのを樋口くんは黙って見つめていた。煙草を口にはさみ、ライターの火をつけた。

「きゃっ」

前田さんは小さく叫び、部屋の隅にうずくまった。樋口くんは両腕を交差させて胸を庇っている大仰な恥らいをからかった。

「だって、これまで暗闇だったから」

昨夜も、一昨日も、深夜零時になると、前田さんはこっ

樋口くんは最後の一呼吸を思い切り大きく吸い込むと、コーラの空き缶に吸殻を捨てて、内部でじゅうと呻く音の消えるのを待ってから、やおら立ち上がり、ゆっくり近づいてきた。前田さんはプリンがスプーンを受け入れるように滑らかに受け入れた。次第に慌ただしく募る、貪るような獰猛な動きを間近に感じながら、前田さんは闇の中の遠くの一点を見ていた。

あくる日、樋口くんが血相を変えて部屋に飛び込んできた。

「妊娠三か月だって？　本当なのか！」

「うん」

前田さんは自分でも驚くほど冷静にうなずきながら、秘密漏洩の犯人は誰だろうと考えていた。こうした差し障りのあるプライバシーは厳しく管理保管されているから、他ならない関係者が洩らしたとしか考えられない。

「いったい、誰の子だ？」

樋口くんは詰め寄った。

「もちろん利一くんの子よ」

前田さんはきっぱり言った。

細く長い首がまっすぐ伸びて、樋口くんの方を見ながそりこの部屋を訪ねていた。二人が親密になったのはつい三日前なのだが、前田さんにはそれ以来ずっと時間が継続していたので、今日が何日目だかはっきり分からなかった。

樋口くんが煙草を喫い終わるまで前田さんはじっと待っていた。意地悪されているようで煙草が憎かった。ときおり煙草の先端が赤く燃え上がる。樋口くんの口を中心に上半身が闇の中に浮かび上がり、また消える。そのたびに前田さんは赤い斑点が自分の裸体に残り、どんどん醜くなってゆくように感じた。

「いつもは性急に抱きしめるのに、まるで焦らされているような気分だわ。あの事を知っているのかしら」

前田さんは爪を噛みながら、上目遣いに樋口くんを見やった。

実を言うと、今朝、入寮時に行った健康診断の結果報告が届いていた。黒い印字の羅列の中に赤い文字が一か所目に付いた。

——妊娠。

前田さんは、思い当たる節がないわけではなかったので、比較的冷静に受け止めていた。ただ、樋口くんがその事実に気づいているのかどうか思い惑って、心が乱れた。

ら少しずれて頭部を掠めるその視線には挑むような粘り気があった。

「だが、ぼくらが初めてセックスしたのはつい二日前だぜ」

「ええ。正直、その事実には私も困惑したわ。でも、今私たちの居る場所は特別なのよ。一日で二万個の卵を吐き出す生命発生装置が君臨する、地球の磁場に迷ったような特異な場所なんだわ。通常の一万倍のスピードで時間が経過しても不思議はないのだから、せいぜい五〇倍の成長はむしろ遅すぎるほどだわ」

樋口くんは特別に秀でた能力はないが、とても素直な性格で、どんな不思議もあるがままにあっさり飲み込んでしまうおおらかな許容にゆだねられていることがよくあった。

「それで、どうするの？　わたしはどうしたらいいの？」

「……………」

一切の判断を委ねられて樋口くんは押し黙った。

思いもかけない方向から途方もない困難を突き付けられたようだった。時間だけが過ぎていった。樋口くんは何を考えていたのか。おそらく何も考えていなかった。ただ、困惑して、結論を長引かせようとしていただけだった。

なにしろまだ十八歳だった。ちょうど意志とは無関係に振られる猫の尻尾の先端で考えている気分だった。

「やっぱり堕すしかないわね」

同じ十八歳でも、前田さんは自分の中に胎児を身ごもっていただけあって、現実的に対処せざるを得なかった。

「もう少し考えてみよう」と樋口くんは言った。

前田さんは、たぶん何日経っても樋口くんの結論は変わらないと考えていたに違いない。

その日、樋口くんは終日、女王が繁殖する部屋でぐったりと壁にもたれていた。

翌日、樋口くんは職務に就く前に前田さんの部屋をノックして、前田さんの様子を確認した。前田さんは憔悴（しょうすい）していた。

「私、今日は休ませてもらうわ」

「そうか。手続きをしておこうか」

「後で自分でするから」

樋口くんはうなずき、ドアを閉めた。前田さんの顔が閉じようとするドアに潰されるようにすぼまっていった。何か言い足りない気がしきりにしたが、明確な言葉となって浮かんでくることはなかった。

　それから樋口くんは長い廊下を歩いて行った。廊下には誰も居なかった。樋口くんはゆっくり歩いて行った。

　途中で、歩行の弾みにもつれるように身体のどこかに妙な感覚がよぎった。くすぐったいような、胸のあたりから何かが飛び出してくるような喜びが、湧きかけては消える。樋口くんは立ち止まり、また歩き出したが、身体がふわふわ浮いて、まるでスキップでもしそうな軽やかな振動があった。

　それはきっと、おそらく二年後ならはっきりわかるけれど、生命の誕生がもたらす喜びにまみれた胸騒ぎだった。だが、そのときは、それが喜びだとは自覚できなかった。どうしてわかるだろう。まだ十八だった。それに、つい昨日も、二人で中絶しようと相談したばかりだったのだ。

　小一時間経っても、樋口くんはまだ所定の配置についていなかった。また三時間が無為に過ぎ去った。立ち上がると、少しめまいを感じた。ようやく決心して、立ち上がると、職務を放棄して前田さんの部屋を目指した。途中で我知らず少し速足になったが、部屋の前まで来ると物音を立てないように自制した。前田さんを驚かせたいと思ったのだ。

　ドアを開けたとたん、身体中に張りついた無数の小さなドアがいっせいに開いたような気がした。いっせいに開いたが、開く方向がまちまちだった。それで樋口くんの懸念は、四方八方に開いたドアの行方を追って、無頓着に困惑するしかなかった。

　部屋の内部は廊下よりも狭いのでなおさら樋口くんには暗く感じられた。だからついそこに居る前田さんの姿はすぐには目につかなかった。足元には、底の磨り減ったみすぼらしいサンダルがあり、そのそばに黒の頑丈な靴が整然と爪先をそろえていた。

　とつぜん樋口くんの目に、お気に入りの緑色のスカートにゆったりしたオレンジ色のセーターをまとい、その上に花柄をあしらったエプロンをつけた前田さんの姿が飛び込んできた。私服に着替えたときのいつもの扮装だ。

　前田さんはそこに眠っていた。セーターの袖は肘まで無造作にたくし上げられて、そのか細い腕を強調していた。化粧のない、洗い立てのように小ざっぱりした素顔。ほっそりした身体は両足を心もち上げて背を丸めて横たわっている。それは数日前から馴染みになった、眠るときの前田さんの好きなポーズだった。後ろからそっと抱いて。

目覚めない。まだ。

前田さんの隣には、大柄な体形が仰向けになって横たわり、鼾をかいていた。下半身はステテコ姿だった。玄関にあった靴と並んで寝ている二つの身体、そこからたちまち結び付けられる状況を、樋口くんはすぐには把握できなかった。ちょうど複雑に絡み合った無数の歯車の、遠くはなれた位置にある大きさの極端に異なった二つの歯車を見交わしているように。

先に目覚めたのは男の方だった。

「おい、起きろ。誰か来たぞ！」

男は抑えた口調でそう叫び、猛然と立ち上がって窓際でズボンを手に取り、片足を持ち上げた。その声ですぐに分かった。なんと、そこに居たのは所長だった。

前田さんはぼんやり眼を開け、それからすばやく樋口くんの方を振り返った。

「利一くん、あなた、どうして！」

前田さんは叫びざま、すかさず跳ね起きて、戸口に駆け寄った。

「どうしたの。行かなかったの？」

整った細面の顔に訝しさをいっぱいにたたえて前田さんは言った。その口調には樋口くんの怠惰や優柔不断を責める疎ましささえ窺えた。

前田さんの背後で、所長の大柄な図体がハンガーか垂れたコートのように立って、じっとこちらを窺っているのが見えた。その静かな表情は、樋口くんが誰か見定め、前田さんとの関係を冷静に把握し、その深度までも推し量っているようだった。何も言わず黙ってこちらを見ていた。

「ねえ、利一くん、ちょっと外に出て」

前田さんはすばやく樋口くんの手を取り、そのまま廊下に連れ出そうとした。そのとき前田さんの顔面が酸っぱい果実を頬張ったように思い切り歪むのを見逃せなかった。樋口くんは動こうとしなかった。前田さんの口調が早口で明らかに所長を憚って低く抑えたものだったからだ。すでにサンダルを絡め、玄関に下りているので、狭い玄関で二人は窮屈に密着していた。

「どうしてあいつではなく二人が外にでなくちゃならないんだ？」

「ねえ、お願いだから。少しだけ」

哀れっぽく首を振り、眉間を歪ませた前田さんの表情を、樋口くんは故意に視界の端の方に押しやった。前田

さんは全身で押すように強引に樋口くんを外に連れ出し、後ろ手でドアを閉めた。

「利一くん、冷静になってよく聞いて。もう分かっていると思うけれど、あの人、所長なの。あの人、まだ私たちの関係を何も知らないの。まだ利一くんとのことを話していないの。もちろん今からすぐに話すわ。だから、今は黙って帰って」

前田さんは顔面を哀れに歪ませて必死に訴えた。振りしきる全身にシャワーのように哀傷が迸るようだった。

「あの人、今、大変な目に遭っているの。女王を陵辱したと言う嫌疑で追われているのよ。逃げまどい、私の部屋だとも知らずに夢中で駆け込んできたの。それでこっそり匿っているのよ。後で詳しく説明するけれど、とにかく今は騒ぎ立てないでこのまま大人しく帰って頂戴。ね、お願い！」

と言いざま、なんとそのまま背を向けて、前田さんは樋口くんを置いてきぼりにしてドアを開けて戻ろうとした。

樋口くんはその小さな肩を乱暴に掴んで、引き寄せた。

「待てよ。このままのこのこ帰れるわけがないじゃないか」

「どうして？」

「どうもこうもないさ。男を部屋に残して立ち去れと言うのか！」

髪を振り乱した前田さんの広い剥き出しの額に注意深い思慮が廻った。

「だから、今説明したじゃない。のっぴきならない事情で匿っているんだから、今あの人を追い出すわけにはいかないのよ。分かって。ね！」

「分からないさ。だったら、ジュン、きみがここを離れるんだ！」

樋口くんは前田淳子さんのことを二人きりのときはジュンと呼ぶようになっていた。

「今にも死にそうなほど怯えている人を置いてきぼりにして、私が出れるわけないじゃない。闖入する狼藉者を誰が防ぐの？　あの人が禁断の部屋に侵入したのは事実だけど、その気もないのに、ふらふらとさ迷うように辿り着いたんだって。不義密通なんてとんでもない冤罪なのよ」

それは理解できる。さすがにあの愚劣な肉のかたまりに手を出そうとするものはいないだろう。

「ね、子供みたいにむずかって私を困らせないで。もっと冷静になって、お願い。変な気を回さないで。ほら、

見て。わたしはエプロン姿よ」

「だが、相手はズボンを脱いでいたぜ」

「しーっ、余り大声出さないで！　見つかると、あの人殺されるかも知れないのよ」

　周囲ではなく、部屋の中で聞き耳を立てている所長をはばかる意図が明白だった。

「とにかく、どうしても所長をここに匿いたいというなら、ジュンがぼくと一緒にここを離れるんだ」

　一瞬、間があった。

「私だって利一くんと、一緒に行きたいわ。でも行けないのよ。分かって。あの人怪我をしているのよ。ズボンを脱いでいたのは治療をしていたからなの。ね、よく聞いて。明日の始発であの人は東京に逃走する算段なの。そして、それっきり戻らないわ」

　眉をひそめて哀願する必死な形相が哀しかった。それは樋口くんのためではなく、別の男のための歪みだった。

「だから、それまで待って。私のわがままを赦して。利一くんとはこれからもずっと一緒に居るんじゃない。そうでしょう？　だから、ほんの十数時間そっとしといて。ねえ、お願い、そうして。大丈夫よ、利一くんの心配するようなことは決して起きないから。私を信頼して」

　前田さんの表情はすっかり樋口くんを言い含め得たと安堵したようにゆるんだ。それから、いきなり両手を樋口くんの首に絡めて、しゃにむに体を押し付けると、乱暴にキスした。唇はすぐに離れたが、熱い、やわらかな弾力が上半身になれあっていた。触れた範囲の弾力がかたどる残像だけを知覚し、樋口くんは故意に前田さんから目をそむけていた。

「ねえ、分かってくれるわよね」

　前田さんは間近でじっと樋口くんを凝視して、もう一度荒っぽく抱きついてから、すばやく突き放すように離れて、ドアを開けると、中に駆け込んだ。まさにドアが閉じる刹那、前田さんは慌ただしい混乱の最中に一瞬、冷静さを取り戻した。じっと立ちすくみ、間近を見つめ、耳を澄ました。あの音が聞こえないかしら。玉と玉が触れ合って響くあの音……。胸のあたりに注意を凝らし、ひたむきに待った。発生の予感だけはかまびすしく沸き立つが、遂にあの音は聞こえてこなかった。

　閉じられたドアの前で樋口くんは茫然としていた。コンパスで造作もなくさっと円が描かれたようだった。首

にまだ前田さんの両腕の重みがうっとりと絡みついているように思えた。

女王相手に不始末をしでかしたと言う嫌疑なら、見つかったら殺されるかも知れないと言う前田さんの言葉もあながち誇張とも言えない。なにしろこのコロニーでは女王は決して侵されてはならない禁忌（タブー）なのだ。全体に対する謀反のようなもので、これ以上に重大な犯罪はなかった。実際、女王の間は、昨日から許しがたい暴挙に紛糾した職員たちが押し寄せ、手の付けられない騒乱状態にあった。

「そうか、あのときぼくを突き飛ばして逃げた犯人は、木下くんではなく、所長だったのか」

と、利一くんは思い返した。樋口くんの頭の中に色んな思惑が錯綜していた。全身が空っぽになって、その内部で暴風雨が逆巻いているようだった。樋口くんはいったんドアのノブに手を掛けた。そのまま永い間握っていた。近視の利一くんは黒板の字が見え辛くなってもすぐには障害を認めなかった。あまりにも緩慢な移行だったからだ。ある日、不意に何も読み取れなくなった。ちょうどあの時のようだった。

いつのまにか樋口くんは廊下をゆっくり歩き始めていた。まだ掌にはノブの感触が残っていたので、まだ立ち去ってゆくという意識はなかった。ゆっくり階段を降りて踊り場に着いたが、未だに最初の一段を降りた甲高い靴音を聞いているかのようだった。

不意にバタンとドアを開く音がして、パタパタというサンダルの足音が聞こえた。

「待って！　利一くん！」

前田さんはあたふたと愚かしい身振りで追いすがって、樋口くんの右腕をきつく握った。

「怒っていないわよね。そうじゃないのよね。わたしのわがままを許してくれるのよね？　そうでしょう？」

「……………」

樋口くんは、いっそ考え得る最悪の事態を望んでいた。

「部屋に駆け込んだとたん、私は自分の狡さにぞっとしたわ。立ち去る利一くんを思って居ても立っても居られなくなったわ」

「もう、いいんだ」

「部屋に飛び込んできた利一くんを見たとき、私はとっても嬉しかったわ。だって、とっくに諦めていたんだもの。ね、赦して。私ったら利一くんを引き留めたいばっ

かりに、夢中で嘘でくるんでばかりいたの。……わかったわ、もう何もかも正直に話すわ」

　前田さんは二兎を追わず、せめて一兎を確保しようとしたのかも知れなかった。だが、必死になればなるほどむしろかえって逆効果だった。

「あの人は、校長先生に似ている所長ではなく、校長先生なのよ」

「何だって？」

　樋口くんも所長と校長先生の酷似には気づいていたが、鏡の向こうの世界の住人のように、決して本物とは結びつかなかったのだ。今、はっきり言明されても、なお信じ難かった。

「赤井さんが目ざとく察知した通りよ」

　樋口くんは額に目まぐるしく謎が駆けずり回るように感じ、無意識に上げた手の指でこめかみを押さえていた。

「だが、そうだとしても、校長先生がいったいジュンとどんな関わりがあるのだ？」

「プールで自殺した高橋くんの作文を憶えている？」

「ああ、遺書と言われている長い作文だろう？」

「あれは私が書いたものなの」

「何だって？」

　樋口くんは思わず大声を上げそうになったが、慌てて声をひそめた。

「しかし、主人公はいかにも小学生の高橋のようだったぜ」

「私がそのように似せて書いたの」

「なぜジュンがあんな作文を書く必要があるんだ？」

「もちろん誹謗（ひぼう）中傷のためよ」

「誰を相手に？　校長先生？　それとも高橋？」

　前田さんは昔から高橋に夢中だった。すくなくともそんなふうに周囲の目に映っていた。だから相手にされない腹いせに高橋を憎んでいたと考えられたが、まだ三人を巡る構図が樋口くんにはうまく描けない。

「二人に対してよ」

　これは明らかに不公平な、高橋くんにはとばっちりとも言える言い掛かりだった。高橋くんは哀れな犠牲だった。それは前田さんも気づいていた。でも、胸を掻きむしるような切ない身悶えに校長先生はつれなく対し、その原因がもっぱら高橋くんの存在にあると信じた前田さんの幼い憤りが発した恨み言にすぎなかった。

「高橋はともかく、ジュンにとって校長先生はいったい

……何なんだ？」

「私はあの人の束の間の情婦だった。ううん、情婦ですらないわね。欲望を満たす道具にたまさか利用されたにすぎなかったわ。それも、たった二度で飽きられて捨てられた哀れな人形……」

「すると、妊娠した子供の父親はいったい誰なんだ？」

この余りにも分かり切った尋問は周囲の壁が瓦解するほど大きなショックを前田さんに与えた。その切羽詰まった声の調子とひたむきな表情を前田さんはまじまじと見つめ、いたたまれなくなった。

樋口くんは、つい昨日の、この特殊な環境では時間の進み具合が違うという前田さんの言葉を今の今まで鵜呑みにしていたのだろうか。何てこと。前田さんは全身をふるわせ、まじまじと樋口くんを見つめ、理解した上で納得してくれたのだと思い込んでいた自分の浅はかさを責めた。

「嘘よ！　利一くんは知っていたのよ。そんな荒唐無稽なからくりを信じるはずがない。知っていて知らんぷりをして許してくれたんだわ」と前田さんは――というよりはサンダルを絡めた足の指先が、注意深く考えた。

一方、利一くんは思考停止状態だった。彼には何もかもが一緒くたにやってきた。降ってわいたような幸運。とろけるような陶酔。そして、妊娠というとんでもない方向からの手に負えない厄介。行き詰まって真空状態になる以外に窮地を脱する方法が見つからなかった。それは神経症者の巧緻な回避に似ていた。

「……子供の父親はもちろん校長先生よ。ちょうど三か月前だから」

前田さんは少し顔を逸らしながら、抑えた低い声で、だが、はっきりそう言った。

樋口くんは気が遠くなりそうだった。

全身の血流がいっせいに足元に向かって下降するように感じた。迷走する推理の尻尾を夢の中で必死に追いかけている気分だった。

『そうだ、たしか遺書はジュンが書いたものだと口走っていたな』と樋口くんは思い出した。『そうか、遺書に描かれていた校長先生と小学五年生の高橋とのやり取りは、ジュン自身の実体験だったのではないか。そこには哀れな被害者が陰湿で意地悪な脅迫に翻弄される様子が描かれていた。きっと、校長先生はジュンの弱みを握っていて、狡猾な姦計を弄し、意地悪く迫っていたに違い

ない。ジュンはやむなく従い、蹂躙されていたんだ』

樋口くんはぎゅっと掌を握りしめて憤った。

「なんて卑劣な奴なんだ！」

樋口くんは拳を握って憤った。

「そんなふうに言わないで。愛していたの。夢中だったのは私の方なの。あの方は無我夢中ですがりつく私を持て余して、つい、ちょっと悪戯してしまっただけなの」

「……」

しゅわーっと音を立ててコーラの缶が栓を抜かれた。微細な無数の憤怒が騒然と湧き立ち、濁った茶色の泡がにょろりと噴出してくる。

樋口くんは十八歳の純情を踏みにじられ、穢された気分だった。

「お願いだから、そんな顔しないで。私は少し背伸びをした、その実何も知らないよちよち歩きの赤ん坊だった。赤ん坊が足を滑らせて溝に落ちて、一度か二度泥をかぶったからって、利一くんは責めるの？　あなただって赤井さんと色々あったじゃない。それと知っても、私は一言も文句は言わなかったわ。だって、私には利一くんが必要だと分かっていたもの。私は利一くんがいたからこそあの人から逃れられたんだもの。あの目で見られただけで蝋燭（ろうそく）の炎のようにゆらめいていた。ドアを開けて黙って立っている姿を見かけただけで、磁力のように引き寄せられるのを感じずにはいられなかった。そんな私をかろうじて踏み留めてくれたのは利一くんなの」

「……」

利一はふと何気なく手持無沙汰にしている自分の手を見るともなく見た。利一は昔から手先が不器用だった。それが最も顕著に表れたのはコンパスを操るときだった。誰もが造作なくこなすなめらかなまろやかな円をどうしてもうまく描けないのだった。いつも円が結ばれる直前にヘマをしでかす。精神がためらい、躓くのだ。今ちょうどそんなヘマをしでかしたときのようだった。

樋口くんはこれまでずっと前田さんの明るい健康的な快活な顔にふとした折に翳る謎めいた印象に惹かれてきた。その魅力は、瞬きするような罪のない嘘と隠し事の多い性質に負っていたのだろうか？　虚偽が剥がされてみると、そこには功利的で、ずる賢くふるまう、愛に飢えた、淋しい、いじらしくふるえている裸体があるばかりだった。だが、それはそのまま翻って、樋口くん自身

の臆病で狡猾な心を痛烈に責め苛んだ。逆立ちしても敵わない捨て身の姿勢がそこにあった。

「ここ数日、私はずっと待ちわびていたわ。利一くんがテレパシーの能力を獲得していたと知っていたから、ひたすらあなたの音信を待っていたの。どんな些細な刺激も見逃すまいとじっと全身で待っていた。でも、利一くんからは一切送信はなかった。私の方にその能力がなかったからよね。それでも懲りずに私の方からも必死にメッセージを送り届けた。でも、私の切ない思いを利一くんは一度も受信してくれなかった。テレパシーは愛情を介在しなければ成立しないのかと思って哀しかったわ。赤井さんとは無言で会話ができて、私とはできない」

「ぼくにはその能力はない。テレパシーは赤井さんだけの能力だったんだ」

　樋口くんはうっかり嘘をついた。

「私を救って……」

「終わったことはいい。ぼくと出会う前のことだから。だが、今日のことは許せない」

「そうね。あの人がいきなり飛び込んできたとき、邪険に拒めなかったのは事実だわ。ううん、私は心のどこかで利一くんを裏切っていたのかも知れない。私、妊娠したことを知ったとき、もう利一くんとはこれっきりだと思った。絶望が私をだらしなくさせたのよ」

「もう、いい！」と樋口くんは怒鳴った。「うんざりだ！」

　樋口くんはそれっきり黙りこくって、前田さんの乱れた髪のあたりを見ていた。遠くに照準を合わせながら、間近で自分の右腕をきつく握った前田さんの指のたわみを感じていた。その手がゆるんでゆっくり離れてゆくのを注意深く感受していた。

　一瞬だが、慌ただしい狂奔の中で、前田さんはふっと真空に閉じ込められた。そのとき間近に樋口くんの表情に接して、のっぴきならない事態を直視した。うまく仕切っていた舞台に途方もない陥穽があることを知ったのだ。そのとき不思議な音が聞こえた。水晶の玉と玉が触れ合う、硬質の、それでいてやわらかな、幽かな響き。……

　実を言うと、前田さんはいつか教室で高橋くんが上げた断末魔のような叫びに接したときにも同じ音を聴いたのだが、そのときは幻滅に紛れて留意されなかったのだ。前田さんは今奇妙な冷静さでその音に聴き入った。それはだしぬけに現れて、擦過した直後でなければ直面でき

ない、それぞれの間隔が微妙にずれた、それでいて連関した、かすかな不連続な性質の妙なる調べだった。自明のように認識している自分の体形が茫洋とし、あたかも風にゆらぐ蝋燭の炎のようにあぶなっかしい状況にあって、それはふっと心に触れて、急いた心が追いかけても、もう音は消えている。だが、まざまざと耳に残っている。

「しーっ、耳を澄ませて。何か聞こえない？　聴こえるでしょう？」

と前田さんは遠く間近を視るような表情で言った。

「いや、何も」

すかさず樋口くんは否定した。

「聞こえるのは嘘にまみれたジュンの声だけだ」

「確かに聞こえたわ。小さな玉と玉が触れあう幽かな音。……」

でも、それは、樋口くんには聞こえない音だった。

前田さんは初めてありありと樋口くんのぬくもりと重さをしみじみ実感しつつ、まじまじと樋口くんを見つめた。その顔にある決心を見透かし、取り返しのつかない事態に直面していると思った。私はなんてことをしでかしているんだろう。しっかりしなくちゃ。自分で自分の行動が分かっていないのだ。今、二人を一緒くたに失おうとしているんだわ。でも、大丈夫だわ。ほんの今日一日だけのことなんだもの。明日になれば何もかも決着がつく。落ち着いてよく考えよう。きっと、なんとかなるわ。胸に手を当てて心の奥底に鳴った音を逃がさないようにそっと握りしめて、前田さんはもう一度遠くに視線を投げた。

だが、そのためらいも一瞬だった。身体を翻すと、また慌ただしい興奮に煽られて駆けだした。

緑色のスカートが翻って、姿が見えなくなる寸前に振り返って、前田さんは精いっぱいの声で叫んだ。

「ごめーん――、許して！」

樋口くんは無風なのに風が頬を掠めた気がした。それから長い廊下を水の入った風船のように揺れながらよたよた歩いた。立ち止まって、また歩いた。もういちど立ち止まったとき、背中にぬわっと疑念がもたれかかった。

「作文はジュンが書いたものだって？　たしかそう言ったな」

余りにも突飛な真相だった。すると、何も交番で警官を篭絡せずともすでに手元にあったわけだ。交番の経緯はジュンの作り話だったのか。いずれにしろ、その思いがけない事実によって、たった今判明した信じがたい話もにわかに現実味を帯びてきた。校長先生との関係はまぎれもない事実なのだ。だが、さまざまな感情が入り混じり、いくつもの憶測が錯綜し、今はそれ以上何も考えられそうになかった。

前方にゆらゆら陽炎のように揺らめく人影があった。一人、二人と増えてゆく。そのうち大きな群衆の塊になった。樋口くんは行く手を妨げないように廊下の端に寄った。どかどかと荒々しい靴音を立てて群衆が迫ってくる。樋口くんはそれをやり過ごしながら、ぼんやりしていた。

誰かが口をふれそうにして近づき、耳のそばで何かささやいた。樋口くんはぶっきらぼうに前田さんの部屋を指さしていた。また誰かが樋口くんの肩を叩き、感謝を述べた。とたんに密告の苦い後味が残った。群衆が乱れ、前田さんの部屋に殺到した。校長先生が捕えられ、前田さんの叫び声が聞こえたような気がした。

樋口くんはそのまま歩いて行き、施設を脱走した。あたりには誰一人として見当たらなかった。人家の灯もなく、道路には標識もなく、当てもなく歩くしかなかった。一時間も歩き続けただろうか。砂漠から草原に変わり、木造の建物に辿り着いていた。

「この外観はどうも見覚えがあるな」

すぐに思い当たった。パンフレットにあったもう一か所の養護施設だ。

いつの間にか日はとっぷりと暮れていた。太陽の動きを考慮すると数時間以上経ったことになる。辺りを満たしたしめやかな闇はコールタールのように濃密で、研修期間で体得した透視を一切拒んでいた。

とつぜん、ぬわーっと、何かが道路の真ん中を横切った。その気配が途切れると、辺りはいっそう黒い闇に塗り潰され、静寂がひたひたと迫ってきた。濡れたしめやかな夜闇は利一に初めて底知れない畏怖を感じさせた。

ゴーギャンの絵画に描かれた暗闇に得体の知れない霊的なうごめきを感じたとしても、誰も不思議に思わないだろう。闇に潜むささやきや呻き声は住人の思念や情念の反映なのだ。だとすると、この七日間の研修で、未開人の思念が染みついたということだろうか。

樋口くんはポケットを探って煙草を取り出した。二本しか残っていなかった。火をつけると、身近に迫っていた闇が微細な虫の集合体のように、一瞬ひるんで、ざわざわと尻込みするのが見えた。一口喫うたびに、急迫をためらう身振りがあざやかに浮かび上がる。名残を惜しんで最後の一息を吸い終えて煙草を揉み消すと、全身を侵食する闇に怯えながらいつのまにか眠りこけた。

朝目覚めると、頭上から清々しい陽光が降り注いでいた。驚いて周囲を見回すと、建物はもろくも崩れていた。壁も天井もない。樋口くんが辿り着いた頃には、すでに建物全体がシロアリに食いつぶされ、薄い一皮を残してかろうじて外観を保っていたに過ぎなかったのだ。

バス停まで歩いて行き、またそこで一時間あまり無為に過ごした。喉が激しく乾いた。足下の渇いた地面とその上に押し黙った埃にまみれた靴を見ながら、辛抱強くバスを待っていた。樋口くんは今回の体験から何一つ恩恵を受けなかったと思った。テレパシーらしい能力も、光を浴びたとたん失せてしまった。彼は何も変わらなかったと注意深く考えた。かつてのように寄る辺なく漂っている。だが、一回り大きくなったような気がしないでもなかった。でも、それは施設の治癒効果ではなく前田さんとの恋愛の影響だっただろう。経験は委縮もさせるが成長もさせる。

樋口くんは、施設を脱出した契機となった出来事を思い出して思わずつぶやいた。

「何もかも一緒くたにやってきたので混乱してしまったんだ」

十八歳のカップルが直面した、妊娠という手に負えない難題を前にして、巧緻な夢の身のこなしですり抜け、思考停止状態に陥った。すぐに自分に責務はないと知ったが、いったんは受け止め、蝋燭の炎が風に揺らぐように愚かしくたじろいだのは、まぎれもない事実だった。その動揺は故意に忘れ去られたが、今でも体内に残っている。

時を置かず、相手の不誠実な行為が発覚した。ドアが開いた。樋口くんの知らない三か月前の裏切りは、とうに過ぎ去った過去の残影ではなく、ジュンの意識の底にずっと継続していたのだ。

「これっきりだ！」と樋口くんは自分の方から宣言した。嫉妬に荒っぽく引っかかれ、頑是ない子供がちゃぶ台をひっくり返したように、これ以上はない愚かな失態を演

じたように思い返される。興奮が冷めてしまうと、あのときはとても我慢できないと憤然と振り切った感情さえ跡形もなく消えていた。本当にこれでいいのか。今だったらまだ引き返せる。ふと、そう考えてみたが、片足をもたげるほどの気力もなかった。

　ちょうどその頃、一週間の体験を終えて、三人は退寮の手続きを終えたところだった。やって来た時と同じように班長の運転するワゴンに乗り込んだ。

　三人は入寮したときとは見違えるほど元気になっていた。だが、彼らが闇の中で獲得したあの特殊な能力は、当人たちこそまだ気づいていないが、樋口くんがそうであるように帰途に着くワゴンの中ではすでに失せていたのだった。

　木下くんは「ぼくは自衛隊に入るんだ」と、聞こえよがしに何度も繰り返し吹聴していた。

　前田さんは大学に進み、ゆくゆくはボランティアの団体に入り、アフリカで活躍する自分を夢見ていた。

　赤井さんはすっかり母性愛に目覚めて、すぐにも可愛い奥さんになって、一年に一度は赤ん坊を産もうと決めていた。

　だが、一人の欠員が次第に三人の心を沈ませた。誰もいない教室に芯の折れた鉛筆が一本忘れられているようだった。三人の耳に、それぞれに、いつかの高橋くんの悲鳴が届いた。

　すると、三人の心を見透かしたように、班長が言った。

「あなたたち、樋口くんのことを考えているのでしょう?　でも心配は無用ですよ。彼は汚れた哀傷にうちひしがれて図らずも脱出したが、今にそんなものは取るに足りない感傷と悟って、ゆくゆくは必ず施設に戻って来ますよ。そして、私たちは大喜びで帰還した英雄を迎えるでしょう。なにしろ彼は、禁忌を犯した謀反人を逮捕するきっかけをつくってくれたのですから。密告者の汚名をまとった青ざめた非情な英雄。これはとっても絵になるわ。彼はやがて王になるでしょう」

　予言のようにもたわごとのようにも三人には聞こえた。

「さあ。いずれにしろ今日で体験療養は終わったわ。ぐるりと砂漠を一回りして戻り、これから本格的な治療に入るのよ。もう容赦しないわよ」

　班長は口調さえ変えた快活な声で言って、サファイア色の眼鏡の縁を左の指でつまんで少しずらした。職業に

たずさわる者の誠実な意気込みが感じられた。

「それは約束が違う！」

　聞き咎めて木下くんがまっさきに抗弁した。あまりのことで戸惑っていた他の面々も、ようやく抜き差しのならない事態に気づいた。

「そうよ。とんでもないわ！」

　前田さんと赤井さんも口を揃えて反駁する。

「あら、だってそれがあなたたちの希望じゃなかった？」

「とんでもない！」

　三人は口々に言い張った。

「いったん経験したら誰も逃れられないわ。それが習慣というものよ。習慣ほど私たちの精神に横暴に振る舞う者は他にないわ。習慣の神経が一本切れただけでも、常同症のように、意味もなく愚かな運動を繰り返すしかなくなる。触手が切れてぐるぐるさ迷っている蟻を見たことがない？　それでいいの？　それに、期間の定まらない延長は、他ならないあなたがたの両親のたっての希望でもあるのよ。もっとも、まだ選択の余地は残されているわ。胸に手を当ててよーく考えてごらんなさい。自分が本当に何を欲しているのか。まだまだ到着までにはたっぷり時間があるわよ」

　選択の余地はまだある。木下くんもそれ以上抗弁する理由はなくなった。

「でも、」と前田さんは反論した。

「児童養護施設は対象が十八歳までだったのではないでしょうか」

「そうよ」

　班長は事もなげにそっけなく答えた。

「だったら、私たちはすでに十八歳だわ、どうせすぐに対象から外されるはずでしょう？」

「もちろん規定は厳格に順守するわよ。でも、よくよく考えてごらんなさい。あなたたちがこれから入所するのは、さらに地中深くに設けられている巨大な黒い鉱脈に囲繞（いにょう）された特別の場所なのよ。そこでは鉱物の時間が支配する。現実の時間が五〇年経過しても、入所したあなた方にとっては一秒にも満たないわ。途方もなく長い道のりよ。道は永劫（えいごう）に続くのよ」

　三人は沈痛な面もちで窓外の砂漠を眺めた。ちょうど夕陽が地平線に沈みこもうとする瞬間だった。

「小うるさいガキどもめ。まるで土を嘴でほじくって彷

徨っている鶏の群れだわ。けたたましい叫びをあげて、勝手にほざくがいい。あの年ごろはぴいぴい喚くだけで、物事を深く考える習慣はこれっぽっちもないのだわ」

　班長はその細く長い爪を磨きながら憤りをやんわり静めた。

「何一つ分かっていない。自分の本質は特に。自分が本当は何を求めているのかさえ知らずにいるのだわ。本能はもう目覚めかけている。ごく自然に、必然的に、もともとそうであるものに組み込まれてゆくしかないのだ。いいわ、空間を手探りする昆虫の覚束ない触手でさんざん考えるがいい。まだまだ先は永い。復路はいつでも往路よりは長いと相場が決まっているわ。……あら、心地よい振動のせいで眠くなってきたわ」

この作品を書くきっかけとなったのは、さる菓子メーカーの社長からの依頼だった。ネットで取り上げるために、会社のイメージアップに繋がる童話のような作品を連作で、という所望だった。手っ取り早く仕上げようと、自分の作品の中から一部を拝借して適当にあしらおうという目算で取り掛かった。当初、バレー組曲「くるみ割り人形」を下敷きにしようとしたのは、王子とクララが「お菓子の国」に向かうという結末を利用したかったからである。だが、出来上がった作品は、先方が期待しているイメージとはるかに隔たっていたうえ、いつまでも肝心の「お菓子の国」に辿り着けそうにないので、ボツになる前に筆者の方で辞退させていただいた。ひとまずここで了と記すが、本来はいったん始まった物語に終わりなどというものはない。真空の空間に弾かれた球体のように、たゆみなく、永遠に転がり続けるものだろう。バスを待つ樋口くんはやがてやって来るバスに乗り込み、新しい出会いを体験する。また、彼には教祖になるという宿命があるし、十年後、前田さんと再会するに違いないが、それはまた別の話に譲ることとしよう。なお、第二章の発想の契機となったのは、尊敬してやまないM・メーテルリンクの「白蟻の生活」であり、シロアリの生態の知識のほとんどは同書から得ている。

さかさまにして最初からお読み下さい